KB273052

황금열쇠

황금열쇠 3

지은이_박이수 | 초판 1쇄 인쇄_2008년 5월 16일 | 초판 1쇄 발행_2008년 5월 27일 | 발행처_도서출판 청어람 | 발행인_서경석 | 편집장_문혜영 | 편집책임_이재권 | 주소_경기도 부천시 원미구 심곡1동 350-1 남성B/D 3F | 등록_1999년 5월 31일(제1081-1-89호) | 문의전화_032)656-4452 | 팩스_032)656-4453 | http://www.chungeoram.com | 전자우편_eoram99@chollian.net | 어람번호_8-0009 | 파본은 구입하신 서점에서 교환하여 드립니다. 저자와 협의하여 인지를 붙이지 않습니다. 이 책은 도서출판 청어람과 저작자의 계약에 의해 출판된 것이므로, 무단 전재 및 유포·공유를 금합니다. 책값은 뒤에 있습니다.

ISBN 978-89-251-1276-3 04810
ISBN 978-89-251-1273-2 (SET)

박이수 소설

황금열쇠

Golden Key

가장 소중한 선물

3

도서출판
청어람

Contents

Chapter 17
또 다른 만남

"저 배, 버틀랜드에서 오는 것 맞습니까?"

"뭔 배?"

본 존을 흘긋 본 중년 남자가 입맛을 쩝쩝 다시더니 불룩하게 튀어나온 자신의 배를 내려다봤다. 코와 광대뼈 부위가 벌겋게 물든 모습이 고주망태까지는 아니지만, 꽤 거나하게 술을 마신 것만은 틀림없어 보였다.

"그 배가 아니라 내 말은… 아니, 됐습니다."

"내 배가 아니면 누구 배? 형씨 배?"

"됐다니까요."

본 존은 서너 번 손을 내저은 다음 부두를 향해 걸음을 떼었다.

"내 배가 어디가 어때서 그러는 거야? 토실토실하니 귀엽기만 한데!"

† 7 †

눈동자를 커다랗게 굴린 본 존은 피식 웃으며 바지 주머니에 손을 찔러 넣었다.

갈매기들이 머리 위를 빙빙 돌며 시끄럽게 울어대고, 바다는 소금기 낀 부두선에 슬근거리며 조용히 찰싹이고 있었다. 바다색이 어찌나 맑고 푸른지 그에 비하면 구름 한 점 없는 하늘이 오히려 밋밋하게 보일 정도였다.

본 존은 휘파람을 불며 걸음을 빨리했다. 배에서 내린 삼십여 명의 사람이 부두를 따라 올라오고 있었다. 그는 햇빛을 피해 눈을 가느스름하게 좁히고 젊은 남자들을 유심히 살폈다. 이들 중에 셰이가 말한 카시아스란 자가 있다면 어렵지 않게 찾아낼 자신이 있었다. 어떻게 생겼는지 정확히 알고 있을 뿐 아니라, '끝내주는 보물 사냥꾼 본 존'의 명성에 걸맞게 남달리 눈썰미가 좋았기 때문이다. 더군다나 카시아스는 그가 보기에도 눈에 확 띄는 외모를 가지고 있었다.

으음… 이 중엔 없는 것 같은데?

본 존은 아직 배에서 내리지 않은 사람이 있는지 둘러봤다. 배가 잘 보이는 가장자리로 발을 옮기며 고개를 길게 빼 들었을 때, 누군가가 어깨에 부딪쳤다. 본 존은 인상을 찌푸리며 시선을 내렸다. 몸을 못 가눌 정도로 술을 마셨는지 배에서 내릴 당시부터 비틀거리던 볼품없고 남루한 행색의 남자였다.

"거, 좀 조심하시오."

미안하다는 듯 손을 삐죽 들어 보인 남자가 비척비척하며 어렵사리 다리를 움직였다.

"이 동네엔 술주정뱅이들만 사나? 덕분에 술장수들만 어깨춤이 절로 나겠군."

본 존은 슬쩍 비꼬며 무리를 지어 걸어오는 사람들을 향해 다가갔다. 그러나 그들 중에 카시아스는 없었다. 선착장 구석까지 접근해 부지런히 하역 준비를 하고 있는 일꾼들까지 샅샅이 훑었지만 여전히 눈에 띄지 않았다.

이번 배엔 안 탄 게 분명해. 그렇다면 내일 오전에 들어오는 배가 한 척 있다고 했으니 시간 맞춰 나와봐야겠군.

"대체 내가 왜 이 고생을 해야 되는 거야? 하루에도 몇 번씩 선착장을 왔다 갔다 하면서 하릴없이 눈 운동이나 시키고 있잖아. '끝내주는 보물 사냥꾼 본 존', 너 참 많이도 망가졌다! 정체가 뭔지도 모르는 여자 애 하나 때문에……."

가만! 정체가 뭔지도 모른다?

문득 한 가지 가능성이 뇌리를 스치자 본 존은 움직임을 멈췄다.

셰이처럼 그 카시아스란 자도 어떤 비밀을 가지고 있다면? 그래, 그럴지도 몰라. 그리고 만약 그 비밀이란 것 때문에 정체를 드러낼 수 없는 처지라면?

"좀 전의 그 술주정뱅이……."

본 존의 눈동자가 번득였다. 다음 순간 그는 쏜살같이 앞으로 튀어나갔다.

"이런 젠장!"

술 냄새가 나지 않았어! 술 냄새가 전혀 나지 않았다고!

본 존은 힘껏 내달렸다. 부두를 막 벗어났을 때, 여전히 갈지자를 그리며 걷고 있는 남자가 눈에 들어왔다.

됐어!

본 존은 불끈 주먹을 말아 쥐었다. 남자가 볼일이라도 보고 싶은 듯 바지춤을 만지며 창고 쪽으로 접근했다. 그리고는 슬쩍 주위를 살피는가 싶더니 민첩한 동작으로 모퉁이를 돌았다. 본 존은 발소리를 내지 않고 재빨리 다가가 남자의 어깨를 툭, 건드렸다.

"당신이 카시아스지?"

움찔한 남자가 휙 몸을 돌리며 주먹을 휘둘렀다. 매서운 공격이었으나 싸움이라면 일가견이 있는 본 존은 어렵지 않게 주먹을 피할 수 있었다. 그는 잽싸게 뒤로 물러서며 싸울 생각 없다는 뜻으로 두 손을 들어 보였다.

"전할 말이 있는 것뿐이니 괜히 가시 곤두세울 필요없소."

본 존은 신경 써서 정중한 태도를 취했다. 그러나 상대편은 조금도 경계를 늦추지 않았다.

"누가 보낸 거냐? 모고르냐, 세르지오냐?"

이름이 줄줄 나오는 걸 보니 카시아스란 자가 틀림없군.

"둘 다 아니야."

카시아스의 하대를 따라 본 존도 자연스레 말을 낮췄다. 카시아스는 재빨리 머리를 더듬어보았으나 자신이 헤이론 국으로 돌아왔다는 사실을 알 만한 사람은 단 한 명도 생각나지 않았다.

"정체가 뭐냐?"

"나? 글쎄… 셰이엔의 친구라고만 해두지."

카시아스의 얼굴이 경직되자 본 존은 이맛살을 찌푸렸다.

"셰이엔 말이야… 셰이, 몰라?"

“안다, 불행하게도.”

카시아스는 내뱉듯 차갑게 대꾸한 다음, 주먹을 들어 올리며 공격 자세를 취했다.

“덤벼라.”

“뭐어? 내가 왜 덤벼야 하는데?”

본 존은 어이가 없었다.

“셰이엔의 친구라며?”

“그런데?”

“그건 네가 내 적이라는 의미와 같다. 어서 덤벼라!”

“참 골치 아프게도 사시는군. 난 적 같은 거 될 생각 없어.”

입을 다물려던 본 존은 서둘러 말을 붙였다.

“그렇다고 친구가 되고 싶다는 뜻은 아니야! 절대! 결단코!”

카시아스는 누가 뭐라고 했느냐는 표정을 지어 보였다.

“친구가 모조리 다 죽어 씨가 말라도 내 쪽에서 거절하겠어.”

“그거야말로 이쪽에서 하고 싶은 말이야!”

본 존은 왠지 모르게 기분이 나빠졌다.

“덤비지 않으려면 지금 당장 내 눈앞에서 사라져.”

“셰이한테 부탁받은 말만 전하면 울며불며 내 바짓가랑이를 붙잡고 늘어져도 엉덩이를 냅다 걷어차 준 뒤 유유히 내 갈 길을 갈 생각이야.”

본 존은 거만한 몸짓으로 가슴에 팔짱을 꼈다. 그의 기분은 한결 나아졌지만 카시아스의 얼굴엔 심상치 않은 먹구름이 덮여 있었다.

“경고하는데, 한 번만 더 날 모욕하면 그 자리에서 숨통을 잘라

주겠어. 그럼 더 이상 깐죽거리지도 못하겠지.”

“뭐어? 깐죽?”

본 존의 눈빛이 험악해졌다. 스산한 바람처럼 긴장감이 주위를 휘돌았다. 본 존은 자신도 모르게 말아 쥐고 있던 주먹을 의도적으로 풀었다. 그 정도 말에 냉정을 잃고 주먹을 휘두를 그가 아니었다.

지금까지 살면서 네 녀석보다 훨씬 더 밥맛없는 놈들도 산더미로 겪어본 나야.

본 존은 할 말이나 한 뒤 최대한 빨리 이곳을 뜨자고 스스로를 다독였다.

“귓구멍 활짝 열고 잘 들어. 듀이란 사람이 위험하대.”

“듀이가 위험하다고?”

“빨리 그를 구하지 않으면…….”

본 존은 말꼬리를 흐렸다. 기억이 날 듯 말 듯했다.

“구하지 않으면, 뭐?”

“안 좋은 일이 생길 거다… 뭐, 그런 뜻의 말이었어.”

“그 정도는 이미 알고 있어. 이런 같잖은 저질 놀이판을 벌일 이유가 없었다고. 하긴 더러운 협잡꾼에게 뭘 더 바라겠어?”

카시아스는 노골적으로 조소를 드러냈다.

“협잡꾼?”

본 존은 짧게 코웃음 쳤다.

“여태껏 갖가지 욕설과 비방과 저주를 가리지 않고 골고루 받아온 나지만, 협잡꾼이란 말을 듣는 건 또 처음이네.”

“셰이엔이란 철면피를 지칭해 한 말이다, 그쪽 역시 크게 달라

보이진 않지만.”

“하! 셰이가 왜 철면피야? 셰이만큼 때 묻지 않고 순진하고 정의감 강한 사람도 드문데? 뭐, 고집이 좀 세고 자기 주장만 내세우고 가끔 심하게 거들먹거리고, 말투며 태도가 항상 건방지고, 세상이 어떤 곳인지 개뿔도 모르면서 혼자 다 안다고 착각하고, 또 환상인지 상상인지 모르는 괴상한 얘기를 철석같이 현실로 믿고 있긴 하지만…….”

“왕녀니, 황금열쇠니 하는 얘길 그쪽한테도 했나 보군. 나와 듀이를 빼곤 아무에게도 말한 적 없다고 하더니만……. 역시 모든 게 다 지어낸 헛소리에 불과했어.”

셰이에게 더 이상 바랄 것도 기대할 것도 남아 있지 않다고 확신하고 있었으나, 카시아스의 얼굴엔 어느새 허탈한 실망감이 떠올라 있었다.

본 존은 뭔가 이상하다는 생각을 하며 한쪽 다리로 체중을 옮겨 비스듬히 섰다. 셰이한테 상상 속에서나 나올 법한 소리를 들으면서도 그녀가 자신을 속이기 위해 일부러 이야기를 지어냈다는 의심은 하지 않았다. 셰이가 그 이야기를 실제로 믿고 있다는 것이 너무나 확연히 눈에 보였기 때문이다. 여관방을 나서며 다시 돌아오지 않으리라 결심한 이유 중 하나도 그녀의 진실성을 의심하지 않아서였다. 셰이의 얘기가 꾸며낸 거짓말이라고 생각했다면, 겉으론 믿어주는 척하면서 속으로는 대수롭지 않게 웃어넘겼을 터였다.

본 존은 사람 보는 눈 하나는—물론 모든 방면에서 뛰어나다고 자부하지만—누구보다 정확하다는 자신이 있었다. 그런 그의 눈에 비친 셰이의 모습과 카시아스의 입에서 나온 그녀에 대한 표현은 하늘과 땅만큼이나 차이가 심했다.

둘 사이에 어떤 오해가 생긴 것 같은데…….

환영에 지나지 않을지도 모르지만 듀이가 위험하다며 그에게 도움을 청할 때의 셰이는 무척이나 간절해 보였다. 그녀에게서 슬픔과 근심, 또 안타까움이 그토록 절절히 느껴지지 않았다면, 본 존이 이곳 비노바 항구에서 카시아스를 마주하고 있는 상황이 벌어질 가능성은 애당초 없었을 것이다.

"얘기는 이제 끝난 것 같군. 난 이만 가겠어."

"참 예의도 바르시네. 협잡꾼과 철면피의 친구한테까지 인사를 다 하시고… 황송해서 밸이 다 꼴릴 지경이니 이를 어째?"

카시아스는 본 존의 이죽거림을 무시하고 발을 떼었다.

"난 셰이의 얘기를 엿새인가 이레 전쯤에 들었어. 넌 언제야?"

"언제 들었든 상관없잖아."

카시아스는 걸음을 멈추지 않았다.

"역시, 그전이지? 처음 얘기한다던 셰이의 말이 사실일지 모른다는 생각은 안 들어?"

본 존은 그의 뒤를 따라가며 얘기를 계속했다.

"셰이를 오해하고 있다는 생각은 안 드느냐고?"

"전혀."

"지금 듀이란 사람, 만나러 가는 거지?"

"그쪽이 상관할 바 아니잖아."

"나도 아예 신경을 싹둑 잘라 버리고 싶어. 그런데 안타까운 건 그럴 수 없는 이유가 나한테 딱 달라붙어 있다는 거야. 셰이가

듀이란 사람을 만나면 꼭 해줘야 할 말이 있다고 신신당부했거
든.”

“웃기지도 않는군. 나한테 전할 말이 있다며 아무 짝에도 소용
없는 헛소리만 지껄이더니, 그것만으론 성에 안 찼나 보지? 이젠
듀이까지 우롱하려 들고… 정말 기가 막히는군. 그 상종 못할 더
러운 모사꾼한테 가서 전해. 다시 한 번…….”

“다시 한 번 셰이를 모욕하면 가만두지 않겠어.”

본 존은 카시아스의 말을 가로챘다. 우뚝 멈춰 선 카시아스가
그를 돌아봤다.

“내 충고 한마디 해주지. 그 후안무치한 여자 애를 좋아하는가
본데…….”

“잠깐!”

본 존은 입이라도 막을 태세로 팔을 번쩍 치켜들었다.

“후안무치한 여자 애는 셰이를 뜻하는 거겠지? 그럼 틀린 얘긴
아니야. 셰이를 좋아하지 않으면 이런 짜증나는 일은 아예 처음
부터 맡지 않았을 테니까. 그런데 그 ‘후안무치한 여자 애’ 의 뜻
은 뭐야?”

“낯가죽 두껍고 몰염치하고 뻔뻔해서, 수치스러운 짓을 저지르
고도 부끄러운 줄 모르는 인간 말종이란 뜻이다.”

“좋은 말은 아닐 것 같더라니… 역시…….”

번개같이 날아온 주먹이 카시아스의 얼굴을 강타했다.

“내가 그랬지? 한 번만 더 셰이를 모욕하면 가만 안 두겠다고.”

크게 휘청하며 쓰러질 뻔한 카시아스는 두 다리를 벌리고 섰
다. 그는 본 존을 똑바로 응시하며 터진 입술에서 흘러나오는 핏

방울을 천천히 닦아냈다. 나른하게까지 보이는 느긋한 몸짓이었
으나 그의 바다색 눈동자는 먹이를 사냥하는 매의 그것처럼 날카
롭게 번득이고 있었다.

"내가 말했던가?"

카시아스가 물었다.

"뭘?"

"난 지고는 못사는 사람이라고."

카시아스는 민첩하게 다리를 차올렸다. 예상하고 있던 본 존은
한 발만 움직여 슬쩍 몸을 틀었다. 여유있게 공격을 피했다고 자
신한 순간, 눈 깜짝할 사이 방향을 바꾼 발이 그의 복부를 걸어찼
다. 후욱, 격한 숨을 들이쉬며 본 존은 허리를 접었다.

"제법이군. 그런데 내가 말했던가?"

잠시 침묵이 지나갔다.

"왜 뭐냐고 안 묻는 거야?"

본 존이 불만을 드러냈다. 카시아스는 어이없다는 얼굴로 흘끔
하늘을 올려다봤다.

"뭐든 관심없으니까, 어서 덤비기나 해."

"내가 말했던가? 뭘? 난 당한 것의 열 배로 되갚아주는 사람이
라고. 열 배라니! 그럼 난 벌써 죽은 목숨인가? 당연하지, 무덤 파
고들어 갈 준비나 부지런히 하시라고."

천연덕스럽게 스스로 묻고 대답한 본 존이 히죽 웃었다.

"이거야, 원… 광대극이 따로 없군."

"광대극이라… 광대극 좋지. 지금부터 펼쳐질 광대극도 꽤 근
사할 테니, 기대해도 손해는 안 볼 거야."

본 존은 카시아스를 견제하며 목과 어깨의 근육을 풀었다. 카시아스는 정체를 숨기기 위해 걸치고 있던 낡고 무거운 외투를 벗어버렸다. 두 사람 사이에 팽팽한 긴장감이 감돌았다. 그들은 서로 만만치 않은 적수임을 눈치 채고 있었다.

먼저 움직인 쪽은 본 존이었다. 그는 카시아스를 향해 훌쩍 뛰어올랐다. 가볍게 뒤로 물러선 카시아스가 주먹을 매섭게 휘둘렀다.

싸움은 쉽게 판가름 나지 않았다. 두 사람은 모든 면에서 거의 대등한 실력을 갖추고 있었다. 굳이 우열을 따진다면 본 존은 많은 경험을 바탕으로 몸에 밴 기술과 힘이 뛰어났으며, 빠르기와 두뇌 회전을 이용한 전략에선 카시아스가 조금 더 능숙했다.

"제길!"

카시아스의 주먹에 턱을 정통으로 얻어맞은 본 존이 욕설을 뱉어냈다. 카시아스는 그가 주춤한 틈을 놓치지 않고 연달아 공격을 퍼부었다. 상체를 낮게 숙여 위협적인 발차기를 피한 본 존이 카시아스의 급소를 겨냥해 무릎을 찍어 올렸다. 카시아스는 민첩하게 몸을 움직였으나 불행히도 치명적으로 뾰족한 무릎을 완전히 피하지는 못했다. 외마디 소리를 지르며 뒤로 물러선 카시아스가 잔뜩 몸을 움츠렸다. 순식간에 얼굴색이 하얗게 바래졌다. 어찌나 고통스러운지 머릿속이 온통 잿빛으로 덮이는 느낌이었다.

"맛이 어때? 꽤 삼삼하지? 싸움이란 건 말이야, 원래 좀 야비하고 구려야 더 재미가 있는 법이거든."

"비겁한 자식!"

카시아스는 본 존을 죽일 듯 노려보며 이를 갈았다.

"얼마나 곱게 자라셨기에 그런 상황에서 한다는 말이 고작 '비겁한 자식' 이야? 이 형이 적당한 놈으로 몇 가지 더 가르쳐 줄까?"

본 존은 히죽 웃었다. 터진 입술이 당겨지며 다시 핏방울이 맺혔고, 말을 할 때마다 턱이 사정없이 쑤셔댔지만 그의 표정은 태연자약했다. 그는 약한 모습을 드러내 상대방의 기를 살릴 애송이가 아니었다.

"개소리하지 마!"

"오호! 많이 좋아졌는데? 앞으로 조금만 더 노력하면 눈부신 발전을 이룰 수 있겠어. 이 형을 능가하진 못하겠지만."

"그 형이라는 말, 다시 한 번만 해봐. 온몸의 뼈를 으스러뜨려 줄 테니까!"

"왜 그래, 카시아스? 너 때문에 이 형 엄청 무섭잖아."

정색하며 말한 본 존이 박장대소를 터뜨렸다. 카시아스는 번개처럼 그를 향해 돌진했다. 명치 윗부분을 호되게 가격당한 본 존이 뒤로 나가떨어졌다. 카시아스는 그를 타고 앉아 주먹을 치켜들었다. 매섭게 내리꽂히는 주먹을 본 존이 왼손으로 낚아챘다. 순간적으로 카시아스를 제압한 본 존은 지체없이 오른쪽 주먹을 휘둘렀다. 그러나 이번엔 카시아스의 왼손이 그의 주먹을 움켜쥐었다. 두 사람은 바야흐로 한 치의 물러섬도 용납되지 않는 힘 대결로 접어들었다.

"이쯤에서 포기하는 게 어때? 지금 많이 힘들지? 용을 쓰는 꼴이 너무 불쌍해서 눈물이 다 나올 것 같잖아."

얼굴은 물론 목덜미까지 시뻘게진 본 존이 여유있는 척 빙글거렸다.

"그쪽이야말로 항복하시지. 조마조마해서 더는 못 보겠어. 가뜩이나 보기 민망한 낯짝이 썩은 홍시처럼 문드러질 것 같아서 말이야."

카시아스는 입술을 찌그러뜨려 미소 비슷한 것을 만들어 보였다. 이마는 땀으로 축축했고 눈꺼풀엔 경련까지 일고 있었다.

"하하하하! 아가리 닥쳐. 내 얼굴에 침 떨어뜨리면 돼질 줄 알아. 하하하하!"

본 존은 호쾌하게 웃어댔다.

"네 면상에 떨어진 침은 다 네 주둥이에서 나온 거야. 정말 안 됐군, 보기 민망한 낯짝이 조만간 썩어 들어가기까지 할 테니."

카시아스는 꼴좋다는 표정으로 빙긋이 미소 지었다.

"아저씨들… 지금 뭐 하는 거예요?"

"어머머머머! 망측해라!"

어린애의 목소리가 들렸을 땐, 아무 생각이 없던 본 존과 카시아스는 여자의 날카로운 외침이 터지자 후닥닥 몸을 떼어냈다.

"벌건 대낮에 그게 무슨 짓이에요? 남부끄럽지도 않아요?"

이미 상황이 종료됐는데도 불구하고 괜히 손으로 아이의 눈을 가리며 여자가 두 사람을 노려봤다.

"부인이 생각하시는 그런 게 아닙니다, 절대 아닙니다. 믿어주십시오. 제 이름을 걸고 맹세할 수도 있습니다."

카시아스는 어쩔 줄 몰라 하며 여자에게 한 걸음 다가섰다.

"가, 가까이 오지 말아요! 빨리 물러나요! 목이 터져라 비명 지르기 전에!"

여자가 호들갑스럽게 소리치며 아이를 꼭 끌어안았다.

"아… 전 부인께서 오해를 하신 것 같아서… 무심코 그냥… 놀라게 해드릴 생각은 없었습니다."

"오해는 무슨 오해예요? 내 눈으로 똑똑히 봤는데! 벌건 대낮에, 그것도 이런 대로변에서 다 큰 남자 둘이! 세상에, 추잡스러운 짓도 정도껏이지! 얼마나 놀랐는지, 심장이 벌렁거려 말을 못하겠네!"

"오해시라니까요, 부인. 그리고 여긴 대로변도 아니지 않습니까?"

여자의 얼굴이 벌겋게 달아올랐다.

"지금 뭘 잘했다고 따지는 거예요? 죽어 마땅한 파렴치범에다 변태인 주제에! 뻔뻔스럽기도 하지!"

"이보슈, 목청 큰 아줌마."

본 존은 앞으로 나서며 카시아스의 허리에 팔을 척 감았다.

"우리 둘이 다정한 시간 좀 보내려 하니, 쓸데없이 알짱대며 방해하지 말고 갈 길이나 가슈."

카시아스는 상상할 수도 없는 소름 끼치는 사태에 전신이 꽁꽁 얼어붙어 버렸다. 졸도할 뻔한 정신을 가까스로 붙잡은 그는 본 존의 팔을 내팽개치려 했다.

"빨리 쫓아내지 않으면 사람들이 모여들 거야. 그럼 곤란해지는 건 내가 아닐 테고."

본 존은 카시아스의 바지허리를 틀어쥐며 소곤거렸다. 주춤한 카시아스는 다 죽어가는 사람처럼 고개를 꺾으며 팔을 축 늘어뜨렸다.

“세, 세상에 기가 막혀서! 하늘이 무섭지도 않느냐? 이 짐승 같은 놈들아!”

“하늘을 무서워해야 하는 건 우리보다 아줌마인 것 같은데? 지금 저 아이, 앵벌이 시키려고 끌고 나온 거잖아. 당신, 저 애 엄마도 아니지? 안 그래?”

“무, 무슨 소리? 얜 틀림없는 내 딸이야! 내 딸임을 말해주는 증명서도 있어! 그리고 앵벌이라니! 앵벌이가 뭔데? 난 앵벌이가 뭔지도 몰라! 우린 그냥 산책하러 나온 것뿐이라고!”

허를 찔린 여자가 펄쩍펄쩍 뛰며 부인했다.

“나 참, 살다 살다 별 미친놈 다 보겠네!”

여자는 아이의 가녀린 손목을 움켜쥐고 씩씩대며 부두 쪽으로 걸어갔다.

“어떻게 알았어?”

본 존과 간격을 벌리며 카시아스가 물었다.

“애는 다 떨어진 넝마 꼴인데, 여잔 모자부터 드레스, 구두에 이르기까지 구색을 갖춰 꾸몄잖아. 하나를 보면 열을 아는 법이지.”

본 존은 아이의 지친 눈빛에서 어린 시절 자신의 모습이 비쳐졌다는 말은 하지 않았다.

“저 아이… 어떻게 될까?”

카시아스는 여자의 손에 잡혀 끌려가는 아이에게서 쉽사리 눈을 뗄 수 없었다.

“글쎄… 세상을 원망하면서 자라다가 세상에 순응하거나, 세상에게 도전하거나, 아니면 세상한테 삼켜지거나… 셋 중 하나겠지.”

두 사람의 시선이 마주쳤다. 얼굴 이곳저곳을 장식한 피멍과 타박상, 그 위에 터진 입술과 어쩌다가 생겼는지도 모르는 자잘한 상처들까지, 참으로 가관이었다. 본 존과 카시아스는 동시에 픽 웃고 말았다.

"한눈에도 싸웠다는 걸 알 수 있었을 텐데, 왜 그런 얼토당토않은 트집을 잡았을까?"

카시아스는 혼잣말처럼 중얼거리며 먼지투성이 외투를 집어 들었다.

"악착같이 물고 늘어져 돈이나 좀 뜯어낼 수작이었겠지."

심드렁하게 대꾸한 본 존이 하늘을 향해 버럭 소리를 질렀다.

"제기랄! 뭐든 알 게 뭐야? 어차피 구린내 나는 세상! 알 게 뭐냐고!"

"난 고의로 그러는 줄도 모르고……. 아깐 어찌나 당황스러운지 진땀이 다 나더라고, 나쁜 짓을 하다가 들킨 사람처럼 말이야."

누구보다 자신에게 어처구니가 없어진 카시아스는 절레절레 고개를 흔들었다.

"셰이도 그런 거 아니었을까?"

본 존은 발끝에 걸리는 돌멩이를 툭, 걷어찼다.

"방금 전의 너처럼 괜한 오해를 살까 봐 전전긍긍하다가 상황만 더 악화시킨 건 아닐까, 하는 생각이 들었어. 어찌 된 일인지 자초지종은 모르지만 말이야. 셰이가 그랬어. 듀이란 사람을 만나게 되면, 절대 필요없는 존재가 아니라고, 반드시 있어야 될 존재라고 말해줘야 한다고……. 그 얘길 할 때의 셰이를 봤다면…

그 눈빛을 봤다면… 너도 의심 같은 건 하지 못했을 거야.”

얼굴만 약간 굳어졌을 뿐, 카시아스는 이렇다 할 반응을 보이지 않았다.

“내 임무는 이걸로 끝이야. 전해야 될 말은 다 전했으니까.”

“셰이엔을 그렇게 좋게만 보려고 하는 이유가 뭐야?”

“이유는 없어, 그저 내 판단을 믿는 것뿐이지.”

“네 판단이 틀리고 내 판단이 맞을지 모른다는 생각은 안 들어?”

“안 들어.”

본 존은 간단히, 그러나 자신있는 말투로 답했다.

“나도 마찬가지야. 내가 본 것과 들은 것, 그리고 그걸 토대로 내린 내 판단을 믿어. 그 판단을 바탕 삼아 말하는데, 난 셰이엔을 신뢰하지 않아, 조금도.”

나와 비슷한 것 같으면서도, 저럴 땐 완전히 달라 보이기도 하고… 아무튼 헷갈리는 녀석이야. 어떻게 저 정도로 꽉 막힌 성격을 가지고 있는 걸까? 무슨 말을 해도 녀석은 고집을 꺾지 않을 거야. 셰이가 결백을 주장하며 자신의 눈앞에서 자결을 한다고 해도 마찬가지일 거야.

아무려면 어떠냐는 생각을 하면서도 본 존의 입술에선 무거운 한숨이 흘러나왔다.

“만나서 반가웠다는 말은 차마 못하겠군.”

카시아스는 떠날 준비를 모두 마친 상태였다.

“그래? 이거 섭섭한데? 난 꽤나 반가웠는데 말이야.”

“반가운 마음을 이기지 못하고, 그렇게 치사한 공격을 하셨나?”

조소를 내보이며 빈정거렸지만, 본 존은 그가 자신을 마음에 들어 한다는 사실을 이미 간파하고 있었다.

뭐, 피장파장인 셈이로군.

"싸움판에서야 치사하든 치졸하든 추접스럽든 제대로 먹히기만 하면 그걸로 땡인 거야. 그나저나 아직 총각인 것 같은데……."

본 존은 시선을 슬쩍 아래로 내렸다.

"으음… 걱정이 많겠군… 그것도 엄청 많겠어."

"눈 올리지 못해?"

카시아스의 말투가 거칠어졌다. 낄낄거리던 본 존은 불그스레해진 카시아스의 뺨을 발견하자 놀라고 말았다.

뭐야? 이제 보니 영 숙맥이었잖아!

"몇 살이야?"

"너부터 말해봐."

"그럼 동시에 말하는 걸로 하지. 하나… 둘… 셋!"

"스물셋."

"…하면 말하는 거야… 라고 얘기하려고 했는데, 벌써 말해 버렸네. 쯧쯧, 성질도 급하시지."

카시아스는 눈을 부릅뜨고 본 존을 노려보았지만, 실제 그의 기분은 허탈감 쪽에 가까웠다.

"난 스물다섯이야."

본 존은 자신의 나이에서 세 살을 더 붙여 말했다.

"헛소리."

카시아스는 본 존의 얼굴을 쓱 훑어보았다.

“스물, 아니면 스물하나, 그 이상은 절대 아니야.”

“그거야 본인의 희망사항이겠지. 그렇게 아등바등 애쓴다고 내 나이가 줄어들진 않아.”

“주접떨지 마.”

툭 내뱉은 카시아스가 성큼성큼 앞으로 나아갔다. 본 존은 낄낄대며 소리쳤다.

“역시 내 생각이 맞았어! 이 형이 그랬잖아, 앞으로 조금만 더 노력하면 눈부신 발전을 이룰 수 있겠다고!”

카시아스는 계속해서 걸음을 옮기며 불끈 쥔 주먹을 위협적으로 들어 보였다.

“자, 나도 이제 내 갈 길을 가봐야겠군.”

본 존은 돌아갈 배편을 알아봐야겠다고 생각하며 부두 쪽으로 걸어갔다. 부두로 접어들기 전, 두 갈래로 나눠진 길목 중간 즈음에 선박 관리소가 위치해 있었다.

좀 섭섭하긴 하네. 헤이론 국에 온 지 얼마 되지도 않았는데, 벌써 떠나야 한다니 말이야.

“하지만 셰이가 버틀랜드에 있으니… 부리나케 가서 임무 완수했다고 보고해야지.”

어디서 셰이를 찾아야 하는지에 대한 걱정은 없었다. 본 존은 그와 셰이와의 사이에 인연의 끈이 있음을 믿었고, 그 끈이 이어져 있는 한 그녀를 못 만나는 일은 벌어지지 않으리라 자신했다.

날 보면 셰이가 무슨 말을 할까? 카시아스에게 말을 잘 전했는지부터 묻겠지? 그럼 난 당연히 잘 전했다고…….

이상스레 꺼림칙한 느낌이 들었다. 걸음걸이가 점차 느려졌다.

무엇인가가 생각날 듯 말 듯 마음을 애태웠다. 가슴이 답답해졌다. 발을 완전히 멈췄을 때, 세이의 외침이 머릿속을 울렸다.

"아룬델이 깨어났어! 조심해야 돼!"

그 순간 본 존은 전속력으로 달리기 시작했다.
카시아스를 놓치면 안 돼! 무슨 일이 있어도 그 말을 전해줘야 해!
본 존은 카시아스가 갔음직한 큰길을 따라 힘껏 내달렸다. 그러나 그의 모습은 보이지 않았다. 방향을 바꿔 복잡하게 얽힌 골목길들을 샅샅이 훑어나갔다. 숨이 차오를수록 의욕은 사라지고 무력감만 깊어졌다.
"젠장! 이런 젠장!"
온몸이 땀투성이가 된 채 그는 담벼락에 몸을 기댔다.
카시아스를 찾아야 돼. 이대로 돌아갈 순 없어.
본 존은 땅바닥에 털썩 주저앉아 호흡을 고르며 먼 하늘을 올려다봤다.
이 넓은 하늘 아래 카시아스가 어디 있는 줄 알고 찾는단 말이야?
그는 카시아스가 했던 말들을 차근차근 되짚어보았다.

"누가 보낸 거냐? 모고르냐, 세르지오냐?"

"모고르와 세르지오… 그래, 분명히 그 두 이름을 언급했어."

본 존의 기분은 한결 나아졌다. 아직은 모호하기만 했으나 일단 시작점은 잡은 셈이었다.

'끝내주는 보물 사냥꾼 본 존'이란 명칭이 괜히 붙여진 게 아니란 걸 증명할 기회로군.

본 존은 영차, 소리를 내며 몸을 일으켰다. 옷에 묻은 흙을 툭툭 털던 그는 대문에 숨어 훔쳐보고 있는 여자 아이를 발견하고 빙그레 미소 지었다.

"이름이 뭐니, 꼬마?"

"루시요."

"예쁜 이름이구나. 아저씨는 바빠서 이제 가봐야 된단다, 루시."

몸을 돌리려던 본 존은 충동과 장난기가 섞인 질문을 던졌다.

"너 혹시 모고르와 세르지오가 누군지 아니?"

"모고르는 알아요."

"그래? 모고르가 누군데?"

본 존은 별 기대 없이 물었다.

"제 동생이에요. 며칠 전에 태어났는데……."

손가락을 꼽아보던 루시가 여섯 개를 펴 보였다.

"이렇게 됐어요."

동생 이름이라… 그럼 그렇지.

"고맙다, 말해줘서."

본 존은 루시의 머리를 가볍게 쓰다듬었다.

"동생 이름이랑 재상님 이름이랑 같대요. 아버지가 그러셨어요."

"재상?"

카시아스가 말한 모고르란 존재와 재상이 동일 인물일까? 모고르와 세르지오라… 모고르와 세르지오……. 맞아, 세르지오! 헤이론의 새 국왕 이름이 세르지오였어!

하나의 실마리가 풀리자 뒤이어 나머지 답이 딸려 나왔다. 모고르와 세르지오는 헤이론의 재상과 왕을 뜻하는 것이 분명했다. 그렇지 않으면 두 이름이 나란히 언급될 이유가 없었다.

"내 이름은 아무것도 아니에요. 동생은 재상님 이름인데……."

루시는 시무룩한 얼굴로 동생이 있는 집 쪽을 돌아봤다.

"이 잘생긴 아저씨가 새 이름을 지어줄게. 네 이름은 이제부터 '끝내주는 복덩어리 루시' 야."

눈이 왕방울만 해진 루시를 뒤로하고 본 존은 서둘러 골목을 벗어났다.

＊

"모고르를 해치려 드는 이유가 뭐야?"

셰이는 단도직입적으로 물었다.

"왜 내가 그를 해치려 한다고 생각하느냐?"

적안은 반문으로 응수했다.

"몰래 침실로 숨어들어 침상 밑에 수상한 물건을 두고 와야 한다… 그 일을 시키기 위해 독이라는 덫을 놓아 애꿎은 사람을 끌어들인다……. 고민할 필요도 없이 답이 나오잖아. 이젠 그쪽이 내 의문을 풀어줄 차례야."

적안은 잠시 침묵을 지켰다.

"지금의 날 있게 한 자가 바로 모고르다."

적안의 음성은 단조롭게 들릴 정도로 감정이 실려 있지 않았다. 그럼에도 셰이는 더 이상의 질문을 꺼낼 수 없었다. 떨리는 손가락을 애써 감추며 찻잔을 집어 드는 그녀의 모습이 단순한 답변 이상의 것들을 전해주었다.

"해독제는? 일을 마치고 다시 이곳으로 돌아와야 하는 거야?"

적안이 붉은 상자를 찻잔 옆에 내려놓았다. 어른 주먹 반만 한 크기의 작고 정교한 나무 상자였다.

"안에 해독제가 들어 있다. 내가 시킨 일을 끝마치면 뚜껑이 열릴 테니 그때 먹으면 될 거다."

"참, 치밀하게도 준비하셨군."

"마지막 기회임을 아니까."

"첫 번째든 열 번째든 마지막이든, 이용당하는 쪽은 아무 상관 없어. 불쾌한 건 마찬가지니까. 몸속에 독을 넣고 다녀야 하는 사람이 그쪽은 아니잖아."

셰이는 잇따라 나오려 하는 넋두리 섞인 투덜거림을 꿀꺽 삼키며 상자를 집어 들었다.

기왕에 이렇게 된 거 좋게 생각하자. 듀이 때문에라도 모고르의 저택엔 어차피 숨어들어 가게 되었을 테니까. 모든 걸 철저히 준비해 놓은 적안이라면 잠입 방법도 이미 마련해 두었을 거야.

"난 준비됐으니까 곧장 시작하는 게 좋겠어."

"준비라면 아직 하나가 더 남아 있다."

휘장 쪽으로 고개를 돌린 적안이 단을 불렀다. 기다렸다는 듯

단이 나타났다. 그는 오렌지 빛깔의 두루뭉실한 천 뭉치를 흡사 아기라도 되는 양 조심스레 받쳐 들고 있었다.

"저걸로 갈아입어라."

단이 마치 자랑이라도 하듯 오렌지색 드레스를 펼쳐 보였다. 셰이의 얼굴이 묘하게 일그러졌다. 한눈에도 싸구려 티가 좔좔 흐르는 드레스였다. 그것뿐이라면 차라리 나았을 것이다. 옷감은 속살이 비칠 정도로 얇았고, 만들다 보니 천이 모자랐는지 가슴 과 등은 가려진 부분보다 드러난 부위가 더 많을 정도였다. 한마 디로 정리해 보는 것만으로도 오싹 소름이 끼치는 그야말로 악몽 같은 드레스라 할 수 있었다.

"저, 저… 저걸 입으라는… 거야… 나한테……?"

"시간없으니 어서 갈아입어라."

"안 돼, 그럴 순 없어. 죽으면 죽었지 절대 안 돼."

셰이는 맹렬히 고개를 흔들어댔다.

"단."

적안이 조용히 단을 불렀다. 의자에서 떨어지지 않으려고 악착 같이 버티는 셰이를 단이 반강제적으로 일으켜 세웠다. 억지로라 도 옷을 갈아입히려는 것이 분명했다.

"알았어! 내 손으로 입을게!"

셰이는 드레스를 확 낚아채 휘장 안으로 들어갔다. 수백 개에 달하는 갖가지 크고 작은 호리병들이 선반을 가득 채우고 있었으 나 그녀의 눈엔 제대로 보이지도 않았다.

"말도 안 돼… 이건 정말 말도 안 돼……. 이런 건 드레스가 아 니야… 걸레로도 안 쓸 오물 덩어리에 불과해… 세상에! 이 엄청

난 색깔이라니… 이거 만든 사람, 왜 세상을 그렇게 사는 거야? 이 치렁치렁한 프릴은 왜 달아놓은 거냐고? 여긴 왜 이렇게 천이 부족한 거고? 누굴 얼려 죽이고 싶어서 이렇게 천을 아꼈느냔 말이야…….”

셰이는 연방 탄식을 쏟아내며 옷을 갈아입었다. 밖으로 나가는 데는 많은 용기가 필요했다. 심정 같아서는 영원히 휘장 속에 머물고 싶었다. 셰이는 울고 싶다는 생각을 하며 마지못해 휘장을 젖혔다. 적안의 시선이 그녀를 쫙 훑어 내렸다.

“제법 잘 어울리는구나.”

셰이는 적안을 노려봤다. 목을 졸라 버리고 싶은 욕망에 손끝이 파르르 떨렸다. 단이 약간 수줍어 보이는 미소를 지으며 엄지손가락을 치켜세웠다. 셰이는 웃어야 할지 울어야 할지 마음이 복잡해졌다.

“요 앞 큰길가에 나가 있으면 마차가 올 거다. 그 마차를 타라.”

“어디 가는 마찬데?”

“모고르의 저택.”

“모고르의 저택엘 간다고? 이런 꼴로? 대체 무슨 꿍꿍이속이야? 내가 왜 이런 걸 입고 거길 가야 하는 거냐고?!”

“모고르가 저택을 비울 때면 기사와 병사들이 종종 그들만의 유흥을 즐기고는 한다. 그 유흥에 빠지지 않는 게 바로 창부들이고. 넌 그 창부들 중 하나가 되어 모고르의 저택에 들어가는 것이다.”

기가 막힌 셰이는 잠시 동안 말없이 천장만 올려다봤다.

“그럴 수 없어.”

“창부 역은 할 수 없다는 거냐, 하기 싫다는 거냐?”

셰이는 적안과 시선을 맞댔다.

“둘 다야.”

그녀는 바르샤르의 왕족으로 태어났고, 왕위 계승자로 키워졌다. 비록 지금은 철저하게 잊혀진 존재가 되었다 하더라도 왕가의 존엄과 품위를 자신의 손으로 더럽힐 수는 없었다. 독에 중독되어 죽음을 맞을지언정 말이다.

“창부 역을 하느니 차라리 죽겠다는 말이냐? 네 목숨이 고작 그 정도의 값어치밖에 안 된다니… 실망이 크다, 셰이엔. 네 목숨 값은 빵을 사기 위해 사내를 유혹하는 창부의 거짓웃음 값보다도 저급하구나.”

“날 모욕하지 마.”

“나 역시 창부요, 매음부였다. 어디 더러운 창부의 얼굴에 침을 뱉어봐라.”

적안이 얼굴을 가린 베일을 벗어 던졌다. 셰이는 입술을 열었다가 다시 닫았다. 무슨 말을 해야 할지 생각이 나지 않았다.

“왜 가만히 있는 거냐? 상종 못할 더러운 얼굴이 바로 네 눈앞에 있지 않느냐? 내 얼굴에 침을 뱉어라. 그럼 해독제를 먹게 해 주마.”

“적안의 얼굴은 더럽지 않아.”

“난 더러운 창부였다.”

“창부가 더럽다고 말한 적은 없어. 그렇게 생각하지도 않고.”

적안이 자그마한 소리로 웃어댔다. 텅 빈 것 같은 공허한 웃음소리가 백 마디 욕설이나 힐책보다도 더 마음을 불편하게 했다.

"그만 가봐라. 이곳에서 있었던 일은 다 잊어버리고……. 해독제는 없다. 네가 가진 건 빈 상자에 불과하다. 애초부터 독 따위는 존재하지 않았으니까. 독이니, 해독제니 하는 소리는 널 잡기 위해 꾸며낸 거짓말이었다."

셰이는 묵묵히 문을 향해 걸어갔다. 그녀를 외면하고 있는 단이 시야에 스쳤다.

난 이제 자유야. 홀가분한 몸으로 듀이를 찾을 수 있게 되었어. 그런데… 왜 기분이 이런 거지? 왜 이렇게 엉망인 거지? 왜 적안과 단을 배신한 것 같은 마음이 드는 거지? 거짓말로 날 속이고 이용하려 든 건 저 두 사람이잖아. 난 단지 덫에 걸린 것뿐이고… 그런데 왜 믿음을 저버린 듯한 마음이 드는 거지?

셰이는 문을 열었다. 그리고는 곧바로 쾅! 소리를 내며 닫은 뒤 발길을 되돌렸다.

"침상 밑에 놓아야 할 물건을 주지 않았어."

적안의 입술에서 길고 거친 숨결이 흘러나왔다. 오랫동안 숨을 참고 있었음을 짐작케 했다. 그녀가 품 안에서 납작하게 접은 헝겊 조각을 꺼내 내밀었다. 셰이는 받아 든 후에야 그것이 천이 아니라 어떤 짐승의 가죽이란 사실을 깨닫게 되었다.

"모고르의 침실은 3층 중앙 계단에서 오른쪽으로 세 번째에 있다. 그리고 그걸 놓는 위치는 머리에서 가까우면 가까울수록 좋으니 네가 알아서 적당한 곳을 찾아보거라. 또 한 가지 잊지 말아야 할 건, 일을 마무리 짓기 전 그 가죽에다 네 피를 조금 묻혀야 한다는 것이다."

"피? 왜 이번 일에 내 피가 필요한 거지?"

"이유는 두 가지다. 넌 힘을 가지고 있고, 그 힘은 네 핏속에도 깃들어 있다. 그 힘이 네 피를 통해 주문을 더욱 강하게 만들어줄 거다. 그리고 나머지 하나는……."

적안은 셰이를 찬찬히 들여다봤다.

"너 처녀지?"

셰이의 얼굴부터 목까지 단번에 진홍색 물이 들었다.

"대답은 이미 나왔구나. 아무튼 그 두 가지 때문에 네 피가 필요한 것이다. 내가 널 선택한 이유이기도 하고."

처녀인 줄 어떻게 알았느냐고 묻고 싶었으나, 아무렇지 않게 꺼낼 만큼 셰이는 숫기가 많지 않았다. 물론 궁금하긴 했다. 실제로 대부분의 소녀들이 열여섯이나 열일곱 살 즈음에 혼인을 했고, 더 어린 나이에 기혼녀가 되는 경우도 흔했다.

"어서 나가봐라. 미리 대기하고 있지 않으면 마차를 놓칠 위험이 있다."

셰이가 문가에 이르렀을 때, 적안이 생각지 못한 말을 던졌다.

"봉인을 풀 수 있는 적기는 성인식 때이다."

"성인식이라고? 성인식에 뭘 어떻게……."

"서둘러라!"

적안은 다소 날카로운 어조로 말허리를 잘랐다. 먼저 임무부터 끝낸 후 상세히 알아보리라 결심하며 셰이는 빠르게 계단을 내려갔다. 큰길로 나서자 마차 두 대에 나눠 타고 있는 여자들의 모습이 눈에 띄었다. 셰이는 부랴부랴 길을 가로질러 마차를 향해 달려갔다.

"자, 잠깐!"

막 마차 문을 닫으려 하던 마부가 잔뜩 인상을 썼다.

"냉큼 뛰어와! 빨랑 오지 않으면 그냥 두고 가버릴 테니까! 미리미리 나와서 대기하고 있을 것이지. 네가 무슨 귀족 아가씨라도 되는 줄 알아? 마차가 곱게 기다려 주게? 가뜩이나 늦어서 발바닥에 땀나도록 달려도 모자랄 판이라고!"

셰이는 재빨리 마차에 올랐다. 마부가 그녀의 엉덩이를 툭 건드렸다.

내 저놈을 당장!

마부의 면상을 향해 주먹을 날릴 뻔한 셰이는 가까스로 분을 삭였다.

"어머, 세상에… 너도 낀 거야?"

한 여인이 셰이를 아래위로 훑어보며 비웃음을 드러냈다. 적안을 쫓아 건물로 들어가기 전에 잠깐 얘기를 나눴던 여인이었다.

"내 앞에선 고상한 척 별 같잖은 소리를 다 늘어놓더니만… 이제 보니 지나 나나 몸 굴려서 돈 버는 건 피차일반이었네!"

셰이는 그녀를 못 본 척하며 구석에 남은 빈자리에 앉았다.

제발 무사히 듀이를 구해낼 수 있기를…….

셰이에겐 듀이와 그의 안전이 무엇보다 중요했다.

내가 지금 가고 있어, 듀이. 조금만 더 기다려 줘.

불빛을 등진 마차가 긴 그림자를 드리우며 어스름 속으로 파묻혔다.

✳

땅거미가 짙어졌다. 주위는 점점 잿빛으로 젖어들었다.

경비병들의 위치와 이동을 유심히 관찰하고 있던 카시아스는 별다른 움직임이 보이지 않자 잎사귀가 촘촘한 가지 사이로 몸을 숨겼다. 오랜 시간 불편한 자세를 유지하고 있던 탓에 어깨와 등이 결렸고, 근육은 돌덩이처럼 굳은 상태였다. 그러나 겨우 찾은 은신처를 포기하고 아래로 내려갈 수는 없었다. 카시아스가 신중한 판단하에 고른 장소는 모고르의 저택 정문에서 측면 쪽으로 약간 들어간 지점에 서 있는 커다란 나무 위였다. 높다랗고 잎이 무성한 나무는 저택 안을 살피는 일에도 유용했으며 몸을 감추기에도 적당했다. 카시아스는 날이 더 어두워질 때까지 이곳에 숨어서 상황을 살피다가 적당한 기회를 틈 타 저택 안으로 잠입할 계획을 세우고 있었다.

본 존과 헤어진 뒤 카시아스가 향한 곳은 예전에 자신이 잡혀 있던 사이트러스 성이었다. 그는 우선 구할 수 있는 정보부터 모두 끌어 모았다. 비록 만만치 않은 돈을 쓰긴 했지만, 사이트러스 성의 주방에서 일하는 보조 요리사한테서 많은 도움을 받을 수 있었다.

그 후 사이트러스 성엔 듀이가 없다는 결론을 내린 카시아스는 즉각 모고르의 저택이 있는 아르덴으로 발길을 재촉했다. 그리고 드디어 이곳에서 아룬델과 비슷하게 생긴 자가 별관에 머무르고 있다는 얘길 듣게 되었다. 그에게 유용한 정보를 준 사람은 매일 아침 모고르의 저택에 신선한 우유를 배달하는 나이 지긋한 노인이었다.

별관이라면 그리 어렵지 않게 접근할 수 있을 거야.

정문이나 사저 입구와 비교해 별관 쪽은 보안이 다소 허술해 보였다. 카시아스는 시간이 빨리 흐르기만을 바라며 최대한 자세를 편하게 고쳤다. 나무에 등을 기대자 나뭇잎 사이로 가느다란 초승달이 내리비쳤다. 창백한 달빛을 반사시키며 엷게 깔려 있는 운층이 전장의 잔해처럼 느껴졌다. 카시아스는 쓴웃음을 지었다.

아름다운 자연 경관을 보면서 기껏 떠올리는 것이 피비린내 나는 전쟁터라니… 병이 들어도 단단히 들었군.

저택 쪽에서 웃음소리가 바람을 타고 날아왔다. 카시아스는 신경을 곤두세우고 주의 깊게 상황을 살폈다. 웃고 떠드는 소리가 점점 더 수선스러워졌다. 들뜬 분위기로 보아 기사와 경비병들이 주인없는 사이를 틈타 술잔치라도 벌이려는 것 같았다.

이거야말로 뜻하지 않은 횡재로군.

카시아스는 날렵하게 바닥으로 뛰어내렸다. 그가 소리없이 대여섯 걸음 나아갔을 때였다.

"오랜만이야."

말이 끝나기도 전에 카시아스는 반사적으로 검을 빼어 휘둘렀다.

"너무하는 거 아냐? 내가 뭘 그렇게 잘못했다고 이래? 만나자마자 죽이려 들 만큼 웬수 사이도 아니잖아."

불만 가득한 투덜거림이 들려왔다. 그제야 카시아스는 땅바닥에 책상다리를 하고 앉아 있는 시커먼 그림자가 본 존임을 알아챌 수 있었다.

"내 뒤를 쫓은 거냐?"

"젠장, 비싸게 주고 산 건데……."

본 존은 두 토막이 난 배낭을 카시아스 앞에 들어 보였다. 엉겁결에 자신의 가죽 배낭으로 카시아스의 공격을 막은 결과였다.

"이거 어떻게 책임질 거야?"

카시아스는 본 존의 멱살을 틀어쥐었다.

"내 뒤를 쫓은 거냐고 물었어. 어서 대답해."

"그래, 쫓았다."

"이유가 뭐냐? 솔직히 털어놓는 게 좋을 거다, 네 녀석의 뱃속을 직접 눈으로 구경하고 싶지 않다면."

"얼마나 잘생겼는지 늘 궁금하긴 했지만… 죽고 싶진 않으니 어쩌겠어? 허심탄회하게 털어놓는 수밖에. 내가 여기까지 온 이유는 간단해. 셰이한테 부탁받은 말 중에 전하지 않은 게 있거든."

카시아스의 입술에서 괴로움에 찬 긴 신음 소리가 비어져 나왔다.

"뭐 그렇게까지 감격할 필요는 없어. 내가 워낙 책임감이 강한 사나이라서 임무 완수에 천금 같은 목숨 한번 걸어본 것에 지나지 않으니까."

본 존은 다소 허풍스럽게 웃어 보이며 카시아스의 팔을 밀쳐냈다. 카시아스는 순순히 멱살을 놓아주었으나 말투는 거칠었다.

"꺼져!"

"나한테 관심 끊어. 내가 여기서 엉덩이로 운없는 개미 떼를 뭉개든, 벌거벗고 춤을 추든, 절세가인과 살림을 차리든 상관할 바 아니잖아."

카시아스는 본 존을 무시하고 저택 쪽을 살폈다. 노랫가락이 들리는 것으로 보아 여흥이 한창 무르익어 간다는 사실을 짐작할 수 있었다.

"아룬델이 깨어났어. 조심해야 돼."

막 발을 내디디려던 카시아스는 천천히 본 존을 돌아봤다.

"셰이의 말이야. 귀담아 잘 새겨들어."

"헛소리. 듀이에게 접근하지 못하게 막으려고 지어낸 헛소리야. 더러운 속셈이 빤히 들여다보이는군. 내가 고작 그 정도 말장난에 놀아날 줄 알았나 보지?"

"나라면 한번 믿어보겠어. 조심해서 나쁠 건 없잖아."

"판단은 신중해야 하지만, 행동으로 옮길 때는 과감해야 돼. 조심스러운 행동은 겁쟁이들이나 하는 짓이야."

몸을 돌리려던 카시아스가 다시 본 존에게 눈길을 던졌다.

"그리고 난 네가 아니야, 다행히도."

"잘난 체 하나는 국왕감이군. 괜찮은 녀석이라는 생각이 손톱만큼 들던 참인데, 역시 진실은 짜증나고 밥맛없는 놈이었어."

본 존은 점차 윤곽이 희미해지는 카시아스를 곱지 않은 시선으로 지켜봤다.

어차피 나야 할 일 다했으니, 신경 쓸 거 없지. 곤죽이 돼서 널브러지든, 피거품을 물고 나자빠지든, 잘나신 분께서 오죽 훌륭히 처리하시겠어?

홀가분한 마음으로 갈 길이나 가자고 생각하며 본 존은 바닥에 뒹구는 자신의 짐을 뒤적거렸다. 두 토막 난 배낭은 볼 필요도 없고, 몇 개 안 되는 옷가지도 반 정도는 카시아스의 검 맛을 호되게 본 상태였다.

"이거 물어달라고 할까 봐 잽싸게 토낀 거 아냐?"

본 존은 성한 소지품들을 대충 골라내 윗도리로 둘둘 말았다.

그런 다음 못쓰게 된 물건들을 따로 모아 눈에 잘 띄지 않는 덤불 속에 숨겼다. 나중에라도 자신으로 인해 일이 잘못되었다는 말은 듣고 싶지 않았다.

그 날강도 같은 놈이 내가 이렇게 정성을 들이는 걸 알기나 할는지……. 생각할수록 분하고 억울한데, 나올 때까지 기다렸다가 악착같이 받아내고 말까?

"그래, 세상 어느 누구도 본 존님한테 손해를 끼치고 무사히 도망칠 순 없어. 그 사실을 똑똑히 보여줘야 해."

본 존은 카시아스가 방금 전까지 시간을 보냈던 나무 위로 올라갔다. 그곳에서 저택 안의 동정을 관찰하며 카시아스를 기다릴 작정이었다.

이건 모두 녀석이 괘씸해서야. 걱정이니 뭐니 하는 소름 끼치는 이유 따위가 아니라고. 그런 말을 들으면 송장한테 달라붙은 구더기도 기가 막혀 게거품을 물을걸?

"암, 당연하지. 그렇고 말고."

본 존은 고개까지 주억거리며 앉은 자세를 이리저리 고쳤다.

"왜 이래, 이거? 아래서 볼 때는 그럴듯하더니만, 왜 이렇게 배기는 데가 많고 딱딱해? 이러다가 한 십 년은 늙어진 몸으로 내려가게 되는 거 아냐?"

투정에 가까운 불평은 그 후에도 쉽사리 그치지 않았다.

＊

마차는 쉴 새 없이 어둠 속을 질주했다. 사나흘은 족히 달려온 것 같은 느낌이었다. 실제로 모고르의 저택까지 그리 먼 거리는 아니었으나, 셰이를 괴롭히는 긴장과 초조감이 멀쩡한 시간을 몇 배로 잡아 늘려놓았다.

"너, 이런 일 처음이지?"

옆 자리에 앉아 있는 여인이 물었다. 그녀는 대답을 기다리지 않고 곧바로 말을 이었다.

"많이 힘들 거야. 처음은 원래 다 그래. 나중이라고 쉬워지진 않지만, 적어도 익숙해지긴 하거든. 본인이 원하든, 원하지 않든. 나 역시 그랬어."

여인이 우스갯소리라도 한 것처럼 활짝 이를 드러냈다. 진한 화장으로 덮인 눈매가 왠지 모르게 슬퍼 보였다.

"내가 어떻게 하는지 잘 보고 있다가 그대로 따라 해. 그럼 한결 수월할 거야."

마차의 속도가 줄어들더니 이윽고 완전히 정지했다. 여인들이 앞 다투어 마차에서 내려섰다. 셰이는 가장 마지막으로 땅에 발을 디뎠다. 옷매무새를 가다듬는 여인들을 흉내 내며 주의 깊게 사방을 살폈다. 측면으로 높이 솟은 누각이 보였고, 그 뒤쪽으로는 왕궁만큼이나 웅장하고 호화로운 건축물이 자리 잡고 있었다. 규모도 대단했지만 유난스레 등불이 환하게 밝혀진 것으로 미루어 모고르가 거처하는 사저임을 짐작할 수 있었다.

"드디어! 아리따운 숙녀 분들께서 우리 앞에 당도하셨군!"

기사로 보이는 일곱 명의 남자가 빙글빙글 웃으며 다가왔다. 이미 꽤 많은 양의 술을 마신 듯 하나같이 얼굴색이 벌겠고, 그중 세 명은 비척대기까지 했다. 그들의 뒤편에선 스무 명이 조금 넘어 보이는 병사들이 서성거리고 있었는데, 불만 어린 시선을 힐 끔힐끔 던져 대는 모습들이 셰이의 눈엔 이상스럽게 비쳐졌다.

"병사들이 왜 저러는 거지?"

"기사들이 먼저 마음에 드는 여자를 고르고 난 이후에야 저들 차례가 오거든. 여자들 숫자가 기껏해야 열댓 명 정도에 불과한데, 병사들 기분이 좋을 리가 있겠어?"

머리를 매만지고 있던 다른 여자가 고개를 내밀며 소곤거렸다.

"사실 우리 쪽에서도 기사가 낫긴 훨씬 낫지. 돈도 많이 주지, 개인 숙소가 있으니 거기 편하게 박혀 있을 수 있지. 날씨도 쌀쌀한데 이런 풀밭에서 뒹굴고 싶은 여자가 어디 있겠어?"

"병사들이 풀밭을 뒹군다고?"

셰이는 진지하게 물었다.

"말이 그렇다는 거지."

여자가 키득거렸다.

"사실 문짝 하나 안 달린 휴식실 구석이나 사방이 뻥 뚫린 풀밭이나 그게 그거 아니겠어? 어머, 기사님! 너무 잘생기셨다! 역시 남자는 뭐니 뭐니 해도 잘생긴 게 최고라니까!"

여인의 목소리가 돌연 간드러지게 변했다.

"역시 아르덴 최고의 미남은 언제 어디서나 빛을 발한단 말이야."

호남형으로 생긴 기사가 능글맞은 웃음을 흘리며 가까이 모여 있는 다섯 명의 여자들을 쭉 둘러봤다.

"어디 보자… 오호! 이쪽은 처음 보는 얼굴 같은데?"

기사는 다짜고짜 셰이의 팔뚝을 움켜쥐고 와락 끌어당겼다. 기습적으로 당한 셰이는 그의 가슴에 얼굴을 부딪치고 말았다. 술과 싸구려 화장수 냄새, 거기에다 땀내까지 섞인 역한 체취가 훅 밀려들었다. 속이 메슥거렸다.

"난 애로 하겠어! 마음에 딱 들어!"

기사가 셰이의 허리에 팔을 감았다. 간신히 토기를 참고 있던 셰이는 서둘러 그의 손길에서 벗어났다.

"난 병사가 좋아."

와자지껄하던 주위가 삽시간에 조용해졌다. 당황한 얼굴로 사람들을 곁눈질하던 기사는 찌그러진 미소를 겨우 만들었다.

"하하! 농담도 잘하는군. 재치있고 좀 튕기기도 하는 여자가 매력적이라고 한마디 했더니만… 하하하……!"

"농담이 아니라 난 진짜 병사가 좋아."

병사들 쪽에서 환호성이 터져 나왔다. 기사의 얼굴이 새빨개졌다. 그는 이를 뿌드득 갈며 셰이를 노려봤다.

"누가 더러운 창녀 아니랄까 봐!"

씹어뱉 듯이 말한 남자가 발을 퍽퍽 찍어 차며 기사 숙소 쪽으로 걸어갔다.

"너, 어떡하려고 그래? 저 녀석은 속 좁고 치사하기로 유명하단 말이야. 분명히 보복하려 들 거라고."

여인이 귀에 대고 소곤거렸다. 신경 쓸 필요 없다고 말하려 했을 때, 병사들이 우르르 뛰어와 셰이를 에워쌌다.

"너 진짜 끝내준다!"

"네 덕분에 내 속이 다 후련해!"

"나도 그래! 십 년 묵은 체증이 확 뚫리는 것 같더라!"

"그 녀석 기사랍시고 얼마나 거들먹거렸어? 오직 아부 하나로

요기조기 붙어 다니는 주제에, 우리를 무슨 지 개인 노예 정도로
취급했잖아.”
“맞아, 재수가 없어도 오질 나게 없는 놈이라니까!”
“그런데 말이야, 아까 그놈 표정 봤어?”
“아, 그 똥 씹어 먹다가 들킨 표정?”
박장대소가 터졌다.
“너, 이름이 뭐야?”
병사 한 명이 불쑥 물었다. 말문이 막힌 셰이는 허둥지둥 머리
를 굴렸다.
“어… 오렌지, 내 이름은 오렌지야.”
드레스 색깔이 워낙 튀어서 그런지 다른 건 생각나지도 않았
다.
“이야, 오렌지! 이름도 정말 끝내준다!”
“진짜 딱 어울리는 이름이야! 그렇지?”
“맞아! 끝내주게 예뻐! 최고야!”
셰이는 어색하게 웃었다.
이 사람들 수준도 알 만하군.
“오렌지, 나 어때?”
“나랑 놀자, 오렌지!”
“무슨 소리! 오렌지가 너같이 지저분한 녀석을 좋아할 것 같아?”
“그러는 너야말로 석 달 내내 발 한 번 안 씻었잖아! 너 때문에
자다가 급사할 뻔한 적이 한두 번인 줄 알아?”
“그래, 너희는 싸워라. 그사이 오렌지는 나랑 놀 테니까.”
“택도 없는 소리!”

병사들의 말다툼 소리가 점점 시끌벅적해졌다.

"오렌지, 우리 둘이 조용한 데로 갈까?"

병사 한 명이 눈웃음을 살살 치며 셰이에게 팔을 뻗었다. 그 순간 다른 병사 세 명이 동시에 그를 덮쳤다.

"이 치사한 자식!"

"이놈! 아예 오늘 죽어라!"

"말은 필요없어! 그냥 밟아버려!"

차마 눈뜨곤 볼 수 없는 처절한 응징이 가해졌다. 셰이의 머리에 썩 괜찮은 생각이 떠오른 건 바로 그때였다.

"조용! 모두 조용!"

그녀는 손뼉까지 치며 크게 외쳤다. 소란이 빠르게 잦아들었다.

"병사님들이 다칠까 봐 걱정돼서 그러는데, 내가 직접 선택하면 안 될까?"

"그래, 그거 좋은 생각이다!"

"나도 찬성이야!"

"얼굴만 예쁜 줄 알았더니, 우리 오렌지는 머리도 좋은가 봐!"

병사들 중 미남 3인방으로 꼽히는 남자 셋이 앞 다투어 동의했다.

"병사님들 중 가장 힘세고 싸움 잘하는 사람이 누구야?"

"힘세고 싸움 잘하는 사람?"

"응, 남자는 뭐니 뭐니 해도 힘세고 싸움 잘하는 게 최고잖아, 안 그래?"

"그거야 그렇지!"

"힘이라면 날 따라올 자가 없을걸?"

"힘만 세다고 싸움까지 잘하는 건 아니야. 싸움은 힘이 아니라 기술이라고."

"하, 저 녀석 말은! 내 주먹 한 방에 넙죽 뻗어버린 녀석이!"

"그땐 네가 비겁하게 발을 거는 바람에 넘어진 것뿐이잖아!"

"뭐야? 지 발에 걸려 지가 넘어진 주제에 누구한테 덤터기를 씌워?"

"자자, 다들 그만 하고… 어디 말 나온 김에 정식으로 한번 붙어보는 게 어때?"

일을 부추긴 셰이 스스로가 놀랄 만큼 병사들은 쉽게 그녀의 의도대로 움직였다. 눈 깜짝할 사이 병사 휴식소 앞에 싸움판이 마련되었다. 다른 곳에 있던 병사들과 기사들도 구경거리를 따라 모여들었다.

병사들의 대결을 구경하는 척하던 셰이는 신중하게 뒤쪽으로 빠져나왔다. 그녀는 땅에 떨어져 있는 경비병의 제복 상의를 집어 어깨에 걸쳤다. 그렇게라도 해서 지나치게 눈에 잘 띄는 드레스를 가려야 했다. 병사 한 명이 시선을 던지자 셰이는 부르르 몸을 떠는 척하며 제복의 옷깃을 바짝 여몄다. 그녀에게 미소를 던진 병사가―좀 전에 기사와 벌인 소동으로 인해 병사들은 셰이를 무척이나 호의적으로 대해주었다―관심을 다시 싸움판으로 돌렸다.

셰이는 어둠이 짙게 깔린 휴식소 모퉁이로 황급히 이동했다. 시간이 많지 않았다. 싸움판이 끝나기 전에 일을 마무리 짓고 돌아오지 않으면 의심을 사거나, 최악의 경우 현장에서 잡힐 위험도 있었다. 물론 지금도 그녀의 행방을 궁금해하는 사람이 있을

지 모른다. 걱정은 되지만 다시 돌아갈 수는 없었다. 어차피 이번이 처음이자 마지막 기회였다.

운에 맡기고 해보는 수밖에.

셰이는 넘실넘실 불안한 손짓을 보내는 등불을 향해 잰걸음을 옮겼다.

마차 바퀴 소리가 들리자 카시아스는 재빨리 외벽에 몸을 붙였다. 노출이 심한 싸구려 드레스 차림의 젊은 여인들이 마차에서 내려서는 모습이 보였다. 한눈에도 창부들임을 알 수 있었다.

자신이 없는 사이, 이런 놀이판이 벌어진다는 걸 모고르도 알고 있을까?

사이트러스 성에 비해 이곳은 이해가 안 될 정도로 보안이 허술했다. 모고르처럼 빈틈없는 성격의 교활한 책략가라면 코앞에서 벌어지는 일을 모를 리 없으리라는 생각이 들었다.

하긴 자신의 저택에까지 과도하게 삼엄한 경계를 펴면 괜한 의혹만 사게 될 테니, 해이해진 기강을 못 본 척 눈감아주는 건지도 모르겠군.

정보가 빠른 아르덴과 그 주변 지역에서 모고르의 평판은 최악이었다. 선왕을 죽이고 심장을 파먹었다느니, 사람을 재물로 바치는 암흑신의 소생이라느니, 하는 풍문이 떠돌 정도였다.

날은 기가 막히게 잘 잡았군.

창부까지 끌어들여 흥청망청 즐기는 기사와 병사들이 한심하기는 했으나, 몰래 숨어들어야 하는 처지인 카시아스에겐 더할 나위 없이 좋은 상황이었다.

짐작대로 별관의 보안 역시 엉성하긴 마찬가지였다. 입구 쪽에만 두 명의 병사가 지킬 뿐이었는데, 그들조차 이미 거나하게 술을 마신 듯 아예 바닥에 엉덩이를 깔고 앉아 꾸벅꾸벅 졸고 있었다. 담을 뛰어넘을 생각을 하고 있던 카시아스는 두 병사 사이를 지나 유유히 별관 안으로 걸어 들어갔다.

경비가 이 정도로 허술한데, 듀이는 왜 여태껏 도망을 치지 않았을까?

침대에 누워 잠들어 있는 듀이를 발견했을 때, 카시아스의 머리를 스친 의문이었다.

"아룬델이 깨어났어! 조심해야 돼!"

마치 바로 옆에서 외치기라도 한 듯 셰이의 경고가 생생히 뇌리를 파고들었다.

헛소리야… 헛소리에 지나지 않아.

카시아스는 듀이의 어깨를 살짝 흔들었다. 잠기운이 그득하던 동공이 다음 순간 놀랄 정도로 뚜렷해졌다.

"카시아……!"

카시아스는 재빨리 듀이의 입을 막았다.

"쉿, 큰 소리 내면 안 돼."

듀이가 고개를 끄덕이자 카시아스는 손을 거둬들였다.

"어떻게 된 거야?"

듀이는 일어나 앉으며 숨죽여 물었다.

"너야말로 어떻게 된 거야? 아직까지 여기 있으면 어떡해? 보안도 엉망이던데, 적당한 기회를 봐서 진작 빠져나왔어야지. 아예 이곳에 눌러앉을 작정인 거야?"

카시아스는 일부러 공격적인 태도를 취했다. 듀이의 반응을 보고 싶어서였다.

"보안이 엉망이긴? 병사가 출구 앞에 둘이나 진을 치고 있는데… 하녀며 하인들은 왜 또 그렇게 많은지, 거짓말 안 보태고 벌집 속의 벌처럼 바글바글할 지경이란 말이야! 그런데 어떻게 도망을 가? 잡히면 무슨 봉변을 당하라고? 알지도 못하면서 사람 속만 벅벅 긁어놓는다니까!"

듀이는 부루퉁하니 입술을 내밀었다. 카시아스는 슬며시 안도의 한숨을 흘려보냈다.

듀이야, 듀이가 틀림없어. 저 말투며 표정… 듀이가 분명해.

"어서 일어나. 여기서 나가자."

"잠깐만, 옷 좀 갈아입고."

듀이는 부랴부랴 바닥으로 내려섰다.

"옷 갈아입을 필요없어."

"그럼 잠옷 바람으로 그냥 나가란 말이야? 그러다 잡히기라도 하면 어쩌고? 너무 창피해서 혀를 꽉 깨물고 자결을 할지도 몰라."

"나가기도 전에 잡힐 생각부터 하냐?"

"잔소리 그만 하고 빨랑 뒤돌아서기나 해."

"하여튼 누가 듀이 델코 아니랄까 봐, 유난을 떤다니까."

툴툴대긴 했으나 몸을 돌리는 카시아스의 얼굴엔 웃음기가 선명했다. 듀이는 무사했고, 예전과 똑같았다. 이제 아무 탈 없이 이곳을 벗어나기만 하면, 그가 오늘 밤 기원했던 모든 일들이 전부 이루어지는 셈이었다.

그야말로 축복의 밤이 따로 없군.

카시아스의 미소가 한층 깊어졌다.

편하게 앉은 채로 뜻밖의 선물을 받게 되는군. 깨끗이 없애지 못한 것이 내내 찜찜했는데, 제 발로 걸어 들어오다니…….

아룬델은 회심의 미소를 지으며 카시아스의 뒷모습을 바라봤다.

눈앞에 있는 사람이 듀이 델코가 아닐지 모른다는 생각은 꿈에도 하지 못했을 테지. 카시아스 비저 드 아브레이유, 내 연기가 어땠어? 혀를 내두를 만큼 완벽하지 않았어?

아룬델은 카시아스를 먼저 옴짝달싹 못하게 만든 뒤, 자신의 정체를 밝힐 심산이었다. 감쪽같이 속아 넘어갔다는 사실을 깨달았을 때, 카시아스의 표정이 어떻게 바뀔지 자못 궁금했다.

힘을 끌어 모으려던 아룬델은 미간을 좁혔다. 이상했다. 무엇인가가 그의 힘을 꽉 틀어막고 있는 것 같았다.

뭐야? 어떻게 된 거야?

아룬델은 더욱 정신을 집중했다. 그러나 카시아스를 제압하기는커녕 찻잔 하나 움직일 만한 힘조차 발휘되지 않았다.

말도 안 돼! 대체 뭐가 잘못된 거야? 오늘 저녁만 해도 멀쩡하던 능력이 왜 갑자기 말을 듣지 않는 거냐고? 설마……?

어떤 생각이 번개처럼 뇌리를 스쳤다.

듀이 델코…… 너냐? 네가 감히 날 방해하고 있는 거냐?

아룬델의 눈꼬리가 가늘게 떨렸다. 그를 지배하는 감정은 분노보다는 짜증에 가까웠다. 듀이 델코라는 아무것도 아닌 촌놈 따위가 몸 안에 들어와 있다는 사실과 그것도 모자라 주제넘게 자신의 일까지 방해하고 있는 현 상황이 견딜 수 없이 불쾌했다.

어디 두고 봐, 듀이 델코! 너는 물론, 널 알고 있는 자들까지 하나도 남김없이 죽여 버리겠어. 그럼 너란 놈이 존재했다는 흔적도 자연히 없어지게 되겠지. 가장 먼저 처리할 대상은 바로 저 짜증나는 왕자 녀석이야. 할 수만 있다면 녀석의 비참한 최후를 잘 지켜보고 있으라고.

"다 됐지?"

카시아스가 몸을 움직이려 하자 아룬델은 부랴부랴 침대에 앉아 이마에 손을 짚었다.

"왜 그래? 어디 아파?"

"좀 어지러워서 그래. 널 보니까 긴장이 풀려서 그런가 봐. 그런데 어떡하지, 카시아스? 옷을 아직도 못 갈아입었어. 아무래도 그냥 나가야 할 것 같아."

"그래, 그 편이 낫겠어. 시간을 더 지체했다간 일이 잘못될 수도 있어."

아룬델은 카시아스의 뒤를 따라 내실 밖으로 나갔다.

"거기가 아니야. 이쪽으로 가야 돼."

서너 걸음 옮기고 있던 카시아스는 눈살을 찌푸리며 아룬델을 돌아봤다.

"난 분명히 이리로 들어왔어."

"정문으로 가면 이래저래 위험이 많잖아. 후문이 어디에 있는지 내가 알고 있단 말이야. 이곳으로 끌려올 때, 그 문을 사용했거든. 후문 쪽엔 병사들도 몇 명 되지 않아. 정문보다는 훨씬 빠져나가기 손쉬울 거야."

카시아스가 결정을 내리기도 전에 아룬델은 반대편 복도를 따라 부지런히 발을 놀렸다.

"카시아스, 뭐 해? 빨리 와!"

뒤따라오는 기척이 느껴졌다. 아룬델은 헤벌어지려 하는 입술에 힘을 주었다.

"이 문만 통과하면 돼. 그럼 바로 후문이 보일 거야. 네가 열어, 카시아스. 난 괜스레 겁이 나서 못 열겠어."

아룬델이 옆으로 비켜서자 카시아스는 순순히 문고리를 잡았다. 문이 열리는 순간, 아룬델은 그의 등을 힘껏 떠밀었다. 앞으로 고꾸라질 뻔한 카시아스는 바닥에 무릎을 꿇기 직전 가까스로 몸을 가눌 수 있었다.

"어서 놈을 잡아! 어서!"

아룬델은 냅다 소리를 질렀다. 방 안에 있던 벨페스트와 고르키가 놀란 얼굴로 그를 응시했다.

"뭐 하는 거야? 어서 놈을 잡으라니까!"

카시아스는 눈을 질끈 감았다.

"아룬델이 깨어났어! 조심해야 돼!"

젠장!

절망이 차오르던 호박빛 눈동자가 감은 눈꺼풀 위로 아른거렸다.

"어떻게 하면 날 믿어주겠어?"

"젠장!"

카시아스는 버럭 소리치며 검을 뽑아 들었다. 그리고는 휙 몸을 돌려 아룬델을 마주했다.

"뭐, 뭐야? 놈을 잡아! 놈을 잡으라고! 빨리!"

"너도 손이 있잖아. 직접 잡으면 되겠네."

벨페스트가 심드렁하게 대꾸했다. 하지만 그의 얼굴엔 재미있다는 기색이 노골적으로 나타나 있었다. 카시아스는 아룬델의 목을 겨냥해 검을 치켜들었다.

"사, 살려줘! 제발 살려줘!"

검날이 허공에 매끈한 곡선을 그린 찰나 아룬델은 자신도 모르게 악을 썼다.

"듀이 델코!"

섬뜩한 감각이 닿을 듯 말 듯 목줄기를 스쳐 갔다. 아룬델은 헉 헉, 거친 숨을 토해냈다.

"내가 죽으면 듀이 델코까지 죽어! 우린 아직 한 몸이란 말이야!"

"듀이와 네놈을 우리라는 말로 묶지 마라."

카시아스는 검 손잡이로 아룬델의 머리를 후려쳤다. 힘없이 쓰러지는 아룬델을 훌쩍 뛰어넘어 그는 문으로 돌진했다. 검붉은 불꽃이 앞을 가로막더니, 눈 깜짝할 사이 주위를 에워쌌다. 한발 늦게 도착한 아슬라의 힘이었다. 카시아스는 포기하지 않고 불꽃을 향해 검을 휘둘렀다. 엄청난 열기가 검을 뜨겁게 달구었다. 치

이익, 소리를 내며 손바닥이 타 들어갔다. 카시아스는 검을 떨쳐
내지 않았다. 자신을 벌주기라도 하듯 으스러져라 손잡이를 움켜
쥐었다.

"으아아아아아!"

가슴이 터질 듯한 울분이 쏟아져 나왔다.

반쯤 열린 창문으로 스며든 불안한 밤공기에 소름이 돋았다. 세이는 문가에 서서 눈이 어둠에 익숙해지기를 기다렸다. 섣불리 움직였다가 큰 소리라도 내는 날엔 임무를 완수하는 건 고사하고 그녀의 목숨조차 지키지 못하는 상황에 처하게 될 터였다.

시야가 웬만큼 확보되자 세이는 곧장 침대로 걸어갔다. 가터벨트 사이에 끼워놓았던 가죽을 꺼낸 뒤, 피를 낼 만한 물건을 찾았다. 그러나 낯선 공간인 데다가 사방이 어두운 까닭에 쉽게 눈에 띄지 않았다.

미리 준비했어야 하는데… 바보 같으니.

정신을 차리기 힘들 만큼 일이 급박하게 진행된 면이 있긴 하지만, 자신 외에는 탓할 사람이 없었다. 초조하게 주위를 둘러보던 세이는 선반 위에 놓여 있는 조각품—유난히 뾰족한 창을 든 채 말을 타고 있는 기사를 섬세하게 표현한 목조(木彫)였다—을 이용해 몇 방울의 피를 겨우 가죽에 묻힐 수 있었다.

머리와 가까운 곳에 놓으라고 했지? 으음… 베개 속에 넣을까? 아니야, 아무래도 베개는 들킬 위험이 높아.

셰이는 허리를 굽혀 침상 아래를 들여다봤다. 그때였다. 갑작스레 불길한 느낌이 엄습했다. 무엇인가 위험한 것이 빠르게 다가오고 있는 듯한 감각에 뒷머리가 쭈뼛 곤두섰다. 셰이는 허겁지겁 침상 아래로 기어들었다. 순간 침실 전체가 환해졌다.

"네가 제정신이냐? 왕궁 연회에 제멋대로 나타나다니!"

"죄송합니다, 주인님. 한시라도 빨리 보고드려야 할 것 같아서… 주인님이 곤란해지실지 모른다는 생각을 미처 하지 못했습니다. 어리석은 저의 불찰입니다."

벨페스트야! 그의 목소리가 틀림없어. 그럼 같이 있는 사람이 바로 모고르란 자겠군.

"대체 무슨 일인데 그렇게 호들갑을 피우는 거냐?"

"카시아스 왕자를 잡았습니다."

셰이는 입을 크게 벌렸다가 황급히 다물었다.

"그 조심성 많은 녀석을 잘도 잡았구나. 그래, 어떻게 잡은 것이냐?"

"우습게도 아룬델이 사냥감을 저희 앞까지 몰아주었습니다. 보아하니 카시아스 왕자는 그를 듀이 델코라고 믿은 것 같더군요. 아룬델의 연기가 꽤나 그럴듯했나 봅니다. 하긴 그 녀석이 지금껏 살아온 방식을 보면 반반한 면상만큼 중요한 것이 바로 연기력 아니겠습니까? 카시아스 왕자를 요리하는 건 눈 감고 꾸벅꾸벅 졸면서도 가능했을 것입니다.”

벨페스트는 조소를 풍기며 짧게 웃었다.

“그런데 말이다, 왜 아룬델이 직접 처리하지 않고 너희의 힘을 빌렸는지… 이유를 모르겠구나.”

“저도 그 점이 미심쩍습니다. 카시아스 왕자가 자신을 죽이려 했을 때도, 대항은커녕 꼴사납게 벌벌 떨기만 하더군요. 전 오줌이라도 지리는 줄 알았습니다. 힘 좀 쓸 수 있다고 잘난 체하며 거들먹거리던 모습과는 천지 차이였습니다.”

“워낙 교활한 녀석이니 다른 꿍꿍이가 있는지도 모를 일이다. 으음… 이상하군…….”

“왜 그러십니까, 주인님?”

“아니다, 아무것도. 그건 그렇고, 카시아스는 지금 어디 있느냐? 사이트러스 성으로 옮겼느냐?”

“주인님께 먼저 보고부터 올려야겠다는 생각에 일단 북쪽 탑에 가둬놨습니다. 숨구멍만 남기고 모든 공간을 철저히 막아놓았으니, 설령 날개가 돋아난다고 해도 빠져나가지 못할 것입니다.”

“그래, 잘했다. 그런데 말이다, 벨… 어디서 피 냄새가 나는 것 같지 않느냐?”

셰이의 가슴이 철렁 내려앉았다.

“글쎄요… 피 냄새라니… 전 잘 모르겠는데요?”

“여기에 발을 디디면서부터 이상한 느낌이 들었다. 처음엔 그저 착각이려니 했는데… 무엇인가가 자꾸만 신경을 건드리는구나……. 그래, 이건 피 냄새야, 처음 맡아보는 혈향이 틀림없다.”

셰이는 상처가 난 손가락을 허둥지둥 옷자락으로 감쌌다.

"어디에서 나는 것일까?"

이리저리 침실 안을 돌아다니는 기척이 느껴졌다. 심장이 쿵쾅쿵쾅 거칠게 방망이질쳤다. 그 소리가 밖에까지 새어나갈 것 같아 셰이는 가슴에 손을 얹고 힘껏 눌렀다.

"여기는 아닌 것 같군."

창가로 갔던 두 개의 발이 성큼성큼 침상을 향해 다가왔다. 두려움이 빚은 섬뜩한 전율이 등줄기를 치달아 올랐다. 핏줄기마저 얼어붙은 듯 머릿속까지 싸늘해졌다.

들키지 않게 해주세요! 무사히 넘어가게 해주세요! 제발 들키지 않게 해주세요!

왜 그토록 겁에 질렸는지 이유도 알 수 없었다. 발각되면 모든 것이 끝나리라는 공포만이 그녀의 몸과 마음을 지배하고 있었다.

"여기 이 조각상 녀석이 아무래도 범인인 것 같습니다, 주인님."

셰이의 눈앞에 막 정지하려던 발이 방향을 틀었다.

"혹시나 해서 만져 봤더니 희미한 핏자국이 묻어나더군요. 청소하던 하녀가 여기 이 뾰족한 창에 손이라도 찔렸나 봅니다. 만에 하나 침입자가 있다면 주인님께서 그 낌새를 벌써 눈치 채셨을 것입니다."

"그래, 네 생각이 맞는 것 같구나."

조각상을 얼굴 가까이에 대고 냄새를 맡아보던 모고르가 마침내 수긍했다.

"그나저나 주인님, 그 왕자 녀석은 어떻게 처리할까요? 직접 만나보고 결정하시겠습니까?"

"아니다, 속히 왕궁으로 돌아가 봐야 한다. 잠깐 바람 좀 쐬겠다고 둘러댔으니, 이 이상 시간을 지체했다간 한심한 귀족 나부랭이들이 또 이러쿵저러쿵 입방아를 찧어댈 것이다. 더군다나 그 건방진 녀석을 만나면 십중팔구 내 기분만 상하게 될 테고 말이다. 벨, 너에게 맡기겠다. 혹시 녀석이 주문에 대해 알고 있는지 캐봐라. 하긴, 알더라도 쉽사리 입을 열 녀석이 아니지. 그러니 네가 할 수 있는 모든 방법을 동원해야 할 거다. 끝까지 입을 열지 않으면 아예 영원히 막아버리거라."

"즉시 명을 받들겠습니다. 이거 정말 기대되는군요."

벨페스트가 재미있겠다는 듯 두 손을 비벼댔다.

"녀석한테 고통스런 죽음을 선사하되, 시신은 크게 손상시키지 마라. 최소한 신원은 알아볼 수 있어야 녀석의 성가신 추종자들도 같잖은 희망을 버리지 않겠느냐?"

"알겠습니다, 주인님. 제가 책임지고 말끔히 처리하겠습니다."

고개를 끄덕여 보인 모고르가 모습을 감췄다. 셰이는 카시아스를 구할 방법을 찾아 미친 듯이 머리를 더듬었다. 무슨 수를 쓰든 벨이 카시아스에게 가지 못하도록 막아야 한다. 카시아스의 목숨이 걸린 문제였다. 실수는 용납되지 않는다. 불현듯 어떤 생각이 머리에 떠올랐다.

말도 안 돼! 허황된 망상이야! 성공할 리 없어!

벨페스트가 입속말을 웅얼거렸다. 공간 이동 주문임이 분명했다. 시간이 없었다.

"벨!"

셰이는 마음속으로 다급히 벨페스트를 불렀다.

“벨! 내 말 들려?”

일순 벨페스트가 주춤했다.

“셰이?”

벨페스트는 환청을 들은 것이라 생각하면서도 자리를 뜨지 못했다.

“도와줘, 벨페스트! 나 좀 살려줘!”

“무슨 일이야?”

벨페스트의 언성이 날카로워졌다. 셰이가 위험에 처했을지 모른다는 두려움이 얼굴에서 혈색을 빼앗아갔다.

“셰이! 무슨 일이야? 무슨 일인지 어서 말을 해!”

“몸이 묶인 채 어디론가 끌려가고 있어! 아무래도 노예상에게 잡힌 것 같아!”

“어디야, 셰이? 지금 어디 있는 거야?”

“버틀랜드 국의 에트디그니스라는 것밖엔 몰라!”

“밖에 뭐 보이는 건 없어?”

“그냥 어둡기만 해! 아무것도 보이지 않아! 나 무서워, 벨! 너무 무서워! 제발 나 좀 구해줘!”

“알았어! 내가 구해줄게, 셰이! 내가 꼭 구해줄게!”

바닥에 드리워진 벨페스트의 그림자가 사라졌다. 그 즉시 셰이는 적안에게서 받은 가죽을 침상 모서리 부분에 끼워 넣었다.

“미안해, 벨. 미안해.”

셰이는 벨페스트가 있던 허공에 대고 속삭인 뒤, 지체없이 모고르의 사저에서 벗어났다. 북쪽으로 높이 솟아 있는 첨탑이 보였다. 벨페스트가 말한 북쪽 탑임이 분명했다. 셰이는 등불을 피해 어둠 속에 몸을 묻은 채 뛰다시피 발길을 재촉했다. 주위를 살피며 좀 더 신중하게 접근해야 한다는 건 알고 있었으나 점점 속도가 빨라졌다. 카시아스의 목숨이 경각에 달려 있었다. 머릿속을 가득 채운 그 사실 하나가 그녀를 끊임없이 몰아붙였다. 한 가지 다행스러운 건 그녀의 수상쩍은 행동을 눈치 챈 사람이 없다는 점이었다. 만약 발각되었다면 이렇듯 사방이 조용하지는 못할 터였다.

첨탑 입구에도 지키는 사람은 보이지 않았다. 셰이는 나선형으로 이어지는 계단을 허겁지겁 뛰어올랐다. 첨탑 꼭대기에 이르자 굳게 닫힌 철문이 앞을 가로막았다. 셰이는 가쁜 숨결을 고르며 일단 멈춰 섰다. 문에 어떤 마법이 걸려 있을지 모른다는 생각이 들었다. 하지만 어차피 몸으로 직접 부딪쳐 보는 수밖에는 달리 방법이 없었다. 그녀는 심호흡을 한 다음, 문고리에 손을 가져갔다. 어마어마한 충격이나 고통이 덮칠지 모른다는 불안감에 저절로 몸이 움츠러들었다. 그러나 싸늘한 금속성의 느낌만이 전해졌을 뿐, 문은 어떠한 방해도 없이 쉽게 열렸다.

안은 예상외로 밝았다. 천장엔 온통 스테인드글라스가 뒤덮여 있었고, 그곳을 통과한 달빛이 사방으로 색색의 빛깔을 흩뿌리고 있었다. 지나치게 화려한 색채 때문인지 어두운 곳에 있다 갑자기 들어선 탓인지 머리가 조금 어지러웠다. 셰이가 눈을 감았다가 떴을 때였다. 별안간 뒷골이 서늘해졌다. 그녀는 본능적으로 고개를 숙이며 몸을 돌렸다. 쉭, 하는 소리와 함께 한줄기 바람이 살갗을 스치고 지나갔다. 셰이의 얼굴에 경악이 서렸다. 바로 앞에 카시아스가 검을 들고 서 있었다. 광포한 살기만이 희번덕거리는 눈을 보자 그녀는 할 말을 잃고 말았다.

"내 앞에 나타나는 순간, 넌 내 손에 죽게 될 거야. 내 이름을 걸고 맹세하겠어."

버틀랜드 국에서 끝내 오해를 풀지 못하고 헤어지게 되었을 때, 카시아스가 그녀에게 한 말이었다.

"꼭 이래야 되겠어? 그렇게 날 죽이고 싶어?"

셰이의 어조엔 짙은 피로감과 체념이 묻어 있었다. 카시아스가 다시 검을 치켜세웠다.

"빨리 여기서 나가야 돼, 카시아스. 이럴 시간 없어. 내 목을 조르든, 검으로 심장을 찌르든… 일단 무사히 이곳을 벗어난 다음에 해도 늦지 않아."

카시아스가 전광석화처럼 검을 휘둘렀다. 어찌나 빠른지 피할 틈도 없었다. 일순간 셰이는 자신의 몸이 두 동강 난 줄만 알았다. 하지만 검날은 그녀가 아닌 옆 공간을 가르고 지나갔다. 뭔가 이상하다는 생각이 들자 셰이는 주의 깊게 카시아스를 살폈다. 그가 이번엔 창 쪽으로 이동하며 연이어 검을 놀렸다.

"이 더러운 괴물! 빨리 그녀를 놔줘!"

분노에 찬 외침을 듣는 순간, 셰이는 사실을 알아차렸다. 그는 환상에 사로잡혀 있었다. 그것이 분명했다.

"카시아스! 괴물은 허상이야! 실체가 아니야!"

카시아스는 허공을 향해 계속해서 소용없는 공격을 퍼부었다. 그녀의 목소리는 아예 들리지도 않는 것 같았다.

"진짜 괴물이 아니야, 카시아스! 환상에서 빠져나와야 해!"

셰이는 안타까운 마음에 더욱 목청을 높이며 한 발 다가섰다. 급작스레 카시아스가 빙글 몸을 돌렸다. 펄쩍 뛰며 재빨리 물러 났지만, 이미 검날이 왼팔 윗부분을 얇게 베고 지나간 뒤였다. 순식간에 붉은 줄이 그어지더니 핏방울이 흘러내렸다. 셰이는 어느 틈엔가 찢어져 너덜거리고 있는 드레스 단을 떼어내 상처 부위를 묶었다. 그 길지 않은 시간 동안 그녀는 어느 정도 냉정을 회복할 수 있었다.

우선 카시아스와의 소통 방법을 찾아야 한다. 지금까지처럼 무턱대고 접근했다간 카시아스를 구하기는커녕 그의 검에 의해 자신이 먼저 죽게 될 확률이 높았다. 셰이는 비교적 안전한 문가 쪽으로 자리를 옮겼다. 그런 다음 벨페스트에게 했던 것처럼 마음속으로 카시아스를 불렀다.

"카시아스! 나 셰이야! 내 말 들려?"

"이 더러운 괴물! 빨리 그녀를 놔줘!"

카시아스는 목이 터져라 부르짖었다. 그를 비웃듯 괴물이 움켜쥐고 있던 셰이를 마구잡이로 흔들어댔다. 갈퀴처럼 생긴 예리한 발톱 사이에 끼어 있는 셰이는 정신을 잃은 채 사지를 축 늘어뜨리고 있었다. 카시아스는 매섭게 검을 휘둘렀다. 하지만 지금껏 몇 번이나 그랬듯 괴물의 모습은 감쪽같이 사라져 버렸다. 신경을 곤두세우고 있던 카시아스는 휙 몸을 비틀며 번개같이 괴물을 공격했다. 피부를 덮고 있는 딱딱한 각피에 부딪친 검날이 둔탁한 충격음을 발하며 튕겨져 나왔다. 괴물이 쉿소리에 가까운 날

카로운 괴성을 질렀다. 점액질로 덮인 까만 눈알이 기름을 쏟아
부은 듯 번들거렸다. 화풀이라도 하려는 것처럼 괴물이 툭 튀어
나온 거대한 주둥이로 셰이를 가져갔다.

"아, 안 돼!"

카시아스는 무작정 괴물에게 달려들었다. 몸이 제대로 움직여
지지 않았다. 정신을 차려보니 어느새 바닥이 질척한 늪으로 변
해 그를 빨아들이고 있었다.

셰이를 구해야 돼! 셰이를 구해야 돼!

격렬히 몸부림쳤지만 소용없었다. 꿈틀거리는 진흙이 무릎과
넓적다리를 지나 삽시간에 허리까지 휘감아 올랐다. 칼날처럼 뾰
족한 괴물의 이빨이 셰이의 오른쪽 어깨를 물어뜯었다. 시뻘건
핏줄기가 사방으로 솟구쳤다. 으드득 으드득 바스러지는 뼈 소리
가 들렸다. 잘게 씹힌 살점과 선혈이 피가 낭자한 바닥으로 흩뿌
려졌다. 카시아스는 숨을 헐떡였다. 커다랗게 벌어진 입술 사이
로 소리없는 비명이 터져 나왔다.

"카시아스……."

어렴풋한 속삭임이 귀로 스며들었다. 카시아스는 신경 쓰지 않
았다. 그의 눈앞에서 셰이가 처참하게 죽어가고 있었다. 미칠 듯
한 분노와 절망감에 심장이 산산조각나 버릴 것 같았다. 다른 것
이 끼어들 틈이 없었다.

"카시아스, 그건 환상이야!"

속삭임이 좀 더 선명해졌다. 그건 셰이의 목소리였고, 피로 뒤
범벅된 괴물의 아가리에서 흘러나오고 있었다.

놈이 셰이를 흉내 내고 있어! 셰이를 잡아먹은 것으로도 모자

라 그녀인 척하며 나를 속이려 하고 있어!

"넌 셰이가 아니야! 추잡한 괴물일 뿐이야!"

"난 셰이야. 괴물은 환상에 지나지 않아. 카시아스, 스스로 그걸 깨달아야 돼. 손을 뻗어봐, 카시아스."

괴물이 한발 한발 걸음을 내디뎠다. 반쯤 뜯어 먹힌 피투성이 내장이 발톱에 꿰인 채 질질 끌려왔다. 너무나 끔찍한 광경에 카시아스는 눈을 질끈 감았다. 더 이상은 버틸 재간이 없었다.

"개소리하지 마! 넌 셰이가 아니야!"

카시아스는 악착같이 쥐고 있던 검을 곧추세웠다. 이제 오른팔만을 겨우 움직일 수 있는 처지였다. 그는 속수무책으로 늪에 삼켜지고 있었다.

"손을 내밀어 봐. 손을 내밀어서 내 손을 잡아봐, 카시아스."

괴물은 검끝이 스칠 정도까지 접근해 있었다. 돌출된 아가리가 슬겅슬겅 움직일 때마다 셰이의 핏방울과 살점들이 그의 얼굴로 날아왔다.

"그래, 한 발만 더 가까이 와라! 네놈의 배를 갈라 버릴 테다!"

"날 좀 믿어봐, 카시아스… 그렇게 날 못 믿겠어?"

셰이의 음성엔 안타까움과 슬픔이 묻어 있었다. 불현듯 카시아스의 머릿속에 자신을 믿어달라며 결백을 호소하던 그녀의 모습이 되살아났다.

"검을 버리고 손을 내밀어봐, 카시아스……. 제발… 손을 내밀어봐……."

카시아스는 주춤했다. 어떻게 해야 할지 마음을 정할 수 없었다. 셰이를 게걸스럽게 씹어 먹던 괴물의 모습이 끊임없이 눈앞을 맴돌았다.

검을 내리면 안 돼! 검을 내리는 순간 나도 똑같이 괴물의 먹이가 되고 말 거야!

카시아스는 겁에 질려 있었다. 괴물에 대한 두려움이 도무지 떨쳐지지 않았다.

"카시아스… 한 번만 날 믿어줘… 제발 이번 한 번만 날 믿어줘…….”

혼란 속에 요동치던 검이 아래로 툭, 떨어졌다.

이건 미친 짓이야. 하지만 후회는 하지 않겠어. 설령 괴물에게 잡아먹힌다고 해도 셰이에 대한 미안함을 조금은 덜 수 있을 테니까…….

카시아스는 더 이상 눈을 감지 않았다. 괴물의 눈알을 똑바로 들여다보며 손을 내밀었다. 괴물이 쩌억 아가리를 벌렸다. 후드득 후드득 쏟아져 내리는 시뻘건 피가 그의 얼굴을 뒤덮었다. 용암이 흘러든 것처럼 눈이 확확 달아올랐다. 그리고 따뜻한 체온이 손을 감쌌다. 순간 그를 둘러싸고 있던 세상이 한꺼번에 허물어졌다. 불분명한 시야 속으로 셰이의 모습이 점차 또렷이 떠올랐다.

"반가워, 카시아스."

셰이가 그를 향해 미소 지었다. 땀으로 뒤범벅된 카시아스의 얼굴에도 웃음기가 피어났다.

"반가워, 셰이엔."

그는 바닥에 주저앉은 상태였고, 그녀는 그 앞에 서 있었다. 두 사람은 손을 잡은 채 잠시 동안 서로를 마주 봤다.

“여기서 나가야 돼.”

셰이가 말했다. 카시아스는 그녀의 손을 지렛대 삼아 몸을 일으켰다. 현기증이 일며 몸이 크게 휘청거렸다. 셰이는 재빨리 그의 체중을 어깨로 떠받쳤다.

“괜찮아?”

“괜찮아. 힘이 좀 없을 뿐이야.”

카시아스는 애써 아무렇지 않은 태도를 취했으나, 실제로는 혼자 서 있기도 힘든 처지였다. 그의 몸과 정신을 지배하고 있던 강력한 환상 마법의 후유증인 것 같았다.

카시아스는 셰이의 부축을 받아 길고 긴 계단을 간신히 내려갔다. 평소의 그 같으면 보호해야 할 여자에게 도움을 주는 건 고사하고 외려 짐이 되었다는 수치스러움에 얼굴도 들지 못했을 터였다. 그러나 이상하게도 지금은 셰이의 힘을 빌리는 것이 조금도 부끄럽지 않았다. 오히려 자연스럽게 여겨졌다. 카시아스는 이유를 생각해 보다 그녀의 눈빛 때문일지 모른다는 결론에 이르렀다. 간간이 마주치는 호박색 눈동자 속엔 그가 자신을 믿어주었다는 고마움과 기쁨이 가득했다.

첨탑 밖으로 나온 두 사람은 긴장하지 않을 수 없었다. 수많은 횃불과 등불이 사방을 환하게 밝히고 있었다. 셰이와 카시아스는 상대적으로 불빛이 적은 첨탑 뒤편으로 방향을 잡았다.

“오렌지!”

“어디 있어? 오렌지!”

‘오렌지, 오렌지’ 하는 외침이 여기저기서 들려왔다.

“내 귀가 잘못 됐나? 아니면 아직도 환청이 들리는 건가?”

카시아스는 이맛살을 찌푸렸다.

"그건 아닐 거야, 나한테도 들리니까."

"그럼 정말 저 많은 사람들이 오렌지를 찾아다닌다는 거야? 그것도 저렇게 필사적으로?"

"좀 이상하긴 이상하다. 아마 오렌지를 엄청 좋아하는가 봐."

셰이는 어색하게 웃었다.

"오렌지! 거기 오렌지지?"

뒤에서 걸걸한 남자 목소리가 튀어나왔다. 반사적으로 가슴이 철렁 내려앉았지만 도망칠 수는 없었다. 채 열 걸음도 가지 못해 붙잡힐 것이 확실했다. 셰이는 일부러 태연한 몸짓으로 뒤를 돌아봤다. 횃불을 든 병사 세 명이 첨탑 옆에 서 있었다.

"역시 내 눈이 정확하지? 내가 그랬잖아. 오렌지색 드레스를 얼핏 본 것 같다고."

"지금 너 찾느라고 난리가 난 거 알아 몰라? 곧 각하께서 돌아오실 시간이란 말이야. 누구 목 잘리는 꼴 보고 싶어서 이래?"

"먼저 알리기나 하자고. 어이! 찾았어! 북쪽 탑 뒤편이야! 우리가 데려갈게!"

손나발을 하고 소리친 남자를 선두로 병사들이 빠르게 다가왔다.

"지금까지 대체 어디서 뭘 하고 있었던 거야?"

"뻔한 걸 왜 물어? 오렌지 옆에 찰싹 달라붙어 있는 치 보면 몰라?"

"어쩐지 눈 맞은 어느 놈팡이하고 같이 있을 것 같더라니……."

“이 운 좋은 녀석은 대체 누구야? 보아하니 병사는 아닌 것 같은데?”

병사 한 명이 카시아스에게 횃불을 들이댔다.

“어? 처음 보는 얼굴인데? 넌 누군지 알겠어?”

“아니, 모르겠는데?”

“나도 본 적 없는 사람이야.”

어리둥절한 표정을 짓고 있던 병사들이 일순 커다랗게 눈을 부릅떴다. 그 순간 카시아스는 자신과 가까운 병사의 턱을 주먹으로 후려쳤고, 세이는 다른 병사의 급소를 겨냥해 발길질을 했다. 동료 둘이 바닥을 뒹굴자 경악한 병사가 잡을 겨를도 없이 후닥닥 달아나 버렸다.

“이미 늦었어!”

카시아스는 병사를 쫓아가려 하는 세이를 재빨리 붙잡았다. 아직 완전치는 않았지만 그사이 그의 몸은 어느 정도 나은 상태였다.

“금방 새까맣게 몰려들 거야. 한시라도 빨리 여기서 나가야 돼.”

두 사람이 다급히 걸음을 옮기려는 찰나였다.

“거기 서! 얌전히 말 듣는 게 좋을 거야! 허튼수작 부리면 뒤통수에 시원한 불화살 한 방씩 박아줄 테니까!”

위협적인 목소리가 두 사람의 발길을 잡아챘다.

“설마……?”

믿을 수 없다는 세이의 반응에 카시아스는 간단히 고개를 까닥였다.

“틀림없어. 듣는 순간 짜증이 와락 치미는 목소리를 못 알아들을 리 없어.”

두 사람은 나란히 서서 마치 놀러 나온 사람처럼 느긋한 걸음새로 다가오는 본 존을 지켜봤다. 얼떨떨하던 셰이의 얼굴에 반가움이 번졌다.

“어떻게 된 거야?”

“심심하기도 하고, 졸리기도 해서 그냥 한번 와봤어. 바람이나 좀 쏘일 겸.”

심드렁한 말투였으나 본 존의 눈엔 숨길 수 없는 기쁨이 드러나 있었다.

“이런 칙칙한 곳에서 내 꿈속의 여인을 다시 만날 줄이야!”

본 존이 다짜고짜 그녀의 허리에 팔을 감으며 입술을 내밀었다. 셰이는 슬쩍 고개를 돌려 볼에 입맞춤을 받았다.

“이거 섭섭한데? 오래간만에 만났는데, 인사는 제대로 해야지.”

본 존은 유혹적인 눈웃음을 날렸다.

“이럴 시간 없어.”

셰이는 웃으며 허리에 감긴 팔을 풀려고 했으나 순순히 물러설 그가 아니었다. 본 존이 그녀를 더욱 바짝 끌어안았을 때, 카시아스가 목깃을 움켜쥐고 다소 거칠게 떼어냈다.

“셰이한테 껄떡대지 마.”

“어쭈! 형씨가 대체 뭔데? 셰이의 연인이라도 돼?”

“아니, 난 셰이의 오빠야. 껄떡대는 꼴이 다시 한 번 내 눈에 띄면 그 자리에서 죽을 줄 알아!”

셰이와 카시아스는 쑥스러움이 담긴 미소를 주고받았다.

"변덕이 죽 끓듯 하네. 셰이라는 이름만 들어도 죽일 듯 도끼눈을 뜨고 달려들 땐 언제고?"

떨떠름한 시선을 두 사람에게 번갈아 옮기던 본 존이 쓰게 입맛을 다셨다. 그는 성큼성큼 앞서 나가며 따라오라는 손짓을 했다.

"회포는 나중에 풀고 일단 여길 벗어나기나 하자고."

"그쪽으로 가면 안 돼. 곧 병사들이 들이닥칠 거야. 우릴 수상하게 본 병사 한 명을 놓쳤거든."

"그 녀석은 내가 처리했어. 그러니까 잠자코 따라와."

셰이와 카시아스는 본 존을 좇아 일꾼들의 숙소로 보이는 건물을 지나 마구간 쪽으로 이동했다. 마구간 뒤편 으슥한 곳에 여섯 그루의 나무가 일정한 간격을 두고 나 있었다. 그중 담 가까이 붙어 있는 가장 끄트머리 나무를 이용한다면, 그리 어렵지 않게 밖으로 나갈 수 있을 것 같았다.

"여길 어떻게 찾아낸 거야?"

셰이는 본 존에게 감탄 어린 눈길을 던졌다.

"별거 아니야. 내 직업상 탈출로 확보는 기본 중에 기본이거든. 작은 실수 하나가 곧장 죽음으로 연결될 수도 있으니까."

"직업이 뭔데?"

카시아스가 꺼림칙한 투로 물었다. 본 존은 대답 대신 그에게 어서 움직이라는 신호를 보냈다. 카시아스의 뒤를 이어 나무 위로 올라간 셰이는 굵은 가지를 따라 조심스레 이동했다. 그리고 담 위로 몸을 옮겼다. 올려다볼 때는 몰랐는데, 내려다보니 담에

서 바닥까지의 거리가 상당히 멀었다. 무턱대고 뛰어내렸다간 다
리뼈가 부러질 각오를 해야 할 정도였다. 셰이는 선뜻 움직이지
못하고 미적거렸다.

"안심하고 뛰어. 내가 받아줄게."

카시아스가 팔을 벌렸다.

"귀여운 여동생을 만나니 힘이 불끈불끈 샘솟는가 보지?"

본 존이 코웃음을 쳤다. 그는 셰이가 자리를 내주기도 전에 날
개라도 달린 듯 가볍게 도약하더니 담을 디딤대 삼아 훌쩍 뛰어
내렸다.

"그럼 나나 받아!"

픽! 소리와 함께 한 덩어리가 된 두 사람이 바닥으로 넘어졌다.

"이거 완전히 정신 나간 녀석이잖아!"

"정신 나간 녀석은 너야! 셰이한테 잘 보이려고 오빠니 뭐니 하
며 꼴값까지 떨었잖아!"

"뭐어? 꼴값? 이 건방진 자식!"

"그래, 이 건방진 자식한테 한번 당해봐라. 밥맛없는 녀석아!"

본 존과 카시아스는 엎치락뒤치락하며 바닥을 휘저어댔다. 어
이가 없어진 셰이는 고개를 절레절레 흔들다 담 아래로 길게 다
리를 내렸다. 그리고는 때마침 굴러온 본 존과 카시아스 위로 픽
엉덩방아를 찧었다.

"억!"

"으윽!"

동시에 외마디 소리가 터져 나왔다.

"엄살 피우지 말고 어서 일어나시죠, 건방진 자식 분과 밥맛없

는 녀석 분."

세이는 상냥한 어조로 비꼬았다. 카시아스가 먼저 본 존의 장딴지를 확 밀치며 몸을 일으켰다. 본 존은 뭐가 그렇게 자랑스러운지 연방 히죽거리며 다리를 세웠다.

"역시 내가 한 수 위였어. 세이, 저 녀석 면상에서 왼쪽 볼따구니를 좀 봐. 시퍼런 멍이 정말 멋지지 않아? 바로 내 작품이야."

"본 존."

"응?"

"피 나."

본 존은 호탕하게 웃으며 손등으로 입술에 묻은 피를 닦아냈다.

"아아, 이거? 별거 아니야. 담에서 뛰어내리다가 입술을 살짝 깨물었거든."

"그거… 코피 같은데?"

"아니야, 아니야. 입 안에 고여 있던 피가 목으로 들어갔다가 심심해서 콧구멍으로 흘러나온 거야."

세이는 풋, 웃음을 터뜨렸다. 카시아스도 못 말리겠다는 얼굴로 피식거렸고, 정색을 하고 있던 본 존의 입술도 슬며시 벌어졌다.

"그나저나 어디로 가지?"

웃음 띤 어조로 세이가 물었다. 본 존과 카시아스는 각각 반대 방향을 가리켰다.

"아르덴은 내가 잘 알아. 군소리 말고 따라와. 싫으면 네 갈 길이나 가고, 잡을 생각 없으니까."

말투는 냉정했으나 본 존에게 머무는 카시아스의 눈빛은 차가운 것과는 거리가 멀었다.

"이용할 대로 이용해 먹더니, 이젠 별 볼일 없어졌다고 가차없이 차버리려는 거야? 억울해서라도 악착같이 물고 늘어질 테다."

농담으로 받아넘기는 본 존의 얼굴에도 불쾌한 기색은 찾을 수 없었다.

"이용은 오히려 내가 당한 것 같은데?"

"이젠 뻔뻔스럽게 시치미까지 떼네! 셰이, 이 녀석이 이렇게 못돼먹었는지 너도 이젠 알았지?"

"그거야, 예전부터 알고 있었지."

"셰이, 너까지 이 오빠를 버리려는 건 아니겠지?"

"누가 누구의 오빠라는 거야?"

세 사람은 농담을 주고받으며 나란히 걸음을 옮겼다.

"이, 이럴 수가!"

마이언의 손에 들려 있던 가죽 장갑이 바닥으로 툭, 떨어졌다. 그러나 그는 의식도 하지 못했다. 당장이라도 뒤로 넘어갈 것 같은 얼굴을 대하자 카시아스는 조금 멋쩍은 표정이 되었다.

"많이 놀랐나 보군."

"무사하셨군요! 이렇듯 건강하게 살아계셨군요!"

마이언은 감격을 이기지 못하고 눈시울을 붉혔다. 그는 과거 카시아스가 왕세자였을 당시, 왕궁 근위대의 부대장을 맡고 있었다. 그 누구보다 장래가 창창하던 그는 세르지오가 왕위에 오르면서 자연스레 밀려나 지금은 '북부 수도 방위대'를 단련시키는 훈련 교관이 되어 있었다. 남작이라는 작위 위에 실력과 인품까지 고루 갖춘 사람이었지만, 그 이상의 일은 맡겨지지 않았다.

마이언의 외모에선 강한 정력과 의지, 그리고 결단력이 풍겨 나왔다. 그리고 그건 완고하면서도 올곧은 그의 성격과도 부합했다. 넓은 이마와 시커멓고 굵은 눈썹, 그 아래에 움푹 들어가 박혀 있는 회색 눈, 다부져 보이는 각진 얼굴하며 덥수룩한 턱수염은 무게감과 과묵한 인상을 더해주고 있었다.

"인사 받으십시오!"

카시아스는 그럴 필요 없다고 극구 만류했다. 그러나 마이언은 기어이 한쪽 무릎을 꿇고 앉아 깊이 머리를 수그렸다.

"신 마이언 알 블런트, 주군이신 카시아스 비저 드 아브레이유 전하를 뵙습니다."

본 존이 휘둥그레진 눈을 끔벅였다.

"진짜야? 아니지? 지금 농담하는 거지?"

셰이는 그의 귓가에 대고 소곤거렸다.

"저게 농담하는 걸로 보여?"

"그, 그럼… 카시아스가!"

"무엄하다! 감히 누구의 존함을 함부로 부르는 것이냐?"

본 존에게 꽂힌 마이언의 눈동자에서 성난 노기가 쭉쭉 뻗어 나왔다.

"괜찮네, 마이언."

"송구스런 말씀입니다만, 전 안 괜찮습니다, 전하. 내 말 똑똑히 듣고 머리에 새겨두어라! 다시 한 번 내 귀에 그런 망발이 들리면 결코 살아남지 못할 것이다!"

본 존조차 찔끔할 정도로 마이언에게선 주위를 압도하는 위엄과 박력이 넘쳤다. 왕이라도 배알한 것 같은 분위기에 본 존은 약간 기가 질렸다. 마음이 거북한 건 카시아스도 매한가지였다.

이래서 내가 되도록 여길 오지 않으려고 한 건데…….

카시아스가 마이언의 집을 찾은 이유는 모고르의 저택에서 비교적 가까울 뿐 아니라, 안전을 보장받을 수 있는 유일한 장소였기 때문이다. 만약 몸을 은신할 만한 다른 곳이 있었다면 일찌감치 발길을 돌렸을 터였다.

워낙 고지식한 성격 탓에 전에도 마이언을 대하는 일이 편하지만은 않았다. 그러나 그는 어느 누구보다 믿을 수 있는 사람이었다. 카시아스는 세상 모든 이들이 자신을 배신한다고 해도 마이언과 암브로시니 백작만큼은 예외일 것이라는 믿음을 가지고 있었다. 세르지오가 보낸 암살자들에게 죽임을 당할 뻔했을 때도 마이언은 자신의 목숨까지 걸고 카시아스를 구해주었다.

"며칠간 머물 곳이 필요하네."

"전하께선 저와 제가 가진 모든 것들의 주인이십니다. 원하시는 만큼 편하게 사용하십시오."

"고맙네, 마이언."

카시아스는 진심을 담아 말했다. 일이 잘못되면 반역자로 몰려 삼족이 멸할 수도 있었다. 그런 위험을 무릅쓰고 기꺼이 자신의 집을 내주는 그에게 잠시나마 떨떠름한 감정을 가졌다는 것이 미안하기만 했다.

"그런 말씀 마십시오, 전하. 그리고… 아직 말씀 올리기엔 좀 빠른 감이 있지만…….”

마이언은 셰이와 본 존에게 경계의 눈길을 쏘아 보냈다.

“괜찮네. 믿을 수 있는 사람들이니 개의치 말고 얘기하게.”

“송구스런 말씀입니다만, 그럴 순 없습니다, 전하. 세상에 믿을 만한 사람은 극소수에 지나지 않습니다.”

또 시작이군.

근위대 부대장으로 있을 당시에도 마이언은 ‘송구스런 말씀입니다만’ 으로 시작해, 열에 아홉은 어김없이 자신의 뜻을 관철시키곤 했다. 부하들 사이에서 공공연하게 불리던 그의 별명은 다름 아닌 쇠말뚝이었다.

“우린 잠깐 나가 있자.”

“방금 들어와 아직 엉덩이도 못 붙여봤는데, 나가긴 어딜 나가?”

셰이는 불만스럽다는 눈치를 적나라하게 내보이는 본 존을 끌고 밖으로 나갔다.

“지금 뜻이 맞는 사람들끼리 비밀리에 힘을 합치고 있습니다. 곧 어떤 가시적인 성과가 있을 것입니다.”

“가시적인 성과라면 혹시 병력을 말하는 건가?”

“예, 그렇습니다, 전하. 많은 수는 아니지만 어느 정도 도움이 될 만큼은 모아질 것 같습니다!

흥분을 이기지 못하겠는지 마이언의 어조는 약간 들떠 있었다. 반면 카시아스의 표정은 지극히 심각했으며 안색도 그리 밝지 않았다. 확실히 고무되는 얘기이긴 하지만 여러 가지 상황을 고려할 때, 덮어놓고 좋아할 수만은 없는 소식이었다.

"경거망동하지 않겠습니다, 전하. 신중에 신중을 기하겠습니다."

카시아스의 심중을 헤아린 마이언이 목소리에 무게를 실었다. 카시아스는 그 말을 믿는다는 뜻으로 마이언의 어깨를 힘주어 잡았다.

"세상이 바뀔 날이 얼마 남지 않았습니다, 전하. 머지않아 때가 올 것입니다. 현 왕이 제위에 오른 뒤 더욱 살기 힘들어졌다는 원성과 탄식들이 점점 커지고 있습니다. 생전 들어보지도 못한 이름을 붙여 갖가지 명목으로 거둬들이는 세가 적게는 두 배에서 많게는 네다섯 배까지 많아졌습니다. 몇몇 간신배와 모리배들의 배만 불리는 이런 기막힌 사태를 어느 누가 기꺼워하겠습니까?"

세르지오가 빠르게 민심을 잃어가고 있다는 사실은 카시아스도 알고 있었다.

자신의 형을 죽이면서까지 빼앗은 권좌라면 좀 더 귀히 여길 것이지… 하긴, 내 아버님도 그러진 못하셨지. 권력의 무게는 잊은 채 그 달콤함에 눈이 멀면, 그 밑엔 썩어빠진 위정자(爲政者)들만 모여드는 법인가? 나 역시 그런 어리석음을 되풀이하는 것은 아닐까?

심경이 어수선해진 카시아스는 피곤한 몸을 의자에 묻으며 말머리를 돌렸다.

"아룬델에 관해 뭐 들리는 말은 없나?"

"그게 좀… 터무니없는 소문이 돌고 있긴 합니다."

"말해보게."

"아룬델이… 어떻게 말씀드려야 할지… 정말 송구스럽습니다만… 돌아가신 프린시페 왕비 전하와… 현 국왕 사이에서… 태어난… 사생아라는 소문이…….”

“뭐, 뭐라고?”

카시아스는 의자를 박차고 일어섰다. 처음엔 황당함에 기가 막힐 뿐이었지만 곧 격한 분노가 치밀어 올랐다.

“누가 감히! 어머님께 그런 더럽고 역겨운 모략질을 한단 말이냐? 누가 감히!”

고함 소리를 들은 셰이와 본 존이 허겁지겁 안으로 뛰어들어 왔다.

“무슨 일이야?”

“내 절대 용서치 않을 것이다! 그 추악한 망언을 입에 올리는 자들은 모조리 잡아 혀를 뽑고 눈알을 도려내고 말 것이다!”

“추악한 망언이란 무엇을 말하는 것인가요?”

셰이는 마이언에게 물었다. 카시아스가 대화할 만한 상태가 아니라는 건 의심의 여지가 없었다.

“얘기하지 않겠다.”

“무슨 일인지 알아야 대책을 세우든지 말든지 할 것 아닙니까?”

셰이의 말이 끝나기가 무섭게 카시아스가 버럭버럭 악을 써댔다.

“말하지 마! 한마디라도 입에 담으면 그 즉시 죽여 버릴 테다! 개소리일 뿐이야! 더럽고 추잡한 것들이 퍼뜨린 개소리일 뿐이라고!”

“카시아스 비저 드 아브레이유! 헤이론 국을 되찾겠다고 했지?

지금 이 순간부터 깨끗이 포기하는 게 좋겠어. 고작 말 몇 마디에 이성을 잃고 날뛰는 소인배가 한 나라의 왕이 되겠다고? 헤이론 국의 멸망도 얼마 남지 않았군.”

카시아스가 셰이를 향해 뚜벅뚜벅 걸어왔다. 부릅뜬 눈동자엔 살기가 돋쳐 있었다. 본 존이 셰이를 보호하려는 듯 그 앞을 가로막았다.

“그럴 필요 없어.”

셰이는 본 존을 돌아 나와 카시아스를 마주 보고 섰다.

“때리고 싶으면 때려. 그런다고 여기서 뛰쳐나가진 않을 테니까.”

단단히 맞물린 시선 사이로 아차 하는 순간 폭발할 것 같은 긴장감이 차올랐다.

“때리지 못 하겠어? 그럼 어떤 얘기인지 말해줘, 카시아스가 직접.”

셰이는 곧바로 밀어붙였다. 대답이 나올 때까지 이렇게 꼼짝 않고 서 있을 결심이었다. 카시아스가 질끈 눈을 감았다. 침묵이 찾아들었으나 그리 오래 이어지진 않았다.

“아룬델이… 내 어머님이 낳은… 사생아라는 소문이… 돌고 있대… 아비는 세르지오이고…….”

악다문 이 사이로 말이 토막토막 잘라져 나왔다. 셰이는 눈살을 찌푸렸다. 프린시페 왕비에 대해선 그녀도 조금은 알고 있다. 프린시페는 현명할 뿐 아니라 어질고 따뜻한 성품으로 인해 헤이론 백성들의 존경과 사랑을 한 몸에 받는 왕비였다. 그녀가 그라무스 3세를 설득해 살인적이었던 인두세를 폐지하고 빈민 구제책을 시행토록 했다는 사실을 모르는 사람은 거의 없었다. 사후엔 경모와 숭배의 대상까지 될 정도로 백성들이 품고 있는 그녀에 대한 감정은 각별했다.

그런데 그런 왕비가 시동생과 불륜을 저질렀다는 소문이 돌고 있단 말이야?

"언제부터 그런 소문이 나기 시작한 거야?"

카시아스는 마이언에게 시선을 가져갔다.

"언제부터인가?"

"요 근래입니다. 초기엔 로잔 지역에서만 조금씩 들리더니, 사나흘 전부터 급속히 퍼져 아르덴 외곽으로까지 확대되었습니다. 송구스럽습니다, 전하."

"로잔 지역이라면 왕궁 부근인데… 누군가 고의로 그런 소문을 퍼뜨리려 한다면 가장 손쉽게 접근할 수 있는 곳이겠군."

본 존은 동의를 구하듯 내실 안을 휙 둘러봤다. 셰이는 생각에 잠긴 얼굴로 입을 열었다.

"나 역시 그렇게 생각해. 그런데 말이야… 대체 누가 무슨 목적으로, 무엇을 얻기 위해 그런 짓을 한 것일까?"

"누군지는 모르겠지만 두 가지를 노린 것 같은데?"

사람들의 시선이 본 존에게 집중됐다.

"왕비 전하의 평판을 더럽히면 그 여파는 카시아스를 비롯한 왕족 전체로 확산될 거야. 즉, 왕족들의 권위나 위엄 같은 것들이 왕창 깎이게 되겠지. 덤으로 가뜩이나 인기없는 현 왕은 더욱 미움을 받게 될 테고."

"그렇다면 적어도 세르지오가 퍼뜨린 건 아니겠군."

카시아스가 말을 받았다. 얼굴은 여전히 어둡고 경직돼 있었으나, 목소리는 평상시와 비슷할 정도로 침착했다.

"난 그 두 가지 외에 하나가 더 있다는 생각이 들어. 바로 아룬델 말이야. 왜 굳이 아룬델을 소문의 중심에 세웠을까?"

세이가 의문을 표했다.

"그거야, 아룬델이 들어가면 소문이 더 지저분해질 테니까. 원체 평판이 구정물 같은 녀석이잖아."

본 존은 대수롭지 않다는 투로 넘겼다.

"그럴 수도 있겠지만… 혹시 아룬델에게 면죄부를 주려는 속셈이 깔려 있는 건 아닐까?"

"면죄부라고?"

카시아스는 반문하며 세이를 향해 고쳐 앉았다.

"그래, 면죄부. 생각해 봐. 아룬델은 지금 나라의 역적이 되어 있어. 잡히면 참형을 면치 못하리란 것도 기정사실이고. 이런 현실에서 프린시페 왕비님과 연관된 소문이 퍼졌어. 그로 인해 아룬델은 두 가지를 얻게 된 거야. 과거 그가 저지른 악행에 대한 명분으로 복수를 내세울 수 있다는 것이 그 첫 번째야. 그리고 둘째, 자신의 목숨을 구할 수 있게 되었어."

"이유야 어쨌든 현 왕의 아들이 되는 셈이니까."

카시아스가 씁쓰레한 얼굴로 말을 덧붙였다.

"그럼 아룬델이 그 소문을 퍼뜨렸다는 거야?"

본 존은 아무래도 석연치 않다는 생각을 하며 가슴에 팔짱을 꼈다.

"아룬델의 작품이라고 하기엔 무리가 있고… 십중팔구 그와 손을 잡은 다른 인물이 그런 오물 구덩이를 판 거겠지."

카시아스의 말이 끝난 후, 마이언까지 합세한 네 사람의 입에선 동시에 똑같은 이름이 흘러나왔다.

"모고르."

"그 개자식! 반드시 죗값을 치르게 해주겠어!"

카시아스는 뿌드득 이를 갈았다.

"갚아줄 기회는 얼마든지 있을 거야. 지금 시급한 건 따로 있어."

"잠들어 버린 듀이를 깨우는 일이겠지."

셰이는 카시아스를 바라보며 고개를 끄덕거렸다.

"아까 전에 저택에서 모고르가 하는 말을 우연히 엿듣게 됐어. 듀이가 신비한 능력을 발휘했던 것처럼 아룬델도 힘을 가지고 있나 봐."

"그런 것 같진 않던데? 만약 힘이 있다면 내가 검을 빼 들었을 때, 새파랗게 질려서 벌벌 떨진 않았을 거야."

"모고르도 그 점을 의아하게 여기는 눈치더라고. 이건 내 생각인데⋯ 혹시 듀이가 아룬델을 방해한 건 아니었을까? 카시아스를 보호하고 싶어서 말이야. 그런 것 같지 않아? 카시아스 생각은 어때?"

"글쎄⋯⋯."

카시아스는 명확한 답을 꺼내지 못했다. 어렴풋이 심중은 갔으나 딱 부러지게 결론을 내리기엔 정보가 턱없이 부족했다.

"뭔 소리를 하는지 감이라도 잡혀야 알아듣는 척이라도 하지."

본 존은 팔꿈치로 마이언을 쿡, 찔렀다.

“쟤네들이 뭔 말을 하는지 아저씨는 좀 알아들으시겠어요?”

그에 대한 답변으로 서릿발 같은 눈초리가 날아오자 본 존은 괜히 하품을 하며 딴청을 부렸다.

“아아, 피곤해라! 난 잠이나 자야 되겠다!”

본 존은 탁자 위에 두 다리를 척 올리고는 드르렁 드르렁 코 고는 소리를 냈다. 그의 심술 섞인 방해 공작에도 불구하고 셰이와 카시아스는 두 사람만의 대화에 몰두해 있었다.

“혹시 알고 있는 주문 같은 거 없어?”

“주문이라니? 그게 무슨 말이야?”

밑도 끝도 없는 얘기에 카시아스는 어리둥절해졌다.

“카시아스가 어떤 주문을 알고 있을지 모른다는 얘길 들었거든, 모고르한테서.”

“내가 주문 같은 걸 알고 있을 리 없지. 모고르 녀석이 바짝 몸이 달았나 보군. 별 같잖은 헛소리까지 해대는 걸 보면.”

카시아스는 거론할 가치도 없다고 치부하는 눈치였으나, 셰이는 그 주문이란 말이 자꾸만 마음에 걸렸다.

“불안해……..”

“뭐가?”

카시아스가 물은 뒤에야 셰이는 자신이 그런 말을 중얼거렸다는 사실을 깨달았다.

“아니야, 아무것도. 그냥 어쩌다가 나온 말이야.”

셰이는 대충 얼버무리며 싱거운 미소까지 지었다. 그러나 내심으론 무엇인가가 조금씩 잘못되고 있다는 생각을 떨치기 어려웠다.

듀이가 없어서 그런 거야. 듀이만 돌아오면 이런 막연한 불안감도 사라지게 될 거야.

"듀이를 찾아오자!"

셰이는 주먹을 불끈 쥐었다.

"그래, 듀이를 찾아오자!"

카시아스가 그녀의 주먹을 힘있게 잡았다. 조는 척하다 어느새 꾸벅꾸벅 고갯짓을 하고 있던 본 존은 정신을 차리자마자 냉큼 끼어들었다.

"나도 동의해!"

잽싸게 다가온 본 존이 카시아스를 확 밀쳐 낸 다음, 셰이의 손에 단단히 깍지를 꼈다. 그리고는 천연덕스럽게 말꼬리를 붙였다.

"그런데 뭘 한다는 거야?"

✳

"주문과 연관된 말이 나오지는 않았느냐?"

모고르는 기대감을 숨김없이 드러내며 대답을 기다렸다. 마드라의 열쇠를 발현시키는 주문만 알아낸다면, 다른 건 어떻게 되든 아무 관심 없었다.

"잠깐 언급되긴 했으나, 카시아스 왕자는 금시초문이라는 반응만을 보였습니다. 다른 일행들도 크게 신경 쓰지 않는 눈치였습니다."

아슬라는 그중 셰이라는 여자 아이만이 유일하게 관심을 보였다는 말을 꺼낼까, 망설이다 잠자코 입을 다물었다. 임무와는 상관없는 사안이라는 판단에서였다. 그녀는 모고르의 명령에 따라 그동안 내내 아룬델을 감시하고 있었다. 주문을 알면서도 시치미를 떼는 건지 모른다는 모고르의 의심이 만든 일이었다. 또한 아룬델이 주문을 기억해 냈을 때를 대비한 사전 준비의 하나이기도 했다. 임무가 없었다면 저택에 잠입한 카시아스 왕자 역시 보지 못했을 터였다.

정신을 잃은 아룬델을 살핀 뒤, 그녀는 충동적으로 왕자가 갇혀 있는 북쪽 탑을 찾아갔다. 그리고 그곳에서 먼저 와 있는 호박빛 눈동자의 소녀를 발견하게 되었다. 아슬라는 탈출을 감행하는 그들을 잡지 않고 뒤따라가는 쪽을 택했다. 순전히 자신의 임의대로 결정한 행동이라 그에 대한 처벌을 각오했으나 모고르는 크게 개의치 않았다. 아니, 오히려 잘했다는 기색을 내보였다.

"그들에게서 알아낸 것이 있으면 고해봐라."

"조만간 아룬델을 찾아올 것 같습니다."

"아룬델을? 하면 마드라의 열쇠가 그에게 있음을 알고 있단 말이냐?"

모고르는 이맛살을 찌푸렸다.

"아룬델이나 마드라의 열쇠보다는 듀이 델코 때문인 것 같습니다. 듀이 델코를 찾겠다는 말을 여러 번 들었습니다."

"아룬델이 저렇게 건재한 걸 보면 듀이 델코는 이미 그에게서 떨어져 나갔든지, 아니면 아무짝에도 쓸모없는 먼지 같은 존재가 되었을 터인데… 그를 찾아다가 뭘 어쩌겠다는 건지 모르겠구나."

모고르는 인간적인 감정 자체를 이해하지 못했다.

"그들을 잡아들일까요?"

"아니다, 지금 막 좋은 생각이 떠올랐다. 그자들이 위험을 무릅

쓰고 듀이 델코를 찾으려고 하는 데에는 분명히 어떤 이유가 있을 것이다. 그리고 확신하는데, 그 이유는 마드라의 열쇠와 무관하지 않을 테고 말이다. 나 역시 듀이 델코가 주문을 알고 있으리라는 예감이 드는구나."

"어쩌실 생각입니까?"

"그들에게 아룬델을 넘겨야 되겠다. 하지만 아룬델이 눈치 채면 후에 성가신 일이 벌어질게 뻔하니, 주의를 좀 기울여야겠구나. 그건 내가 알아서 하겠다. 넌 가서 아룬델이나 계속 감시하고 있어라."

아슬라가 물러간 뒤 모고르는 곧장 벨페스트를 소환했다. 그는 자신의 명을 거역한 벨페스트에게 잊지 못할 교훈을 내려줄 심산이었다. 벨페스트는 부름에 즉각 응하지 않았다. 세 번째 호출이 있은 후에야 마침내 모고르 앞에 모습을 드러냈다.

"찾으셨습니까?"

벨페스트는 나타나는 순간부터 안절부절못하는 태도를 보였다. 얼굴은 창백했고, 눈빛은 잠시도 멈춰 있지 못하고 불안하게 흔들렸으며, 작은 손짓 하나하나에도 초조감이 풍겨 나왔다.

"벨, 지금까지 어디 있었던 것이냐?"

모고르는 짐짓 부드러운 말투를 사용했다.

"저… 사실은……."

벨페스트는 말을 잇지 못했다. 그럴듯한 얘기를 지어내려 했으나 단 한마디도 생각나지 않았다. 머리가 마비되기라도 한 것 같았다. 어서 빨리 셰이를 구해야 한다는 다급함이 쉴 틈 없이 그를 충동질했다. 지금 당장 버틀랜드로 돌아가 그녀를 찾고 싶은 마음에 가슴이 바짝바짝 타 들어갔다.

"내가 내린 명은 기억하느냐?"

벨페스트는 입을 벌렸다가 도로 다물었다.

"기억나지 않는 모양이로구나. 그렇다면 내가 직접 가르쳐 주마. 난 카시아스를 만나 주문에 대한 정보를 알아낸 뒤, 얻어낼 것이 없으면 깨끗이 처리하라고 지시했다."

"아… 당연히 알고 있습니다. 제가 지금 몸 상태가 좋지 못해 주인님께서 내리신 명을 수행하지 못했습니다. 몸을 회복시킬 시간을 조금만 주십시오. 상태가 나아지면 지체없이 명을 받들겠습니다."

"그럴 필요 없다, 벨."

"예에? 그게 무슨 말씀이십니까?"

겉으론 놀란 척 완벽하게 표정을 꾸몄으나 벨페스트는 카시아스가 죽었든 살았든 아무 관심 없었다.

"네가 엉뚱한 짓을 하고 있는 사이, 누군가가 카시아스를 탈출시켰다. 그 누군가에 대해 말해줄 터이니 집중해서 잘 들어보아라. 카시아스를 내 코앞에서 가로챈 이는 놀랍게도 어떤 여자 아이더구나. 호박색 눈동자를 가지고 있는… 이름이 뭐라더라? 셰이라고 했던가?"

모고르는 벨페스트의 반응을 빈틈없이 관찰했다. 벨페스트는 다소 멍한 얼굴로 잠시간 미동없이 서 있었다.

"셰이라고… 하셨습니까?"

"그래, 그렇게 말했다."

"아니요, 잘못 아셨을 겁니다. 잘못 아신 게 틀림없습니다."

셰이가 나한테 거짓말을 했을 리 없어!

"마이언 알 블런트란 남작의 집에 가봐라. 카시아스와 함께 웃고 떠드는 그 아이를 볼 수 있을 것이다."

벨페스트는 그 순간 깨달을 수 있었다. 모고르의 말이 진실임을, 셰이가 자신을 속였다는 사실을.

"도와줘, 벨페스트! 나 좀 살려줘!"

셰이의 목소리가 슬금슬금 기어들어 오더니 곧 뇌리 속을 쾅쾅 찔어댔다.

"몸이 묶인 채 어디론가 끌려가고 있어! 아무래도 노예상에게 잡힌 것 같아!"

벨페스트의 머리가 점점 밑으로 가라앉았다.

"버틀랜드 국의 에트디그니스라는 것밖엔 몰라!"

"말해봐라. 내 명을 거역한 이유가 고작 그 아이 때문인 것이냐?"

엄중한 질책이 담긴 물음이 나왔지만 벨페스트에겐 들리지 않았다.

"나 무서워, 벨! 너무 무서워! 제발 나 좀 구해줘!"

　벨페스트는 고개를 젖히며 웃음을 터뜨렸다. 비수처럼 내리꽂히는 웃음소리가 마치 피 토하며 죽어가는 짐승의 울부짖음처럼 들리자 모고르는 마음이 불편해졌다. 괜한 곳을 건드렸다는 약간의 후회마저 생겨났다.

　"그 아이를 사랑하는구나."

　모고르는 자신도 모르게 단정적으로 말했다. 벨페스트의 손에 검붉은 불꽃이 화르르 피어올랐다. 그는 손을 곧장 자신의 옆구리에 가져다댔다. 셰이가 꿰매주었던 상흔이 새까맣게 탄 천 조각과 함께 뒤섞이며 녹아내렸다.

　"그런 적 없습니다."

　살이 타 들어가는 역한 냄새를 맡으며 벨페스트는 뒤늦은 답변을 내놨다. 그의 몸에 옮겨 붙은 화염을 없앤 사람은 모고르였다. 모고르는 말이 제대로 나오지 않을 만큼 놀란 상태였다. 벨페스트에게서 그처럼 격렬한 감정 폭발을 보리란 건 조금도 예상치 못하고 있었다.

　"다음 명령이 내려질 때까지 네 거처에서 근신하고 있어라."

　모고르는 벨페스트를 서둘러 내보냈다. 명을 거역한 잘못을 물어 뼈저리게 뉘우치도록 만들겠다는 애초의 의중도 어느덧 사라져 버렸다. 그러나 시기만 뒤로 늦췄을 뿐, 그냥 넘어갈 마음은 조금도 없었다.

　그 셰이란 아이를 없애야 될 때가 오면 벨페스트한테 시키는 게 어떨까?

　문득 머리를 스친 생각이었다. 지금은 어떨지 모르지만, 방금 전까지만 해도 그 여자 아이에게 깊은 감정을 품고 있었던 것이 분명했다.

 허섭스레기 같은 감정을 모조리 쓸어버릴 겸, 나에 대한 충성심도 알아볼 겸… 그래, 썩 괜찮은 방법이야.

 결정을 내리자 왠지 모를 꺼림칙한 마음도 수그러들었다. 모고르는 남녀 간의 애정이니 사랑이니 하는 과장된 허풍들을 경멸했고, 실제로 존재한다고 믿지도 않았다.

 육체의 욕정에 몸이 단 나머지 머리까지 고장 난 것에 지나지 않아. 즉, 우매한 짐승들이 벌이는 교미와 다를 게 없어.

 자신은 단 한 번도 그런 시궁창 속에 빠진 적이 없다는 사실이 은근히 자랑스러웠다. 역시 위대한 운명을 타고난 존재는 뭐가 달라도 다르다는 자화자찬을 하며 모고르는 입가에 흡족한 미소를 띠었다.

✽

 "많이 피곤하지? 내가 어깨라도 주물러 줄까?"

 본 존이 능글맞게 눈웃음을 치자 셰이는 옷깃을 단단히 틀어잡았다. 그녀는 오렌지색 드레스 위에 모고르의 저택에서 주워온 제복 상의를 걸치고 있었다. 맨살은 거의 드러나지 않았지만, 본 존의 엉큼한 시선 때문인지 벌거벗은 것처럼 느껴졌다.

 "그럴 필요 없으니까, 가서 잠이나 자."

 "가려고 해도 발이 떨어져야 말이지. 네가 마음에 걸려 잠도 오지 않을 것 같고. 낯선 곳에서 혼자 자려면 무서울 텐데… 내가 같이 있어줄까? 응? 말만 해, 셰이엔. 아니, 말은 시간 낭비일 뿐

† 91 †

이야. 네 눈빛만 봐도 답을 알 수 있으니까.”

셰이가 엉덩이라도 걷어차 내쫓아야겠다고 마음먹었을 때, 카시아스가 본 존의 목덜미를 움켜잡더니 문밖으로 확 끄집어냈다.

“이 징그러운 녀석은 내가 알아서 처리할 테니까, 마음 푹 놓고 자.”

“너 이거 못 놔? 왜 사사건건 나한테 달라붙는 거야? 진드기가 형님, 형님하며 알랑댈 녀석 같으니!”

셰이는 피식 웃으며 침실 문을 닫았다. 벌써 자정이 넘은 시각이었다. 머리는 흐리멍덩했고, 물에 젖은 솜처럼 온몸이 노곤했다. 어찌나 피곤한지 시야까지 가물가물할 정도였다. 셰이는 제복 상의만 대충 벗어버리고 드레스 차림 그대로 침상에 몸을 뉘였다. 협탁 위에 편한 옷이 준비되어 있었지만, 갈아입을 기운이 남아 있지 않았다.

어지러운 꿈속으로 빨려든 지 얼마 지나지 않아서였다. 무엇인가가 잠을 방해했다. 셰이는 납덩이 같은 눈꺼풀을 간신히 들어 올렸다. 둥그스름한 것이 시야 가운데 둥실 떠 있었다.

저게 뭐지?

셰이는 흐릿한 초점을 맞추기 위해 노력했다.

“난 호메르스다. 창조신 아스트라한의 명을 받들어 널 데리러 왔다.”

눈앞에 있는 건 근엄한 표정을 짓고 있는 얼굴이었다. 그걸 깨닫는 순간 잠기운이 말끔히 가셨다.

“창조신 아스트라한께서 절 데려오라 하셨다고요?”

“그래, 어서 가자.”

"잠깐만요, 옷이라도 좀 갈아입고……."

말을 끝내기도 전에 주위가 밝아졌다. 셰이는 어느새 깃털처럼 나붓거리는 은빛 안개 속에 파묻혀 있었다.

ー오래간만이구나, 아이야.

아스트라한의 음성이 들려왔다.

이런 흉한 꼴로 창조신을 만나야 한다니… 눈곱도 떼지 않은 채…….

셰이는 한숨을 푹 내쉰 뒤, 될 대로 되라는 심정으로 입을 열었다.

"셰이엔 가이스카 리베 폰 라시에, 오랜만에 창조신께 인사드립니다. 그런데 무슨 일이십니까?"

셰이는 곧바로 용건을 물었다. 무례한 줄은 알지만 지나치게 고단한 상태라 하나하나 예의를 따지며 말하고 행동하는 건 무리였다. 더군다나 그녀는 잠을 방해한 창조신에게 약간 화가 나 있기도 했다.

ー네게 한 가지 시킬 일이 있어 불렀다.

"지금 바로 해야 하는 일입니까?"

ー그래, 시급을 다투는 일이다.

"꼭 제가 해야 하나요?"

셰이는 만사가 다 귀찮았다.

ー무엄하구나! 내가 누군 줄 알고 그렇게 버릇없이 구는 것이냐?

아스트라한이 서슬 퍼렇게 역정을 냈다.

"죄송합니다. 제가 크나큰 불경을 저질렀습니다. 진심으로 사죄드립니다."

정중한 뉘우침이었을 뿐, 겁에 질린 기색은 어디에서도 찾을 수 없었다.

내가 사람 하나는 잘 고른 것 같군.

아스트라한은 셰이의 태도가 마음에 들었으나 밖으로 내비치진 않았다.

—다시 한 번 불경한 행태를 보일 시엔 결코 용서하지 않을 것이다.

"명심하겠습니다."

—잘 들어라, 아이야. 이샤무딘이 큰 부상을 입었다.

"이샤가 다쳤다고요?"

셰이의 전신이 쇠꼬챙이처럼 꼿꼿해졌다. 얼음물이라도 뒤집어쓴 느낌이었다.

"얼마나요? 많이 다쳤나요? 대체 어쩌다가요? 지금 어디 있죠?"

—네가 직접 만나보거라.

"제게 시키실 것이 있다고 하셨는데, 그게 이샤를 만나는 일인가요?"

—정확하게 들어맞진 않지만 아예 틀린 말도 아니다.

아스트라한이 애매모호한 답변을 내놨다.

"좀 더 명확하게 말씀해 주십시오."

—이샤무딘을 만나 그를 설득시켜라. 어떻게든 그가 부상을 치료하도록 만들어라, 수단과 방법을 가리지 말고. 그것이 바로 네가 해야 될 일이다.

"그러니까… 이샤가 치료를 거부한단 말씀입니까?"

—그렇다.

"많이 다쳤다면서요?"

—숨이 끊어지다시피 한 이샤무딘을 치유의 신 에레미아가 가까스로 살려냈다. 지금 즉시 치료를 받지 않으면 곧 죽음을 맞게 될 것이다.

"그런데도 치료를 거부한다고요? 대체 왜요?"

근심에 답답함까지 더해지자 저절로 목소리가 거칠어졌다.

—녀석의 시커먼 속내를 난들 알겠느냐?

"제가 만나봐야겠어요. 지금 어디 있나요?"

—호메르스가 안내해 줄 것이다.

은빛 안개 사이로 얼굴이 불쑥 나타났다.

"오래 걸리나요?"

말이 끝나는 순간, 시야 가득 어둠이 들어찼다.

"다 왔다."

셰이는 눈을 크게 뜨고 사방을 휘휘 둘러봤다. 그러나 시커먼 구멍 같은 것만 보일 뿐 이샤무딘은 눈에 띄지 않았다.

"저 앞에 있는 것이 바로 '회명(晦冥)의 동굴'이다. 어서 안으로 들어가거라."

"저렇게 어두운 데를요? 데려다 주시면 안 되나요?"

호메르스는 움찔하며 더 한층 뒤로 물러났다.

"난 여기까지만 갈 수 있다. 원래 그렇다. 가고 싶어도 저 안으로는 한 발도 들어서지 못한다. 원래 그렇게 타고났다, 운명적으로. 안타깝지만 어쩔 수가 없다."

과도하게 말을 늘어놓으니 오히려 수상쩍은 마음만 강해졌다.

"받아라."

셰이는 반사적으로 손을 내밀었다. 손바닥 위로 솜털 뭉치처럼 보이는 빛덩어리 두 개가 내려앉았다.

"난 이만 돌아가겠다. 명복을… 아니, 행운을 빌어주마."

호메르스가 도망치듯 후닥닥 사라진 뒤, 셰이는 어두운 동굴 속으로 들어갔다. 머리와 손바닥에 하나씩 빛덩어리를 올려놓은 상태였다. 동굴은 굉장히 깊었다. 가도 가도 끝이 보이지 않았다. 한 가지 다행스러운 건 갈래가 나눠지지 않고 오직 하나의 길로만 이어져 있다는 점이었다.

동굴이 별안간 커졌다. 아니, 그 정도가 아니라 어마어마하게 광대해졌다는 표현이 더 어울렸다. 벽이며 천장, 기둥 할 것 없이 온통 검푸른빛을 띤 엄청나게 넓은 공간이 펼쳐져 있었다. 어지간한 담력의 소유자라면 규모와 분위기에 기가 눌려 슬금슬금 뒷걸음질쳐 달아날 것 같은 곳이었다. 셰이 역시 오래 머무르고 싶은 마음은 들지 않았다.

하긴, 아프면서도 치료도 안 받고 궁상을 떨려면 이런 음침한 굴이 적당하겠지. 그나저나 이 넓은 곳에서 어떻게 이샤를 찾지?

그녀의 마음을 읽기라도 한 듯 머리 위에 앉아 있던 빛덩어리가 나풀거리며 날아갔다. 셰이는 빛을 놓칠세라 부지런히 발을 놀렸다. 은은한 안개가 덮인 곳에 이르자 어렴풋이 말소리가 전해졌다. 그녀는 조용히 귀를 기울였다. 하나는 이샤무딘의 음성이었고, 다른 하나는 부드러우면서도 이지적으로 느껴지는 여인의 목소리였다. 특별한 이유도 없이 셰이는 약간 의기소침해졌다. 그녀는 이샤무딘이 당연히 혼자일 것이라 예상하고 있었다. 선뜻 움직이지 못하고 머뭇거리던 셰이는 마음을 다잡고 앞으로 나아갔다. 여기까지 온 이상 이샤를 만나지도 않고 돌아갈 수는 없었다.

"귀찮게 하지 말라고 했지?"

"치료받겠다는 말을 듣기 전엔 여기서 한 발도 움직이지 않겠어."

"상관하지 말고 꺼져! 너 하나 없애는 건 아직 일도 아니야."

"그런 협박은 귀에 못이 박히도록 들었어."

대화 소리가 선명해지자 꼭 몰래 엿듣는 것 같은 느낌에 마음이 불편해졌다. 셰이는 인기척이라도 내야 하나, 망설였지만 두 사람한테 자신의 존재를 밝히는 일도 그리 내키지 않았다.

"아무래도 새앙쥐 한 마리가 기어든 것 같은데?"

여인이 어깨 너머를 돌다봤다.

"어서 냉큼 나와봐, 음흉한 박쥐처럼 숨어 있지 말고."

신음성에 가까운 한숨이 새어 나왔다. 저런 말을 듣고 얼굴을 내놓기는 죽기보다 싫었으나, 가만히 있으면 더욱 우스운 꼴이 되고 말 터였다. 땅이라도 쩍 갈라져 자신을 삼켜 버리면 좋겠다는 헛된 꿈을 꾸며 셰이는 바닥에 딱 달라붙어 있는 발을 억지로 떼어냈다.

기가 질릴 만큼 아름다운 여인이 그녀를 똑바로 응시하며 서 있었다. 눈동자는 안개 낀 샘물을 연상시키는 연푸른색이었고, 진한 벌꿀 빛깔의 금발이 매끄럽게 물결치며 허리까지 드리워져 있었다.

"넌 인간의 아이로구나. 인간의 아이가 여긴 어떻게 온 것이냐? 아니, 그전에 왜 왔는지부터 밝혀라."

"그쪽은 인간이 아닌가? 그리고 여기 온 이유를 그쪽한테까지 밝힐 의무는 없는 것 같은데?"

셰이는 공격적으로 받아쳤다. 여인의 거만한 태도가 신경에 거슬린 탓이었다. 여인이 짤막한 웃음을 터뜨렸다. 물론 즐거워서 나온 웃음이 아니라는 건, 세 살 코흘리개라도 알 수 있었다.

"겁에 질려 발발 떠는 생쥐인 줄 알았더니, 앙칼진 도둑고양이에 더 가까웠구나. 네 건방진 물음에 답하자면… 첫째, 난 인간이 아니다. 치유의 신, 에레미아다. 둘째, 난 이샤무딘의 약혼녀다. 약혼녀로서 초대받지 않은 불청객의 용건을 알아보는 건 당연한 일이라 생각지 않느냐?"

에레미아가 무슨 말인가를 계속했으나 셰이의 귀엔 들리지 않았다. 약혼녀라는 단어만이 연거푸 메아리칠 따름이었다.

"약혼녀… 정말이야?"

셰이는 이샤무딘을 향해 물었다. 그는 장정 대여섯 명은 족히 누울 수 있는 커다란 침상 위에 한쪽 다리를 느슨하게 세우고 앉아 있었다. 만사가 다 귀찮다는 표정을 짓고 있었으며 머리카락은 보기 좋을 정도로 약간 헝클어진 상태였다. 느슨해진 옷깃 사이로 가슴은 물론 복부까지 살짝 드러나 있었는데, 그 때문인지 아찔할 만큼 자극적으로 보였다. 심지어는 문란하고 퇴폐적인 분위기까지 감돌았다. 저런 모습으로 에레미아와 단둘이 있었다는 생각이 들자 셰이는 울컥 화가 치밀었다.

"약혼했냐고 물었잖아!"

"둘 다 꺼져! 시끄럽게 하지 말고!"

"난 못 가! 치료받겠다고 약속하기 전에는."

에레미아가 침상 위로 올라가더니 여봐란 듯이 이샤무딘에게 몸을 붙였다.

"나도 못 가! 나도 여기 있을 거야!"

세이도 질세라 고집을 부렸다.

"그럼 이샤무딘이 선택하는 수밖엔 없겠네."

에레미아는 이샤무딘의 어깨와 가슴을 어루만지며 그의 귓가
에 대고 속삭였다.

"지금 많이 고통스럽지? 치료는 못하더라도 통증은 가시게 해
줄 수 있어……. 그 위에 황홀감까지 선사해 줄 수도 있고…….
내 말 뜻 알지?"

에레미아는 이샤무딘의 복부로 손을 미끄러뜨리며 그의 입술
에 입을 맞췄다. 이샤무딘은 그녀의 손목을 잡아 자신에게서 떼
어냈다. 그리고는 부드럽지만 단호한 동작으로 그녀를 밀어냈다.
그의 심경이 흔들렸다고 판단한 에레미아는 관능적인 미소를 지
었다. 세이는 울고 싶은 마음을 힘겹게 억누르며 입을 열었다.

"날 쫓아내면, 평생 따라다녀 줄 거야. 구더기가 득실거리는 송
장이 되더라도, 아니, 뼈만 남은 해골이 되더라도 악착같이 따라
다닐 거야!"

호박색 눈동자에 물기가 반짝였다. 두 사람의 눈길이 공간을
가로질러 서로 얽혀들었다.

"맙소사! 저걸 지금 유혹이라고 한 거야?"

에레미아는 손으로 입을 가리며 키득거렸다.

"이샤무딘에게 영혼의 검을 꽂았다기에 난 뭔가 남다른 면이
있는 줄 알았어. 그런데 실상은 철부지 어린애에 불과했잖아. 상
대하고 있는 내 자신이 다 부끄럽네. 이쯤 되면 알아서 물러갈 쪽

은 정해진 것 같은데?"

깔보는 듯한 눈으로 셰이를 훑어 내리던 에레미아가 갑자기 사라졌다. 다음 순간 이샤무딘이 고개를 꺾으며 짧은 신음을 토해 냈다. 성치 않은 몸으로 에레미아를 공간 이동시킨 탓에 부상이 악화된 것 같았다. 가뜩이나 창백하던 안색이 더욱 나빠지며 호흡이 거칠어졌다.

"좀 눕는 게 좋겠어."

이샤무딘은 셰이의 도움을 거부하지 않았다. 그것 하나만 놓고 보더라도 그의 상태가 대단히 심각함을 알 수 있었다.

"몸이 이 지경인데 왜 치료를 받지 않으려는 거야?"

안절부절못하던 셰이는 협탁 위에 놓인 천으로 이샤무딘의 얼굴을 닦아주었다.

"네가 관여할 일이 아니야. 주제넘게 나서지 마."

몸이 아프든 안 아프든 상관없이 비딱한 성격은 여전했다.

"나도 연관된 일이야. 전에 이샤가 바인게르트 성에서 헤이론 국으로 보내준 뒤, 얼마 지나지 않아 심장이 파열되는 것 같은 통증을 느꼈어. 바로 그때 다친 거지? 장담하는데, 만약 이샤가 죽으면 그때보다 더한 고통이 나한테도 찾아오게 될 거야. 그러니까 이건 혼자만의 문제가 아니라 우리 둘 모두의 문제야."

셰이는 침대에 걸터앉았다.

"치료를 거부하는 이유가 뭐야?"

오랜 침묵 속에서 셰이는 대답이 나오기를 끈질기게 기다렸다. 그녀가 끝끝내 포기할 기미를 보이지 않자, 결국 이샤무딘이 퉁명스런 어조로 말을 시작했다.

“치료를 받으려면 날 공격한 자가 누구인지 밝혀야 돼.”

“말도 안 돼. 고작 그거였어? 그냥 밝히면 되는 거잖아.”

“맹세도 해야 돼, 보복하지 않겠다고.”

기가 막힌 셰이는 잠시간 천장을 올려다봤다.

“그러니까… 보복을 하기 위해서 이렇게 끙끙대고 있단 말이군. 아픔을 참으면서… 죽음까지 불사하면서…….”

“반드시 내 손으로 갚아주고 말겠어…….”

투지를 불태우며 주먹을 불끈 쥐던 이샤무딘이 다시 긴 신음 소리를 흘렸다. 셰이는 허탈한 눈으로 그를 응시했다.

“바보.”

이샤무딘이 못마땅한 듯 미간을 찌푸렸다.

“멍청이.”

“그만 해.”

“상상을 초월할 정도로 무식한 고집불통.”

“그만 하라고 했어.”

“피에 굶주린 악질 멍텅구리!”

셰이는 버럭 소리치며 이샤무딘의 팔뚝을 세게 꼬집었다.

“이게 무슨 짓이야?”

“속이 시원해질 때까지 패주고 싶은데, 다 죽어가는 환자를 때려서 숨지게 했다는 비난은 받기 싫거든. 왕족으로서의 내 체면도 고려해야 하니까.”

셰이는 뾰족한 코끝을 치켜들며 거만한 태도로 비꼬았다. 이샤무딘은 그녀를 노려보며 팔을 문질렀다.

“그래서 계속 이렇게 고집을 피울 작정이야?”

"고집이 아니라 내 의지야."

죽음을 맞을지언정 의지를 꺾진 않겠다는 뜻이었다. 셰이는 그 무엇으로도 이샤무딘의 뜻을 바꾸지 못하리란 사실을 깨달을 수 있었다.

"그러다 죽으면? 후회하지 않을 자신있어?"

믿을 수 없게도 이샤무딘의 입가에 엷은 미소가 배어들었다.

"난 죽지 않아. 물론 후회도 하지 않고."

"하여튼 잘났어."

그녀는 혼잣말로 투덜거렸다.

"알아들었으면 그 성가신 노인네한테 가서 전해, 내 일에 참견하지 말라고."

성가신 노인네는 창조신 아스트라한을 말하는 거겠지?

셰이는 그다지 놀라지도 않았다. 그만큼 이샤무딘에게 익숙해진 까닭도 있지만, 그녀의 신경이 다른 곳에 쏠린 탓이기도 했다.

"아까 그… 에레미아라고 했나? 그 사람, 아니, 그 신하고 정말… 약혼한 거야?"

"그런가 봐."

"그런가 봐? 무슨 그런 무책임한 말이 다 있어? 딱 부러지게 말해봐. 약혼했어, 안 했어?"

"정신을 잃고 있을 때, 내가 청혼을 했고 에레미아는 그 청혼을 받아들였다고 하더군."

"그럼 기억하지 못하는 거야?"

이샤무딘은 고개를 끄덕였다. 사실 그는 에레미아의 마음을 읽고 거짓말임을 진작 알고 있었다. 그저 성가신 일을 만들기 싫어

그동안 잠자코 있었을 따름이다. 우선 건강부터 찾은 뒤, 파혼할 생각이었다.

"혼인… 할 거야?"

셰이는 이샤무딘의 금빛 눈동자를 들여다보며 숨을 죽였다.

"아니."

이샤무딘이 딱 잘라 말했다. 자신도 모르게 가슴을 쓸어내리던 셰이는 그와 눈이 마주치자 괜히 부끄러워졌다.

"아직도 많이 아파? 땀이 자꾸 나네!"

그녀는 매우 어색한 동작으로 이샤무딘의 이마를 닦아주었다. 조각한 듯 반듯한 이마에 머물던 시선이 우뚝 솟은 콧날을 거쳐 입술로 내려왔다. 이샤무딘에게 입을 맞추던 에레미아의 모습이 생생히 떠올랐다. 기분이 나빠진 셰이는 이샤무딘의 입술을 필요 이상으로 세게 문질렀다. 이샤무딘이 인상을 쓰며 손가락 하나로 그녀의 이마를 멀찌감치 밀어냈다.

"내 얼굴이 무슨 빨래판인 줄 알아?"

아까 그 여자가 여기저기 더듬을 땐 꼬리 살살 흔드는 강아지처럼 얌전히 있더니만.

셰이는 더욱 심기가 언짢아졌다.

"혼인할 생각이 없으면 유혹도 하지 말아야 되는 거 아니야?"

이샤무딘이 무슨 엉뚱한 말이냐는 표정을 지었다.

"아까 그 기억 안 난다는 약혼녀 앞에서 가슴까지 다 풀어헤친 채 유혹했잖아. 눈도 게슴츠레하게 뜨고. 누가 모를 줄 알아?"

헛웃음을 터뜨리던 이샤무딘이 돌연 눈을 질끈 감았다. 으스러져라 이를 악무는 모습에서 그를 괴롭히는 고통이 얼마나 심한지 조금은 헤아릴 수 있었다. 자신의 말과 행동이 너무나 후회스러워졌다.

"내가 뭐 해줄 건 없어?"

"그 넝마나 벗어."

이샤무딘이 눈을 떴다. 통증이 채 가시지 않은 듯 숨결이 거칠었다.

"그렇게 입고 대체 뭘 하며 돌아다닌 거야?"

새삼스런 눈으로 자신의 차림새를 살피던 셰이는 슬그머니 뺨을 붉혔다.

"그럴 만한 일이 있었어……."

"내가 아는 한, 그런 옷이 필요한 일은 딱 하나밖에 없어."

이샤무딘의 금빛 눈동자가 싸늘하게 번득였다.

"어떤 자식이야?"

"그, 그런 거 아니야. 연회가 있었어. 거기 가느냐고 옷을 좀 빌린 것뿐이야."

셰이는 입에서 나오는 대로 말했다. 목에 칼이 들어와도 매춘부 행세를 했다는 얘길 꺼낼 수는 없었다.

"그러니까… 누군 아파서 누워 있는데… 누구는 연회에서 맘껏 즐겼단 말이로군. 가슴까지 시원하게 훤히 드러내시고."

"가슴이 좀 파이긴 했지만 그 정도는 아니다, 뭐."

이샤무딘의 눈길에 몸 둘 바를 모르게 된 셰이는 어떻게든 다른 곳으로 그의 관심을 돌리고 싶었으나 방법이 도통 생각나지 않았다.

"어깨만 조금 구부려도 가슴이 다 보이는데, 그 정도가 아니라고?”

허리를 굽히고 이샤의 땀을 닦아주던 광경이 번쩍 눈앞을 스쳐 갔다. 몸 전체에 뜨거운 불길이 활활 타올랐다. 극도로 당황한 그녀는 후닥닥 침상 위로 올라가 시트를 머리 꼭대기까지 뒤집어썼다.

세상에! 음흉하게 그걸 그냥 보고 있었단 말이잖아!

“가까이 오지 마! 가까이 오면 죽여 버릴 거야!”

“유난 떨지 마. 가까이 가고 싶지도 않고, 갈 힘도 없으니까.”

이샤무딘이 심술궂게 말했다. 답답한 정적을 꿋꿋이 견뎌낸 뒤, 셰이는 눈만 밖으로 살짝 내밀었다. 반듯하게 누워 있는 이샤무딘이 보였다.

“자?”

“아니.”

“많이 아파?”

“많이 아파.”

“치료 정말 안 받을 거야?”

대답이 없었다.

“이건 정말 바보짓이야. 난 이샤가 치료받았으면 좋겠어.”

잠시 동안 두 사람 다 입을 열지 않았다.

“피곤해……”

이샤무딘이 들릴 듯 말 듯 중얼거렸다.

“잠 좀 자.”

“잠이 오지 않아. 눈을 감으면 녀석의 얼굴이 떠올라, 당장 달려나가 숨통을 잘라 버리고 싶은 살기와 함께. 그리고 그 살기는 뒤이어 꼼짝 못하고 패배자처럼 굴속에 처박혀 있는 나 자신한테로 옮겨지게 돼. 내가 용서할 수 없는 건… 단칼에 날려 버리고 싶은 건, 날 공격한 녀석이 아니라 이렇게 무기력한 처지로 전락한 나 자신이야.”

이토록 숨김없이 자신의 감정을 내보이는 이샤는 처음이었다. 그가 지금 얼마나 약해져 있는 상태인지 단적으로 말해주는 모습이었다. 셰이는 무릎으로 기어 이샤무딘에게 다가갔다. 망설이면 도저히 용기를 낼 수 없으리란 생각에 다짜고짜 그의 머리를 가슴에 안았다. 꽤나 놀랐는지 이샤무딘의 몸이 굳어지는 것이 느껴졌다.

“이제 잠을 청해봐. 그럼 잠이 올 거야.”

심장 박동이 점점 빨라지고, 얼굴은 창피할 정도로 화끈거렸으나 셰이는 침착한 목소리를 내기 위해 노력했다.

“어렸을 때 유모가 날 이렇게 재워주곤 했어. 지금 생각해 보면 난 굉장히 까다로운 아이였던 것 같아. 아주 사소한 거라도 내 마음에 들지 않는 게 있으면 잠을 자지 못했거든. 그럴 때마다 유모가 날 가슴에 꼭 안고 느릿느릿 머리를 쓰다듬어 주었어. 그럼 어느새 잠이 쏟아지더라고… 신기하게도…….”

셰이는 무의식중에 이샤무딘의 머리카락을 부드럽게 어루만지고 있었다.

“난… 잠이 안 와.”

그녀의 가슴에 입술이 짓눌렸는지 이샤무딘이 불분명하게 우물거렸다.

“말을 하니까 잠이 안 오지! 눈 감고 조용히 잠을 청해보란 말이야!”

입술이 스친 살갗이 따끔거리자 셰이는 일부러 퉁명스레 쏘아붙였다. 이샤무딘이 별안간 몸을 떼더니 그녀의 얼굴을 자신의 가슴에 가져다댔다. 심각한 부상을 입었다곤 믿어지지 않을 만큼 민첩한 동작이었다.

"차라리 이게 낫겠어."

"난 싫어!"

셰이는 몸을 바르작거렸다. 이샤무딘의 입술에서 괴로운 신음소리가 새어 나왔다.

"아예 날 죽일 셈이야?"

"미안해……."

셰이의 목소리가 기어들어 갔다.

"이제 잠을 청해봐."

"잠을 못 자는 건 내가 아니잖아."

"아… 그렇지… 잠을 못 자는 건 나였지."

셰이는 자그맣게 키득거렸다. 두어 번 쿡쿡 웃던 이샤무딘이 입속말로 욕설을 중얼댔다. 그녀는 손가락 하나 움직이지 않았다. 자신 때문에 그가 더욱 고통스러울지 모른다는 걱정 때문이었다.

두 사람은 눈을 감고 서로의 심장 소리를 들었다. 누군가가 졸리느냐고 물었고, 누군가가 아니라고 답했다. 시간이 엉금엉금 느림보 걸음을 옮겼다. 시간에 묻혀 흘러가던 셰이와 이샤는 스르르 잠이 들었다. 누가 먼저인지는 알 수 없었다.

눈을 떴을 때 주위는 조금 어둑어둑했다. 편안하고 깊은 숨소리로 보아 이샤는 잠이 들어 있는 것 같았다. 셰이는 그를 깨우지 않기 위해 조심조심 침대를 빠져나왔다. 따뜻한 침대에 다시 눕고 싶은 마음이 간절했으나, 현실을 외면한 채 언제까지나 이곳에 머물 수는 없었다. 듀이 문제도 그렇지만, 시간을 더 지체했다간 걱정 때문에 반쯤 정신이 나가 버린 카시아스와 본 존을 맞닥뜨리는 곤란한 상황에 처할 위험이 있었다.

빨리 돌아가야 돼, 두 사람이 일어나기 전에.

급한 마음과는 달리 셰이는 침대 옆에 서서 물끄러미 이샤무딘을 바라봤다. 왠지 모를 허전함과 아쉬움이 쉽사리 걸음을 떼지 못하게 만들었다.

난 이샤를 좋아하는 걸까?

문득 하나의 물음이 머리를 스쳐 갔다.

말도 안 돼! 이샤는 뒤틀린 세상에서 날 기억해 준 유일한 사람이야. 그래서 어쩔 수 없이 붙어 있었던 거고. 그 이유가 아니라면 온갖 구박을 받으면서도 지금까지 이러고 있을 까닭이 없잖아.

잠깐이나마 그런 얼토당토않은 망상에 빠졌던 자신이 어리석게 느껴졌다. 셰이는 스스로를 나무라며 왔던 길을 빠르게 되돌아갔다.

지금은 그런 쓸데없는 것에 정신을 팔 때가 아니야. 듀이를 돕고 내 운명을 되돌리는 일에만 모든 힘을 쏟아야 돼.

"정신 차려, 셰이엔!"

"그 말은 좀 늦은 감이 있구나. 나올 때가 아니라 들어갈 때 다짐했어야 될 말 아니냐?"

생각지도 못한 음성이 말을 받았다. 어느덧 그녀는 동굴이 끝나는 지점에 다다른 상태였고, 앞엔 호메르스가 둥실 떠 있었다.

"원래 그렇게 얼굴만 있나요?"

"아니다, 움직이기 편해서 이렇게 다니는 것뿐이지. 나머지는 안전한 곳에 잘 보관되어 있다."

"그런데 여긴 왜 다시 온 건가요?"

"아스트라한께서 네가 나오는 즉시 데려오라고 명하셨다. 자, 가자."

말이 끝나자마자 시야가 환해졌다. 몇 번 경험해 본 터라 세이는 갑작스런 환경 변화에도 그리 어렵지 않게 적응할 수 있었다.

—그래, 설득했느냐?

꽤나 궁금한지 아스트라한이 곧바로 물었다.

"하지 못했습니다."

—뭐라? 너까지 실패했단 말이냐? 네가 마지막 희망이었는데⋯ 대체 이 일을 어찌해야 좋을지 모르겠구나!

"보복을 하지 않겠다는 맹세를 꼭 받아야 하는 겁니까?"

—물론이다. 인간계엔 인간의 법이 있는 것처럼 천계엔 신들의 율법이 있다. 법을 지키지 않으면 질서와 규율이 흔들리고 끝내는 세상의 근본이 무너지게 된다.

"이샤는 신이 아니지 않습니까?"

—그거야 그렇지만, 용족 또한 신들의 율법을 따라야 한다.

용족? 저게 무슨 말이지?

세이가 질문을 던지려 했을 때, 아스트라한이 먼저 입을 열었다.

—아무래도 이샤무딘은 죽을 운명인가 보구나.

"아니요, 그렇지 않습니다!"

셰이는 고개까지 휘휘 내저으며 소리쳤다. 충격적인 말로 인해 질겁하는 바람에 다른 건 까맣게 잊혀져 버렸다.

"이샤무딘이 살아 있다는 사실을 아는 이들이 많습니까?"

―많지는 않다. 나와 에레미아, 그리고 호메르스만이 알고 있으니까.

역시 그랬군.

"이샤무딘이 죽지 않았다는 말을 퍼뜨리십시오. 그가 지금 어디에 있는지도요. 물론 진짜가 아닌 거짓 장소여야 합니다."

―범인을 끌어들이자는 말이로구나. 내가 그 정도를 생각지 못했을 것 같으냐? 그건 일종의 편법이다. 올바른 길이 있는데, 왜 편법을 써야 하느냐? 그런 식으로 범인을 잡는 것은 내가 용납할 수 없다.

"이샤를 죽이는 것이 올바른 길은 아니지 않습니까?"

안타까운 마음에 목소리가 갈라져 나왔다.

―그러니까 그를 설득시키라고 하지 않았느냐?

"천계와 인간계를 통틀어 그의 뜻을 꺾을 수 있는 자가 존재한다고 생각하십니까?"

―그래, 그게 바로 너라고 생각했다.

셰이는 질끈 입술을 깨물었다.

―이샤무딘을 설득하기 위해 네가 할 수 있는 모든 방법을 총동원했다고 맹세할 수 있느냐?

셰이는 느릿느릿 고개를 가로저었다. 치료를 거부하는 건 고집이 아니라 자신의 의지라고 이샤는 말했다. 입으론 바보짓이라고 핀잔을 주면서도, 그녀의 가슴 깊은 곳에선 그의 의지를 꺾고 싶지 않아했다. 그가 견디지 못할 것임을 알고 있었으므로.

　─그런데도 이샤무딘을 죽이는 것이 올바른 길은 아니라는 말이 나오느냐?

　아스트라한의 어조에 노기가 실렸다.

　"잘못했습니다."

　셰이는 무릎을 꿇었다.

　"이샤를 살려주십시오. 건방진 소리라고 나무라시겠지만, 아스트라한께서 그를 구하고 싶어하신다는 것을 알고 있습니다. 그 마음과 뜻을 살리시어 그를 죽게 내버려 두지 말아주십시오……."

　셰이는 온 마음을 다해 절실히 간청했다. 무슨 일이 있어도 이샤를 잃을 수는 없었다.

　─그와 혼인하겠느냐?

　상상도 하지 못했던 말이 나오자 셰이는 귀를 의심하며 주춤주춤 고개를 쳐들었다.

　"지금 뭐라고 하셨나요?"

　─이샤무딘을 살릴 수 있다면, 그와 혼인하겠느냐고 물었다.

　"싫습니다. 이샤와의 혼인이라니 우스갯소리도 될 수 없습니다. 만에 하나 혼인을 하게 되더라도 채 반나절을 넘기지 못하고 끝나 버릴 겁니다. 그 안에 둘 중 한 명이 상대에게 살해당하는 참극이 벌어질 테니까요."

　셰이는 부르르 몸서리를 쳤다.

　─이샤무딘을 살려달라며 무릎을 꿇은 모습이 간절해 보여 마지막 기회를 내릴까 했더니… 그를 살리고 싶은 마음이 그 정도

로 절실하지는 않나 보구나.

불안과 혼란, 그리고 당혹감에 휩싸인 셰이는 하얗게 말라 버린 입술만 두어 번 겨우 달싹일 수 있었다.

―네 마음은 잘 알았으니 그만 돌아가거라. 이샤무딘은 사흘을 못 넘기고 죽음을 맞을 것이다. 그러니 이틀이나 사흘쯤 후에 명복이나 빌어주려무나.

당장이라도 그녀를 실어 보낼 듯 한줄기 바람이 불어왔다.

―이샤무딘의 모습이 눈에 선하구나. 고통에 몸부림치다 피를 콸콸 토하며, 음침한 토굴 속에서 홀로 쓸쓸히 숨을 거둘 텐데… 가여워서 그 참혹한 주검을 어찌 보누. 그런데 너는 왜 아직도 거기 있느냐? 어서 돌아가래도.

"아, 아니… 전 그러니까…… 하, 하겠습니다, 혼인하겠습니다. 이샤와 혼인하겠습니다……."

셰이는 자신의 입에서 무슨 말이 나오는지도 정확히 인식하지 못했다.

―맹세하겠느냐?

아스트라한은 정신을 차릴 틈을 안 주고 가차없이 밀어붙였다.

"예… 맹세… 하겠습니다……."

―좋다, 맹세를 어긴다면 그 값은 네 목숨으로 갚게 될 것이다.

아스트라한은 셰이를 원래 있던 곳으로 돌려보냈다. 셰이는 떠나기 직전 창조신의 웃음소리를 들은 것만 같았다.

마이언의 집에 도착했을 때, 놀랍게도 주위는 한밤중이었다. 셰이는 침대에 털썩 드러누웠다. 한바탕 정신없이 꿈속을 헤매다

가까스로 벗어난 느낌이었다.

이샤와 혼인이라니… 악질 흑마법사와 혼인을 해야 한다니!

차라리 악몽이었길 바라며 셰이는 울고 싶은 마음을 간신히 참아냈다.

Chapter 19
귀환과 전조 (前兆)

“아룬델이 내일모레 왕궁으로 들어간다는 소문이 지금 아르덴 전역에 파다합니다.”

마이언의 어투엔 늘 그렇듯 힘이 실려 있었으나, 표정엔 반신 반의하는 기색이 완연했다.

“모레 왕궁으로 들어간다? 좀 이상하군. 정확한 날짜까지 언급된 소문이 돈다니…….”

카시아스의 얼굴에 의혹이 서렸다. 그와는 달리 본 존은 만사 태평했다.

“당연히 헛소문이야. 괜히 안 생긴 면상 구기지 말고 밥이나 먹어. 거기 그 고기 안 먹을 거면 이쪽으로 넘기고.”

마이언의 살벌한 눈초리가 날아와 박혔다. 본 존은 사람 좋아 보이는 미소로 화답하며 카시아스 앞에 놓인 고기 접시로 팔을 뻗었다.

"그거 대신 이거 먹어."

셰이는 고스란히 남아 있다시피 한 자신의 음식 접시를 본 존 쪽으로 밀어주었다. 그녀에게 무심코 시선을 가져간 본 존은 멈 칫했다. 일순 셰이가 흐릿하게 보였다. 눈을 깜박이자 곧바로 모 습이 선명해졌다. 그는 유난히 밝게 비쳐 드는 햇살 때문이라고 대수롭지 않게 넘겨 버렸다.

"아까 아침에도 뜨는 둥 마는 둥하더니만… 무슨 고민이라도 있어?"

"고민은 무슨? 그냥 입맛이 없을 뿐이야."

셰이는 시무룩하게 말하며 애꿎은 식탁보를 배배 꼬아댔다. 카 시아스는 왜 그러는지 아느냐는 물음을 담아 본 존을 바라봤다. 본 존은 모르겠다는 뜻으로 어깨를 으쓱했다.

"모고르의 저택 쪽에서 뭔가 도움이 될 만한 정보는 들어오지 않았나요?"

셰이가 마이언을 향해 물었다.

"별관 쪽에 부산한 움직임이 보인다는 보고를 받긴 했소."

무뚝뚝한 말투긴 했으나 적어도 답변이 나오기는 했다. 어제저 녁 때와는 천지 차이였다. 처음 만났을 때 마이언은 경박한 차림 의 셰이를 창부라 여기고 철저히 무시했다. 그녀를 대하는 눈이 그나마 우호적으로 변한 건 시간이 조금 지나서였다. 정확히 말 해 카시아스가 어머니에 대한 소문을 듣고 이성을 잃다시피 했을 때, 그를 진정시키는 모습을 보고 난 이후라 할 수 있었다.

"아룬델이 모레 왕궁으로 들어가는 게 사실이라면, 오늘이나 늦어도 내일 안엔 녀석을 빼내와야 돼."

카시아스가 말했다.

"덫이야, 덫이 분명해. 한 발 들어서자마자 꼼짝없이 잡히고 말 걸?"

쉴 새 없이 음식을 입 안에 구겨 넣으면서도 본 존은 능숙하게 말을 받았다.

"이번을 놓치면 두 번 다시 기회를 잡지 못할 수도 있어. 왕궁의 보안과 경비는 모고르의 저택과는 비교가 안 될 만큼 철저하니까."

"미리 준비하고 있다가 왕궁으로 가는 길목에서 급습하는 건 어떨까?"

카시아스는 질문을 한 셰이에게 시선을 맞췄다.

"나도 그 생각을 하긴 했어. 그런데 아무래도 위험부담이 클 것 같아. 모고르의 저택에서 왕궁까지의 길은 주택가 아니면 사람들의 왕래가 많은 번화가가 대부분이야. 그런 길을 아룬델이 지나간다고 가정해 봐. 아마……."

"눈망울을 샛별처럼 반짝이는 천진난만한 사람들이 바글바글할 테지."

본 존이 카시아스의 말을 가로챘다. 카시아스는 불쾌하다는 반응 없이 얘기를 이어나갔다.

"구경꾼들은 물론 그들이 타고 온 말과 마차로 인해 거리가 마비되다시피 할 거야. 그런 상황에서 아룬델을 빼내오기란 사실상 불가능해."

"그럼 결론은 이미 정해진 거로군."

셰이와 카시아스의 눈길이 자연스레 이어졌다.

"그러니까 사이좋게 손잡고 모고르가 쳐놓은 거미줄 안으로 걸어 들어가시겠다? 미안하지만 난 거기서 빠져야겠어."

본 존은 탁, 소리 나게 수저를 내려놓았다.

"지금까지 도와준 것만으로도 충분해. 본 존한텐 이미 지나치게 폐를 끼쳐서 미안할 정도야."

"언제든지 떠나고 싶을 때 떠나."

카시아스의 눈짓을 받은 마이언이 묵직한 가죽 주머니를 본 존 앞에 내려놓았다.

"넉넉하진 않겠지만 이번 일로 인해 들어간 경비 정도는 만회할 수 있을 거야."

본 존은 가죽 주머니에서 시선을 떼어 카시아스와 셰이를 차례로 바라봤다. 이상하게도 홀가분하다는 생각은 들지 않았다. 섭섭한 마음이 슬그머니 자리를 넓혀갔다.

"망 정도는 봐줄 수도 있을 것 같은데……."

본 존은 넌지시 말을 흘리며 두 사람의 반응을 살폈다. 셰이와 카시아스는 마주 보고 앉아 내일 밤 벌일 작전에 대해 의견을 나누고 있었다. 본 존은 이미 관심 밖으로 밀려난 상태였다.

"도와달라고 부탁하면 그럴 마음이 생길지도 모르겠어. 그다지 내키지는 않지만 의리하면 또 나, 본 존이거든. 오죽하면 내 별명이 '의리에 죽고 의리에 목숨 거는 멋진 사나이' 이겠어?"

호탕한 척 괜히 웃음을 터뜨렸으나, 봐주는 사람은 한 명도 없었다. 본 존의 얼굴에 시커먼 먹구름이 덮였다. 그는 우당탕 의자를 밀치며 일어나 돈주머니는 거들떠보지도 않은 채 뚜벅뚜벅 문으로 걸어갔다. 그가 문을 막 열어 젖혔을 때였다.

"도와줘, 의리에 죽고 의리에 목숨 거는 멋진 사나이."

본 존은 천천히 몸을 돌렸다. 셰이가 싱글싱글 미소 짓고 있었다. 카시아스도 웃음을 참지 못하겠는지 연방 입술을 벌름거렸다.

"저것들이……!"

잔뜩 인상을 구겼지만, 어두웠던 낯빛은 어느새 사라지고 없었다.

"할 생각 있으면 어서 문이나 닫아. 찬바람 들어오잖아."

"뭐, 그리 내키진 않지만 너희가 그토록 간곡히 부탁하는데 매몰차게 뿌리치는 것도 좀 그렇고……. 으음… 어쩔 수 없군. 도와주는 수밖에."

자신의 자리로 돌아온 본 존이 거만한 몸짓으로 다리를 꼬았다.

"하여튼 개폼은……."

카시아스는 어이없는 표정을 지었고, 셰이는 키득거렸다. 오직 마이언만이 꼼짝 않고 앉아 불끈 쥔 주먹으로 넓적다리를 지그시 누르고 있었다. 팽팽히 당겨진 광대뼈와 불룩하니 튀어나온 턱 근육만 보더라도 그의 기분을 짐작하는 건 어렵지 않았다.

그는 카시아스를 응대하는 셰이와 본 존의 태도를 곱게 보아넘기기 힘들었다. 당장 검이라도 빼 들고 두 사람의 버르장머리를 고쳐 놓고 싶었으나, 미리 카시아스의 지시를 받은 터라 참는 수밖에 별 도리가 없었다.

"이런 방법은 어떨까?"

셰이가 말을 시작했다. 세 사람은 잠자코 귀를 기울였다.

"한번 시도해 볼 만하다는 쪽에 오백만 페어 걸겠어!"

본 존이 선언하듯 말했다. 그와는 달리 카시아스는 반응은 신중했다.

"좀 무모하다 싶기도 하고, 괜찮은 계획 같기도 하고……."

잠시 생각에 잠겨 있던 카시아스가 마이언에게 시선을 옮겼다.

"준비할 게 몇 가지 있는데… 내일 해 지기 전까지 가능하겠나?"

"제 힘만으로 되는 게 아닌지라, 지금은 뭐라 확답을 드릴 수가 없습니다. 송구스럽습니다, 전하. 목숨 바쳐 전력을 다해보겠습니다."

마이언의 눈엔 비장감마저 감돌았다. 그의 영향으로 분위기가 금세 진지해졌다. 네 사람은 머리를 맞대고 앉아 차근차근 구체적인 계획을 잡아나갔다.

*

"아룬델님!"

모고르의 호위기사 한 명이 안으로 급히 들어섰다.

"어서 떠날 채비를 하셔야겠습니다. 왕궁에서 마차를 보내왔습니다."

아룬델은 긴 의자에 비스듬히 기대고 앉아 무료함을 달래던 중이었다. 그토록 기다리던 소식이 전해졌음에도 불구하고, 그의 얼굴에 나타난 건 기쁨이 아닌 짜증이었다.

내가 여기 있는 줄 진작 알았을 텐데, 이제야 낑하고 마차를 보내?

아룬델은 세르지오가 자신에게 품고 있는 은밀한 감정을 잘 알고 있었다. 왕궁에 들어가는 일에 대해 지나칠 정도로 자신만만했던 이유 역시 그와 무관하지 않았다.

"알았으니 기다리라고 전해라."

아룬델은 호위기사를 내보낸 뒤, 하녀 열 명을 불러 몸치장에 들어갔다. 세르지오의 혼을 단번에 빼놓으려면 모든 걸 완벽하게 준비해야 했다. 밖에서 이제나저제나 그가 나오기만을 기다리고 있을 사람들은 안중에도 없었다.

하늘 가장자리에 걸쳐 있던 달이 중천까지 떠올랐을 즈음, 마침내 아룬델이 모습을 보였다. 별관 앞에 대기하고 있는 마차를 발견하자, 아룬델의 얼굴이 혼자 구경하기 아까울 지경으로 구겨져 버렸다. 당연히 자신에게 어울리는 초호화판 마차를 보게 될 줄 알았건만, 그 앞에 나타난 건 웬만한 귀족들조차 거들떠보지 않을 것 같은 소박하기 그지없는 평범한 마차였다. 더군다나 붙어 있는 호위기사 또한 달랑 둘밖에 되지 않았다.

"나보고… 저런 너절한 쓰레기를 타란 말이냐?"

목소리가 신경질적으로 높아졌다.

"송구스럽습니다, 전하."

왕궁 시종으로 보이는 젊은 남자가 공손히 허리를 굽혔다.

"전하?"

"예, 전하. 국왕 폐하께서 그리 높여 부르라 명하셨습니다. 그리고 이런 보잘것없는 행색으로 아룬델 전하를 맞을 수밖에 없는 이유를 잘 설명하라 신신당부하셨습니다."

"그래, 이유가 뭔지 들어나 보자."

아룬델의 태도는 눈에 띄게 누그러져 있었다. 전하라는 극존칭이 불쾌한 기분을 조금 풀어주었기 때문이다.

"아룬델 전하를 해하려 드는 무리가 있다는 정보를 입수했습니다. 왕궁으로 모셔가는 도중, 전하께서 만에 하나 위해를 당하실까 염려되어 부득이하게 적절한 예를 갖추지 못했습니다. 진심으로 사죄드립니다."

"마차는 그렇다 치고, 수행원은 몇이나 되느냐?"

"왕궁 호위기사가 둘 있사옵고, 마부 하나와 저 이렇게 또 둘이 있으니, 모두 합해 네 명이 되옵니다. 아, 전 국왕 폐하 직속 시종으로 아루데르 재섭서라고 합니다."

"아루데르 재섭서? 특이한 이름이로구나."

"미천한 소인의 이름까지 불러주시고… 감격, 또 감격했사옵니다!"

시종이 눈에 고인 눈물을 닦아내자 아룬델은 전에 없이 마음이 너그러워졌다.

"내 왕궁에 들어가서도 네 이름을 잊지 않으마."

"가문의 무한한 영광이옵니다, 전하!"

아룬델은 옷자락을 휘날리며 거만하면서도 우아한 동작으로 마차에 올랐다.

"미친놈."

굽실대며 그 뒤를 따르는 시종을 향해 모고르의 호위기사가 경멸조로 중얼거렸다. 곧 문이 닫히고 마차가 출발했다.

"여기저기 때와 먼지가 득실득실하구나! 내 최대한 자비를 베풀어 눈감아주려고 했더니, 이런 추접한 오물 덩어리는 도저히 참아줄 수가 없다! 지금 당장 마차를 세워라!"

"전하, 조금만 감내해 주십시오. 오래 걸리지 않을 것입니다."

"이놈! 감히 내 말에 토를 다는 것이냐? 어서 마차를 세우래도!"

아룬델은 시종의 가슴을 냅다 걷어찼다.

"이런 제길!"

넘어지며 문에 머리를 부딪친 본 존은 욕설을 내뱉었다.

"뭐, 뭐라? 저놈이 죽고 싶어 환장을 했나?"

"아가리 닥쳐! 한주먹거리도 안 되는 자식이!"

"뭐, 뭐, 뭐, 뭐라고?"

금방이라도 게거품을 뿜을 것 같은 얼굴을 겨냥해 본 존은 불그스름한 가루를 획 뿌렸다.

"이거나 처먹으라고, 맛있게 냠냠."

수면 가루만 믿고 방심한 것이 화근이었다.

"죽어라, 이놈!"

눈초리를 표독스럽게 찢은 아룬델이 손톱을 곧추세우고 달려들었다. 본 존은 힘차게 주먹을 뻗었다. 턱을 호되게 얻어맞은 아룬델이 뒤로 넘어갔다. 그러나 그땐 이미 본 존의 목에 긴 손톱자국이 생긴 후였다.

"재수없는 자식! 끝까지 재수없게 발광을 하네!"

"무슨 일이야?"

숨죽인 카시아스의 물음이 들렸다. 알아보기 힘들게 변장을 한 그는 호위기사 행세를 하며 마차 옆에서 말을 달리고 있었다.

"녀석이 뻗는 소리야. 신경 쓰지 마."

"벌써 정신을 잃게 하면 어떡해? 아직 정문도 통과하지 않았다고."

카시아스의 말이 끝나자 셰이가 준비하라는 뜻으로 마차를 세 번 두드렸다. 그녀 역시 콧수염까지 붙인 채 호위기사 역을 수행하고 있었고, 마이언은 마부석에 앉아 마차를 모는 중이었다.

"젠장. 모고르야, 모고르의 마차가 틀림없어."

카시아스의 시선을 따라간 셰이는 긴장할 수밖에 없었다. 자개 장식을 한 진주 빛깔의 고급스러운 마차 옆으로 칠십여 명에 달하는 기사와 병사들이 정렬하고 있었다. 일부러 모고르가 왕궁에 머무를 시간에 맞춰 작전에 착수했는데, 아룬델의 준비가 길어지는 바람에 일이 틀어질 위기에 처하고 말았다.

마이언은 마차를 세웠다. 모고르의 마차가 출구를 막고 있어 어쩔 방법이 없었다. 평소처럼 보안대장에게서 간략한 보고를 받고 있던 모고르는 손을 올려 그의 입을 다물게 했다.

"무슨 마차냐?"

"마침 보고 올리려던 참이었습니다, 각하. 다름 아니라 아룬델 님을 모셔가기 위해 왕궁에서 마차를 보내왔습니다. 제가 직접 명령서를 살펴봤는데 확실했습니다."

"그 명령서 지금 가지고 있느냐?"

보안대장이 재빨리 서류 한 장을 꺼내 내밀었다. 모고르는 명령서를 펴보았다. 왕가의 인장까지 찍힌, 누가 봐도 꼬투리를 잡을 수 없는 완벽한 명령서였다. 그러나 모고르는 그리 어렵지 않게 문서가 위조되었음을 알아차렸다. 피셔가 세르지오의 대역을 하고 있었기 때문에 가능한 일이었다.

"뭐가 잘못되었습니까, 각하?"

보안대장이 불안한 기색을 드러냈다.

"아니다, 왕명을 받드는 사람들을 지체하게 만들었구나. 어서 길을 터주거라."

셰이와 카시아스는 모고르를 향해 간단히 예를 갖춘 후, 빠르게 말을 달려 저택을 벗어났다.

"뭔가 이상해."

셰이가 말했다. 그녀와 마찬가지로 꺼림칙한 마음이 든 카시아스는 어깨 너머를 돌아봤다. 어슴푸레한 등불에 비친 커다란 마차가 보였다. 모고르의 시선이 등줄기를 샅샅이 훑어 내리는 것 같은 느낌에 오싹 소름이 돋았다.

"덫이야, 덫이 분명해."

본 존의 말이 생각났다.

어쩔 수 없어. 어차피 화살은 시위를 떠났고, 이젠 화살이 이끄는 대로 따라가는 길밖엔 없어.

내색은 하지 않았으나 그 역시 듀이가 보고 싶었다. 제대로 밤잠을 이루지 못할 만큼 걱정스러웠다. 그 자신도 믿기지 않을 정도였다. 지난번 아룬델이 듀이 행세를 하며 자신을 속였다는 것을 깨달았을 땐, 일순간 정신이 나가 버리기까지 했다.

그래, 완전히 미쳐 버렸지.

마드라의 열쇠마저 까맣게 잊어버린 채 아룬델을 죽이려 들었던 행동을 다른 말로는 설명할 수 없었다. 아룬델이 듀이의 이름을 소리치지 않았다면, 한 치의 망설임도 없이 그의 목을 잘라 버렸을 것이다.

정신 차려! 카시아스 비저 드 아브레이유! 비참하게 돌아가신 아버님을 생각해! 목숨 걸고 널 돕고 있는 그 많은 사람들을 생각하란 말이야!

카시아스는 말의 속도를 높여 마차 앞으로 달려나갔다. 싸늘한 바람이 얼굴을 가격했다. 덧없는 바람의 힘을 빌려서라도 그는 흐트러진 마음을 다잡고 싶었다.

라우시안은 길게 이어진 동굴 속을 거침없이 나아갔다. 칠흑같이 캄캄했지만 그는 조금도 불편하지 않았다. 밤에도 낮처럼 사물을 또렷이 볼 수 있는 심안이 있었기 때문이다. 그런 그에게 어둠은 친숙한 존재일 수밖에 없었다.

이제 곧 이샤무딘도 암흑 속으로 묻히게 되겠지. 다시는 떠오르지 못할 죽음의 심연 속으로…….

라우시안의 입가에 은밀한 미소가 스쳤다. 이윽고 동굴의 끝에 다다르자 그는 가면을 점검한 다음 로브까지 꼼꼼히 머리 위로 덮어썼다. 그리고는 주의 깊게 사방을 살피며 십여 개에 이르는 돌기둥 사이를 빠르게 통과했다. 저만치 앞에 커다란 침대가 보였다. 그 위에 똑바로 누워 있는 자는 이샤무딘이 틀림없었다.

설마 설마 했더니만 헛소문이 아니었군.

이샤무딘이 숨만 겨우 붙어 있는 상태로 '회명의 동굴'에 은신해 있다는 말을 들은 건 이틀 전이었다. 그 후 이틀 동안 라우시안은 명확한 답을 내릴 수 없는 갈등에 시달려야 했다. 한시라도 빨리 이샤무딘을 죽여야 한다는 건 거론할 필요도 없었다. 그러나 떠도는 풍문만을 믿고 섣불리 달려들었다간 자기 손으로 목줄을 죄는 꼴이 될 위험이 있었다. 마음을 정하지 못하고 끙끙대던 그는 수족처럼 부리는 아크리안을 '회명의 동굴'로 보내 소문의 진상을 확인하도록 했다. 아크리안은 거동조차 못하는 이샤무딘의 처지를 그에게 상세히 말해주었다. 그 자리에서 라우시안은 더 이상 시간을 끌 필요가 없다는 결론에 이르렀다.

바인게르트에서 깨끗이 죽여 버렸어야 했어. 그럼 이런 성가신 일은 아예 생기지도 않았을 텐데.

라우시안은 이샤무딘을 향해 빠르게 다가갔다. 먼 거리에서도 공격이 가능했지만, 좀 더 확실히 마무리를 짓고 싶었다.

잘 가라, 이샤무딘! 운명의 신인 내가 직접 네 천운을 죽음으로 인도해 주마!

소용돌이치는 검은 연기가 눈 깜짝할 사이 침대 전체를 휘감았다.

"흑룡과 그야말로 잘 어울리는 죽음이로군."

더 이상 웃음을 참을 수 없었다. 라우시안은 몸을 떨며 큭큭거렸다.

"너에겐 어떤 죽음이 어울릴지 궁금하구나."

라우시안의 입가에서 웃음이 싸늘하게 얼어붙었다.

맙소사! 함정이야! 함정이었어!

운명의 신 아홉 명이 차례로 나타나며 라우시안을 에워쌌다.

"내 너에게 영혼 속까지 각인될 죽음을 내려주마. 너와 그야말로 잘 어울리는 죽음으로 말이다."

새파랗게 질린 그 앞에 마지막으로 모습을 보인 이는, 다름 아닌 창조신 아스트라한이었다.

"겉보기에는 비리비리한데, 근수는 왜 이렇게 많이 나가는 거야?"

본 존은 불평을 늘어놓으며 등에 업은 아룬델을 침상 위로 픽! 떨어뜨렸다.

"조심해!"

셰이는 부랴부랴 아룬델의 머리와 얼굴을 살펴보았다. 시퍼런 멍이 든 턱 외에는 별다른 상처를 입은 것 같지 않았다.

"난 등짝이 부러질 뻔했는데, 나보다 그 재수없는 녀석이 더 걱정된다는 거야?"

본 존은 심술 난 어린애처럼 입술을 비죽였다.

"내가 걱정하는 건 아룬델이 아니라 듀이야."

"그 녀석이 그 녀석이지."

"아니야, 그렇지 않아. 듀이는 달라."

셰이가 정색을 하자 본 존은 괜스레 더 심사가 고약해졌다.

"재수없는 놈 안에 들어 있으면 당연히 재수없는 놈인 거야. 아룬델 같은 왕재수의 몸에 벌레처럼 기어들어 간 녀석이라면 더 볼 것도 없어."

카시아스의 눈초리가 매서워졌다. 그는 마이언에게 몇 가지 지시를 내린 후, 마침 안으로 들어서던 참이었다.

"이름이 듀이 델코라고 했지? 정말 무진장 촌스럽기도 하네. 듀이 델코가 뭐야, 듀이 델코가? 이름까지 영 별 볼일이 없으니까, 지금 저 모양 저 꼴이 되어 나자빠져 있는 거라고!"

"보나샤르 조니코바! 여기서 나가!"

셰이는 본 존을 노려보며 문을 가리켰다.

"싫어, 내가 왜 나가야 하는데?"

팔을 틀어쥔 카시아스가 강제로 본 존을 내보낸 뒤, 문까지 닫아걸었다.

"그래, 이젠 내가 필요없단 말이지? 써먹을 대로 다 써먹었으니 꺼지라는 말이지? 잘 알았어! 깨끗이 꺼져 줄 테니까 너희끼리 잘 먹고 잘살라고! 젠장맞을!"

퍽! 문을 걷어찬 본 존이 발이 아픈 듯 잇따라 욕지거리를 퍼부어댔다.

"원래 저렇게 유치해?"

"전엔 안 그랬어, 굉장히 어른스러웠어."

카시아스는 믿어지지 않는다는 얼굴로 흘끔 문을 쳐다봤다.

"그나저나 이제 어쩌지?"

두 사람의 눈길이 자연스레 아룬델에게 모아졌다.

"깨워야지, 아룬델이 아닌 듀이를."

말을 한 카시아스도 고개를 끄덕이는 셰이도 암담하기는 마찬
가지였다.

"듀이, 나 셰이야. 지금 내 말 듣고 있지? 숨어 있지 말고 제발
밖으로 나와. 듀이는 필요없는 존재가 아니야. 절대 그렇지 않아.
난 듀이가 필요해. 카시아스한테도 듀이가 필요해. 그렇지, 카시
아스?"

셰이는 카시아스에게 눈짓을 보냈다. 그러나 그는 입을 굳게
다문 채 듀이를 바라보기만 했다. 셰이는 그의 팔을 툭 건드렸다.

"무슨 말이라도 좀 해봐."

"무슨 말?"

"아무거나. 듀이한테 하고 싶은 말, 뭐 없어?"

"빨리 일어나, 듀이 델코! 이게 무슨 꼴이야? 볼썽사납게! 고작
아룬델 같은 녀석한테 짓눌려 기도 못 펴고 있잖아! 창피한 줄을
알아야지! 나 같으면 차라리 자결을 하고 말겠다!"

"좀 더 완곡하고 부드럽게 해야지. 듀이가 놀라서 더 깊숙이 숨
어버리면 어떡해?"

셰이는 카시아스가 못마땅했다.

"듀이는 생각처럼 그렇게 약하지 않아. 나만큼, 아니, 그 이상
으로 강한 녀석이야. 지금은 의기소침해서 한 발 물러선 것에 불
과해. 그러니까 소리치고, 윽박질러서라도 앞으로 나오게 만들어
야 돼."

셰이는 조금 놀란 눈으로 카시아스를 쳐다봤다. 그녀는 황금열
쇠인 자신이 듀이에 대해 더 많은 걸 안다고 여기고 있었다. 그런
데 지금 처음으로 그게 아닐지 모른다는 생각이 들었다.

내가 듀이의 존재를 몰랐을 때부터 카시아스는 그와 함께 있었어. 제대로 알지도 못하면서 그동안 내가 오만한 생각에 빠져 있었던 거야.

"깨어나려나 봐."

카시아스가 말했다. 혀로 입술을 축이는 단순한 동작에서 채 숨기지 못한 긴장이 묻어 나왔다. 끙끙 앓는 소리를 내던 아룬델이 눈꺼풀을 들어 올렸다.

"카, 카시아스… 셰이… 어떻게 된 거야……?"

오랫동안 목을 안 쓴 듯 불분명하고 어눌한 말투였다. 카시아스는 침대에 바싹 붙어 섰다.

"너 듀이지? 듀이 델코가 맞는 거지?"

"왜 그래? 정신 나갔어? 지금 무슨 소릴 하는 거야?"

"어때, 셰이? 듀이가 틀림없지?"

"듀이가 아니야."

흥분이 아른거리는 카시아스의 눈을 보며 셰이는 조용히 말했다. 그를 실망시키고 싶지 않았으나 다른 수가 없었다.

"셰이, 왜 그래? 난 듀이가 맞는데… 왜 내가 아니라고 그래?"

주눅이 든 연초록 눈동자가 셰이의 눈치를 살폈다.

"내가 보기엔 듀이가 맞는 것 같아."

"아니야, 카시아스. 아룬델한테 속으면 안 돼. 듀이는 아직 깨어나지 않았어."

"셰이, 그러지 마. 나 듀이야… 듀이 델코란 말이야……."

"이제 그만 해, 아룬델!"

"지금 장난치는 거지? 셰이… 무섭게 그러지 마……."

"너야말로 그러지 마! 왜 자꾸 듀이 흉내를 내는 거야?"

셰이는 목이라도 조를 듯한 기세로 아룬델의 어깨를 움켜잡았다.

"카, 카시아스… 셰이가 왜 이러는 거야? 왜 이렇게 변했어? 내가 없는 사이에 무슨 일이 있었던 거야?"

간신히 울먹임을 참고 있는 목소리에 카시아스는 더욱 혼란스러워졌다. 셰이의 말을 믿어야 할지 말아야 할지 갈피를 잡을 수 없었다.

"네가 진짜 듀이라면 한 가지만 말해봐. 왜 아룬델 뒤로 숨었던 것인지."

셰이의 눈빛은 얼음장 같았다.

"아무 짝에도 쓸모없는 존재라는 생각이 들었어… 너희에게 피해만 입힌다는 생각에 견디기가 너무 힘이 들었어……. 모든 것이 내 탓인 것만 같고… 나만 사라지면 모든 게 다 잘될 것만 같았어……. 그래서 그냥 죽어버리고 싶었어……."

셰이는 카시아스에게 시선을 옮겼다.

"이제 알겠지?"

카시아스는 아룬델의 멱살을 와락 잡아챘다. 듀이라면 억지로라도 밝게 웃으며 아무렇지 않은 듯 농담을 늘어놓았을 것이다. 자신의 아픈 마음을 낱낱이 내보여 셰이와 카시아스를 걱정시킬 그가 아니었다.

"이 가증스러운 자식! 한 번만 더 듀이 흉내를 내면, 그 자리에서 멱을 따버리고 말겠어!"

"왜, 왜 그래? 카시아스?"

카시아스는 인정사정없이 아룬델의 목을 졸랐다.

"안 돼, 카시아스!"

셰이는 간신히 그의 손을 풀 수 있었다.

"미친 자식! 네놈도 네 아비처럼 피투성이 꼴로 거꾸러지게 만들어줄 테다!"

거친 기침을 터뜨리며 아룬델은 그제야 가면을 벗어 던졌다. 카시아스에게 톡톡히 앙갚음을 하려고 했으나 전과 마찬가지로 힘은 발휘되지 않았다. 하는 수 없이 그는 분노의 화살을 셰이에게 돌렸다. 결과는 똑같았다.

설마 힘이 없어진 건 아니겠지?

불안해진 아룬델은 앞에 놓인 의자를 움직여 보려 했다. 아무 일도 일어나지 않았다. 의심이 현실로 굳어지고 말았다. 그는 공포감에 휩싸였다.

듀이 델코야! 듀이 델코의 짓이야! 그놈이 힘을 모조리 막아버린 거야! 이제 어쩌지? 어쩌면 좋지?

아룬델의 얼굴은 이미 납빛으로 변해 있었다. 그는 또다시 무기력해졌고 그건 그를 겁에 질리게 했다. 자신을 둘러싼 모든 것들이 무서웠다. 그중에서도 아룬델을 가장 두렵게 만든 건 자신 안에 들어 있는 존재, 바로 별 볼일 없는 녀석이라고 무시했던 듀이 델코였다.

불리한 상황에 처했음을 깨닫자 아룬델은 얌전해졌다. 카시아스가 손발을 묶을 때에도 전혀 반항하지 않았다. 이젠 모고르의 도움을 기다리는 수밖에 없었다. 마드라의 열쇠를 갈망하는 한 모고르가 그를 저버리지는 않을 것이다.

내 스스로 열쇠를 깨울 수 있다면 더할 나위 없을 텐데…….

모고르에겐 듀이 델코가 몸에 들어오는 찰나 주문을 잊어버렸다고 했지만, 실제로는 내내 기억하고 있었다. 그러던 것이 얼마 전에 그토록 바라던 대로 몸을 되찾는 순간, 그만 주문의 맨 마지막 구절이 망각 속으로 가라앉고 말았다. 그 후 모고르의 저택에 머무를 때 몇 번 기억을 되짚어본 적은 있었다. 그러나 주문은 떠오르지 않았다.

사실 그는 안락하고 호화로운 생활만 유지된다면 굳이 주문을 기억해 낼 필요가 없다는 생각을 가지고 있었다. 멋모르고 마드라의 열쇠를 불러내려 했던 지난번처럼 감당하기 힘든 일이 생길까 봐 은근히 겁이 났기 때문이다.

그러나 이젠 상황이 달라졌다. 밖에선 카시아스라는 정신 나간 녀석이 살기를 내뿜어댔고, 안에선 듀이 델코란 이상한 놈의 영향력이 점점 커지고 있었다. 이렇게 손놓고 있다간 죽임을 당하거나, 영영 몸을 빼앗기게 될 터였다.

마드라의 열쇠를 깨워야 해. 그럼 듀이 델코의 영혼을 완전히 몰아낼 수 있어. 카시아스란 놈도 셰이라는 기분 나쁜 계집애도, 은근히 신경에 거슬리던 모고르도 다 죽여 버릴 수 있어. 그렇게 되면 내가 바라던 헤이론 국도 자연히 내 손아귀에 들어오게 될 거야. 물론 그 이상도 움켜쥘 수 있겠지……. 그 이상이라… 전 세계가 내 발아래 무릎을 꿇는다면 어떤 기분이 들까? 그야말로 황홀하겠지?

생각하면 생각할수록 마음에 쏙 드는 완벽한 미래상이 아닐 수 없었다. 지금껏 그런 생각을 하지 못했던 자신이 갑갑하게 느껴졌다.

어서 마지막 구절을 기억해 내야 해.

아룬델은 이제 절실해졌고 주문을 완성시킬 자신도 있었다. 약간의 시간만이 그가 현재 필요로 하는 전부였다. 아룬델은 셰이와 카시아스를 곁눈질했다. 몇 마디 얘기를 나누던 두 사람이 밖으로 나갔다. 원하던 대로 아룬델에겐 시간만이 남겨졌다.

"어떻게 해야 듀이를 불러낼 수 있을까?"

셰이가 물었다.

"듀이 스스로 원하게 만들면 될 것 같은데……."

카시아스는 자신없는 답변을 내놓았다. 두 사람은 동시에 한숨 지었다. 그들은 내내 다람쥐 쳇바퀴 돌 듯 비슷한 질문과 대답을 주고받았다. 두통만을 얻었을 뿐, 제자리에서 단 한 발도 나아가지 못했다.

"스스로 원하게 만들려면 어떡해야 하지?"

셰이가 다시 독백처럼 소용없는 물음을 입에 담았을 때였다. 본 존이 신선한 공기와 함께 안으로 들어섰다.

"뭐야? 아직도 끙끙거리고 있는 거야? 차라리 아룬델이란 녀석을 땅에 묻어버리는 게 어때? 손이나 탁탁 털고 처음부터 없었던 일로 넘겨 버리면 되잖아, 속 편하게."

"네 일 아니라고 쉽게 말하지 마. 그리고 방해되니까 여긴 얼씬 거리지도 말고."

"똥 마려운 꼴로 앉아 있는 게 처량해 보여 도움 좀 주려 했더니만… 싫으면 됐어."

셰이는 막 밖으로 나가려 하는 본 존을 불러 세웠다.

"본 존, 뭐 좋은 생각 없어?"

본 존은 내키지 않는다는 표정으로 뒤를 돌아봤다. 절실함이 느껴지는 셰이의 눈빛을 본 후에야 그는 구부정한 자세로 다가와 탁자에 엉덩이를 걸쳤다.

"먼저 어떻게 된 일인지부터 털어놔 봐. 내막을 알아야 좋은 생각도 날 테니까."

"시간 낭비만 될 게 뻔해."

셰이는 시큰둥한 카시아스의 반응을 무시하고, 본 존에게 듀이의 얘기를 간추려 말해주었다.

"듀이가 아룬델 안에 있는 건 확실해. 문제는 밖으로 불러낼 방법을 모르겠다는 거지. 듀이 스스로 원하게 만들면 가능할 것 같은데… 지금 많이 움츠러든 상태라 웬만한 방법은 먹히지 않을 거야."

"스스로 원하지 않는다고 어떻게 자신하지? 밖으로 나오고 싶어 죽을 지경이지만, 원래 주인이 딱 가로막고 있어 머리만 쥐어뜯고 있을지도 모르잖아."

셰이와 카시아스는 반사적으로 서로를 마주 봤다. 두 사람 다 그런 쪽으로는 생각해 본 적이 없었다.

"그럴 수도 있을 것 같아. 아니, 본 존의 말이 맞다는 확신이 들어."

셰이의 호박빛 눈동자에 생기가 돌았다. 카시아스도 더 이상 얼굴을 찡그리지 않았다.

"방법이 생각났어. 전과 비슷한 상황을 만드는 거야."

"전과 비슷한 상황?"

"그래, 셰이 넌 그때 어떤 일들이 벌어졌는지 나만큼 알지 못할 거야. 아룬델에게로 들어가기 직전 듀이는 무척 괴롭고 힘든 상황에 처해 있었어. 그건 지금도 마찬가지일 테니 반은 해결된 셈이야. 그럼 듀이는 이미 준비가 되었다고 치고, 남은 건 아룬델을 그 당시와 비슷한 처지로 만들어주는 일이야."

"아룬델은 처형당하기 직전이었잖아."

"맞아, 그리고 내실에 감금된 상태였어. 손과 발이 묶인 채."

"지금하고 정말 많이 비슷한데? 혹시 우리가 여기 있는 사이에 듀이로 바뀌지 않았을까?"

이야기에 열중한 나머지 셰이는 자신도 모르게 상체를 쑥 내밀었다가 의자에서 미끄러질 뻔했다.

"그러진 않을 거야. 그 당시엔 아룬델이 듀이란 존재를 모르고 있는 상황이었어. 그러니까 상대적으로 경계심이 덜했을 때이고… 지금은 자칫 잘못하면 몸을 빼앗길지 모른다는 위기감에 차 있을 거야. 정신이 바짝 든 상태라 할 수 있겠지."

"그래, 무슨 말을 하는지 알겠어. 전처럼 얼떨결에 몸을 내주는 일은 벌어지지 않을 거라는 얘기겠지. 카시아스의 의견에 나도 동의해. 우리가 처음부터 고민했어야 할 문제는 아룬델이 자진해서 들어가길 원하도록 만드는 일이었어, 듀이가 스스로 나오게 하는 방법이 아니라."

"그 문제라면 끙끙댈 필요 없어. 나한테 맡겨두라고."

본 존의 말투는 자신만만했다.

"뭐 좋은 방법이라도 있어?"

　기대감을 드러낸 셰이와 달리 카시아스는 심란한 얼굴이 되었다.

　"아룬델과 단둘이 오붓하게 있을 시간이 필요해. 그러니까 어떤 소리가 들려도 방해하지 마. 내가 부르기 전까진 저 방에 들어오려 하지도 말고."

　"아룬델은 외모를 굉장히 중시해, 특히 얼굴을."

　본 존이 방문을 열려고 할 때, 카시아스가 말했다. 그는 자신의 말을 후회하는 것처럼 곧바로 씁쓰레한 표정을 지었다.

　"그 정도는 말하지 않아도 알아. 사람 보는 눈 하나는 정확하거든. 누구완 달리."

　셰이를 믿지 못하던 카시아스를 빗대어 말한 본 존은 과시하듯 팔과 어깨의 근육을 풀었다. 몹시 거들먹거리는 태도였다. 문 닫아거는 소리가 난 뒤 찜찜하던 셰이의 마음은 한층 더 꺼림칙해졌다.

　"설마 폭력을 쓰는 건 아니겠지?"

　"정말 몰라서 묻는 거야?"

　그녀가 무겁게 고개를 가로저었을 때, 무엇인가가 부서지는 듯한 파열음과 함께 비명 소리가 터져 나왔다. 셰이는 벌떡 일어나 문으로 다가갔다.

　"참아, 셰이. 야만적이긴 하지만 아룬델에겐 가장 확실한 방법일 수 있어."

　"그렇겠지. 나도 알아… 아는데… 마치 악당이 된 것 같은 기분이 들어."

　셰이는 한숨을 푹 내쉬며 머리를 쓸어 넘겼다. 별생각없이 팔

을 내리던 그녀는 손이 있어야 될 자리에 텅 빈 허공만이 나타나
자 주춤하며 동작을 멈췄다.

"나도 너처럼 마음이 편하지 않아."

카시아스의 말을 흘려들으며 셰이는 선명히 보이는 자신의 손
을 뚫어져라 응시했다. 가슴이 기분 나쁘게 두근거렸다.

착시가 일어난 거야. 그래, 그게 틀림없어. 요새 너무 신경을
많이 써서 그런 거야.

"셰이!"

"으응?"

셰이는 퍼뜩 정신을 차렸다.

"본 존이 부르는 소리 못 들었어?"

그녀는 카시아스를 따라 허겁지겁 안으로 뛰어들었다. 가슴에
팔짱을 낀 채 벽에 몸을 기대고 있는 본 존이 보였다. 그 맞은편
침상엔 아룬델이 누워 있었다. 늘어진 팔다리와 창백한 안색으로
보아 정신을 잃은 것 같았으나, 폭력의 피해자와는 거리가 먼 모
습이었다.

"내 생전에 저 녀석 같은 겁쟁이는 처음 봐. 분위기 좀 잡으려
고 의자 하나 부순 뒤, '네놈 면상을 이렇게 짓밟아줄 테다' 하고
을러댔더니… 그 즉시 눈알이 허옇게 뒤집어지며 벌렁 자빠지더
라고, 나 참…….."

본 존은 어이없음을 넘어 허탈하기까지 했다.

"셰이, 네 차례야."

카시아스가 셰이를 돌아보며 몸을 비켰다. 셰이는 두 손으로
아룬델의 손을 잡았다. 눈을 감으며 그녀는 듀이를 불렀다. 다른

말은 일절 꺼내지 않았다. 듀이라는 짧은 이름 하나에 자신의 마음을 모두 실었다.

"셰이……."

긴장감이 서린 카시아스의 목소리가 그녀만의 작은 세상을 깨뜨렸다. 눈을 뜬 순간 연초록 눈동자가 시야를 빨아들였다. 다른 건 눈에 들어오지 않았다.

"누구야? 아직도 아룬델인 거야?"

카시아스가 귀에 대고 소곤거렸다. 아룬델이 엉거주춤 몸을 일으켰다. 셰이는 그를 꼭 끌어안았다.

"듀이… 돌아와 줘서 고마워……."

셰이는 떨리는 입술에 미소를 담았다.

"성공했구나! 드디어!"

카시아스는 탄성을 터뜨렸다.

"셰이… 카시아스… 어떻게 된 거야……?"

듀이가 물었다. 어리둥절하면서도 약간 겁에 질린 목소리였다.

"놀랄 필요 없어. 그동안 아룬델이 네 몸을, 아니… 하여튼 너 대신 몸을 차지하고 있었어."

기쁨을 고스란히 드러내며 카시아스의 입술이 연방 벙글거렸다.

"환영한다, 듀이 델코!"

카시아스는 듀이의 어깨를 힘있게 쥐었다가 장난스레 머리를 비벼댔다. 듀이는 그의 손을 피하지 않은 채 셰이를 똑바로 응시했다.

"내 말은 그게 아니라… 셰이… 어떻게 된 거야? 왜 그렇게 된 거야?"

"내가… 뭐? 나 아무렇지 않아, 듀이."

셰이는 영문을 알 수 없었다.

"셰이… 네 몸이……."

듀이의 눈에서 눈물이 주르륵 흘러내렸다.

"네 몸이… 사라지고 있잖아……."

＊

"으어어어! 아… 안 돼… 안 돼!"

모고르는 자신이 지른 외마디 소리에 놀라 잠에서 깨어났다. 발작적으로 비명이 터지려 했다. 그는 허겁지겁 입을 틀어막으며 상체를 일으켰다. 심장은 격렬하게 고동쳤고, 오싹한 몸서리가 연이어 전신을 훑어 내렸다. 계속해서 몸을 부들거리면서도 모고르는 밖에서 들릴지 모르는 인기척에 신경을 곤두세웠다. 다행히 그의 상태를 눈치 챈 사람은 없는 것 같았다.

아랫사람에게 약한 모습을 보이는 건 결코 용납되지 않는 어리석은 행위였다. 지배자는 늘 당당하고 빈틈없으며 위엄에 차 있어야 한다. 허점을 드러냈다간 언제 사냥꾼의 지위에서 희생물의 처지로 곤두박질칠지 모르는 법이다.

모고르는 엉망으로 뭉쳐진 시트를 걷고 바닥에 내려섰다. 축축한 살갗에 들러붙는 비단의 감촉이 불쾌하게 와 닿았다. 그는 잠옷 윗도리를 벗어 던진 후 술을 한 잔 가득 따라 단숨에 들이켰다.

제대로 잠을 이루지 못한 것이 오늘로 벌써 다섯 번째이다. 닷새 전부터 잠자리에 들기만 하면 어김없이 악몽이 찾아와 그를 한계상황까지 몰아붙여 댔다. 똑같은 꿈이 되풀이되는 건 아니었다. 다섯 차례 모두 나오는 인물과 배경, 또 상황은 달랐으나 결론만큼은 일치했다. 악몽은 항상 그의 죽음으로 마무리되었다. 그때마다 모고르는 암흑만이 존재하는 차디찬 땅 깊숙이 생매장당하는 듯한 공포감에 내몰려야 했다.

누군가 비명 소리를 듣게 될까 봐 마음 졸이며 허둥지둥 입을 틀어막아야 하는 꼴이라니!

모고르는 으스러져라 말아 쥔 은잔을 카펫 바닥에 내동댕이쳤다. 기분이 풀릴 때까지 마음껏 살육이라도 한판 벌이고 싶은 충동이 부글부글 끓어올랐다.

안 돼, 정신을 잃고 날뛰는 망나니 꼴이 될 순 없어!

모고르는 어렵사리 자제력을 끌어 모았다. 마음이 다소 안정되자 언제나 그랬듯 그의 정신은 마드라의 열쇠에게로 향했다. 카시아스에게 아룬델을 내준 건 돌이킬 수 없는 실수인지도 모른다. 지금껏 모든 일들을 치밀한 계산하에 준비했고, 변수를 최대한 줄이는 쪽을 택해 실행에 옮겼다. 그랬던 그에게 이번 사건은 무모한 모험과도 같았다.

좋게 말하면 날카로운 직감을 따른 과감한 결단이라 할 수도 있겠지.

모고르는 비틀대며 걸어가 의자에 털썩 주저앉았다. 몸이 저 깊은 밑바닥으로 끝없이 가라앉는 듯한 어지러움이 느껴졌다. 곧이어 속이 메슥거리더니 손가락 하나 놀리지 못할 것 같은 무력감이 찾아왔다. 술기운 탓이라고 넘기기엔 괴이할 정도로 몸 상태가 좋지 않았다. 술 조금 마셨다고 이렇게나 맥이 빠진 적은 여태까지 한 번도 없었다.

이상해… 잘못되었어… 무엇인가가… 잘못돼 가고 있어… 무엇인가가…….

정신을 차려야 한다고 되뇌며 모고르는 빠르게 의식을 잃어갔다. 저만치 어둠 속에 웅크린 채 그를 기다리고 있던 악몽이 다시금 몸을 일으켰다.

*

"이쪽은 본 존이야. 여긴 이미 알겠지만 듀이고."

카시아스는 간단히 두 사람을 소개시켜 주었다.

"보나샤르 조니코바, 일명 '보물 사냥꾼 본 존' 이라고 부르지."

본 존이 다소 거드름을 피우며 설명을 더했다.

"처음 뵙겠습니다. 듀이 델코라고 합니다."

듀이의 태도는 몹시 정중하고 예의 발랐다. 보물 사냥꾼이라는 명칭을 굉장히 근사하게 여기고 있다는 것이 눈에 빤히 보였다.

"그런데 말이야, 아까 그건 무슨 소리야? 셰이가 없어지고 있다느니……."

"잘못 본 게 틀림없다고 했잖아."

셰이는 본 존의 말허리를 성급히 잘랐다.

"그건 네가 한 말이고. 난 본인한테서 직접 듣고 싶어."

"듀이도 내 생각과 같을 거야. 그렇지, 듀이?"

애써 아무렇지 않은 말투를 썼지만 셰이의 눈빛엔 불안과 초조감이 묻어 있었다. 내보이고 싶지 않은 마음을 눈치 챈 듀이는 잠자코 고개를 끄덕였다. 실제로 그 역시 자신의 느낌을 따른 것뿐이어서 뭐라 정확히 얘기할 만한 건 알지 못했다. 그러나 정신을 차렸을 때, 처음 눈에 들어온 셰이의 모습은 분명 정상이 아니었다. 배경이 희미하게 비칠 정도로 형체가 반투명했다.

셰이의 말대로 내가 잘못 본 걸 거야. 오랫동안 아무것도 보지 못하고 지내다가 갑자기 시야가 트이는 바람에 착시가 일어난 게 분명해.

그게 아니라는 불길한 생각을 겨우 밀어내며 듀이는 셰이에게 걱정하지 말라는 미소를 지어 보였다. 어떻게 해서든 그녀를 안심시켜 주고 싶었다.

"아룬델은 어떻게 된 거야? 다시 네 안으로 숨어들어 간 거야?"

카시아스가 물었다. 그는 창틀에 비스듬히 걸터앉아 어둠이 내린 바깥 풍경을 내다보고 있었다.

"지금 현재는. 아마 오래 버티진 못할 거야."

"오래 버티진 못할 거라고? 그게 무슨 뜻이야?"

"나한테 몸을 빼앗겼을 때부터 그의 영혼은 조금씩 힘을 잃어가고 있었어. 만약 내가 내부로 움츠러들지만 않았다면, 얼마 못가 완전히 사라졌을 거야."

"오호! 그거 듣던 중 반가운 소리군!"

아룬델이 무척이나 마음에 안 들었는지 본 존의 얼굴에 화색이 돌았다. 반면 카시아스는 미간을 찌푸린 상태였고, 셰이는 고개를 갸우뚱하며 생각에 잠겨 있었다.

"그러니까 처음부터 두 사람의 영혼이 같은 몸 안에 함께 있었다는 말이지? 영혼이 서로 뒤바뀐 것이 아니라.”

셰이의 뒤를 이어 카시아스도 궁금증을 풀어놓았다.

“도무지 감이 안 잡혀. 대체 아룬델이 무슨 수로 그런 일을 가능하게 만든 것일까? 위기에서 벗어나기 위해 어떤 계책을 꾸민 것 같긴 한데…….”

“지 꾀에 걸려 지가 넘어지게 된 꼴이지, 뭐.”

본 존은 고소하다는 표정을 지었다.

“어떤 방법을 썼을까? 뭘 어떻게 했기에 몸에 이어 영혼까지 잃어버리게 되었을까?”

카시아스가 혼잣말처럼 나지막이 물었다.

“마드라의 열쇠를 깨워서 그래.”

“뭐어?”

아연실색한 카시아스는 듀이를 향해 성큼성큼 다가갔다.

“지금 뭐라고 그랬어? 마드라의 열쇠를 깨웠다고? 아룬델이?”

“아룬델은 죽음을 피하고 싶은 마음에 주문을 외웠어. 마드라의 열쇠를 불러들이는 주문 말이야. 그런데 미처 한 가지를 생각하지 못했어. 마드라의 열쇠를 감당할 만큼 강하지 못하다는 거.”

카시아스가 끼어들려 하자 셰이는 일단 들어보자는 눈짓을 보냈다.

“아무튼 마드라의 열쇠가 풀려나고 아룬델의 감각이 최고조에 이르렀을 때, 내 갈망이 그에게 전해졌나 봐. 거 있잖아…….”

꺼내기가 거북한지 듀이는 말끝을 길게 늘였다.

“도망치고 싶다는……. 이건 내 추측인데, 아룬델에겐 마지막 구명줄같이 느껴졌을 거야. 그러니까 내 바람을 덥석 받아들인 거겠지. 뒷일은 생각지도 못하고. 아주 조금이라도 마음의 여유가 있었다면 훨씬 더 나은 방법으로 자신을 구할 수 있었을 텐데. 어쨌거나 마드라의 열쇠를 불러낸 상태였으니까 말이야.”

“주문이라… 마드라의 열쇠를 깨우는 주문… 그걸 알아내야 해.”

카시아스는 주먹을 틀어쥐었다. 내키지 않는다는 눈치를 보이며 듀이가 머뭇머뭇 입을 열었다.

“그건… 내가 알아.”

“주문? 주문을 안단 말이지? 뭐야? 어서 말해봐! 어떤 주문인지 지금 당장 말해봐!’

카시아스는 격정에 사로잡혔다. 그의 바다빛 눈동자에 새파란 불꽃이 타오르는 것 같았다.

“지금은 주문을 알아봤자 불러내지 못해.”

“그게 무슨 소리야? 대체 무슨 헛소리를 하고 있는 거야?’

카시아스가 목이라도 조를 듯 눈을 부라리며 듀이에게 바짝 붙어 섰다. 본 존은 그의 팔과 어깨를 단단히 움켜잡고 반강제적으로 의자에 앉혔다. 셰이는 얼른 그의 손에 물 잔을 쥐어주었다.

“우선 마음을 좀 진정시키는 게 좋겠어. 물 한 잔 마신다고 그 사이에 마드라의 열쇠가 없어지는 건 아니잖아.”

카시아스는 단숨에 잔을 비웠다. 겸연쩍은지 관자놀이 주위가 불그스레해졌다.

“내가 좀 흥분이 과했나 봐. 지금이라도 헤이론 국을 되찾을 수 있다는 생각이 드니까, 다른 건 하나도 안 보이더라고.”

“그건 누구나 마찬가지일 거야.”

셰이는 카시아스의 마음을 십분 이해할 수 있었다. 운명이 되

돌려지는 순간이 다가온다면 그녀 역시 평정을 유지하기 불가능
할 터였다.

"하여튼 어른이 되려면 아직도 멀었다니까."

"너한테 그런 말 듣는 게 심히 불쾌하긴 하지만, 틀린 말은 아
닌 것 같다."

카시아스는 본 존의 핀잔을 가볍게 받아넘겼다.

"자, 이제 본론으로 들어가서… 주문을 알아봤자 지금은 불러
내지 못한다고 했지? 그게 무슨 뜻이야, 듀이?"

셰이의 말에 다시 분위기가 진지해졌다.

"마드라의 열쇠를 불러낸 다음엔 다시 원래대로 돌려놔야 하는
데, 아룬델은 그러지 못했어. 그럴 경황도 없었고, 또 결정적으로
마드라의 열쇠를 다룰 수 있는 힘도 부족했거든. 그래서 마드라
의 열쇠가 둘로 나눠지게 된 거야."

짐작도 하지 못했던 얘기였다. 셰이와 카시아스는 눈을 휘둥그
렇게 뜨고 서로를 마주 봤다. 반면 본 존은 그게 뭐 대수냐는 듯
따분한 얼굴로 하품을 했다.

"일부분은 아룬델의 몸속으로 들어왔고, 나머지는 공간 자체에
스며들게 되었어."

"공간 자체에 스며들었다? 그렇다면 왕궁, 다시 말해 아룬델이
갇혔던 내실에 있다는 말이로군."

듀이는 카시아스를 보며 고개를 주억거렸다.

"주문을 외우면 나눠진 마드라의 열쇠가 이쪽으로 오지 않을까?"

"그럴 가능성이 아예 없는 건 아니지만, 마드라의 열쇠가 지금
워낙 불안정한 상태라 장담하진 못해. 만약 도중에 잘못되기라도

하면 열쇠의 힘이 엉뚱하게 작용해 위험한 일이 벌어질지도 몰라. 그럼 당연히 봉인도 풀리지 않을 테고.”

공기가 무거워지자 셰이는 일부러 농담조로 말을 꺼냈다.

“그런데 듀이, 마드라의 열쇠에 대해 어떻게 그토록 잘 아는 거야? 에스트레마드라가 뿅 하고 나타나 가르쳐 주기라도 했어?”

“응.”

셰이와 카시아스는 입을 딱 벌렸다. 본 존도 그제야 관심이 생기는지 듀이를 향해 몸을 틀었다.

“진짜야? 진짜 에스트레마드라가 나타난 거야?”

“내 눈으로 직접 본 게 아니라, 몇 마디 얘기만 나눴어. 처음엔 나도 엄청 놀랐어. 에스트레마드라가 불쑥 말을 걸어왔거든. 목소리가 어찌나 음침한지, 유령이라도 나타난 줄 알았다니까. 어렸을 때 숲 속에서 유령을 본 적이 있거든. 그래서 그런지 목소리를 듣는 순간, 그 유령 모습이 딱 떠오르더라고. 지금 생각해도 몸이 오싹오싹해. 그런데 내가 무슨 말을 하고 있었지?”

“에스트레마드라와 얘기를 나눴다고 했어.”

카시아스는 재빨리 듀이의 기억을 일깨워 주었다.

“아, 그랬지. 그럼 다시 원래대로 돌아올게. 에스트레마드라가 그러더라고, 마드라의 열쇠 속에 자신의 의지를 남겨놨다고. 그러니까 나와 대화를 나눈 건 에스트레마드라의 의지인 거지, 그 자신이 아니라.”

“그랬군……. 에스트레마드라 정도라면 충분히 가능한 얘기야. 그나저나 이제 남은 문제는 왕궁에 무사히 들어가는 것이로군.”

카시아스의 얼굴은 그리 어둡지 않았다. 마드라의 열쇠를 찾기

위해 벌인 지금까지의 여정을 생각하면 왕궁 잠입쯤은 손쉬운 일
에 속했다.

"그게 그렇지가 않아. 가장 큰 문제가 남아 있어……."

듀이가 몹시 주저하는 태도를 보이자 카시아스는 약간 긴장했
다. 그가 입을 열려 했을 때, 본 존이 한발 먼저 듀이를 재촉하고
나섰다.

"빨리 말해봐, 뭔데 그렇게 뜸을 들여?"

그를 흘끔 쳐다본 듀이는 카시아스에게 다시 시선을 맞췄다.
아직까지는 본 존을 대하는 것이 아무래도 좀 불편했다.

"에스트레마드라가 그러는데… 궁극의 힘과 그걸 봉인한 마드
라의 열쇠가 인간 세상에 미칠 영향이 걱정스러웠대. 그의 말을
그대로 옮기자면… '만에 하나 미쳐 날뛰는 정신 나간 녀석에게
마드라의 열쇠가 들어가기라도 하면, 그야말로 환장할 일 아니
냐? 보나마나 나한테까지 원망과 욕이 무더기로 쏟아질 텐데, 내
가 그 꼴을 어찌 참고 보겠느냐? 확 돌아버리지 않으면 다행이지'
라고 그러더라고. 그래서 일종의 안전장치를 마련해 놓았대. 그
안전장치가 뭐냐 하면 말이야……."

셰이와 카시아스는 물론 어느덧 본 존까지 숨을 죽인 채 듀이
의 얘기에 열중하고 있었다.

"만약 마드라의 열쇠를 깨운 사람이 자신을 위해 궁극의 힘을
쓰려고 할 땐, 반드시 대가를 지불해야 한다는 거야."

"대가? 돈이라도 왕창 내야 한다는 말이야? 그 에스트레마드라
란 작자, 정말 웃긴 인간이네! 기가 차다, 기가 차!"

본 존이 크게 콧방귀를 뀌었다. 셰이와 카시아스는 미리 짜기

라도 한 듯 그 말을 못 들은 척했다. 그러나 단련이 한참 덜된 듀이는 본 존을 보며 부자연스러운 미소를 지었다.

"더 들어볼 것도 없어! 그런 탐욕스러운 작자의 술수에 넘어가면, 나중엔 입에 물고 있던 사탕까지 죄다 빼앗기게 된다고! 일찌감치 마음 비우고, 깨끗이 포기하는 게 좋아. 암, 그렇지, 그렇고 말고."

"본 존, 입 닥치고… 듀이, 하던 말이나 계속해 봐."

카시아스는 간단히 상황을 정리했다. 본 존은 한번 웃자고 해본 말이네, 어쩌네 하며 몇 마디 툴툴거렸을 뿐, 반발하지 않았다.

"자신이 가장 소중하게 여기는 것을 빼앗기고 싶지 않으면 마드라의 열쇠엔 손가락 하나 대지 말아야 한다고… 에스트레마드라가 그랬어."

"가장 소중하게 여기는 것을 빼앗아간다고? 마드라의 열쇠가?"

셰이는 자신도 모르게 되물었다. 한마디라도 놓칠세라 신경을 집중하고 있었으나 참으로 믿기 힘든 얘기였다.

"응, 자신을 위해 궁극의 힘을 쓰려고 하면 그렇게 된대. 그래서 아룬델이 육체를 빼앗기게 된 거라는 말도 들었어."

"그러니까… 그 녀석이 가장 소중하게 생각한 것이 바로……."

본 존이 몇 번 헛웃음을 터뜨렸다. 셰이와 듀이는 카시아스에게 걱정스러운 눈길을 보냈다. 그의 얼굴은 눈에 띄게 경직되어 있었다.

"카시아스… 받아들이기 힘들겠지만 다시 생각해 보는 게 좋겠어. 마드라의 열쇠를 이용한다는 계획 말이야."

셰이의 말투는 조심스러웠다.

"믿을 수 없어. 에스트레마드라의 의지와 대화를 나누었다느

니, 궁극의 힘을 쓰면 대가를 치르게 된다느니 하는 말. 단 한마
디도 믿을 수 없어. 마드라의 열쇠는 헤이론 국의 상징이고, 난
그 누구보다 헤이론이 걸어온 발자취를 잘 알고 있는 사람이야.
그런 얘기는 어느 책에서도, 어떠한 고서적이나 고문서에서도 언
급된 적이 없어."

"그거야, 에스트레마드라 이후로 궁극의 힘을 사용한 사람이
없기 때문 아닐까?"

"그게… 그렇지가 않아."

카시아스와 셰이의 눈길이 이어졌다.

"극비 문서로 전해지는 까닭에 세상에 알려지지 않은 것뿐이
지, 과거 헤이론의 국왕 세 명이 마드라의 열쇠를 이용해 봉인을
풀었다는 기록이 있어. 반면 그 대가를 치렀다는 내용은 어디에
도 없고."

"하지만……."

반박하려던 셰이는 한숨만 폭 내쉬었다. 자신도 이렇게 갈피를
잡지 못하겠는데, 당사자인 카시아스는 오죽할까, 하는 생각이
들었다.

"잠깐 바람 좀 쐬고 올게."

카시아스는 성큼성큼 현관으로 걸어갔다. 세 사람의 시선이 자
연스레 그의 움직임을 따랐다.

"카시아스, 정말 할 생각이야?"

듀이가 물었다.

"물론."

"내 말이 맞으면 어떡하려고?"

카시아스는 문을 열고 선 채 뒤를 돌아봤다.

"내가 원하고, 또 소중하게 여기는 건 헤이론 국이야. 설마 한 번 넘겨준 헤이론을 다시 빼앗아가진 않겠지."

"소중히 생각하는 다른 건 없어?"

뜻밖에도 본 존이 매우 진지한 얼굴로 물었다.

"없어."

짧고 단호한 대답을 끝으로 문이 닫혔다.

"듀이 델코가 또다시 몸을 차지하게 된 것 같습니다."

"아룬델은 영악한 자이다. 위험한 상황에 빠지자 듀이 델코인 척 연기를 하는 것인지도 모른다."

"그럴 수도 있겠지만, 제가 보기엔……."

"듀이 델코든 아룬델이든 관심없다! 마드라의 열쇠를 깨우는 주문만 기억해 낸다면 누구든 무슨 상관이란 말이냐?"

모고르는 조급한 마음을 드러내며 아슬라의 말을 잘라 버렸다.

"듀이 델코에게서 주문을 알고 있다는 얘기를 들었습니다."

"주문을 안다고? 듀이 델코가?"

모고르는 벌떡 일어나 성급히 책상을 돌아 나왔다. 애타게 기다리는 대답은 하지 않고, 아슬라는 엉뚱하게도 그를 빤히 쳐다보기만 했다.

"왜 말을 안 하는 거냐?"

"아, 예… 그렇게 들었습니다."

"주문에 대해 또 무슨 말들이 오갔는지 소상히 고해봐라!"

아슬라는 방금 전 모습을 감춘 상태로 엿들었던 얘기를 더하거나 빼는 것 없이 있는 그대로 전했다.

"에스트레마드라와 얘기를 나누었다고? 마드라의 열쇠를 사용하면 대가를 치러야 한다고? 가장 좋아하는 걸 빼앗기고 만다고? 정말 기가 막히는군, 기가 막혀! 드디어 듀이 델코가 정신을 아예 놓았나 보구나!"

모고르는 실소를 금치 못했다.

"자신을 위해 궁극의 힘을 사용하면 가장 소중히 여기는 걸 대가로 치러야 한다고 했습니다. 그리고 에스트레마드라가 아니라 그가 남긴 의지와 얘길 나눈 것입니다."

아슬라는 틀린 부분을 조목조목 고쳐 주었다. 기분이 언짢아진 모고르가 혼을 내주어야겠다고 마음먹었을 때, 그녀가 의외의 말을 꺼냈다.

"요사이 무언가 예사롭지 않은 일을 겪지 않으셨습니까?"

"예사롭지 않은 일? 그런 일이 뭐가 있겠느냐? 괜한 허성이나 늘어놓지 말고, 듀이 델코와 그 일당들이나 빈틈없이 감시하고 있어라. 네 얘기 중 건질 만한 건 마드라의 열쇠가 둘로 나눠졌다는 것뿐이다. 그게 사실이든 아니든 왕궁에 숨어들기 전까진 놈들도 섣불리 일을 벌이지는 않을 테니 말이다. 지금부터가 그 어느 때보다 중요하니, 내가 따로 명을 내리기 전까진 한시도 감시의 눈을 떼지 말아야 한다. 알아들었으면 어서 움직여라."

아슬라가 자리를 뜨려는 찰나, 모고르는 재빨리 그녀를 불러 세웠다. 문득 석연치 않은 예감이 들었기 때문이다.

"아슬라, 잠깐 있어봐라. 좀 전에 예사롭지 않은 일이니 뭐니 하는 말을 꺼낸 연유가 무엇이냐?"

"확실하진 않지만 어떤 주술의 기운 같은 것이 느껴진 듯하여… 한번 말씀드려 본 것뿐입니다."

"주술의 기운?"

어떤 가능성이 번쩍 뇌리를 스치자 모고르는 등을 곧추세웠다.

"혹시 주술로 악몽을 꾸게 만들 수도 있느냐?"

"가능합니다. 악몽을 일으키는 주술은 주로 상대의 원기를 빼앗기 위한 목적으로 사용됩니다. 하나 그 정도를 넘어서면 목숨을 잃을 수도 있습니다."

"아슬라, 나를 따라와라."

그 즉시 모고르가 향한 곳은 자신의 침소였다.

"주술에 걸린 물건이 이 안에 있을 것이다. 반드시 찾아내야 한다. 찾기만 하면 큰 상을 내려주겠다."

"그 상… 제가 직접 청할 수도 있습니까?"

뜻밖의 말에 놀란 모고르는 아슬라를 유심히 살폈다. 늘 그랬듯 얼굴은 무표정했으나, 눈동자 깊숙한 곳엔 비밀스러운 희망의 빛이 숨어 있었다.

"특별히 바라는 것이 있나 보구나. 좋다, 들어주겠다."

"주인님의 성함과 주인님의 심장을 걸고 맹세하시겠습니까?"

모고르는 이마에 굵은 주름을 잡았다. 당장 호통을 치려던 그는 너그럽게 받아주는 쪽으로 마음을 바꿨다. 주술이 빚은 악몽으로 인해 죽음을 맞을 수도 있다는 말을 듣고 불안해진 것이 그 주된 이유였다. 한편으론 지금껏 보지 못한 아슬라의 태도에 호기심이 생겨서이기도 했다.

"나한테 피해를 주는 일만 아니라면, 네 바람을 들어주겠다. 내 이름과 심장을 걸고 맹세하마. 이제 됐느냐?"

"감사합니다, 주인님. 제가 원하는 건 자유입니다. 만약 제가 주술 걸린 물건을 찾아낸다면, 절 풀어주십시오."

"알았으니 어서 찾기나 해라!"

모고르는 못마땅한 눈으로 아슬라를 노려봤다. 침소 중앙에 자리 잡은 아슬라가 눈을 감았다. 정적이 깊어지는 가운데, 그녀의 손끝에서 피어난 불그스름한 빛이 사방으로 퍼지며 빠르게 공간을 채워 나갔다. 빛이 점차 옅어지더니 이내 말끔히 사라졌다. 그러나 한 군데에서만은 유독 진한 핏빛이 배어 나오고 있었다. 아슬라는 빛을 향해 똑바로 걸어가 침상 밑에 끼워져 있는 가죽을 빼냈다.

"바로 그것이구나!"

모고르는 빼앗다시피 하며 가죽을 받아 들었다. 손바닥만 한 가죽 위엔 짐승의 눈과 머리를 연상시키는 문양이 붉은 실로 촘촘히 박혀 있었다.

"여기에 악몽을 유발시키는 주술이 걸려 있느냐?"

"주술보단 저주에 가까운 것 같습니다. 원기를 빼앗아 죽음에 이르도록 하는 건 동일하나, 저주가 더 강한 힘을 발휘할 수 있습니다. 다만 저주는 본인에게도 악영향을 끼치게 마련이라 대다수의 주술사들은 금기로 여깁니다."

"저주… 죽음을 맞게 하는 저주……. 감히 어떤 놈이……!"

모고르는 이를 부드득 갈며 가죽을 틀어쥐었다.

“내 뒤에서 이런 짓거리를 벌인 놈을 잡아와라, 아슬라!”

“전 이제 자유의 몸이 되었으니 여길 떠나겠습니다.”

“허락하지 않겠다. 지금 당장 가서 놈을 잡아와라.”

“하지만 약속하셨지 않습니까? 주인님의 성함과 심장을 걸고 맹세까지 하셨잖습니까?”

“나한테 피해를 주는 일이 아니면 들어주겠다고 했다. 네가 없는 것 자체가 나에겐 피해이고 말이다. 이제 알아들었느냐? 알아들었으면 입 닥치고 고분고분 내 명이나 따라라! 비명을 지르며 바닥을 뒹굴게 해주면 정신을 차리겠느냐? 이 멍청하고 한심한 것아!”

모고르는 험악하게 윽박질렀다. 간신히 참고 있던 분노와 짜증을 더 이상은 억누르기 불가능했다. 아슬라의 눈에 어려 있던 희미한 빛과 함께 표면으로 막 떠오르려 했던 감정들이 일시에 모두 사라졌다. 그녀는 순종적인 태도로 고개를 숙여 보이고는 주술사의 종적을 쫓았다.

마치 발각되길 원하는 것처럼 저주의 기운은 믿기지 않을 정도로 선명했다. 아슬라가 마침내 흔적의 끝에 이르렀을 때, 적안은 의자에 앉아 차를 마시고 있었다.

“이제 갈 때가 됐나 보구나.”

검은 로브 차림의 낯선 여인을 보고도 적안은 놀라지 않았다. 그녀는 이런 일이 벌어질 것을 이미 예상한 상태였고, 오히려 늦은 감이 있다고 생각했다.

“차를 다 마실 때까지만 기다려 주면 안 되겠느냐?”

아슬라는 입을 다문 채 움직임없이 서 있었다. 조용한 문소리가 잠시 이어지던 정적을 깼다. 안으로 무심코 들어서던 단은 문가에

서 얼어붙었다. 차곡차곡 개켜져 손에 들려 있던 옷가지가 툭, 바닥에 떨어졌다. 적안이 빈 찻잔을 내려놓더니 베일을 내려썼다.

"이제 됐다."

허겁지겁 뛰어온 단이 아슬라와 적안 사이를 막아섰다.

"단까지 함께 갈 필요는 없겠지? 단은 내가 무슨 일을 했는지조차 모른다."

"난 너만 데려가면 된다."

단은 고개를 내저으며 적안의 어깨를 팔로 감쌌다. 적안은 눈물로 젖어드는 그의 뺨에 손을 얹었다.

"그동안 고생 많았어."

단의 입술에서 목이 졸린 듯한 신음성이 흘러나왔다.

"물러서게 해라."

아슬라가 말했다. 거리가 가까우면 둘을 함께 이동시킬 가능성이 있었다. 적안이 자신을 밀어내려 하자 단은 무릎을 꿇고 필사적으로 그녀의 허리를 끌어안았다. 그의 목에 팔을 두른 적안이 귓가에 대고 무슨 말인가를 속삭였다. 그녀의 의도를 알아챈 단이 황급히 몸을 떼려 했으나, 그의 정신은 이미 무의식의 세계로 빠져들고 있었다. 적안은 단의 머리 밑에 방석을 받쳐 주었다.

"출발하기 전에 해줄 말이 있다. 한시라도 빨리 모고르를 떠나라. 단 하루라도 인간답게 살고 싶으면 말이다."

"네가 상관할 일이 아니다!"

아슬라는 다소 날카롭게 반응했다. 그러나 적안에게 다가가는 그녀의 손엔 망설임이 묻어 있었다. 누구인지 모르는 낯선 여인임에도 모고르 앞으로 데려가는 일이 왠지 모르게 꺼려졌다. 그 사실을 깨닫자 무표정하던 얼굴에 씁쓰레한 자조의 빛이 스쳤다.

넌 소유물일 뿐이야. 생각이나 감정, 의지 같은 건 가질 필요도 없고, 가져서도 안 되는 한낱 소유물에 불과해.

아슬라는 적안의 팔을 움켜쥐고 곧장 모고르에게로 향했다.

"누가 그따위 너절한 짓거리를 꾸몄나 했더니… 제대로 서 있지도 못하는 앉은뱅이 계집이었구나."

모고르의 시선엔 혐오와 경멸이 가득했다.

"누구의 사주를 받았느냐? 어떤 놈의 사주를 받고 감히 나를 해하려 한 것이냐?"

"내 자유의지에 따라 널 처단하려 했을 뿐이다. 제라르와 아델라이란 이름을 기억하느냐? 네 손에 목숨을 잃으신 내 부모님의 성함이다."

순간 모고르의 전신이 쇠꼬챙이처럼 뻣뻣해졌다.

"아니야, 그럴 리 없어……."

모고르는 적안의 얼굴을 가린 베일을 와락 뜯어냈다.

"너……!"

"오랜만이다, 모고르. 놀란 걸 보니 날 알아본 모양이로구나. 나한테 예전 모습이 남아 있긴 한 것이냐?"

"대, 대체 어떻게… 분명히 주, 죽었을 텐데……."

모고르는 아연실색해 말을 더듬었다.

"내 아비와 어미를 죽인 것으로도 부족해 넌 나한테까지 사악한 손을 뻗었다. 이용 가치가 없어지자 그 즉시 숨통을 끊으려 했고. 그 불구덩이 속에서 내가 어떻게 살아남았는지 알고 싶으냐? 피부가 녹아내리고… 살이 타 들어가는 끔찍한 고통… 죽음보다도 더 잔혹한 절망… 그 속에서 난……."

적안의 음성이 점점 작아지더니 우물거리는 소리만이 새어 나왔다. 모고르는 무의식중에 한 발 두 발 다가들었다. 그 순간 적안이 뾰족한 바늘로 그의 허벅지를 힘껏 찔렀다. 모고르에게서 외마디 소리가 터져 나왔다. 고통으로 인한 비명이 아닌 분노와 경악에 찬 악다구니에 가까웠다.

"무슨 짓이냐? 이 앙큼한 계집! 나한테 무슨 짓을 한 것이냐?"

"독이다, 모고르. 내가 네 몸속에 독을 집어넣었다. 사악한 독사에게 딱 어울리는 종말을 선사해 주고 싶었거든. 어떠냐, 모고르? 마음에 들면 좋겠구나."

모고르는 적안의 뺨을 후려쳤다. 그녀는 거칠게 바닥으로 넘어졌다.

"해독제 어디 있어? 빨리 내놔! 이 더러운 계집! 빨리 해독제를 내놓으란 말이다!"

모고르는 고래고래 악을 쓰며 닥치는 대로 적안을 걷어찼다. 극심한 고통 속에서 그녀는 웃음을 터뜨렸다.

"이 더럽고 악독한 계집! 죽어라! 온몸의 뼈를 으스러뜨려 버릴 테다! 살을 한 점 한 점 도려낸 후, 네년의 뼈를 갈아 마실 테다!"

"주인님, 고정하십시오."

아슬라는 이성을 잃고 길길이 날뛰는 모고르의 팔을 잡았다. 모고르가 그녀의 따귀를 갈겼다.

"이 건방진! 감히 누구에게 손을 대는 거냐? 너도 이 계집과 함께 죽고 싶으냐?"

"제가 해독제를 알아내겠습니다."

멈칫한 모고르가 치켜들고 있던 다리를 내렸다. 적안은 피투성이가 된 채 정신을 잃고 있었다.

"해독제를 알아낸다고? 네가 무슨 수로?"

"비술을 써서 카시아스 왕자에게서도 정보를 얻어내지 않았습니까? 시간을 조금만 주시면 해독제가 무엇인지 반드시 알아내겠습니다."

모고르는 그제야 아슬라에게 온전히 눈길을 맞췄다.

"그래, 아슬라. 너한테 맡기마. 어떻게 해서든 해독제를 찾아내라. 저 계집을 형체도 없이 짓이겨서라도 반드시 찾아내야 한다. 해독제만 알아낸다면 그 즉시 네가 바라던 자유를 내려주마. 내 이름과 심장을 걸고 맹세하겠다."

"감사합니다, 주인님."

머리를 조아린 아슬라를 뒤로하고 모고르는 문을 나섰다. 지금 이 순간에도 독은 점점 퍼지며 그의 몸을 점령해 가고 있을 것이다.

이대로 손놓은 채 아슬라만 바라보고 있을 수는 없어.

끝내 해독제를 찾지 못하면 마드라의 열쇠를 얻는 것만이 살 수 있는 유일한 길이었다. 이젠 찰나라도 더 이상 지체할 시간이 없었다.

Chapter 20

마드라의 열쇠

"오늘 푹 자둬. 내일은 밤을 새워 즐기느라 잠 잘 시간도 없을 테니까."

카시아스는 짐짓 가벼운 농담조로 말했으나, 그는 물론이고 어느 한 사람도 미소를 보이지 않았다. 그들은 다음날 자정을 기해 왕궁에 잠입하기로 계획을 세워놓았다. 목숨을 걸어야 하는 일이 목전에 다가왔을 뿐 아니라, 마드라의 열쇠에 대한 꺼림칙한 느낌까지 더해지는 바람에 얼굴빛이 하나같이 어둡기만 했다.

"죽상하고 앉아 있는 꼴이라니! 정말 못 봐주겠네! 냉큼 일어나! 여기 이렇게 모여서 볼썽사납게 꾸벅꾸벅 졸 생각 아니면!"

어투만큼이나 힘차게 몸을 일으킨 본 존이 요란스레 기지개를 켰다. 마이언이 가장 먼저 자리를 떠났고, 뒤이어 셰이도 간단한 인사말만 남긴 채 침실로 향했다.

"듀이, 잠깐 얘기 좀 하자."

막 엉덩이를 들던 듀이는 카시아스의 말에 다시 의자에 앉았다.

"둘만의 시간을 알콩달콩 즐기며 변함없는 애정을 확인하고 싶나 보지?"

본 존이 낄낄거리자 카시아스는 당장 눈을 부라렸다.

"실없는 소리 늘어놓지 말고 가서 잠이나 자."

"알았어. 괜히 털 곤두세우지 마. 방해 안 되도록 멀찌감치 꺼져 줄 테니까. 이 본 존님께선 연인들의 따끈따끈한 밀회를 방해할 만큼 눈치가 모자라진 않거든."

본 존은 외로워서 못살겠다는 싱거운 푸념을 늘어놓으며 두 사람을 뒤로했다. 카시아스는 문이 닫히자마자 입을 열었다.

"그 주문 말이야. 궁금해서 그러는데, 그것 좀 알려줘."

"싫어."

듀이는 단칼에 거절했다. 카시아스는 어이없다는 얼굴로 눈동자를 굴렸다.

"나 참, 어차피 내일이면 말해줄 거잖아. 하루 먼저 알려준다고 큰일이라도 나?"

"혼자 가려는 거잖아, 오늘 밤에."

두 사람의 시선이 맞닿으며 짧은 침묵이 지나갔다.

"주문이 뭔지 말해, 어서."

"같이 가, 아룬델이 갇혀 있던 곳에 도착하면 말해줄게."

"아니, 넌 여기 남아. 이건 내가 내 손으로 해결해야 할 나의 일이야. 그렇기 때문에 나 혼자 가야 돼."

“내 일이기도 해. 나도 내 진짜 몸을 찾아야 한다는 거 잊었어?”

“고집 부리지 마.”

“너야말로 괜한 고집 부리지 말고, 어서 일어나기나 해. 지금 당장 날 죽인다고 해도 절대 말 못하니까.”

“바보 같은 녀석… 처음 만났을 때부터 성질을 긁어대더니만, 끝까지 살인 충동을 느끼게 하는군.”

혼잣말을 중얼거린 카시아스가 듀이에게 시선을 옮겼다. 뜻밖에도 입가에 엷은 미소를 띠고 있었다. 피곤함과 심란함, 그리고 따뜻한 온기가 배어든 미소였다.

“카시아스, 저 말이야… 후회 안 할 자신 있어?”

“물론.”

카시아스는 대답과 동시에 몸을 세웠다.

“넌 어때? 괜히 따라왔다고 땅을 치며 후회해도 난 몰라.”

“후회 안 해, 나도.”

“듀이…….”

머뭇거리던 카시아스가 별안간 고개를 두어 번 세차게 내저었다.

“나, 뭐?”

“일이 다 해결된 다음에 말해줄게.”

두 사람은 외투를 걸치고 미리 꾸려놓은 짐을 챙겨 들었다. 발소리를 죽이며 조심조심 걸어가 현관문을 열었을 때, 바로 옆에서 본 존의 목소리가 날아왔다.

“따끈따끈한 밀회가 이제야 끝났나 보지? 자, 그럼 어서 출발하자고!"

얼떨떨해진 듀이와 카시아스는 어느새 저만치 앞서 나가는 본 존을 부지런히 따라잡았다.

"혼자만 빼놨다고 셰이가 나중에 화내지 않을까?"

듀이는 걱정스런 눈길로 여전히 등불을 밝히고 있는 셰이의 침실을 돌아봤다.

"사나이들의 막중대사에 감히 아녀자가 끼어들어서는 안 되는 법!"

본 존은 어험, 헛기침까지 터뜨리며 잔뜩 무게를 잡았다.

"듀이, 저 말 꼭 기억해 놔. 한 자도 빠짐없이 셰이한테 그대로 말해주게."

"아, 안 돼! 제발 그러지 말아줘! 셰이가 알면 당장 날 죽이려 들 거란 말이야!"

본 존은 맥없이 꼬리를 내렸다.

"듀이."

카시아스의 눈짓을 받은 듀이가 즉각 입을 열었다.

"셰이, 글쎄 말이야… '사나이들의 막중대사에 감히 아녀자가 끼어들어서는 안 되는 법!' 이라고 말했어, 본 존이."

괴로운 신음성과 짓궂은 웃음소리가 동시에 흘러나왔다.

"다들 편히 쉬어."

문이 닫히자 억지로 짓고 있던 미소가 흔적도 없이 지워졌다. 셰이는 문에 등을 기대고 섰다. 그리고 자신의 몸을 찬찬히 훑어내렸다. 손이며 팔, 다리 할 것 없이 전과 똑같아 보였다. 손에 닿는 느낌과 피부의 감각 또한 변함없었다. 하지만 그녀는 조금씩 조금씩 흐려지고 있었다.

―너를 감싸고 있는 것이 무엇인 줄 아느냐? 그건 모든 걸 무(無)로 되돌리는 은적(隱迹)의 안개이다. 아직까진 괜찮겠지만 은적의 안개가 안으로 스며들면, 넌 조금씩 사라지게 될 것이다. 육체뿐 아니라 영혼까지도.

운명의 신, 자르키안의 음성이 또다시 들려왔다. 벌써 몇 번째인지 헤아릴 수도 없었다. 몸이 사라지고 있다는 듀이의 울음 섞인 목소리를 듣는 순간 되살아난 기억은 어느 틈엔가 머릿속을 온통 차지한 채 점점 더 깊숙이 뿌리를 뻗고 있었다.

꿈인 줄 알았어… 꿈을 꾸고 있는 줄로만 알았는데…… 꿈이 아니었어…….

운명의 신이 왜 자신에게 그런 짓을 한 것인지 생각해 보았으나 아무것도 떠오르지 않았다.

또 다른 저주가 내린 건가? 육체뿐 아니라 영혼까지 사라진다고? 운명이 뒤틀린 것만으로는 모자랐나 보지?

셰이는 자조 섞인 실소를 지었다.

"앞으로 또 어떤 무시무시한 저주를 받게 될지 궁금하기도 하군."

"난 네 입에서 어떤 변명이 나올지가 더 궁금해."

벨페스트의 모습이 눈앞에 나타났다. 잠시 동안 그와 셰이는 서로를 마주 보며 서 있었다. 딱딱하게 굳어가는 침묵을 무너뜨린 건 벨페스트였다.

"변명이라도 해봐."

“미안해.”

“그따위 입에 발린 말 들으려고 온 게 아니야.”

“미안해…….”

“무서워, 벨! 아무것도 보이지 않아! 너무 어두워! 나 좀 구해 줘! 제발 나 좀 구해줘, 벨!”

벨페스트는 과장되고 간드러진 어조로 셰이를 흉내 냈다. 그녀는 눈을 감았다. 벨페스트의 얼굴을 차마 바로 쳐다볼 수 없었다.

“벨, 몸이 묶인 채 어디론가 끌려가고 있어! 아무래도 노예상인 것 같아! 제발 빨리 와줘! 여긴 버틀랜드 국의 에트디그니스야! 무서워 죽겠어, 벨! 나 좀 구해줘! 제발! 나한텐 너밖에 없어! 오오 오! 베엘!”

벨페스트가 느닷없이 웃음을 터뜨렸다. 우스워 못 견디겠다는 듯 몸을 떨며 배까지 움켜쥐었다.

“미안해, 벨. 진심이야… 정말 미안해……. 하지만 어쩔 수가 없었어. 카시아스가 죽을지도 모른다는 걱정 때문에 다른 건 생각나지도 않았어. 미안해, 벨…….”

“말루프에서 계획적으로 접근했지?”

“아니야, 그때 난 벨이 누구인지도 몰랐어.”

셰이는 높아지려는 언성을 간신히 자제했다.

“거짓말.”

“믿기 힘들겠지만 내 말은 사실이야. 만약 벨이 누구인지 알았더라면, 그 골목에서 발을 멈추는 일은 없었을 거야. 벨을 해치려 들던 남자들을 쫓아내지도 않았을 테고, 정신을 잃은 벨을 여관까지 데려가지도 않았을 거야. 그냥 못 본 척하고 지나가면 적이 될지도 모르는 사람이 한 명 줄어들었을 테니까.”

“왜 그 골목을 그냥 지나치지 않았던 거야?”

셰이는 쉽사리 입을 열지 못했다. 뒤늦게 나온 대답 역시 모호하기만 했다.

“모르겠어… 있는지도 몰랐던 정의감이 발현된 것인지, 아니면 단순히 내가 지켜야 될… 바르샤르 왕국에서 벌어진 일이었기 때문인지…….”

“만약 그 당시로 돌아간다면 날 다시 구하겠어?”

그녀는 천천히 고개를 끄덕였다.

“증명해 봐.”

“어떻게?”

벨페스트가 손을 내밀었다.

“나하고 같이 가.”

“어디를?”

“그게 중요해?”

셰이는 망설였다. 벨페스트가 모고르의 수하라는 건 부정할 수 없는 사실이었다. 때문에 듀이와 카시아스, 어쩌면 그녀한테까지도 적일지 모르는 존재였다. 그런 점을 고려하면 손을 잡을지 말지 고민할 필요조차 없었다. 하지만 벨페스트는 적인 동시에 그녀의 친구이기도 했다. 만약 그의 요구를 거부한다면, 친구로서의 인연은 지금 이 자리에서 끝나게 될 터였다.

앞으로는 적으로서의 벨만을 보게 되겠지.

셰이는 확신할 수 있었다.

먼저 배신한 쪽은 나야. 내가 자신을 속였는데도 불구하고 벨은 여기까지 찾아와 주었어. 손까지 먼저 내밀어주었어. 이젠 내가 그에게 진심을 보여야 할 때야.

그녀는 벨페스트의 손을 잡았다.

"마지막으로 하나만 더 묻겠어. 듀이 델코와 어떤 사이야?"

"듀이는… 내 황금열쇠야."

벨페스트는 입꼬리를 틀어 올렸다. 부자연스러운 미소가 만들어졌다.

"역시 그랬군."

그의 중얼거림이 끝나는 순간 머리가 핑 도는 현기증이 덮쳐왔다. 셰이는 구명줄에라도 매달리듯 벨페스트의 손을 움켜쥐었다. 어지러움이 채 가시지 않은 상태로 그녀는 어딘가에 도착했다. 가장 먼저 시야에 들어온 건 촘촘히 박혀 있는 쇠막대였다. 주위를 살펴보기도 전에 셰이는 상황을 알아차렸다. 그녀는 쇠창살로 둘러싸인 철창에 갇혀 있었다.

"배신당한 기분이 어때?"

벨페스트가 히죽 웃었다.

"안 돼, 벨. 이러지 마."

셰이는 최대한 침착하게 말했다.

"난 이제 네가 알던 벨이 아니야. 눈 하나 깜짝하지 않고 네 심장을 파낼 수도 있어. 벌렁거리는 심장을 자신의 눈으로 직접 보는 기분이라… 끔찍할까? 재미있을까? 아니면 무서울까? 어떤 느낌일지 궁금하지 않아? 직접 답을 찾게 해줄까?"

벨페스트가 위협적으로 바짝 다가들었다. 셰이는 물러서지 않았다.

"지금 당장 원래 있던 곳으로 보내줘."

"내 손을 잡은 건 너야. 손을 잡았다는 건 어디든지 따라오겠다는 의미이고. 안 그래, 셰이?"

검은색으로 보일 만큼 어두워진 자줏빛 동공이 집어삼킬 듯 셰이의 눈을 직시했다. 밖으로 드러난 건 오직 흥분 어린 분노와 광기뿐이었다. 그러나 그 아래 깊숙한 곳엔 슬픔과 두려움이 숨어 있었다.

"아직 늦지 않았어, 벨!"

셰이는 자신도 모르게 소리쳤다.

"무슨 헛소리야?"

"다시 시작하면 돼! 처음부터 다시 시작하면 돼! 여태까지의 일은 다 잊고 다시 시작하면……."

"입 닥쳐! 앙큼한 계집애 같으니! 또 누굴 속이려고!"

벨페스트는 악을 쓰며 셰이의 말을 잘라 버렸다. 그리고는 와락 달려들어 난폭하게 입을 맞췄다. 거칠게 떠밀린 셰이는 비틀거리다 쇠창살을 잡고 가까스로 몸을 가누었다. 물어뜯긴 입술에서 핏줄기가 흘러내렸다.

"이것으로 계산 끝이야. 아주 말끔히 끝났어. 다음번에 만났을 땐, 서로의 심장을 파내게 될지도 모르겠어."

"동감이야."

셰이는 씹어뱉듯 말했다.

"이것으로 너와 나의 인연은 끝이야."

벨페스트의 얼굴이 굳어지며 단단히 뭉친 턱 근육에 경련이 일었다.

“꼭 말로 꺼지라고 해야 꺼져 주겠어?”

독기 서린 눈으로 그녀를 노려보던 벨페스트가 모습을 감췄다. 셰이는 입술을 닦아냈다.

엉망이야! 모든 게 엉망이 돼버렸어!

붉은 피로 얼룩진 손가락을 그녀는 으스러져라 말아 쥐었다.

모고르에게 임무를 완수했다는 보고를 올린 후, 벨페스트는 암흑으로 덮인 동굴을 찾아갔다. 그러나 어둠만으로는 쉴 틈 없이 솟구치는 분노와 살기를 잠재울 수 없었다. 그는 웅크리고 앉아 고통이 느껴질 만큼 힘껏 머리를 틀어잡았다.

어서 가서 셰이를 풀어줘! 주인님이 그녀를 해치기 전에, 어서!

“내가 왜 그래야 하는데? 내가 왜 그런 미친 짓을 해야 하는데?”

셰이를 좋아하잖아! 그녀를 사랑하잖아!

“아니야! 그렇지 않아! 절대 그렇지 않아!”

‘차라리 네 손으로 죽여 버리는 게 어때?’

괴물이 말을 걸어왔다. 너무나 익숙해서 마치 심장 박동처럼 느껴지는 속삭임에 벨페스트는 가만히 귀를 기울였다.

‘그녀에게 다시 돌아가. 그래서 아까 네 말처럼 심장을 파내 버리는 거야. 어때? 재미있겠지? 죽음이 들어차는 호박빛 눈동자를 보고 있으면 기분도 좋아질걸? 이렇게 궁상을 떨 일도 없어질 거야.’

벨페스트는 어둠 속에서 몸을 일으켰다. 셰이를 구할지, 아니면 심장을 파낼지 그 스스로도 자신의 마음을 헤아릴 수 없었다.

분명한 건 그녀에게 다시 돌아가야 한다는 것뿐이었다. 벨페스트는 즉시 셰이가 갇혀 있는 지하 감옥으로 향했다. 텅 빈 감옥을 발견한 그는 부랴부랴 경비병을 찾았다. 벨페스트를 마주한 앳된 얼굴의 경비병은 눈에 띄게 움츠러들었다.

"그, 글쎄요… 전 지금 막 교대를 해서 모르겠는데요……. 아슬라님을 얼핏 본 것 같긴 한데… 그것도 정확하진……."

경비병의 말이 끝나기도 전에 벨페스트는 아슬라의 행적을 더듬었다. 그녀를 만난 곳은 예상 밖에도 자신의 거처였다.

"그렇잖아도 찾고 있었어."

"셰이, 어디 있어?"

"그녀를 만나고 싶으면 지금 당장 날 따라와. 오래 버티진 못할 테니까."

"셰이가 어딜 다친 거야? 많이 다쳤어? 죽은 건 아니지? 괜찮은 거지? 셰이, 지금 어디 있어?"

벨페스트는 허둥지둥 질문을 쏟아냈다. 찌푸린 얼굴로 그를 일별한 아슬라가 말없이 사라졌다. 벨페스트가 그녀를 쫓아 도착한 곳은 얼마 전까지만 해도 아룬델이 머물던 별관의 내실이었다.

"셰이는?"

아슬라는 잠자코 긴 의자를 가리켰다. 여기저기 엉망으로 찢긴 검붉은 드레스 차림의 여인이 누워 있었다.

"셰이가 아니잖아! 지금 이게 대체 뭐 하는 짓거리야?"

벨페스트는 광포한 짐승처럼 이를 드러냈다.

"셰이든 아니든 한 번 보기라도 해."

"내가 왜?"

"네 이름을 불렀으니까."

"누가? 저 여자가?"

벨페스트는 여인을 돌아봤다. 고개가 의자 등받이 쪽을 향하고 있었기 때문에 얼굴은 보이지 않았다. 벨페스트는 다소 거친 동작으로 그녀의 몸을 바로 눕혔다. 화마에 짓이겨진 얼굴 반쪽이 적나라하게 드러났다.

"처음 보는 여자야."

말소리에 정신이 들었는지 여인의 눈꺼풀이 파르르 떨렸다.

"베엘……?"

가냘픈 속삭임이 흘러나왔다. 벨페스트는 험상궂게 인상을 쓰며 여인한테 눈길을 가져갔다. 붉은 눈동자가 시야에 잡힌 순간 그는 호흡을 멈췄다.

"라… 라이……?"

"아, 아니야… 난 적안이야… 라이가 아니야……."

눈이 다시 질끈 감겼다. 다리에서 힘이 풀리자 벨페스트는 털썩 주저앉았다. 눈앞의 여자는 자신의 누나가 틀림없었다. 일곱 살 때 그를 버리고 떠난 라이… 옛 모습은 전혀 남아 있지 않았으나 언제 어디서든 그녀의 눈동자만큼은 정확하게 알아볼 수 있었다.

"어떻게 된 거야? 왜 라이가 여기 있는 거야? 더군다나 이런 모습으로……."

벨페스트는 겁에 질린 어린아이처럼 아슬라를 돌아봤다. 아슬라는 모고르의 거처에서 벌어진 사건에 대해 말해줄까, 망설이다 입을 다무는 쪽을 선택했다. 사소한 것에 지나지 않더라도 이번 일과 얽혀들고 싶지 않았다. 그녀는 이곳을 떠나 영원히 돌아오지 않을 생각이었다. 모고르에게 잡혀 목숨을 잃을지도 모르지만, 명령만을 좇아 움직이는 감정없는 인형으로서의 삶은 거부하고 싶었다.

영영 길을 잃기 전에 너도 하루 빨리 어둠 속에서 벗어나길…….

아슬라는 우두커니 서서 어쩔 줄 몰라 하는 벨페스트를 응시했다. 도와주고 싶었으나 어떻게 해야 할지 방법을 알 수 없었다.

우습군, 벨페스트와 좀 더 가깝게 지냈으면 좋았으리라는 후회가 생기다니…….

아슬라는 슬픔과 회한이 뒤섞인 미소를 머금은 채 혼자만의 여정을 시작했다. 목멘 흐느낌만이 그녀가 두고 간 허공을 메워 나갔다.

"라이… 라이……."

벨페스트는 계속해서 라이를 불렀다. 가슴 시리게 그리워하던 그녀가 눈앞에 있었다. 라이가 떠나 버린 뒤 혼자 남겨진 벨페스트는 그녀를 다시 돌아오게 해달라고 간절히 기도했다. 그가 기도를 그만둔 건 가슴속에 웅크린 괴물이 감당하기 힘들 만큼 커졌을 때였다.

벨페스트는 처참하게 변해 버린 라이를 바라보다 눈을 감았다. 예전처럼 그녀의 품에 안겨 체온을 느껴보고 싶었다. 하지만 그는 피투성이가 되어 돌아온 누나를 제대로 쳐다볼 수조차 없었다.

"누가 이렇게 만든 거야? 누가 라이를 다치게 한 거야?"

어떤 생각이 불현듯 뇌리를 스쳐갔다.

“주인님이지? 주인님이 라이를 이렇게 만든 거지?”

라이의 붉은 눈동자가 일순 커다랗게 열렸다.

“그렇게 부르지 마. 그놈은 네 주인이 아니야. 내가 팔려간 지주 집에 누가 있었는지 알아? 바로 모고르였어. 그놈이 지주를 조종해 날 손에 넣은 거였어. 돈 몇 푼에 널 변태 귀족 놈들한테 넘긴 것도 바로 모고르야. 그런데 날 이용한 것으로도 모자라 너까지 이런 꼴로 만들다니… 차라리 아무 힘도 능력도 없는 평범한 사람으로 태어났으면 좋았을 걸… 그럼 우리도 행복하게 살 수 있었을 텐데…….”

절망으로 짓이겨진 상흔의 골을 따라 눈물이 흘러내렸다.

“주, 주인님이… 그, 그런 짓을… 했다고?”

“주인님이라고 부르지 말란 말이야!”

라이가 울컥 핏물을 토해냈다. 벨페스트는 두려움에 사로잡혔다.

“라이, 죽지 마! 죽으면 안 돼! 내가 잘못했어! 다시는 안 그럴게! 제발 죽지 마!”

“잘 들어, 벨… 지금 당장 여길 떠나… 모고르의 손이… 미치지 못하는 곳으로 도망쳐… 놈이 너도 죽일 거야… 날 죽인 손으로… 우리 부모님의 피가 묻은 손으로… 너도 죽일 거야…….”

“부모님? 부모님을 죽였다고? 우리 부모님은 내가 세 살 때 돌아가셨다고 했잖아. 그땐 모고르를 알지도 못할 때잖아.”

“모고르는…….”

라이는 가까스로 목을 쥐어짰다.

“아버지의 동생이야…….”

충격과 공포가 거대한 탁류처럼 벨페스트를 휩쓸었다. 꺽꺽 숨이 막혀왔다.

"그 짐승 같은 놈이… 바로 우리의 작은아버지야… 벨……!"

피맺힌 절규가 고통으로 얼룩진 울부짖음으로 변해 터져 올랐다. 일그러진 입술에서 시뻘건 핏덩어리가 쏟아졌다.

"벨… 약속해… 여길 떠난다고… 약속해……."

라이의 숨결이 급속도로 약해졌다. 숨을 내쉬고 들이쉴 때마다 가슴에서 들리던 시린 바람 소리가 잠잠히 가라앉았다. 벨페스트는 비어져 나오려는 흐느낌을 꾹꾹 삼켰다. 마지막으로 한 번만이라도 라이에게 용감한 모습을 보여주고 싶었다.

"약속할게……."

라이는 희미하게 미소 지었다. 지칠 대로 지친 눈꺼풀이 서서히 내리덮였다.

"우리 둘이 살 때는… 행복했는데… 배는 고팠지만… 그래도 행복했는데……."

"나도… 나도 그때가 제일 행복했어… 라이……."

라이가 손가락을 움직였다. 자신을 찾고 있음을 알아차린 벨페스트는 그녀의 가슴에 얼굴을 묻었다.

"벨… 부탁이… 있어……."

걷잡을 수 없이 울음이 쏟아지려 했다. 벨페스트는 허겁지겁 손으로 입을 막았다. 뭐든지 다 해주겠다고 말하고 싶었지만, 입을 벌릴 수 없었다. 벨페스트는 실성한 사람처럼 계속해서 고개만 주억거렸다. 눈물 줄기와 뒤섞여 귓가를 적시던 라이의 심장 박동이 고요해졌다. 그의 고갯짓도 멎었다.

　단은 텅 비어버린 라이의 의자를 응시한 채 차가운 바닥에 주저앉아 있었다. 벨페스트가 그의 정면에 나타났으나 알아차리지 못했다.

　"당신이 단이야?"

　넋이라도 나간 듯 멍한 시선이 벨페스트에게 돌려졌다. 그의 팔에 안겨 있는 라이를 발견한 순간 단은 후닥닥 몸을 일으켰다.

　"라이는 당신과 함께 있길 원했어."

　벨페스트는 단을 향해 라이를 내밀었다. 가슴에 올려져 있던 그녀의 창백한 팔이 아래로 툭, 떨어졌다. 단은 라이를 안아 들었다. 채 식지 않은 체온이 느껴졌다. 벨페스트에게 꾸벅 머리를 숙여 보인 단은 고개를 들며 미소 지었다. 미소 사이로 눈물이 흘러내렸다.

　"내가 뭐 해줄 건 없어?"

　라이를 조심스레 장의자에 내려놓은 단이 휘장 속으로 부리나케 들어가더니 곧바로 뛰어나왔다. 그는 손에 들고 있던 칼을 다짜고짜 벨페스트에게 건네주었다.

　"뭐야, 이게?"

　단은 자신의 배를 가리키며 찌르라는 몸짓을 해 보였다.

　"죽여달라는 거야?"

　단은 고개를 끄덕였다. 그는 라이와 함께 가고 싶었다. 지주 댁에 들어온 라이를 처음 본 순간부터 지금까지 그는 단 한순간도 예외없이 그녀를 사랑했다. 라이가 존재하지 않는 세상에선 어떻게 숨을 쉬어야 하는지조차 알 수 없었다.

벨페스트는 무디고 투박한 부엌칼을 내려다봤다.

라이는 단이 죽길 원치 않을 거야. 우리가 누리지 못했던 행복한 삶을 살아가길 바랄 거야.

하지만 벨페스트는 자신이 이대로 돌아가면 단이 스스로 목숨을 끊으려 하리란 사실을 이미 알고 있었다.

힘이 빠질 때까지 이 무딘 칼로 몇 번이고 되풀이해서 자신을 찌를 테지.

"내가 알아서 해줄 테니까 어디서 죽을 건지나 정해."

단은 라이 옆에 앉아 그녀의 등을 보듬어 안았다. 그리고는 벨페스트를 향해 수줍음이 깃든 웃음을 지어 보였다. 자신도 모르는 사이 벨페스트의 얼굴에도 부드러운 미소가 피어났다.

"먼저 잠을 재울 거야. 괜찮지?"

단이 불안감을 드러내며 고개를 가로저었다.

"잠만 재우고 도망치진 않을 테니까, 걱정하지 마."

짧은 시간 벨페스트의 눈을 들여다보던 단이 의자에 편안히 등을 기댔다. 벨페스트는 감각이 없어질 정도의 깊은 무의식의 세계로 그를 빠뜨렸다.

"그동안 여러 사람의 목숨을 빼앗아봤어. 그런데 고통없이 죽이는 방법은 아는 게 없어, 한 가지도. 어떻게 하면 더 고통을 줄 수 있는지에 대해서만 머리를 굴리며 살아왔거든. 우습지?"

벨페스트는 나란히 앉아 있는 라이와 단을 바라보며 천천히 주문을 외웠다. 검붉은 연기가 소용돌이처럼 일며 두 사람을 에워쌌다.

"조금만… 아주 조금만 더 일찍 만났더라면 좋았을 텐데……."

벨페스트는 조용히 뒷걸음질쳤다. 그들의 평온한 휴식을 방해하고 싶지 않았다. 마지막으로 한 번 더 두 사람을 쳐다본 다음, 벨페스트는 자리를 떠났다.

본 존이 가볍게 바닥에 착지하자 카시아스는 눈에 잘 띄지 않도록 밧줄을 성벽 모서리 쪽으로 끌어당겨 놓았다.

"그럴 필요가 있어?"

"탈출로 확보는 기본 중의 기본이야."

카시아스는 그런 것도 모르냐는 눈으로 본 존을 힐끗 쳐다봤다.

"계획대로 마드라의 열쇠를 손에 넣으면 당당히 성문을 통과해 나갈 수 있을 텐데?"

"그렇게만 되면 굳이 왕궁을 나갈 필요도 없잖아."

듀이가 말을 보탰다.

"만약의 사태를 대비해야지."

"만약의 사태라……."

본 존은 다짜고짜 밧줄을 성벽 밖으로 휙 던져 버렸다.

"무슨 짓이야?"

"이제 만약의 사태를 대비하는 일이 쬐게 어려워졌으니, 마드라의 열쇠를 얻는 일에만 전념할 수 있겠지. 목숨 걸고 말이야."

본 존은 히죽 웃으며 걸음을 떼었다.

"미친 녀석."

카시아스는 본 존의 목덜미를 덥석 붙잡았다.

“그쪽이 아니라 이쪽이야. 아는 체하며 먼저 좀 나서지 마, 개 뿔도 모르는 주제에.”

“왕세자라는 작자가 말 한번 훌륭하게 하시네!”

본 존은 옆에서 걷고 있는 듀이의 팔을 슬쩍 건드렸다.

“왕자니 왕세자니 하는 거, 다 순 개뻥 아니야?”

“개뻥은 아닐걸? 나도 의심스러운 적이 한두 번이 아니었지 만… 잘난 체도 엄청 하고, 심심하면 눈도 이렇게 막 부라리고… 또, 만날 목에 빳빳이 힘주고 다니거든. 그래도 목이 부러지지 않 는 걸 보면 왕족 같기는 해.”

“너도 진짜 대단하다. 대체 그 꼴을 어떻게 참고 봐준 거야?”

“눈꼴이 시긴 했어, 그것도 엄청 많이.”

카시아스는 말이 나올 때마다 시선을 옮겨가며 듀이와 본 존을 노려봤다. 딴에는 신경 써서 소곤거린다고 했지만, 가까이 있는 카시아스가 못 알아들을 정도는 절대 아니었다.

그들은 어느덧 별궁으로 이어지는 북쪽 궁문 앞에 다다라 있었 다. 듀이가 지닌 힘을 사용해 마이언의 집에서 목적지로 곧장 이 동하는 것도 가능했으나, 예기치 못한 일이 생길 수 있다는 우려 로 인해 직접 찾아가는 쪽을 택했다. 둘로 나눠지는 바람에 현재 마드라의 열쇠는 매우 불안정한 상태였다. 생각없이 그 힘을 쓰 려 했다간 어떤 위험한 상황에 놓이게 될지 알 수 없었다.

주의 깊게 궁문 쪽을 살폈으나 경비병의 모습은 보이지 않았 다. 카시아스를 선두로 세 사람은 신속하게 궁문을 통과했다. 듀 이의 발끝에 밟힌 작은 나뭇가지가 힘없이 부서졌다. 놀란 듀이 는 엉겁결에 몸을 틀었다. 그의 팔이 궁문 귀퉁이에 세워놓은 창을 슬쩍 건드렸다. 잡을 사이로 없이 창이 문턱으로 쓰러졌다. 터억, 둔탁한 충격음이 정적을 뚫었다.

"거기 누구야?"

아무도 없는 줄 알았던 으슥한 구석에서 경비병 한 명이 튀어나왔다.

"어어! 침입자! 침입자다!"

눈이 부리부리해진 경비병이 고함을 쳐댔다.

"이런 우라질!"

본 존은 경비병의 얼굴을 인정사정없이 주먹으로 후려쳤다. 정신을 잃은 경비병이 바닥으로 쓰러졌다. 궁문 바깥쪽에서 요란한 발소리들이 몰려왔다.

"여긴 나한테 맡기고 어서 가! 내가 다른 곳으로 유인할 테니까!"

카시아스는 본 존의 말에 반대하지 않았다. 그 즉시 듀이의 팔을 움켜쥐고 뛰다시피 걸음을 옮겼다.

"조심해, 본 존."

걱정스런 눈길로 본 존을 돌아보며 듀이가 말했다. 본 존은 악동 같은 미소를 지어 보였다.

"훔친 몸이나 잘 간수해, 그마저도 없으면 허전해서 못살 테니까. 시간 나면 사이비 왕자도 좀 보살펴 주고."

본 존은 말을 끝내며 궁문 밖으로 뛰어나갔다.

"침입자다! 저기 침입자가 있다!"

"웬 놈이냐?"

"어어, 놈이 도망간다! 잡아라!"

“절대 놓쳐선 안 된다!”

쿵쿵쿵쿵! 땅을 진동시키던 발소리들이 점점 멀어져 갔다.

“괜찮겠지?”

“너나 나보다 더 장수할 녀석이야, 걱정하지 마.”

등불만 밝게 켜져 있을 뿐, 웬일인지 별궁엔 시녀 한 명 보이지 않았다.

“여기서부턴 네가 안내해. 나보다 잘 알 테니까.”

듀이는 며칠이나마 별궁에 머물렀으나, 카시아스는 발을 들여놓은 적이 거의 없었다. 별 어려움 없이 이동한 두 사람은 좌우를 살핀 후 내실과 이어진 홀로 들어섰다. 순간 눈이 부시도록 환한 빛이 정면에서 비쳐 왔다. 카시아스와 듀이는 눈살을 찡그리며 손을 들어 빛을 가렸다. 희끄무레한 사람의 형상이 시야로 들어섰다. 빛이 점차 약해지며 조소를 띠고 있는 모고르의 얼굴이 나타났다.

“오느라 수고 많았다.”

욕설이 튀어나오려 하자 카시아스는 어금니를 악물었다. 홀 안엔 모고르 이외에도 삼십여 명에 달하는 최정예 기사들이 언제든지 움직일 수 있도록 공격 태세를 취하고 있었다.

바보 자식! 경비가 지나치게 허술하다는 생각을 하면서도 이런 상황은 예상하지 못했다니… 내가 어리석었어. 마드라의 열쇠에 대한 욕심이 한 치 앞도 보이지 않을 정도로 눈을 가리고 있었던 거야.

“내가 뭘 원하는지는 말 안 해도 익히 알고 있을 것이다. 주문을 내놔라. 그럼 목숨만은 부지하게 해주마.”

　모고르의 말이 끝나는 순간, 어디선가 돌풍이 몰려왔다. 머리카락과 옷자락이 격렬히 나부꼈다. 어찌나 바람이 거센지 몸을 가누는 것조차 쉽지 않았다.

　"카시아스!"

　듀이의 외침에 카시아스는 번쩍 눈을 떴다. 믿기지 않게도 바람이 듀이와 카시아스의 둘레를 뱅뱅 휘돌고 있었다. 기사들은 물론 모고르의 모습도 보이지 않았다. 느닷없이 나타난 맹렬한 회오리가 두 사람만의 작은 공간을 만들어놓은 상황이었다.

　"듀이, 네가 한 거야?"

　"그렇긴 한데, 얼마나 버틸 수 있을지 잘 모르겠어! 서둘러야 돼!"

　카시아스는 듀이가 내미는 천 조각을 받아 들었다. 그건 그의 머리글자가 수놓아진 손수건이었다. 손수건의 앞뒷면엔 주문으로 보이는 글자들이 적혀 있었다. 듀이는 몸을 되찾자마자 잊어버릴지 모른다는 생각에 마침 손에 잡힌 손수건에다 주문을 써놓았다. 얼떨결에 한 행동이지만 결과적으론 꼭 필요한 조치였다. 주문을 말로 가르쳐 주려 했다가는 듀이가 마드라의 열쇠를 깨우게 되는 돌발 사태가 벌어졌을 테니 말이다.

　"뭐가 이렇게 길어? 이러다간 밤새도록 손수건만 들고 있어야 되겠군."

　카시아스는 황급히 주문을 읽어나갔다.

　"거긴 뒤야, 앞부터 읽어야지! 앞 말이야! 앞!"

　듀이는 답답한 마음에 발을 동동 굴렀다.

　"표시라도 해놨어야지!"

그 바쁜 와중에서도 카시아스는 듀이에게 못마땅한 시선을 던
졌다.

"내가 이까짓 실바람 정도를 뚫지 못할 것 같으냐? 어쨌든 제법
이긴 하구나."

두 사람 앞에 모고르가 나타났다. 주문을 읽는 카시아스의 목
소리가 빨라졌다. 별안간 그가 커억, 소리를 내며 목을 움켜쥐었
다. 바닥에 떨어진 손수건이 모고르를 향해 날아갔다. 듀이는 후
닥닥 튀어나가 모고르가 잡기 직전 손수건을 낚아챘다. 그리고는
꾸역꾸역 입 안에 쑤셔 넣었다.

"어안데으 저아 모저! 아르리 사크 므리으 아 그아!"

도저히 알아들을 수 없는 괴성이 나오자 카시아스는 재빨리 입
을 열었다.

"'너한텐 절대 못 줘! 차라리 삼켜 버리고 말 거야!' 라고 하는
데?"

"내가 그따위 우스꽝스러운 협박에 눈이나 깜짝할 줄 아느냐?"

모고르가 휙 한 팔을 치켜올렸다. 듀이가 만든 바람이 일순간
에 사라지며 막혀 있던 주변 상황이 눈에 들어왔다. 카시아스는
돌덩이처럼 굳어졌다. 듀이의 눈엔 경악과 공포감이 차올랐다.
출입문 쪽에 서 있던 기사들은 더 이상 보이지 않았다. 그 대신
반대편 구석에 단두대가 놓여 있었다. 손과 발이 포박된 채 단두
대에 묶여 있는 사람은 다른 아닌 암브로시니 백작이었다. 허옇
게 드러난 그의 목 위로 시퍼런 칼날이 아슬아슬하게 매달려 있
었다. 그리고 칼날을 고정하고 있는 한 가닥의 밧줄은 고르키의
손에 들려 있었다.

"다 죽어가는 늙은이의 목숨과 마드라의 열쇠라… 늙은이의 손을 들어주기엔 많이 부족한 것 같구나. 그럼 이건 어떠냐?"

모고르의 말이 끝나는 순간 셰이가 나타났다. 몸은 묶여 있지 않았지만, 그녀 역시 백작과 마찬가지로 옴짝달싹 못하는 처지였다. 원을 그리며 주위를 둘러싸고 있는 불꽃이 발을 떼려는 기미만 보여도 천장까지 닿을 듯 사납게 치솟아 올랐다.

"내가 손가락 하나만 까딱해도 저 아이는 새까맣게 탄 시체가 되고 말 것이다. 자, 어떻게 하겠느냐? 백작과 저 아이를 죽이겠느냐, 아니면 주문을 내게 넘기겠느냐?"

비어져 나오는 웃음으로 인해 모고르의 입술이 슬며시 벌어졌다. 그는 승리를 확신했다. 자신이라면 두말할 것 없이 마드라의 열쇠를 택하겠지만, 대다수의 어리석은 인간들은 정이니 의리니 하는 하찮은 감정에 맥을 못 추고 놀아났다. 앞에 서 있는 두 한심한 인간들도 필시 자신들에게 걸맞은 미련한 선택을 할 것이 분명했다. 그의 판단이 옳았다는 건 금세 증명되었다. 엉거주춤 서 있던 듀이가 입에서 손수건을 빼냈다. 모고르는 그 즉시 손수건을 가로채 부랴부랴 펴보았다. 그의 미간에 깊은 주름이 잡혔다. 어디서부터 주문을 읽어내려야 하는지 분간이 되지 않았다.

"주문의 순서를 말해라!"

왈칵 성질이 치민 모고르는 험악하게 눈을 부라렸다. 듀이는 머뭇머뭇 카시아스에게 시선을 던졌다.

"카시아스……."

"안 돼."

"어쩔 수 없잖아."

“그렇지 않아! 마드라의 열쇠만 손에 넣으면 죽은 사람도 다시 살려낼 수 있단 말이야!”

카시아스가 언성을 높이자 듀이의 목소리로 덩달아 커졌다.

“확실한 건 아니잖아! 그냥 전설로 내려오는 얘기일 뿐이잖아! 그러다가 셰이와 백작님이 진짜 죽기라도 하면 어쩔 거야? 마드라의 열쇠도 살려내지 못하면 어쩌하느냐고?”

“저놈 손에 마드라의 열쇠가 들어가면 살 수 있을 것 같아? 어차피 우린 모두 다 저놈 손에 죽게 될 거라고!”

듀이는 셰이와 암브로시니 백작을 바라보며 안타까움에 어쩔 줄 몰라 했고, 카시아스는 모고르에게 분노가 이글거리는 시선을 못 박았다. 두 사람은 이러지도 저러지도 못하는 상황에 처해 있었다. 그 어느 쪽도 섣불리 선택할 수 없었다.

예상치 못한 장벽에 부딪치자 모고르는 미칠 듯이 초조해졌다. 몸속에 들어 있는 독이 지금 이 순간에도 핏줄을 휘돌며 퍼져 나가고 있을 것이다. 실제로 그의 심장 박동은 점점 급박하게 요동을 쳐댔고, 등줄기엔 끈적끈적한 식은땀이 고여 있었다.

아니, 이건 지나치게 흥분한 탓이야! 독 때문에 생긴 증상이 아니야, 절대! 침착해라, 모고르. 고작 독 따위가 널 방해할 수 있을 성싶으냐?

모고르는 강하게 부정하면서도 더 이상 시간을 끌어선 안 된다고 판단했다.

“저 둘에게 작별 인사나 건네라! 셋 셀 동안 순서를 말하지 않으면 그 즉시 숨통을 끊어버리겠다! 하나!”

모고르가 둘을 세기 전에 듀이는 허겁지겁 입을 열었다.

"말할게요! 카시아스의 머리글자가 있는 쪽이 먼저예요!"

"안 돼!"

카시아스는 번개처럼 모고르에게 달려들었다. 그의 손끝이 손수건을 낚아채려는 찰나 모고르는 공중으로 치솟아올랐다.

"할 수만 있다면 빼앗아보려무나, 애처롭고 한심한 왕자 녀석아!"

승리감에 찬 웃음이 쏟아졌다.

"이제 마드라의 열쇠는 바로 나 모고르의 것이다!"

"젠장! 끝장이야! 다 끝나 버렸어! 모든 게 다 끝나 버렸어!"

카시아스는 악을 써댔다. 주체할 수 없는 격분으로 번들거리는 눈동자엔 광기마저 어려 있었다. 걱정이 된 듀이가 그의 팔에 손을 얹었을 때, 모고르의 입에서 주문이 흘러나왔다.

내가 일을 망쳤어! 내가 바보같이 인질이 되는 바람에 모든 것이 엉망이 돼버렸어! 나 때문에 듀이와 카시아스까지 죽음을 맞게 될 거야! 내가 그들을 사지로 내몰았어!

세이는 입술을 질끈 깨물었다. 피가 흘러내렸지만 스스로에 대한 분노와 자책감이 감각을 마비시킨 듯 아픔은 느껴지지 않았다. 주문이 허공을 울리며 공간 전체로 퍼져 나갔다. 종말이 시시각각 다가오고 있었다.

이대로 손가락이나 빨고 있을 거야? 이렇게 무기력하게 서서 듀이와 카시아스가 죽어가는 모습을 보고 있을 거야? 아무거라도 해, 멍청아! 돌이킬 수 없는 일이 벌어지기 전에 어떤 거라도 해보라고!

셰이는 겉옷을 벗어 목에 둘렀다. 그리고 양끝을 힘껏 잡아당겼다. 목이 졸리며 숨이 막혀왔다. 바짝 죄어든 가슴이 공기를 갈구하며 퍼덕거렸다. 고통과 뒤섞인 열기가 가슴 밑바닥에서 치밀어 올랐다. 시야가 불분명해지며 머릿속이 탁하게 흐려졌다.

"너의 힘은 봉인되어 있다. 그러나 영혼과 육체가 분리되었을 땐… 얘기가 조금 달라지지."

안개를 뚫고 적안의 목소리가 스며들었다.
당신 말이… 거짓이 아니길… 빌어…….
셰이는 정신을 잃고 바닥으로 쓰러졌다. 그녀의 이름을 부르는 듀이의 외침이 일순간 까마득히 멀어지더니 점점 커져 갔다. 셰이는 몸을 일으켰다. 쓰러져 있는 자신의 모습이 보였다.
성공이야!
셰이는 지금껏 갇혀 있던 화염을 통과해 곧장 단두대로 뛰어갔다. 누구인지는 모르나 단두대에 묶여 있는 노인은 듀이와 카시아스에게 매우 소중한 존재일 것이 분명했다. 노인을 결박한 밧줄에 손을 대자 푸르스름한 빛이 뻗어 나오더니 눈 깜짝할 사이 밧줄이 사라졌다. 셰이는 같은 방법으로 밧줄을 모두 없앴다. 살갗을 파고들던 아픔이 더 이상 느껴지지 않자 암브로시니 백작은 주춤주춤 몸을 움직여 보았다.
"어어! 어어어어!"
상황을 알아챈 고르키가 괴성을 지르며 칼을 고정하고 있던 밧줄을 놓아버렸다. 시퍼런 칼날이 암브로시니 백작을 향해 곤두박질쳤다. 셰이는 황급히 칼날을 정지시켰다. 듀이가 비명을 터뜨렸다.

"아아악! 백작님!"

"백작! 암브로시니 백작!"

카시아스도 숨을 헐떡이며 소리쳤다.

"저… 괜찮습니다, 전하……."

암브로시니 백작은 단두대에서 머리를 빼냈다. 칼날에 쓸린 백발이 받침대 위로 흩어졌다. 그가 채 몸을 펴기도 전에 고르키가 쿵쾅쿵쾅! 바닥을 진동시키며 뛰어왔다.

"머리통을 부숴 버릴 거야!"

솥뚜껑만 한 손이 백작의 머리를 움켜쥐려는 순간, 어떤 강력한 힘이 고르키의 몸을 밀쳐 냈다. 허공을 붕 날아간 고르키는 사정없이 벽에 머리를 부딪쳤다. 견고한 돌벽이 움푹 파이며 주위로 거미줄 같은 균열이 나타났다. 고르키의 머리에서 선혈이 쏟아졌다.

"죽여 버릴 거야… 죽여 버리고 말 거야……!"

그는 시뻘건 피로 바닥을 흥건히 적시며 암브로시니 백작을 향해 엉금엉금 기어갔다.

"그만둬! 미친놈아! 그만두라고!"

듀이는 고래고래 소리를 질렀다. 피가 스며든 멍한 동공이 그에게 다가왔다. 다음 순간 고르키가 돌바닥에 쿵! 이마를 박으며 고꾸라졌다. 그사이 허둥지둥 달려온 듀이와 카시아스는 비틀거리는 암브로시니 백작을 부축했다.

"괜찮은가?"

"예, 전하. 그런데… 어떻게 된 영문인지 모르겠습니다. 갑자기 밧줄이 풀리고, 꼼짝없이 목이 잘리는 줄 알았더니만 떨어지던 칼날이 중간에서 멈춰 버리고, 그것도 모자라 덩치가 태산만 한 사람이 허공을 날아가질 않나…….."

암브로시니 백작은 무엇인가에 홀린 듯한 눈으로 단두대와 고르키를 쳐다봤다.

"나 역시 어찌 된 일인지 영문을 모르겠군."

"셰이야."

듀이는 딱 잘라 말했다.

"셰이라고?"

카시아스는 일어날 기미가 안 보이는 셰이에게 시선을 옮겼다.

"정확히 어떤 방법을 썼는지는 모르겠어. 하지만 셰이가 한 게 틀림없어."

"그런데… 이젠 어쩝니까, 전하?"

암브로시니 백작의 얼굴은 침통하기 그지없었다. 주문은 지금도 쉴 새 없이 흘러나오고 있었다. 당장이라도 달려들어 숨통을 잘라 버리고 싶은 마음이 굴뚝같았다. 그러나 모고르는 높다란 천장 부근에 둥실 떠 있을 뿐 아니라 자신을 보호하기 위해 방어막까지 두른 상태였다. 치를 떨며 분한 마음을 삭이는 수밖엔 달리 할 수 있는 일이 없었다.

"저런 흉악한 자의 손에 마드라의 열쇠가 넘어갔으니… 이제 헤이론은 더 이상 희망이 없습니다."

"그게 그렇지가 않네, 백작."

암브로시니 백작은 꺾고 있던 고개를 번쩍 쳐들었다. 그제야 그는 카시아스의 낯빛이 생각만큼 그리 어둡지 않다는 사실을 깨닫게 되었다.

"혹시… 주문이 가짜인 겁니까?"

"아니, 주문은 진짜네. 거꾸로 읽고 있다는 것이 문제라면 문제지."

카시아스는 비웃음이 담긴 눈으로 흘긋 모고르를 올려다봤다.

"거꾸로… 그러니까 주문을 반대로 읽고 있다는 말씀이군요."

암브로시니 백작의 표정은 조금도 밝아지지 않았다.

"그래 봤자 소용없습니다."

"소용없다니?"

"그게 무슨 말씀이세요, 백작님?"

카시아스와 듀이가 동시에 물었다. 두 사람의 얼굴엔 긴장의 빛이 역력했다.

"예전에 국왕 폐하께 들은 말이 있습니다. 폐하께서도 돌아가신 대왕께 전해 들은 얘기라 하셨습니다. 마드라의 열쇠는 실제로 존재하는 열쇠가 아니라, 에스트레마드라의 정신이 빚은 관념과도 같다고 합니다. 그 관념을 각성시키는 데는 일곱 개의 주문어가 필요한데, 주문이 저토록 긴 이유 또한 그 안에 특정 주문어를 숨기기 위해서랍니다. 다시 말해, 주문어 일곱 개가 일단 밖으로 불려지면 마드라의 열쇠는 깨어나게 됩니다. 처음부터 올바른 순서 같은 건 아예 존재하지 않았던 것입니다, 전하."

"마드라의 열쇠는 결국 저놈 손에 들어갈 수밖에 없다는 말인가? 그럴 바엔 차라리 열쇠 자체가 파괴돼 버리길 바랐는데!"

카시아스의 눈가에 경련이 일었다.

"그것 또한 문제입니다. 마드라의 열쇠가 없는 상태에서 궁극의 힘이 발현되면… 어떤 끔찍한 재앙이 닥쳐올지 아무도 모릅니다."

"어, 어쩌지? 난 막을 수 있으리라는 생각에 일부러 순서를 반대로 말해준건데… 다 소용없는 짓이었다니… 이제 어쩌면 좋지, 카시아스? 백작님, 어떡하면 좋아요?"

"주문을 못 외우게 하는 수밖엔 없네만……."

암브로시니 백작은 절망과 체념을 그대로 드러내며 힘없이 고개를 가로저었다.

"막는 건 불가능하다는 말씀이로군요."

"불가능하다는 건 숨이 완전히 넘어갈 때나 하는 말이야!"

카시아스는 모고르를 향해 힘껏 검을 날렸다. 방어막에 부딪친 검이 푸시시 소리를 내며 흔적도 없이 녹아버렸다.

셰이도 카시아스와 거의 동시에 힘을 쏘아 보냈지만, 마찬가지로 방어막을 뚫지 못했다.

카시아스와 암브로시니 백작은 손에 잡히는 대로 물건을 집어 던지며 공격을 퍼부어댔다. 듀이 역시 눈을 감고 힘을 끌어 모았다.

"젠장! 대체 저건 뭔데, 하나같이 맥을 못 추는 거야?"

"그러게 말입니다! 우라질!"

셰이는 계속되는 욕설을 들으며 둥실 떠올랐다. 육체를 벗어난 영혼 상태인 자신이라면 방어막 안으로 들어갈 수 있으리라는 생각이 들었다. 예상대로 그녀는 별 어려움 없이 방어막을 통과했다. 회색을 띤 어스레한 빛 사이로 모고르가 나타났다. 그의 모습이 괴이쩍게 보이자 셰이는 조심스러워졌다. 모고르는 손수건을 눈에 바짝 들이댄 채 불분명한 어투로 떠듬거리고 있었다. 안색은 시체처럼 보일 만큼 파리한 잿빛이었으며, 발작을 일으키기라도 한 듯 전신이 쉴 새 없이 부들거렸다.

몸에 어떤 이상이 생긴 게 틀림없어. 그래서 이렇게 시간이 지체되고 있었던 거야. 이 기회를 놓치지 말아야 돼.

셰이가 만들어낸 투명한 빛덩어리가 곧장 앞으로 돌진했다. 공격을 눈치 챈 모고르가 주문을 멈췄다. 흰자위라곤 없는 온통 새까만 눈알이 그녀를 똑바로 노려봤다. 순간 뼛속까지 얼어붙을 것 같은 섬뜩한 냉기가 일시에 덮쳐 왔다. 상황을 알아차리기도 전에 통제력을 잃은 영혼이 육체를 찾아 쏜살같이 빨려 들어갔다. 셰이는 힘겹게 기침을 터뜨리며 정신을 차렸다.

"셰이!"

카시아스가 그녀를 불렀다. 눈을 감고 있는 듀이의 모습이 그와 겹쳐져 시야에 잡혔다. 그들의 머리 위 허공에서 신기루처럼 아스라하게 비치는 파동이 서서히 일렁이고 있었다.

"안 돼, 듀이! 멈춰!"

셰이는 다급히 소리쳤다. 듀이는 마드라의 열쇠가 지닌 힘을 사용하려 하고 있었다. 주문이 거의 완성된 지금, 마드라의 열쇠는 듀이의 능력 범위를 벗어날 가능성이 컸다. 오히려 모고르를 도와주는 상황이 발생할지도 모른다.

번개라도 맞은 듯 듀이가 격렬히 몸을 떨었다. 그의 몸에서 별안간 푸르스름한 빛이 분출되더니 사방으로 넓게 퍼져 갔다.

"마드라의 열쇠……."

암브로시니 백작이 중얼거렸다. 빛이 조금씩 짙어지기 시작했다. 분리된 채 공간 자체에 녹아들었던 마드라의 열쇠 역시 점차 모습을 드러내며 완전한 하나를 위한 결합을 준비하고 있었다.

"끝이야. 더 이상 희망이 없어."

절망에 싸인 카시아스는 어깨를 늘어뜨리며 고개를 꺾었다.

"내가 해볼게, 내가!"

셰이는 모고르를 향해 달려가려 했다. 그녀를 가두고 있던 불꽃이 화르륵 치솟아올랐다. 화염 속으로 뛰어들 뻔한 찰나 누군가가 팔을 잡아주었다. 셰이는 눈을 의심하며 자신 앞에 나타난 벨페스트를 바라봤다.

"벨……."

셰이는 입술을 달싹였다. 벨페스트가 그녀의 손을 잡더니 무엇인가를 쥐어주었다.

"미안해, 셰이… 내가 잘못했어."

그의 자줏빛 눈동자 속엔 무어라 형용할 수 없는 감정들이 넘실거리고 있었다. 부드러운 미소를 머금은 입술이 셰이의 뺨을 스쳤다.

"안녕… 내 황금열쇠……."

자그마한 속삭임이 살포시 귀로 스며들었다. 그를 잡아야 한다는 직감이 들자 셰이는 허겁지겁 팔을 뻗었다. 그러나 손에 닿은 건 이미 비어버린 허공뿐이었다. 그녀의 시선이 천장 부근에 모습을 보인 벨페스트를 좇았다. 그사이 마드라의 열쇠는 완성체를 향해 질주하며 무시무시한 기세로 모고르의 주위를 휘감고 있었다. 손끝이라도 닿으면 그 즉시 쓸려 들어가 형체도 없이 산산이 부서져 버릴 것 같았다. 흡사 세상을 집어삼킬 기회만 노리며 재앙의 춤을 추고 있는 파멸의 신이라도 보는 듯한 느낌이었다.

끓어오르는 희열을 내뿜으며 모고르가 웃음을 터뜨렸다. 주문을 완성한 것이 분명했다. 아니나 다를까, 완전한 하나로 결합한 마드라의 열쇠가 그의 정면에 우뚝 멈춰 섰다. 모고르는 두 팔을 활짝 벌렸다. 바로 그 순간이었다. 모고르를 향해 달려드는 벨페스트의 모습이 눈을 스쳐 갔다.

"벨!"

셰이의 외침과 함께 핏빛 섬화가 모든 걸 삼켜 버릴 듯 터져 올랐다. 허겁지겁 달려온 듀이가 그녀의 머리를 감싸며 꼭 끌어안았다. 셰이는 듀이에게 안긴 채 바닥으로 풀썩 무너져 내렸다. 꼭 감은 눈꺼풀 사이로 눈물이 배어들었다. 그녀는 벨페스트가 영원히 떠나 버렸다는 걸 알 수 있었다. 가슴 시린 상실감이 밀려왔다.

연이어 점멸하던 붉은빛이 빠르게 힘을 잃어갔다. 모고르와 벨페스트의 흔적도 그렇게 덧없이 사라져 갔다.

"셰이, 괜찮아?"

듀이가 물었다. 셰이는 눈을 뜨지 않았다.

"괜찮아… 가서 카시아스를 도와줘."

듀이는 소리없이 눈물을 흘리고 있는 그녀를 걱정스레 돌아보며 카시아스에게 달려갔다. 카시아스는 꼼짝 않고 서서 마드라의 열쇠를 주시하고 있었다.

"전하! 시간이 없습니다! 빨리 무슨 조치를 취하셔야 합니다! 그렇지 않으면 구심점을 잃은 마드라의 열쇠는 대기 속으로 흩어져 버릴 것입니다!"

"흩어져 버린다고요? 다시 원래대로 잠드는 게 아니라요?"

"일단 눈을 뜬 마드라의 열쇠는 자신을 다룰 주인을 만나지 못하면 소멸되어 버린다네."

카시아스는 어깨를 펴고 똑바로 고개를 치켜들었다. 마드라의 열쇠는 당당한 위용을 과시하며 푸르스름한 빛덩어리의 형태로 머리 위에 자리 잡고 있었다.

"나 카시아스 비저 드 아브레이유, 에스트레마드라의 후손이자 헤이론의 정통 왕위 계승자로서 명한다! 마드라의 열쇠! 난 너를 원한다! 이제 내가 너의 주인이다!"

그의 외침이 완벽한 주문을 완성시키기라도 한 듯 마드라의 열쇠가 아래로 내리꽂혔다. 너울이 일듯 카시아스의 내부로 싸하니 서늘한 기운이 밀려들었다.

"카시아스……."

듀이가 조심스레 그를 불렀다.

"괜찮으십니까, 전하?"

암브로시니 백작의 얼굴에도 걱정스러운 빛이 역력했다. 카시아스는 자신을 찬찬히 살펴봤다. 전신에서 푸른빛이 엷게 배어 나오고 있었다. 가슴속엔 무엇이든 할 수 있을 것 같은 자신감이 충만했다. 그 두 가지를 제외하고는 평소와 다른 점을 느낄 수 없었다.

"듀이, 저기 저것 좀 가져와 봐."

카시아스가 가리키고 있는 건 이번 여행 내내 그와 함께했던 가죽 배낭이었다. 듀이는 군말없이 배낭을 들고 와 카시아스에게 건넸다. 카시아스는 배낭 밑바닥에서 천으로 꼼꼼히 싼 꾸러미를 꺼내 바닥에 내려놓았다.

"이게 뭐야?"

카시아스는 묵묵히 꾸러미를 풀었다. 살점 하나 없이 뼈만 남은 사람의 해골이 나타났다.

"서, 설마?"

"듀이의 뼈입니까, 전하?"

듀이가 차마 꺼내지 못한 질문을 암브로시니 백작이 대신 물었다. 카시아스는 고개를 끄덕였다. 듀이의 관을 열어본 날부터 현재에 이르기까지 그는 어디를 가든 듀이의 뼈를 항상 지니고 다녔다. 다른 사람은 몰랐으나 셰이만은 그 사실을 알고 있었다.

"처음이자 마지막으로 묻겠어, 듀이 델코."

카시아스는 정면에 서서 듀이의 눈을 들여다봤다.

"본래의 너로 돌아가고 싶어? 아룬델의 몸을 버리고 진짜 네 몸을 찾고 싶으냐는 질문이야."

"물론이야."

듀이는 망설임없이 대답했다.

"솔직히 털어놓자면, 그동안 내 몸처럼 느껴진 적도 많았어. 본래의 내 모습보다 지금의 외모가 훨씬 더 멋져 보이는 것도 사실이고. 하지만 난 내가 좋아. 진짜 내 몸이… 진짜 듀이 델코가 좋아. 어디서나 흔히 볼 수 있는 평범한 남자 아이에 지나지 않아도… 본래의 나, 진짜 나의 모습을 찾고 싶어."

"넌 평범하지 않아, 듀이. 어떤 몸을 갖더라도 넌 특별한 존재야."

카시아스는 충동적으로 말했다. 쑥스러워진 그는 얼굴을 붉히며 부자연스러운 자세로 몸을 돌렸다.

"그럼 어찌 됐든 의사를 확인했으니까 네 몸을 찾도록 해줄게."

카시아스의 손끝에서 뻗어 나온 빛이 뼈 전체를 감쌌다. 놀랍게도 뼛조각 하나하나가 정교하게 맞춰지더니 그 위로 혈관과 힘줄, 근육이 생성되기 시작했다. 갓 만들어진 핏빛 심장이 벌렁거리자 듀이는 맥없이 뒤로 넘어갔다. 그의 반응을 예상하고 있던 카시아스는 재빨리 붙잡아 바닥에 눕혔다. 어느 사이엔가 듀이의 진짜 몸은 완벽한 사람의 형체를 갖추고 있었다. 카시아스는 자신의 겉옷을 벗어 발가벗은 몸 위에 덮어주었다. 그가 막 허리를 폈을 때, 듀이의 눈동자가 활짝 열렸다. 어정쩡하게 몸을 일으킨 듀이가 얼이 빠져나간 듯한 표정으로 얼굴이며 팔, 다리 등을 이리저리 더듬어보았다.

"진짜 내 몸이야… 진짜 내 목소리고… 본래의 내가 됐어… 진짜 듀이 델코로 돌아왔어……."

서름한 눈길로 듀이를 바라보던 카시아스가 입꼬리를 올리며 씨익 미소 지었다.

"반가워, 듀이 델코."

당사자보다 더 흥분한 암브로시니 백작이 듀이의 주위를 한 바퀴 돌더니 어깨를 퍽퍽 두드려댔다.

"잘됐네, 듀이! 정말 잘됐네!"

"축하해, 듀이."

어느새 다가온 셰이가 듀이를 끌어안았다. 눈물 자국이 선명한 얼굴엔 따스한 미소가 깃들어 있었다. 듀이는 머뭇머뭇 입을 열었다.

“실망하지… 않았어?”

“실망이라니, 절대 그렇지 않아.”

셰이는 온기 어린 눈으로 듀이를 응시했다. 보통 키에 마른 체격, 약간 둥그스름한 얼굴과 숱이 많은 갈색 곱슬머리를 가진 소년. 예민하고 풍부한 감수성이 느껴지는 부드러운 밤색 눈동자가 그녀를 마주 보고 있었다.

“내가 상상했던 모습 그대로야. 믿기지 않을 정도로 똑같아.”

듀이와 셰이는 미소를 주고받았다.

“슬퍼하지 마, 셰이. 벨페스트도 셰이가 자신을 생각하며 웃어 주길 바랄 거야.”

고개를 주억거리던 셰이가 카시아스에게 눈길을 옮겼다.

“벨페스트를 살려낼 순 없을까?”

“일부분이라도 육체가 남아 있지 않으면 불가능해.”

벨페스트의 흔적을 찾는 것처럼 셰이는 천장을 올려다보았다. 그리고는 이내 자신의 손으로 시선을 떨어뜨렸다. 그녀의 손바닥엔 자수정이 달린 펜던트가 올려져 있었다. 벨페스트가 떠나기 직전 그녀의 손에 쥐어준 펜던트였다. 벨의 눈동자를 꼭 닮은 자줏빛 수정이 흐릿하게 바래져 갔다.

오늘까지야… 오늘까지만 울게, 벨……. 내일부터는 벨을 떠올리며 웃음 지을 수 있을 거야…….

“그것 말고… 원하는 게 있으면 말해.”

셰이는 고개를 가로저었다. 운명을 되돌려줄 수 있느냐는 물음이 목까지 올라왔지만 꿀꺽 삼켜 버렸다. 스스로의 힘으로 해결

해야 한다는 사실을 잘 알고 있었다.

"혹시… 이샤를 만나게 해줄 수 있어?"

"이샤가 누군지는 모르지만, 가능할 거야. 도착할 때까지 그 사람을 떠올리고 있어. 그리고 돌아오고 싶을 땐, 내 이름을 불러. 그러면 널 이동시킨 힘이 없어지지 않고 남아 있다가 이리로 다시 돌려보내 줄 거야."

듀이의 몸을 살려냈을 때와 마찬가지로 푸르스름한 빛이 주위를 에워싸는가 싶더니 세이의 모습이 사라졌다.

눈을 뜨자마자 커다란 연못을 맞닥뜨린 세이는 당황할 수밖에 없었다. 바인게르트 성 아니면 지난번에 가보았던 동굴로 이동하게 되리란 짐작이 터무니없이 빗나간 까닭이었다. 사방을 두리번거렸으나 이샤무딘은 보이지 않았다. 네 그루의 나무가 연못을 호위하듯 우뚝 서서 각 방위를 가리키고 있을 뿐, 별다른 건 눈에 띄지 않았다. 시간의 흐름조차 멈춰 버린 듯, 묵직한 정적만이 대기를 내리누르고 있었다.

어떻게 된 거지? 카시아스가 엉뚱한 곳으로 보내준 건가?

세이는 연못 가까이 접근해 안을 들여다보았다. 어떤 흐릿한 형상이 비치는 것 같았지만, 정확한 실체를 파악하는 건 불가능했다.

"이건 미친 짓이야. 난 헤엄도 못 치잖아. 연못에 빠져 죽고 싶지 않으면 어서 물러나."

이성을 찾기 위한 말들을 되풀이하며 그녀는 연못 속으로 걸어들어갔다. 밑바닥을 더듬어 일일이 안전을 확인한 다음에야, 신중하게 발을 옮겼다. 바깥에서 볼 때는 몰랐는데 연못은 그리 깊지 않았다. 무릎 바로 위에서 찰랑거릴 정도였다.

셰이가 연못 속엔 아무것도 없다는 결론에 도달했을 때였다. 별안간 바닥이 푹 꺼지며 물이 머리 꼭대기까지 차 올랐다. 셰이는 본능적으로 허우적거렸다. 물속에서도 호흡이 가능하다는 사실을 깨닫는 데는 그리 오랜 시간이 걸리지 않았다. 그녀는 팔다리를 휘저어 더 깊은 곳으로 내려갔다. 그리고 그곳에서 드디어 이샤무딘을 발견할 수 있었다. 그는 눈을 감은 채 연못 중간쯤에 미동없이 떠 있었다. 고개를 세우고 다리를 약간 벌린 모습이 흡사 단단한 땅에 발을 딛고 있는 것처럼 비쳐졌다.

이샤!

셰이는 마음속으로 그를 불렀다.

"괜찮아? 괜찮으면 눈 좀 떠봐!"

한 여인이 눈앞에 나타났다. 셰이는 그녀가 치유의 신 에레미아임을 한눈에 알아봤다.

"이샤는 괜찮은가요? 치료를 받게 된 겁니까?"

자연스럽게 목소리가 흘러나왔다. 신기하게도 말하는 것이 전혀 불편하지 않았다.

"그래, 아스트라한께서 그를 옭아맸던 맹세의 굴레를 풀어주셨다."

완고하던 아스트라한이 갑자기 심경의 변화를 보인 이유가 무엇인지 에레미아는 지금도 궁금하기만 했다. 창조신과 셰이 사이에 모종의 거래가 있으리라고는 상상도 하지 못했다.

"이샤를 다치게 한 자가 누구인지도 밝혀졌나요?"

"운명의 신 라우시안이었다. 이샤무딘을 해하기 위해 '회명의 동굴'로 숨어들었다가 발각됐다고 하더구나. 이샤무딘이 '회명의 동굴'을 떠나 '치유의 연못'으로 옮겨온 이후였으니 망정이지 하마터면 끔찍한 일을 당할 뻔했지 뭐냐?"

에레미아는 자신조차 놀랄 정도로 순순히 대답을 해주었다. 그녀의 눈엔 사멸의 길로 접어든 세이의 상태가 고스란히 들여다보였다. 그로 인해 예기치 못한 동정심이 생긴 결과였다.

"잠시 동안만 이샤와 둘이 있고 싶습니다. 그를 깨우거나 휴식을 방해할 생각은 없습니다."

청을 거절하려던 에레미아는 잠시 주저하다 마음을 바꿨다. 이샤무딘의 부상이 완전히 회복되기까진 앞으로도 많은 시간이 필요했다. 인간의 아이가 깊고 깊은 무의식의 세계에 잠겨 있는 그를 조금 더 바라본다고 해서 달라질 건 전혀 없었다.

"살아 있는 인간은 치유의 연못을 오래 견디지 못한다. 숨쉬기가 힘들어지면 되도록 빨리 밖으로 나오거라. 시간을 지체했다간 목숨을 잃게 될 것이다."

에레미아가 자취를 감췄다. 세이는 이샤무딘 앞으로 가까이 다가갔다.

카시아스가 마드라의 열쇠를 무사히 손에 넣었어. 듀이도 덕분에 자신의 몸을 찾게 되었고… 나도 이제 바르샤르로 돌아가면 뒤틀린 내 운명을 바로잡을 수 있게 될 거야……. 그런데…….

"벨이 죽었어……."

세이는 자신의 귀에도 잘 들리지 않을 만큼 아주 작게 속삭였다.

나한테 있어 벨은 어떤 존재인지 생각해 본 적이 없어, 여태까지 한 번도……. 지금 돌이켜 보면 난 그냥 벨을 어쩌다가 인연이 닿게 된 사람 정도로 인식하고 있었던 것 같아. 만나면 반갑지만 영원히 얼굴을 못 본다고 해도 그리 안타깝거나 슬프지 않은 사람 말이야……. 그런데 왜 이렇게 가슴이 아픈 걸까?

"왜 이렇게… 가슴이… 아픈 걸까……?"

목에 아릿한 통증이 일었다. 흘러나온 눈물이 너울거리며 그녀와 이샤무딘 사이로 섞여들었다.

벨에게 했던 모진 말들이 왜 마음을 자꾸 시리게 만드는 걸까?

"응, 이샤? 왜 그런 걸까……? 왜… 그가… 이렇게… 보고 싶은 걸까……?"

셰이는 팔로 자신을 감싸 안으며 고개를 숙였다. 흐느낌이 새어 나왔다. 얼마간의 시간이 지났을 때, 간지러운 느낌이 머리카락을 스쳤다. 셰이는 얼굴을 들어 올렸다. 황금빛 눈동자가 그녀의 시선을 깊숙이 빨아들였다. 몽롱하도록 나른하게 빛나는 이샤무딘의 눈을 들여다보며 셰이는 그의 의식이 아직 깨어나지 않은 상태임을 알아차렸다. 그는 여전히 그녀가 닿을 수 없는 까마득히 먼 세계에 잠겨 있었다. 이샤무딘이 천천히 손을 내밀더니 그녀의 머리카락을 쓸어내렸다. 마치 위로라도 건네듯 매우 부드럽고 조심스러운 손길이었다.

에레미아의 경고대로 점차 숨쉬기가 불편해졌다. 셰이는 이제 그만 돌아가야 한다고 생각하면서도 움직이지 않았다. 그녀의 몸과 영혼은 조금씩 조금씩 사라지고 있었다. 이샤를 보는 것도 이번이 마지막일지 모른다. 잠시만 더 이렇게 그 앞에 서 있고 싶었다.

시간이 좀 더 흐르자 가슴에 뻐근한 통증이 일며 머리까지 어질어질해졌다. 이제 한계 상황이었다.

안녕… 이샤…….

그녀가 돌아가기 위해 카시아스의 이름을 부르려 할 때였다. 이샤무딘의 손이 뺨을 스치며 미끄러져 목덜미에 닿았다. 그가 목을 끌어당기더니 입술을 포갰다. 셰이는 눈을 감았다. 신경 하나하나가 깨어나는 것 같았다. 입술이 떨어졌다. 이샤무딘의 눈은 다시 감겨 있었다. 놀랍게도 그녀의 숨결은 처음 연못에 발을 들였을 때처럼 편안해진 상태였다. 셰이는 어리둥절한 눈으로 이샤무딘을 바라봤다. 이상했다. 지금까지 잘해왔다는 칭찬을 한 아름 건네받은 것 같은 기분이었다. 앞으로 모든 것이 잘되리라는 예감이 그녀를 미소 짓게 만들었다.

다음번에 이샤 앞에 섰을 땐, 운명을 돌려받은 내 모습을 보여 줄게. 그때까지 잘 지내.

셰이는 살며시 속삭였다.

"나의 악질 흑마법사……."

✳

"대단합니다, 전하! 정말 대단합니다!"

셰이의 모습이 감쪽같이 사라지자 암브로시니 백작은 그녀가 있던 곳으로 뛰어갔다가 다시 부리나케 돌아왔다.

"전하! 이제 헤이론 국을 온전히 전하의 것으로 만드실 때가 되었습니다! 왕좌에 오르신 전하의 위용을 볼 수만 있다면, 전 지금 죽어도 여한이 없습니다!"

그는 벅찬 흥분과 감격을 조금도 숨기지 않았다. 반면 듀이의 낯빛은 시시각각 어두워져 갔다.

자신을 위해 궁극의 힘을 쓰면 안 돼, 카시아스. 가장 소중한 것을 잃어버리게 된단 말이야.

속마음이 전해지기라도 한 듯 카시아스의 시선이 잠시 듀이에게 머물렀다.

"암브로시니 백작."

"예, 전하!"

"내 선물일세."

카시아스의 말이 끝나자 암브로시니 백작의 몸이 점점 젊어지기 시작했다. 그러더니 마침내 서른 살가량 되어 보이는 한창 때의 모습으로 되돌려졌다.

"더 젊게 해줄까, 하는 마음도 있었네만 나보다 어린 백작은 아무래도 좀 부담스러울 것 같아서 말일세."

암브로시니 백작의 입술이 멍하니 벌어졌다. 그는 엉거주춤 서서 자신의 몸을 바라보다 주먹을 쥐어보았다. 통풍으로 인해 제대로 구부러지지도 않던 손가락이 어떠한 고통도 없이 매끄럽게 접혀졌다.

"이, 이럴 수가……!"

백작은 무릎을 굽혔다가 펴보았다. 이십 년이 넘도록 그를 괴롭혀 오던 무릎 통증이 말끔히 가셔 있었다.

"전하… 전 정말 생각지도 못했는데… 뭐라 말씀드려야 할지…

감사합니다, 전하… 감사합니다…….”

암브로시니 백작은 카시아스 앞에 무릎을 꿇었다. 카시아스는 서둘러 그를 일으켜 세웠다.

“앞으로 백작의 힘을 빌릴 일이 많을 듯하여 궁리 끝에 짜낸 계책일 뿐이네. 다 날 위해 한 것이니 이렇게 과한 인사를 받을 이유가 없단 말일세.”

뜨거운 눈물 줄기가 암브로시니 백작의 볼을 적셨다.

“엄청나게 멋지세요, 백작님! 지금 백작님이 밖에 나가시면 여자들이 죄다 기절하고 말걸요? 물론 전의 백작님도 멋지셨지만요.”

“자네 말대로 젊었을 때 내 인기는 그야말로 하늘을 찔렀지. 날 보고 반하지 않은 여자는 사람이 아니라 귀신이라는 풍문까지 돌 정도였으니까.”

암브로시니 백작은 코를 훌쩍이면서도 너스레를 떨었다. 듀이와 카시아스는 큰 소리로 웃어젖혔다. 백작도 기쁨을 감추지 못하고 연방 싱글거렸다.

“뭐야, 이거? 재미있는 일은 벌써 다 지나간 것 같은데?”

본 존의 음성이 웃음소리 사이로 끼어들었다. 그는 어슬렁어슬렁 걸어오며 말을 이었다.

“가운데는 알겠는데, 양옆은 모르겠군.”

“오른쪽은 암브로시니 백작. 그리고 왼쪽은 진짜 듀이야. 저기 저 뺀질뺀질해 보이는 위인은 본 존이라는 불한당이고.”

“반갑습니다. 전 불한당과는 거리가 한참 먼 ‘끝내주는 보물 사냥꾼 본 존’이라 합니다.”

"만나서 반갑네, 본 존."

본 존은 백작과 간단히 인사를 나눈 뒤, 호기심 어린 시선을 듀이에게 가져갔다.

"진짜 듀이라고?"

"응, 이게 내 진짜 모습이야."

"전보다 천 배는 더 마음에 드는군. 전엔 재수없는 아룬델이 생각나서 나도 모르게 주먹이 나가려 했거든. 다행스럽게도 이제는 그럴 일이 없겠어. 아주 좋아. 마음에 들어, 진짜 듀이 델코. 나보단 조금 못하지만, 사이비 왕자와는 비교가 안 될 정도로 멋져. 최고야."

듀이는 몹시 쑥스러워하며 몸 둘 바를 몰라 했다. 그러나 본 존의 칭찬이 싫지만은 않은 눈치였다.

"원하는 게 있으면 들어주려 했는데… 아무래도 그만둬야겠군."

카시아스는 짐짓 애석하다는 표정을 지었다.

"좋도록 해."

본 존은 모두의 예상을 깨고 눈썹 하나 움찔하지 않았다.

"뭘 그렇게들 놀라시나? 난 지금 이 상태로도 더할 나위 없이 완벽하다고. 이런 내가 무엇을 더 바라겠어? 괜히 신들의 열화와 같은 질투심만 부추겨 벼락이나 맞고 말겠지."

카시아스는 못 말리겠다는 듯 절레절레 고개를 흔들었고, 암브로시니 백작은 너털웃음을 터뜨렸으며 듀이는 감탄 어린 눈길을 날렸다.

"셰이한테나 물어봐, 원하는 게 있는지. 내가 지금 가서 불러올 테니까."

본 존은 말리기도 전에 성큼성큼 걸음을 옮겼다.

"셰이는 마이언의 집에 없어. 방금 전까지 이곳에 있었어. 지금은 이샤라는 사람을 만나러 갔고."

우뚝 멈춰 선 본 존이 휙 카시아스를 돌아봤다.

"마음이 변했어. 나한테 힘을 줘."

"힘? 무슨 힘?"

"그걸 몰라서 물어? 궁극의 힘 말이야! 마드라의 열쇠가 안겨준 궁극의 힘! 난 그걸 원해! 그 밥맛없는 자식을 가루로 만들어 버리고, 셰이를 되찾아오려면 힘이 필요해! 빨리 힘을 줘! 빨리 달란 말이야!"

카시아스는 줄줄이 쏟아지는 열정적인 외침을 무시해 버렸다. 가차없이 본 존을 외면한 그가 암브로시니 백작에게 말을 걸려고 할 때였다. 문이 벌컥 열리더니 마이언을 필두로 한 기사들 십수 명이 숨 가쁘게 들이닥쳤다. 안으로 들어오지 못한 이백여 명의 기사와 병사들은 별궁 밖에서 진을 치고 있었다. 카시아스의 앞에 다다른 마이언이 절도있는 동작으로 한쪽 무릎을 꿇었다.

"보고드립니다! 방금 전 자정을 기점으로 왕궁을 무사히 탈환했습니다! 드디어 꿈에 그리던 대업을 이루었습니다, 전하!"

늘 목석같기만 하던 마이언의 얼굴 곳곳에도 벅찬 감개가 서려 있었다. 왕궁 탈환은 믿기지 않을 정도로 수월했다. 세르지오가 이미 민심을 잃은 상태에서 피셔가 그의 대역을 맡게 되자, 왕궁엔 왕이 사람을 잡아먹는 괴물로 변했다는 흉흉한 소문이 팽배하게 되었다. 거의 대다수의 사람들이 현 왕에게 등을 돌린 상태라,

부상자 다섯 명 외엔 단 한 명의 사망자도 없이 작전에 성공할 수 있었다.

"작전 개시일은 내일이지 않나?"

"그게… 꼭 오늘 움직이실 것 같아 공격 채비를 서둘렀습니다."

"명령 불복종의 잘못은 차후에 묻겠네. 그보다 먼저……."

카시아스는 마이언의 손을 굳게 잡았다.

"고맙네, 마이언!"

두 발을 벌리고 당당히 버티고 선 카시아스가 기사들과 병사들을 휙 둘러봤다.

"나 카시아스 비저 드 아브레이유! 자네들의 용기와 충성심에 진심으로 경의를 표한다!"

별궁이 떠나가라 환호성이 터져 나왔다. 그런데 무슨 연유에서인지 얼마 되지 않아 소란이 빠르게 가라앉았다. 기사들이 양편으로 갈라지더니 세르지오의 모습이 시야에 들어왔다. 세르지오는 어깨를 구부정하게 굽힌 채 도망갈 길을 찾듯 눈동자를 이리저리 굴려댔다. 카시아스를 스쳐 지난 눈길이 곧바로 다시 돌아왔다. 그리고는 그 자리에 못 박혀 버렸다.

"넌 내 아버님의 믿음을 저버렸다. 아버님은 최소한의 존엄성마저 박탈당하신 채 차디찬 흙바닥에서 눈을 감으시고 말았다. 내 손으로 그 빚을 갚아주마!"

카시아스는 세르지오의 발치로 검을 던진 후, 기사들에게 물러나라는 눈짓을 보냈다. 세르지오는 기력이 다한 노인처럼 느릿느릿 움직여 검을 집어 들었다. 긴장감 어린 정적이 삽시간에 주위를 휘감았다. 작은 소곤거림 하나 나오지 않았다. 카시아스는 성큼성큼 거리낌없이 간격을 좁혔다. 별안간 세르지오가 낮게 몸을 도사렸다.

돌아오자마자 그 광경을 보게 된 셰이는 다급히 외쳤다.

"조심해!"

순간 세르지오의 껍질을 벗어버린 피셔가 바닥을 박차고 뛰어올랐다. 카시아스는 물러서지 않았다. 오히려 한 발 앞으로 나서며 전광석화처럼 매섭게 검을 휘둘렀다. 툭, 소리와 함께 떨어진 피셔의 머리가 데구루루 굴러 마이언의 발 앞에 이르렀다.

"꿈에 나타날까 봐 무섭군."

마이언은 혼잣말을 하며 피셔의 머리를 들어 올렸다.

"모두 내 손에 들린 이 흉측한 수부를 봐라! 방금 전까지 헤이론의 왕 노릇을 한 괴물의 형상을 똑똑히 봐라! 괴물의 발아래 엎드려 굽실거렸던 수치스러운 과거를 절대 잊어선 안 될 것이다!"

마이언은 잠시 말을 멈추고 기사와 병사들을 쭉 둘러봤다.

"그러나 움츠러들 필요는 없다! 겁에 질릴 필요도 없다! 우리 앞에 카시아스 전하께서 계시는 한 이런 비극은 결코 일어나지 않을 것이기 때문이다! 헤이론의 앞날엔 영원히 변치 않을 영광과 희망만이 가득할 것이기 때문이다! 모두 검을 들어라! 하늘까지 닿도록 높이 치켜들어라! 우리의 진정한 주군이 여기 계시다! 충성을 맹세하자! 진정한 주군께 우리의 목숨을 바쳐 충성할 것을 맹세하자!"

기사와 병사들이 저마다 손에 든 검과 창을 힘차게 흔들며 함성을 질렀다. 그들을 휩쓴 격정은 쉽게 사그라지지 않았다. 꽤 오랜 시간이 지나 동이 터올 무렵에야 떠들썩하던 환호성과 탄성이 가라앉았다. 대부분의 기사와 병사들이 자리를 떠났고, 왠지 모를 아쉬움에 별궁 앞을 서성이던 몇몇 사람들도 하나둘 발길을 돌렸다. 마이언을 비롯한 기사들 십여 명만이 별궁 밖에서 대기하고 있었다. 그리고 마침내 내실 안엔 카시아스와 듀이, 셰이와 본 존, 그리고 암브로시니 백작만이 남겨지게 되었다. 암브로시니 백작이 방해되지 않도록 뒤로 빠져나온 후, 가장 먼저 입을 연 사람은 카시아스였다.

"마드라의 열쇠는 다시 잠을 자게 될 거야. 마지막으로 한 가지만 더 마무리 지은 다음에 말이야."

"안 돼! 이제 더 이상 쓰면 안 돼! 에스트레마드라가 분명히 그랬단 말이야! 자신을 위해서 궁극의 힘을 쓰면 안 된다고! 내가 똑똑히 들었단 말이야!"

듀이는 벌게진 얼굴로 침까지 튀기며 소리쳤다. 잔뜩 인상을 구긴 카시아스가 집게손가락으로 볼을 닦아냈다.

"제발 부탁인데, 흥분 좀 하지 마. 날 위해서 쓸 생각 없으니까."

"뭐? 그럼 대체 어디다 쓴다는 거야?"

카시아스는 셰이에게 시선을 옮겼다.

"바르샤르 왕국으로 갈 거지?"

"그래야지."

"한두 달 정도 이곳에 머물러 달라고 하고 싶지만… 그건 내 욕심이고. 언제 가고 싶어?"

"당장."

카시아스는 그럴 줄 알았다는 듯 엷은 미소를 지었다. 그러나 그의 눈빛엔 섭섭한 마음이 그대로 담겨 있었다.

"오늘로써 헤이론 국도 안녕이군."

"본 존까지 갈 필요 없어."

"오오, 아름다운 레이디, 무슨 그런 섭섭한 소릴 하십니까? 레이디와의 달콤한 여행이 곧 저의 사명이자 소망임을 왜 몰라주십니까?"

"셰이, 말만 해. 이 느끼한 녀석은 바르샤르에 닿기 전 크롤 해에 빠뜨려 버릴게. 최소한 죽지는 않을 거야. 하도 기름기가 많아 저 뺀질뺀질한 얼굴만은 바다 위로 둥둥 떠다닐 테니까."

본 존만 눈을 부라렸을 뿐, 모두 배꼽을 잡았다.

"나도 같이 가면 안 될까?"

시선이 집중되자 듀이는 멋쩍은 얼굴로 코끝을 문질렀다.

"이제야 본래의 모습을 되찾았잖아. 칼루스로 돌아가 가족들을 만나고 싶지 않아?"

셰이는 듀이의 요청을 흔쾌히 받아들이지 못했다. 함께 가고 싶은 마음은 굴뚝같았으나, 목숨을 걸어야 할지도 모르는 일에 그를 끌어들인다는 것이 한편으론 꺼려지기도 했다.

"가족들은 앞으로 얼마든지 볼 수 있을 텐데, 뭐. 시기만 좀 늦어지는 것뿐이지. 꼭 같이 가고 싶어, 셰이. 별 도움은 안 되겠지만, 셰이가 날 도운 것처럼 나도 셰이를 돕고 싶어."

듀이의 태도는 진지하면서도 당당했다. 전처럼 자신없이 움츠러든 기색은 보이지 않았다. 셰이는 그가 어느새 한 단계 성장했음을 깨달을 수 있었다.

"많이 힘들 거야. 그래도 괜찮으면 나하고 함께 가줘. 듀이가 가준다면 천군만마를 얻은 기분일 거야."

듀이의 얼굴이 환해졌다.

"그럼 나만 빠지게 되는 거로군."

카시아스는 어조엔 아쉬움이 역력했다. 할 수만 있다면 자신도 셰이와 듀이, 그리고 본 존과 함께 떠나고 싶었다. 하지만 그의 어깨엔 이미 헤이론 국에 대한 책임감이 얹혀져 있었다. 바르샤르에 동행하고 싶은 마음만큼이나 그의 가슴엔 새로운 헤이론을 만들어가고 싶은 욕망과 희망이 벅차올랐다.

"정 여행에 끼고 싶다면 그렇게 해. 헤이론 국은 내가 알아서 알뜰살뜰 잘 가꿔줄 테니까. 나라 하나 통치하는 것쯤이야 이 본 존님한텐 땅 짚고 헤엄치기지."

본 존은 벌써 권좌에라도 앉은 듯 거만한 태도로 허리에 척 두 손을 올렸다.

"이틀도 못 가 헤이론 국은 멸망하고 말걸?"

"그럼 역사상 유례없이 짧은 왕으로 기록되겠네!"

"일명 '번개처럼 왔다 간 비운의 왕 본 존'이 되는 건가?"

카시아스와 듀이에 이어 셰이마저 그를 놀리자 본 존은 눈물을 닦아내는 시늉을 했다.

"정말 너무들 하네. 니들 왜 그렇게 인생을 각박하게 사는 거야?"

네 사람은 싱거운 농담을 주고받으며 마음 편한 웃음을 나눴다. 웃음이 잦아들었을 때, 카시아스가 듀이를 불렀다.

"셰이의 일이 마무리되면 헤이론으로 와."

"헤이론엔 왜? 내 집은 버틀랜드에 있는데?"

말문이 막힌 카시아스는 부랴부랴 대답을 짜냈다.

"상을 좀 내려주려고 그래. 그동안 여러 가지로 날 많이 도와주었으니까."

"난 그런 거 필요없어. 바르샤르 왕국에서 곧장 칼루스로 갈 거야. 우리 집으로 가서 아버지하고 형들과 누나들을 만날 거야."

"내가 말한 상이라는 게 바로 그거야! 네 가족들! 네 가족들을 헤이론 국으로 데려와 한평생 걱정없이 살게 해주는 거 말이야!"

"우리 아버지는 절대 칼루스를 떠나실 분이 아니야."

"그거야 직접 물어보기 전엔 모르는 일이지!"

"내 아버지야! 당연히 너보단 내가 더 잘 안다고!"

듀이와 카시아스 모두 괜스레 열이 올라 있었다.

"대단하시군, 겁쟁이 듀이 선생! 어느새 그렇게 자신감이 흘러넘치게 되셨나?"

"겁쟁이 듀이한테 엉덩이 한번 걷어차여 볼래?"

셰이는 웃음이 새어 나오려 하는 입술을 손으로 막았다. 본 존이 팔꿈치로 그녀를 쿡, 찔렀다.

"둘이 언제부터 저렇게 사이가 좋아진 거야?"

"으음… 처음 만났을 때부터 아닐까?"

자신들에게 관심이 집중된 줄도 모르고 듀이와 카시아스는 여전히 옥신각신 설전을 벌이고 있었다.

"이러쿵저러쿵 긴말 필요 없어! 무조건 이쪽으로 와!"

"어디 백날을 기다려 봐라! 내가 오나."

듀이는 바로 콧방귀를 날렸다.

"힘을 좀 줄까, 했는데… 아무래도 마음을 고쳐야겠군."

카시아스는 혼잣소리처럼 슬쩍 말을 흘렸다. 귀가 쫑긋해진 듀이는 바짝 다가섰다.

"힘을 준다고? 그러니까 눈 깜짝할 사이 다른 곳으로 이동할 수 있는 그런 힘 말이야?"

"그래, 그런 힘. 공간 이동도 할 수 있고, 세이도 지켜줄 수 있는 힘… 갖고 싶지 않아?"

"세이의 일이 끝나면 곧장 이곳으로 올게, 카시아스. 가족들은 그다음에 만나러 가지, 뭐. 다들 잘 이해해 줄 거야."

듀이의 태도가 백팔십도 돌변하자 세이는 키득거렸고, 본 존은 들으란 듯 요란스레 혀를 찼으며, 카시아스는 회심의 미소를 지었다.

"그럼 이 얘긴 깨끗하게 매듭을 지었군."

카시아스는 약하지도 강하지도 않은 적당한 힘을 듀이에게 옮겨주었다. 과도한 힘은 육체가 견뎌내지 못한다. 지나치게 강한 힘을 지니고 있다가 한계에 이르게 되면 몸이 더 이상 버티지 못하고 파열되어 버린다. 궁극의 힘을 사용하기 전에 마드라의 열쇠를 몸 안에 먼저 받아들여야 하는 이유도 거기에 있었다. 사실 마드라의 열쇠라는 안전장치가 있다 하더라도 인간의 몸으로 궁극의 힘을 감당하는 일은 위험이 따를 수밖에 없었다. 때문에 궁극의 힘을 사용할 수 있는 것도 사나흘 정도에 불과했다. 그 이후엔 궁극의 힘을 봉인한 뒤, 마드라의 열쇠 또한 잠을 재워야 한다.

“그럼 이제 눈물겨운 작별 인사만이 남은 건가?”

본 존은 구부정한 자세로 주머니에 손을 찔러 넣었다. 은근히 섭섭한 눈치였다. 카시아스는 셰이와 듀이, 본 존을 차례로 바라봤다. 그의 눈길이 셰이에게 되돌아왔다.

“꼭 운명을 바로잡아, 셰이. 다음번엔 헤이론과 바르샤르의 대표로서 만나자고.”

“그래, 카시아스… 꼭 그러자.”

셰이의 목소리는 조금 잠겨 있었다. 그녀는 말투를 가볍게 바꿨다.

“만약 오빠가 있다면 꼭 카시아스 같았을 거란 생각이 들어.”

“황소고집 오빠와 고집불통 누이라… 썩 잘 어울리겠는걸!”

입씨름을 하며 너른 초원을 걷던 광경이 떠오르자 셰이와 카시아스의 얼굴에 장난기 어린 미소가 번졌다.

“난 셰이의 오라버니 역할은 사양하겠어. 나 정도의 인물이라면 멋진 연인 말고는 딱히 어울리는 게 없거든.”

비록 객쩍은 농담을 하긴 했으나 카시아스에게 손을 내미는 본 존의 태도는 그 어느 때보다 진지했다. 카시아스는 그의 손을 힘 있게 잡았다.

“나 대신이라고 하면 좀 뭣하지만, 셰이와 듀이 잘 부탁해. 그리고 헤이론에 오게 되면 심심풀이 삼아 여기도 한 번쯤 들러줘, ‘끝내주는 보물 사냥꾼 본 존’이 오면 즉시 통과시키라는 지시를 내려놓을 테니까… 친구.”

카시아스는 쑥스러운 마음을 애써 감췄다.

“이로써 나한테 반한 추종자가 또 한 명 늘어나게 되었군. 셰이와 듀이는 내가 잘 보살펴 줄게. 마음 푹 놓고 있어. 아우는 이 멋지고 든든한 형님만 믿으면 돼. 아우를 생각하는 이 형님의 애끓는 심정… 알지?"

본 존은 징글맞게 눈까지 찡긋거렸다. 카시아스의 얼굴이 단번에 구겨졌다.

"너, 몇 살이야? 솔직히 털어놔 봐."

"비가 오려나? 왜 이렇게 삭신이 쑤셔? 늙은 것도 서러운데, 몸까지 아프니… 하늘도 무심하시지! 에고고, 허리야! 나 죽네!"

본 존은 능청스럽게 허리를 두드려 댔다. 듀이와 셰이는 웃음을 터뜨렸고, 카시아스는 쓰게 입맛을 다셨다.

"어디로 보내줄까? 아무래도 수도인 서트린이 낫겠지?"

셰이는 고개를 끄덕였다. 아직은 무엇부터 시작해야 할지도 모르는 상태였으나, 일단은 서트린으로 가볼 생각이었다. 되도록이면 왕궁 가까이에 머물고 싶었다.

한 발 들어서지도 못하겠지만 왕궁엔 어머니와 유모, 그리고 내 동생 루셀이 있어.

이제 곧 운명을 되찾게 되면 그들을 만날 수 있으리라는 기대감에 가슴이 두근거렸다.

"그럼 모두 준비해."

셰이와 듀이, 본 존은 서로를 향해 다가들었다. 셰이가 듀이의 손을 잡으려 했을 때, 후닥닥 뛰어나간 그가 카시아스를 와락 끌어안더니 고개를 푹 숙인 채 제자리로 돌아왔다. 목덜미가 붉그스레하게 물들어 있었다. 놀란 표정이던 카시아스가 곧 씩 미소 지었다.

“다들 몸조심 해.”

눈앞에서 세 사람의 모습이 사라졌다. 카시아스는 가만히 서서 텅 비어버린 공간을 바라봤다.

“많이 서운하시죠, 전하?”

뒤편에 있던 암브로시니 백작이 가까이 다가왔다.

“아니라고 하면 거짓말이겠지.”

카시아스의 입술에서 긴 한숨이 새어 나왔다.

“하지만 내겐 헤이론 국이 있지 않나? 그 위에 보기만 해도 든든한 백작까지 있으니, 나만큼 복 받은 사람은 없을 걸세.”

“그 말씀도 틀린 건 아닙니다만, 제 소견을 말씀드리자면 전하보단 제가 더 복을 많이 받은 것 같습니다.”

“그거야, 백작 생각이고. 하나하나 따져 보면 내가 더 행운아인 건 사실이지 않나?”

“아, 글쎄, 그게 그렇지가 않다니까요, 전하.”

카시아스와 암브로시니 백작은 가벼운 농담을 주고받으며 문을 나섰다. 알싸하도록 상쾌한 공기가 두 사람을 감쌌다.

카시아스는 벅찬 희망과 경이로움이 가득한 눈으로 자신 앞에 펼쳐진 세상과 마주했다. 안개에 젖은 대지 위로 여명이 비쳐 들며 잠들었던 모든 것이 생동하기 시작했다. 새로운 하루가 막 열리고 있었다.

Chapter 21

다시 바르샤르 왕국으로

"여기가 서트린이야?"

듀이는 잠시도 고개를 가만두지 못했다. 셰이까지 어지러울 정도로 쉴 새 없이 사방을 두리번거렸다.

"이제 보니 완전 촌놈이잖아. 바르샤르는 지도에서밖에 본 적이 없는 모양새인데… 여태까지 그 산골 구석빼기에 콕 틀어박혀 산 거야? 이름이 뭐라고 했지? 칼린? 칼룬? 칼라안?"

본 존이 심드렁한 어조로 물었다.

"칼루스야. 그리고 서트린은 처음이야, 말루프는 잠깐 구경한 적이 있지만."

"그래? 본 존과 나도 말루프에 잠시 머물렀던 적이 있어. 어쩌면 스쳐 지나갔는지도 모르겠다."

셰이는 일부러 쾌활한 태도를 내보였다. 그녀는 물론이고 듀이와 본 존 역시 피곤한 기색이 완연했다. 미안한 마음과 함께 하루라도 휴식을 취한 다음에 출발할걸, 하는 후회가 생겼다. 그러나 어차피 되돌릴 수 없는 일이었다.

셰이는 여관이 나타나자 망설임없이 들어섰다. 일단 잠부터 좀 자고 난 후, 앞으로의 일을 고민해 볼 생각이었다. 그들은 경비를 절약할 요량으로 침상이 두 개 딸린 방 하나를 얻었다. 카시아스가 수중에 있던 돈을 전부 털어준 덕분에 꽤 넉넉한 금액을 가지고 있었으나, 일이 언제 마무리될지 모르는 상황이니 흥청망청 써버릴 수는 없었다.

본 존은 방에 들어서자마자 묵묵히 바닥에 모포를 깔더니 벌렁 드러누웠다. 셰이와 듀이는 자연스레 침상을 차지하게 되었다. 녹초가 된 세 사람은 정신없이 잠에 빠져들었다.

묵직한 밤기운이 세상의 모든 것을 내리덮었을 때였다. 셰이는 목과 가슴에 심한 통증을 느끼며 정신을 차렸다. 시커먼 사람의 형상이 웅크리고 앉아 목을 조르고 있었다. 셰이는 어슴푸레하게 드러난 턱을 겨냥해 주먹을 휘둘렀다. 그러나 힘이 거의 빠져 버린 터라 별다른 타격을 입히지 못했다. 시야가 가물가물하며 감각이 둔해졌다. 죽음이 코앞까지 다가왔음을 직감한 그녀는 필사적으로 몸부림쳤다. 별안간 숨이 트이더니 퍽, 하는 둔탁한 충격음이 뒤를 이었다.

"셰이! 셰이, 괜찮아?"

듀이의 다급한 목소리를 들으며 셰이는 힘겹게 숨을 몰아쉬었다. 갑작스레 방 안이 환해졌다. 또 다른 위험이 닥쳤다고 지레짐작한 셰이는 몸을 도사렸다. 시간이 조금 흐른 뒤에야 듀이가 불을 밝혔다는 사실을 알아차릴 수 있었다.

"걱정하지 마. 셰이를 공격한 놈은 저기 구석에 처박아두었으니까."

셰이는 듀이의 도움을 받아 간신히 일어나 앉았다.

"뭘 어떻게 해야 좋은 거지? 물이라도 좀 마셔볼래?"

그녀가 고개를 끄덕이자 듀이는 허겁지겁 물 잔을 채워 입술에 대주었다. 물을 한 모금 넘기는 데에도 견디기 힘들 만큼 목이 아파왔다. 셰이는 통증을 참으며 잔을 반 정도 비웠다.

"대체 어떤 놈이 셰이를 이렇게 만든 거야?"

듀이는 주먹을 불끈 쥐며 홱 고개를 돌렸다. 셰이의 시선도 구석에 쓰러져 있는 남자에게 날아갔다. 남자에게서 깊은 숨소리가 새어 나왔다.

"서… 설마?"

듀이는 입을 딱 벌렸다. 셰이의 눈동자도 튀어나올 듯 휘둥그레졌다. 주춤주춤 걸어간 듀이가 꺾여 있는 남자의 고개를 들어 올렸다. 본 존의 얼굴이 불빛 속에 또렷이 드러났다. 듀이와 셰이 모두 잠시간 할 말을 찾을 수 없었다.

"이 나쁜 자식!"

듀이는 본 존의 뺨을 후려쳤다.

"일어나! 이 쳐 죽일 놈아! 세상천지에 둘도 없는 인간 말종 같으니!"

거듭 돌진하는 듀이의 손을 본 존이 공중에서 낚아챘다. 뒤를 이어 그의 눈이 활짝 떠졌다.

"너 미쳤어?"

"내가 미쳤다고? 내가? 미친 건 바로 너야! 이 미친놈아!"

듀이는 있는 힘껏 옆구리를 걷어차 주려 했으나, 순순히 당하고 있을 본 존이 아니었다. 눈 깜짝할 사이 듀이는 바닥에 쓰러진 채 몸을 제압당하고 말았다.

"그만둬."

셰이는 어렵사리 말을 꺼낼 수 있었다. 놀란 본 존이 벌떡 몸을 세웠다.

"목소리가 왜 그래?"

"그걸 몰라서 물어, 이 뻔뻔한 놈아? 바로 네가 셰이의 목을 졸랐잖아!"

"내가? 말도 안 돼! 내가 왜 셰이의 목을 조른단 말이야? 홱까닥 돌아버린다 해도 그런 짓은 하지 않아! 절대!"

"홱까닥 홱까닥 두 번 돌아버렸나 보지! 어어, 너 지금 뭐 하는 거야? 셰이한테 가까이 가지 마!"

본 존은 듀이의 말을 무시하고 셰이에게 바짝 접근했다. 그녀는 반사적으로 움찔했으나 피하지도 물러나지도 않았다. 허겁지겁 몸을 일으킨 듀이가 본 존에게 와락 달려들었다.

"셰이한테 또 무슨 짓을 하려고?"

"듀이!"

듀이와 시선이 마주치자 셰이는 고개를 가로저었다.

"하지만 셰이… 이놈한테 하마터면 죽을 뻔했잖아."

"먼저 얘기를 나눠보고 싶어."

"셰이 말 들었지?"

본 존은 등에 매달려 있는 듀이를 침상 위로 메다꽂았다. 불만에 찬 비명이 터졌지만 셰이와 본 존 모두 서로에게서 시선을 떼지 않았다.

“그 목…….”

본 존은 불그스름한 피멍이 들어 있는 셰이의 목을 손가락으로 가리켰다.

“내가 그랬단 말이야?”

셰이는 잠자코 고개를 끄덕였다.

“정말이야? 정말 내가 그랬어? 착각한 거 아니야? 네가 직접 봤어? 내가 그러는 거, 네 눈으로 직접 본 거야?”

본 존은 되풀이해서 캐물었다. 도저히 사실로 받아들일 수 없었다.

“그렇다니까!”

셰이가 입을 열기 전에 듀이가 버럭 소리쳤다. 그러나 셰이처럼 그도 석연치 않다는 생각이 들어서인지 험악하던 기세는 많이 누그러진 상태였다.

“난… 모르겠어… 기억이 안 나……. 잠자리에 누운 것밖에는 아무 기억도 안 나…….”

“본 존이 날 죽이고 싶어한다고는 믿지 않아.”

잔뜩 구겨져 있던 본 존의 인상이 눈에 띄게 펴졌다.

“그래, 셰이엔! 역시 넌 달라! 너만은 날 믿어줄 줄 알았어!”

“하지만 내 목을 조른 건 사실이야.”

본 존은 금세 풀이 죽었다.

왜 이런 일이 생긴 걸까? 아무래도 이상해. 원인이 다른 곳에 있는 건 아닐까?

골똘히 생각에 잠겨 있던 셰이가 잠시 후 무슨 말인가를 중얼
거렸다.

"뭐? 지금 뭐라고 그런 거야?"

본 존은 미간을 좁히며 그녀에게 고개를 들이밀었다.

"전에 창조신을 만나 운명을 바로잡으려면 어떻게 해야 하는지
물은 적이 있어."

"창조신 아스트라한?"

듀이는 부랴부랴 침상에서 내려왔다.

"언제인지 나도 기억나. 은 종을 흔들어 널 깨워준 사람이 바로
나잖아. 여기보다 더 비좁은 여관방에서 말이야. 그때 얼마나 놀
랐는지 넌 모를 거야. 정말 간이 쪼그라드는 것 같았어. 네가 죽
는 줄 알고……."

듀이는 본 존의 입을 덥석 손으로 막았다.

"셰이, 무슨 말을 하려던 거야?"

"그때 아스트라한께서 나한테 이런 말씀을 해주셨어. '네 황금
열쇠의 문제를 먼저 해결하면, 운명의 뒤틀림을 바로 잡을 수 있
는 실마리가 보일 것이다'. 정확한 표현은 생각나지 않지만 대충
그런 내용이었어."

"그러니까 본 존이 셰이의 목을 조른 게 바로 실마리라는 거야?
운명을 바로잡을 수 있는 실마리?"

듀이뿐 아니라 본 존 역시 말도 안 된다는 표정을 짓고 있었다.

"그럴 가능성도 있지 않을까? 난 앞으로 뭘 해야 하는지 전혀
모르는 백지 상태에서 바르샤르로 돌아왔어. 명확한 하나의 사실
은 듀이의… 내 황금열쇠의 문제가 풀렸다는 것뿐이고……. 생각

해 봐, 이곳에 오자마자 본 존은 느닷없이 내 목을 졸랐어. 본 존의 행동엔 분명히 어떤 이유가 있을 거라고. 그 이유를 찾는 것, 그게 바로 내 운명을 되돌릴 수 있는 해결의 실마리일 거야. 아무튼 내 생각은 이래.”

셰이의 얼굴엔 어느새 활기가 넘쳤다. 그녀는 이미 자신의 추론이 틀림없음을 믿고 있었다.

“셰이의 말을 들어보니까, 그럴 수도 있을 것 같아. 아예 터무니없는 얘긴 아니라는 생각이 들어.”

“난 그냥 더럽게 재수없는 악몽에 빠진 듯한 기분이야. 다른 사람도 아니고 내가 셰이를 죽일 뻔했다니…….”

본 존은 낙담한 표정으로 자신의 손을 내려다봤다. 분위기까지 우울해지려 하자 셰이는 얼른 입을 열었다.

“본 존, 궁금한 게 있는데… 여태껏 살아오면서 겪은 경험 중 가장 이상했던 일이 뭐야?”

“글쎄, 한두 가지가 아니라서… 내가 어떻게 불리는지 너도 알지? 그런 명칭을 가진 사람이 평탄한 인생을 살아왔겠어?”

“으음… 그렇다면 날 만났을 때부터 지금까지로 기간을 줄여서 생각해 봐. 어차피 이번 일은 나와 연관되어 있으니까.”

“널 만났을 때부터라…….”

본 존은 턱을 만지작거리며 이리저리 생각을 곱씹었다.

“가장 이상했던 건, 널 그대로 빼다 박은 허깨비가 나타나서 버틀랜드에 있는 날 헤이론 국으로 날려 보낸 일이야.”

새삼스레 그때 느꼈던 황당함이 떠올랐다. 본 존은 탐색적인 시선으로 셰이의 얼굴을 주의 깊게 뜯어봤다. 허상인지 실제 셰이였는지 아직도 헷갈리기만 했다.

"그다음으로 이상한 일은?"

"그다음이라… 없는 것 같은데? 널 만난 이후로는 보물 사냥할 시간도 낼 수 없었거든. 내 꿈속의 여인을 호위하며 다니느라 원체 바빠서 말이야."

"정말 그것뿐이야? 다른 건 없어?"

셰이는 실망감을 숨기지 못했다.

"별생각이 안 나."

"이상한 사람을 만난 적도 없어?"

"미친 흑마법사밖에는… 혹시……!"

본 존은 기대감에 눈을 반짝였다.

"아니야, 이샤는."

셰이는 한 발 앞서 딱 잘라 말했다.

"그럼 없어."

미안한 마음이 든 본 존은 슬그머니 셰이의 눈치를 살폈다. 짧은 침묵을 깨며 듀이가 불쑥 질문을 던졌다.

"그런데 두 사람은 어떻게 만난 거야?"

"하카미아를 찾아갔다가 만나게 되었어."

온몸이 나무줄기로 휘감긴 채 질질 끌려 들어오던 본 존의 모습이 생각나자 셰이는 빙긋 웃었다.

"하카미아가 누구야?"

본 존이 물었다.

"본 존은 하카미아를 '뼈다귀만 달그락거리는 기분 나쁘게 생긴 여자'라 불렀어. 이제 알겠지?"

본 존은 눈살을 찌푸렸다.

"뼈다귀만 달그락거리는 기분 나쁘게 생긴 여자? 난 여자한테 그런 모욕적인 표현을 쓴 적이 없어. 치가 떨릴 만큼 못생긴 여자라 하더라도 여자들은 기본적으로 다 사랑스럽거든."

"하지만 하카미아한텐 썼어. 그 거대한 나무 속에 사는 하카미아 말이야."

"글쎄, 하카미안지 아카시안지 난 처음 들어본다니까."

셰이는 등을 곧추세웠다. 처음엔 본 존이 일부러 모르는 척 연기를 한다고 여겼으나, 그게 아닐지 모른다는 생각이 점차 강해졌다.

"나하고 본 존이 어떻게 만났는지 말해봐."

"전에 내가 얘기해 준 적 있잖아. 하지만 다시 듣고 싶다면야, 뭐……. 그러니까 신전에 사전 답사하러 갔다가 너한테 첫눈에 반하고 말았어. 그래서 차마 신전을 못 떠나고 입구가 보이는 곳에 서서 내 꿈속의 여인이 나오기만을 기다렸지. 그런데 그 꿈속의 여인이 나한테 다가오더니만 느닷없이 부탁이 있다고 말하는 거야. 그땐 정말 이게 꿈이냐, 생시냐 하는 생각이 들더라. 아무튼 부탁이 뭐냐고 물어봤더니, 방해받지 않을 수 있는 곳에 가서 잠이 든 자신을 시간 맞춰 깨워달라는 거였어. 난 이게 웬 떡이냐 하는 심정으로 널 조용한 여관방으로 안내했지. 그런데 다짜고짜 창조신 아스트라한을 만난다며 원을 그리고 앉아 시커먼 연기를 피워대는데… 나 참, 이제 와서 말하는 거지만, 그땐 정말 정신 나간 여자 애인 줄 알았다니까. 미친 듯이 종을 흔들어도 눈을 뜨지 않을 때는 또 어떻고? 어찌나 가슴이 졸아드는지 하마터면 내가

먼저 돌아가실 뻔했다고. 지금도 등줄기에 식은땀이 주르르 흘러
내릴 정도니 말 다했지.”

피식 웃던 본 존은 심상치 않아 보이는 셰이를 발견하고 미간
에 주름을 잡았다.

“왜 그래?”

“본 존이 기억하는 건 사실이 아니야.”

셰이는 말을 꺼내려 하는 본 존을 초조한 손짓으로 제지했다.

“먼저 내 얘기부터 들어줘. 난 본 존을 하카미아의 집에서 만났
어. 내가 하카미아를 찾아간 이유는…….”

셰이는 기억을 더듬어가며 하카미아의 집에서 있었던 일을 가
능한 한 상세히 말해주었다. 그녀의 얘기가 끝난 후 두 사람 사이
엔 혼란스러운 정적이 감돌았다.

“정말이야? 아니, 대답할 필요 없어. 네 표정만 봐도 정말이라
는 건 의심의 여지가 없으니까. 나도 다시 한 번 말하겠어. 난 분
명히 널 신전 앞에서 만나 여관으로 안내했어. 내 기억으론 틀림
없는 사실이야.”

본 존은 끙끙 앓는 소리를 내며 와락 자신의 머리를 감싸 쥐었
다.

“이거야, 원! 정말 황당하네! 어떻게 이런 일이 생길 수 있는 거
야?”

“분명한 건 우리 두 사람 중 한 명은 잘못된 기억을 가지고 있
다는 거야. 난 내 기억이 맞다고 생각하지만… 지금 상황에선 아
무것도 확신할 수가 없어.”

“난 셰이의 기억이 맞는 것 같아.”

내내 침묵을 지키고 있던 듀이가 입을 열었다.

"너야 물론 그러시겠지, 셰이의 황금열쇠님."

듀이는 본 존의 빈정거림을 못 들은 척하고 말을 이었다.

"내 생각으론 셰이가 낯선 남자한테 접근해 다짜고짜 방해받지 않을 수 있는 곳으로 데려가 달라느니, 시간 맞춰 자신을 깨워달라느니, 하는 부탁을 했을 것 같지가 않아. 내가 지금까지 보아온 셰이라면."

듣고 보니 그것도 그러네, 라는 기미가 슬쩍 얼굴에 나타났으나 입 밖으로 꺼낼 본 존이 아니었다. 그는 자신의 기억이 틀림없다고 믿어 의심치 않았다.

"어차피 머릿수에서 밀리니 난 입이나 꽉 닫고 구석에 박혀 찌그러져 있어야겠군."

"그러지 말고… 나 좀 도와줘, 본 존."

셰이의 진심 어린 부탁에 본 존은 겸연쩍어졌다.

"한바탕 토론을 벌이기엔 너무 늦은 시간이야. 난 밖에 나가 바람이나 쐴 테니까, 둘은 시간 있을 때 잠이나 더 자둬. 그래야 날이 밝으면 힘을 내어 하카미아란 이름을 가진, 뼈다귀만 달그락거리는 기분 나쁘게 생긴 여자를 만나러 갈 수 있을 것 아니야?"

"하카미아는 어두울 때만 만날 수 있어. 해가 조금이라도 남아 있으면 절대 그녀를 찾지 못해."

"뭐? 그럼 지금 나가서 숲 속을 헤매야 한다는 말이야?"

본 존이 소리를 높였다. 아직 피곤이 풀리지 않은 듀이는 새어 나오려는 신음성을 얼른 삼켰다.

"아니, 오늘 밤은 푹 쉬고, 내일 날이 어두워지면 움직일 생각

이야. 하카미아를 찾으러 가기 전에 꼭 준비해야 될 물건이 있거
든.”

“물건? 그게 뭔데?”

꽤나 궁금한지 본 존이 고개를 내밀었다. 듀이 역시 눈을 반짝
이며 귀를 쫑긋 세웠다.

“소의 생 혀.”

셰이의 어조는 매우 진지했다. 듀이와 본 존의 인상이 미묘하
게 일그러졌다. 셰이는 저도 모르게 빙긋 웃음 지었다. 이런 불안
하고 혼란스런 상황에서도 웃을 수 있는 자신이 신기하게 느껴졌
다.

난 대체 얼마나 변한 것일까? 이러다간 운명을 되찾더라도 날
알아보는 사람이 없는 건 아닐까?

왠지 마음이 복잡해진 셰이는 조용히 한숨을 내쉬며 침상에 몸
을 뉘였다.

“에라, 모르겠다! 바람이고 뭐고 나도 잠이나 더 자둬야지!”

“셰이한테 손톱만큼이라도 상처를 주면 내 손에 죽을 줄 알
아!”

“그런 일이 벌어지면 내가 알아서 셰이 곁을 떠날 테니까, 입
다물고 잠이나 주무셔.”

셰이는 눈을 감은 채 본 존과 듀이의 말을 듣고 있었다. 본 존
이 또다시 자신을 해치려 할지 모른다는 생각이 머리를 스쳤으
나, 겁이 나지도 긴장되지도 않았다. 본 존과 함께 있다는 사실이
꺼림칙하기는커녕 오히려 든든하게 와 닿았다. 셰이는 하나둘 이
유를 꼽아보다 어느 틈엔가 잠이 들었다.

✻

“그 아이가 돌아왔습니다.”

새벽빛을 받은 창백한 인영(人影)이 천천히 몸을 돌렸다.

“이곳 서트린에 말이냐?”

어둠 속에 몸을 묻고 있던 보고자가 한 발 앞으로 나섰다.

“예, 지금 바스코 시장 외곽에 위치한 여관에서 잠을 자고 있습니다.”

“동행자는 있느냐? 지난번에 함께 다니던 그 젊은 남자가 아직도 곁에 있는지 궁금하구나.”

“그렇습니다. 보나샤르 조니코바란 자와 정체를 알 수 없는 어떤 소년이 함께 있습니다.”

“정체를 알 수 없는 소년?”

쉽사리 알아채지 못할 정도로 음조가 미세하게 올라갔다.

“빠른 시일 내에 신원을 파악해 보고드리겠습니다.”

“내 명을 잊은 건 아니겠지?”

“따로 지시를 내릴 때까지 잠자코 지켜보기만 하라는 명은 유념하고 있습니다. 하지만 저와는 달리 그녀는… 말씀드리지 않아도 아시겠지만, 예측이 불가능한 위인이라 조금 걱정이 됩니다.”

“내가 모르는 일이 벌어진 모양이로구나.”

“오늘 밤 그 아이가 목숨을 잃을 뻔했습니다.”

잠시간 침묵을 지키던 인영이 다시 창가를 향해 섰다.

“알았으니 그만 물러가라.”

공손히 머리를 숙여 보인 보고자가 자취를 감췄다.

짙어지는 여명에 밀려 축축한 밤 기운이 빠르게 뒷걸음질쳤다. 그러나 희미하게 비치는 그늘진 눈동자 속엔 무엇으로도 지워지지 않을 어둠의 파편이 속속들이 새겨져 있었다.

✳

"지금 맞게 가고 있긴 한 거야?"

시선은 셰이를 향하면서도 본 존은 넘어질 뻔한 듀이를 능숙하게 잡아주었다.

"듀이, 괜찮아? 길이 많이 험하지?"

셰이의 어조엔 미안한 마음이 그대로 실려 있었다.

"괜찮아. 바보같이 딴생각하다가 내 발에 걸린 것뿐인데, 뭐. 신경 쓰지 마, 셰이."

듀이는 배시시 웃었다. 뺨에 생긴 기다란 상처가 달빛 아래 드러나자 셰이의 기분은 더욱 가라앉았다.

"그러게, 나뭇가지를 잘 피해서 걸었어야지."

본 존 역시 듀이를 보고 있었다.

"네가 별안간 가지를 탁, 튕기는 바람에 미처 피하지 못한 거잖아."

"그래, 내가 죽일 놈이다."

본 존은 대수롭지 않게 받아넘기며 늘어지게 하품을 했다. 어제 잠을 설친 탓인지 자꾸만 하품이 나왔다. 푹 휴식을 취한 셰이와 본 존을 감시하다 그럭저럭 잠이 든 듀이와 달리 그는 뜬눈으로 밤을 새우다시피 했다. 자신이 셰이를 해치려 했다는 사실이 그에게 적지 않은 충격과 자책감을 안겨주었다.

"맞게 가는 거냐고 물었잖아."

본 존은 일부러 심드렁한 목소리를 꾸며냈다. 어려서부터 자신의 감정을 숨기는 일엔 이골이 나 있었다. 울며불며 떠들어봤자 바뀌는 건 없었다. 고픈 배가 불러지지도 않았고, 그를 버리고 간 어머니가 돌아오지도 않았다.

"그게… 잘 모르겠어… 별자리를 보며 방향을 잡아야 하는데 오래전 일이라 대부분 잊어버렸거든. 기억하고 있을 당시에도 지금하고 크게 다르진 않았지만……."

셰이는 멋쩍게 웃어 보였다.

"어떤 별자린데? 기억나는 것만 말해봐."

"봉황의 꼬리가 가리키는 쪽으로 가다가 붉은 거북 자리가 정면에 들어오면 반대편으로 돌아서서 용의 뿔인가, 수염인가? 아무튼 뭘 따라가라고 했는데… 그 외에도 처음 들어보는 별자리가 몇 개 더 나왔어."

"용의 뿔이 맞아. 그런데 혹시 해적한테 들은 거야?"

엉뚱한 질문에 셰이는 어리둥절해하며 고개를 내저었다.

"봉황이니 붉은 거북이니 용이니 해표(海豹)니 하는 것들, 대부분 해적들이 방향 잡을 때 주로 쓰는 별자리거든. 바닷길을 평온하게 지켜주고, 금은보화와 부귀영화를 안겨주는 상서로운 존재니 뭐니 하며. 별자리 명칭이 완전히 달라서 일반 사람들에겐 생소할 거야. 그나저나 어디 보자."

본 존은 발을 멈추고 하늘을 올려다봤다.

“역시……."

“방향을 잘못 잡았지?”

“약간 어긋난 것뿐이니 금세 바로 잡을 수 있어. 이 정도까지 맞게 온 것도 대단한 거야. 그러니까 그렇게 풀 죽을 필요 없어, 밤톨.”

본 존은 픽 웃으며 셰이의 머리를 장난스레 헝클어뜨렸다. 듀이와 셰이는 한 발 앞서는 본 존을 따라 부지런히 다리를 움직였다. 가끔 별자리를 보며 방향을 가늠할 때만 속도를 늦췄을 뿐, 본 존은 밝은 대낮에 거리를 활보하듯 거리낌없이 앞으로 나아갔다. 하지만 그도 정확한 목적지를 알지 못하는 상황에서 언제까지나 무턱대고 걸음을 옮길 수도 없는 노릇이었다.

“네가 말해준 대로 오긴 왔는데… 더 이상은 나도 모르겠어.”

셰이는 혹시 하카미아의 집이 눈에 띌까 싶어 이리저리 고개를 휘둘러보았다. 그러나 미약하게 비치던 달빛마저 구름에 막힌 상태라 무언가를 찾아내기엔 시야가 지나치게 어두웠다.

“그 하카미아라는 사람이 어디에 산다고 했지?”

듀이가 물었다.

“엄청나게 큰 나무 속에. 겉모양은 그냥 나무로 보여. 그런데 안으로 들어가니까 신기하게도 응접실 같은 곳이 나오더라고.”

“그냥 크기만 해? 어떤 특징 같은 건 없어?”

“특징? 아! 커다란 보석들이 있었어. 엄청나게 많은 보석들이 나무 곳곳에 박혀 있었어.”

본 존의 눈빛엔 실제 그런 나무가 존재할 리 없다는 회의가 서렸으나, 듀이는 언제나 그랬듯 셰이의 말을 의심없이 받아들였다.

"하카미아의 집… 엄청나게 큰 보석들이 박혀 있는 엄청나게 큰 나무……."

듀이는 혼잣말을 중얼거리며 정신을 집중했다.

"뭘 알고 저러는 거야?"

셰이는 본 존에게 조용히 하라는 신호를 보냈다. 얼마 지나지 않아 눈을 번쩍 뜬 듀이가 유난히 수풀이 울창하게 난 쪽으로 뛰어갔다.

"뭐야? 알아낸 거야?"

본 존의 물음에 그는 대답하지 않았다. 겨우 잡고 있는 느낌을 놓칠까 싶은 우려에서였다. 완만한 언덕길을 올라 커다란 바위를 낑낑대며 넘은 듀이가 이윽고 발을 멈췄다. 그 앞에는 보기만 해도 아찔한 절벽이 저 아래 깊고 깊은 어둠을 향해 곧장 내리 뻗어 있었다.

"뭐야? 찾으라는 나무는 어디가고, 웬 낭떠러지가 떡하니 나타난 거야?"

절벽 밑으로 고개를 비죽 내민 본 존은 이마에 손을 짚으며 어지럽다는 시늉을 해 보였다.

"저기에 있는 것 같아, 내 생각엔."

듀이의 손가락이 가리킨 건 절벽에서도 한참 떨어진 빈 허공이었다. 본 존은 하늘을 향해 짧은 헛웃음을 터뜨렸다. 그가 입을 다물기도 전에 셰이가 낭떠러지 밖으로 펄쩍 뛰어내렸다.

"어어!"

"셰이!"

　까무러칠 정도로 놀란 본 존과 듀이는 허겁지겁 무릎을 꿇고 절벽 밑을 살폈다. 어디에서도 셰이는 보이지 않았다. 아래로 떨어진 것이 분명했다.

　"이런 젠장!"

　본 존은 땅바닥을 주먹으로 사납게 내려쳤다.

　"셰이! 셰이! 어디 있어? 괜찮은 거지?"

　"괜찮긴? 벼랑에서 떨어졌는데 괜찮을 리가 있어? 너 같으면 괜찮겠냐고?"

　본 존은 난폭하게 듀이의 멱살을 거머쥐었다.

　"바보 같은 자식! 다 네 탓이야! 너 때문에 셰이가 죽은 거야! 네가 그런 개소리만 하지 않았어도 셰이가 절벽에서 뛰어내리는 일은 없었을 거라고!"

　"셰이는 죽지 않았어."

　"그걸 네가 어떻게 알아?"

　본 존은 멱살 쥔 손을 마구잡이로 흔들어댔다.

　"난 셰이의 황금열쇠니까! 멍청아!"

　듀이는 본 존의 어깨를 와락 밀쳐 냈다.

　"좀 조용히 해봐. 셰이가 어디 있는지 알아봐야 하니까."

　본 존은 도끼눈을 뜨고 그를 노려보면서도 입술은 열지 않았다.

　"이 소리 들려?"

　"무슨 소리?"

　"쉿!"

　듀이가 재빨리 입 다물라는 신호를 보냈다. 그와 본 존은 숨 죽인 채, 귀에 모든 신경을 집중했다.

"듀이! 본 존! 내 말 안 들려?"

셰이의 목소리가 어렴풋이 전해졌다. 마치 다른 세상에서 바람결에 날아온 듯 아련한 파장이 느껴지는 음성이었다.

"셰이! 우리 여기 있어!"

본 존은 크게 고함쳤다.

"들리면 대답 좀 해 봐! 듀이! 본 존!"

"우리 여기 있다니까! 아까 그 절벽 위에 있어!"

"셰이! 나 듀이야! 우리 여기 있어!"

"넌 지금 어디 있는 거야?"

"셰이! 우리 목소리 안 들려?"

본 존과 듀이는 손나발을 한 채 고래고래 소리를 질렀지만, 두 사람을 찾는 셰이의 외침은 계속 이어졌다. 그녀에겐 닿지 않는 것이 틀림없었다.

"가자."

듀이는 본 존에게 손을 내밀었다.

"이런 제길! 가긴 어딜 가?"

본 존은 싸움이라도 걸듯 험상궂게 눈을 부릅떴다.

"셰이한테. 싫어?"

"젠장 맞을! 내가 미친놈이지! 우라질! 그래, 내가 천하의 미친놈이다!"

본 존은 버럭버럭 소리치며 절벽을 향해 훌쩍 뛰어올랐다. 곧이어 듀이도 몸을 날렸다. 까마득한 암흑 속으로 곤두박질치는 것 같은 현기증에 휩싸인 순간, 두 사람은 거칠게 바닥을 나뒹굴었다.

“이거야 원, 제대로 숨통이 붙어 있기나 한 건지 모르겠군.”

본 존은 목을 더듬어보다가 끙끙대며 일어나려 하는 듀이의 팔을 잡아주었다.

“듀이! 본 존!”

저만치에서 셰이가 환하게 웃으며 달려왔다. 두 사람의 얼굴도 단번에 밝아졌으나, 본 존은 덮어놓고 기뻐해선 안 된다는 생각에 짐짓 인상을 찌푸렸다.

“볼장 다 본 사람인 양 절벽에서 몸을 날리더니만, 죽지 않고 용케 살아 있었네.”

“미안해, 듀이의 말이 틀림없으리라는 확신이 들어서 그냥… 저지르고 말았어.”

듀이가 그녀를 거의 무조건적으로 신뢰하는 것처럼 셰이도 그에 대한 믿음이 어느덧 깊게 뿌리내리고 있었다.

“우리가, 특히 내가 걱정하리라는 생각은 못해?”

“그래서 미안하다고 했잖아. 그것보다 빨리 이쪽으로 와봐.”

셰이는 등을 돌려 휑하니 뛰어갔다. 듀이도 지체없이 그녀를 쫓아 달음박질쳤다. 셰이의 뒤통수를 쏘아보던 본 존은 땅이 꺼져라 한숨을 내쉬며 터덜터덜 걸음을 내디뎠다. 우두커니 서서 아무것도 없는 빈 공간을 응시하고 있는 셰이와 듀이가 보였다.

“또 뭐야, 저거? 가기 싫어진다, 정말.”

두 사람 옆에 멈춰 선 순간 본 존의 입에선 헉, 숨넘어가는 소리가 토해졌다. 믿어지지 않을 만큼 거대한 나무가 대지를 뚫고 지금 막 튀어나온 듯 시야 전체를 가로막고 있었다.

“어… 이게 바로…….”

“정말 어마어마하지?”

듀이도 입을 다물지 못하고 있었다. 그는 나무에 시선을 고정한 채 소름이 돋은 팔뚝을 문질렀다. 본 존 역시 홀리기라도 한 것처럼 눈길을 떼지 못했다. 특히 그의 관심이 집중된 곳은 나무를 장식한 수천 개의 보석들이었다. 휘황찬란한 빛을 발하는 색색의 보석들은 보는 것만으로도 마음을 달뜨게 만들었다. 본 존은 황홀경에 도취됐다. 보석이 내뿜는 마력에 정신없이 빠져들었다. 그는 물결에 떠밀리듯 서서히 팔을 뻗었다. 그의 손가락이 막 핏빛을 띤 홍옥(紅玉)에 닿으려는 찰나였다.

“안 돼!”

셰이의 손이 그의 팔을 붙잡았다.

“하나만 갖고 싶어, 딱 하나. 그거면 돼.”

본 존이 뿌리치려 하자 셰이는 두 손으로 더욱 힘껏 팔을 움켜쥐었다.

“보석엔 절대 손을 대선 안 돼!

“하나면 된다니까! 더도 말고 딱 하나!”

“절대 안 돼!”

“저렇게 많은데, 딱 하나도 안 된다고? 네가 다 차지하려는 속셈이지?”

본 존은 맹수처럼 험악하게 이를 드러냈다. 셰이는 움찔했지만 팔을 놓지는 않았다.

“정신 차려!”

듀이가 본 존의 뒤통수를 냅다 후려쳤다. 본 존이 얼음물을 뒤집어쓴 듯 격렬히 몸을 떨더니 이내 잠잠해졌다.

"괜찮아?"

셰이는 조심스레 본 존을 살폈다. 그녀의 얼굴이 희미하게 비치자 본 존은 눈을 깜박였다. 방금 전까지도 그는 시야가 흐려졌다는 사실조차 자각하지 못하고 있었다.

"미안해, 내가 왜 그랬는지 모르겠어. 그냥 미친 듯이 저 보석이 갖고 싶어지더라고… 죽기 직전까지 사막을 헤매다 샘물을 발견한 사람마냥……."

남아 있을지 모르는 유혹의 잔재를 털어버리려는 것처럼 본 존은 세차게 머리를 흔들어댔다.

"그런데 왜 보석을 만지면 안 되는 거야?"

듀이가 셰이의 귀에 대고 소곤거렸다. 그는 본 존이 다시 이성을 잃을까 봐 다소 긴장한 상태였다.

"나도 정확히는 몰라. 만약 미리 경고를 받지 못했다면, 나 역시 십중팔구 보석에 손을 대고 말았을 거야."

"경고를 받았다고? 누구한테?"

"하카미아를 만나는 방법을 가르쳐 준 사람한테."

일리아 대신관의 얼굴을 떠올리며 셰이는 말을 이었다.

"이건 내 짐작인데… 보석에 손을 대면 굉장히 안 좋은 일이 생길 것 같아."

"굉장히 안 좋은 일? 예를 들면?"

"보석으로 변해 영원히 나무에 박히는 일……."

본 존의 목소리가 끼어들었다. 듀이와 셰이는 놀란 눈으로 그를 바라봤다.

“갑자기 생각났어, 나도 모르게. 꼭…….”

어디선가 그런 말을 들어본 적이 있는 것 같아…….

“꼭, 뭐?”

듀이는 못내 궁금하다는 표정으로 고개까지 길게 빼 들었다.

“아니야, 아무것도. 더 이상 시간 끌지 말고 하카미아나 만나자. 그러려고 낭떠러지에서 몸을 날리기까지 했잖아.”

본 존은 능숙하게 화제를 바꿨다. 하나하나 기억을 되짚어가던 셰이는 나뭇가지를 잡아 신중하게 흔들었다. 물결이 일듯 흔들림이 번지더니 곧 나무 전체가 기괴한 모습으로 흐느적거렸다. 듀이는 마른침을 삼키며 셰이와 본 존에게 바짝 붙어 섰다.

“돌아가라!”

나무 속에서 날카로운 여인의 음성이 흘러나왔다.

“뵙고 싶습니다.”

“난 널 보고 싶지 않다! 어서 돌아가라!”

“만나주실 때까지 여기서 기다리겠습니다.”

셰이는 일 년이든 이 년이든 절대 물러나지 않겠다고 의지를 불태웠다. 꽤 오랜 시간 정적이 이어지더니 지난번처럼 붉은 빛깔의 가지 하나가 나무껍질을 뚫고 나왔다.

“제 친구들은요?”

“남자는 이곳에 발을 들여놓을 수 없다.”

셰이는 눈살을 찌푸렸다.

먼젓번엔 본 존도 들어갔잖아.

“난 하카미아란 여자를 만난 적이 없어.”

본 존의 말이 뇌리를 스쳤다.

그럼 내 기억이 잘못된 것일 수도 있다는 말인가?

"들어오기 싫은 거냐?"

신경질적인 목소리에 정신을 차린 셰이는 서둘러 붉은 가지를 잡았다.

"괜찮겠어, 셰이?"

"차라리 너도 만나지 않는 게 어때?"

듀이와 본 존은 불안한 마음을 숨김없이 내보였다.

"걱정하지 마. 처음도 아니고, 이미 한 번 경험해 본 일인데, 뭐. 내가 나올 때까지 싸우지 말고 사이좋게 지내고나 있어."

셰이는 장난기 섞인 미소를 지어 보인 뒤 나무 속으로 들어갔다. 전혀 예상치 못한 공간이 눈앞에 펼쳐졌다. 눈부시도록 새하얀 빛으로만 이루어진 드넓은 설원을 보자 셰이는 무의식중에 숨을 죽였다. 모든 것이 잠들어 버린 듯한 완벽한 고요를 깨뜨리면 안 될 것 같은 기분이 들었다.

"왜 나를 만나려는 것이냐?"

셰이는 소리를 따라 뒤를 돌아봤다. 두세 걸음 떨어진 곳에 하카미아가 있었다. 하늘거리는 얇은 드레스 차림으로 눈 위에 서 있는 모습이 음산할 정도로 파리하고 차갑게 와 닿았다. 뼈에 가죽만 들러붙어 있는 것 같은 부자연스러운 체형도 스산한 분위기를 한층 강하게 만들었다.

"뒤틀린 제 운명을 바로잡고 싶습니다. 이곳에 어떤 단서가 있을 것 같아… 정확히 말해 하카미아가 그 실마리를 쥐고 있으리라는 생각이 들었습니다. 그래서 다시 오게 된 것입니다."

셰이는 솔직하게 털어놓았다. 하카미아가 속내를 꿰뚫어본다는 사실을 알고 있기도 했지만, 본심을 숨기거나 말을 돌려 하고 싶은 마음도 없었다.

"은둔의 골짜기에 있는 날 찾아내다니… 넌 역시 보통 아이가 아니다."

"친구들의 도움을 받았습니다. 그리고 당신한테도 도움을 청하고 싶습니다."

"난 너에게 해줄 말이 없다."

하카미아가 성급하게 응수해 오자 셰이의 의혹은 오히려 깊어졌다.

무엇인가를 알고 있는 것이 틀림없어.

"내 집에서 나가라!"

갑자기 하늘이 열리기라도 한 듯 커다란 눈송이들이 쏟아지기 시작했다. 성난 바람에 휩싸인 눈발이 소용돌이치며 셰이의 몸에 아프도록 사납게 부딪쳤다.

"아는 게 있으면 말씀해 주세요! 아주 단순한 거라도 좋습니다!"

하카미아가 자신을 내치려 하자 셰이는 다급해졌다.

"부탁합니다!"

그녀는 손에 꼭 쥐고 있던 꾸러미를 부랴부랴 하카미아 앞으로 들이밀었다.

"내가 고작 이까짓 고기 조각 하나에 흔들릴 것 같으냐?"

별안간 꾸러미에서 화르르 불꽃이 일었다. 셰이는 손이 타 들

어가는 고통을 견디며 침착한 태도로 꾸러미를 눈 속에 파묻었
다. 그리고는 반쯤 탄 꾸러미를 다시 내밀었다.

"반나절을 기다려 갓 잡은 소의 혀를 사 왔습니다. 탐탁지 않으
면 원하시는 걸 말씀해 주세요. 제 능력이 닿는 한 최선을 다해
만족시켜 드리겠습니다."

셰이의 호박빛 눈동자엔 그 무엇으로도 꺾이지 않을 굳은 의지
와 절실한 바람이 깃들어 있었다. 아무것도 보이지 않는 암흑 속
에서 간신히 찾은 실마리였다. 더군다나 그녀는 하카미아를 만나
기 위해 자신의 목숨뿐만 아니라, 듀이와 본 존의 생사까지도 걸
었다. 어떤 일이 있어도 빈손으로 돌아갈 수는 없었다.

"도와주세요……. 하카미아가 제 유일한 희망이에요. 맹세하
는데, 이번이 마지막입니다. 다시는 귀찮게 하지 않을 테니… 이
번 한 번만 저 좀 도와주세요……."

셰이는 말 한마디 한마디에 간절한 마음을 담았다. 하카미아는
입을 꼭 다문 채 셰이를 바라보기만 했다. 소름이 돋았다. 그녀의
창백한 시선이 한기로 변해 뼛속까지 스머드는 것 같았다. 심한
화상으로 짓무른 손은 참아내기 힘들 만큼 아파왔다. 하카미아의
기분 여하에 따라 지금보다 더한 고통을 받을 수도 있을 것이다.
어쩌면 목숨을 잃게 될지도 모른다. 그러나 셰이는 한순간도 시
선을 피하지 않았다. 서서히 잦아드는 눈송이가 속눈썹 위로 내
려왔다.

"추우냐?"

"어… 약간이요."

셰이는 엉겁결에 답했다. 말이 떨어지기가 무섭게 눈앞의 광경

이 완전히 다른 모습으로 탈바꿈했다. 삼면으로 커다란 책장이 자리했고, 나머지 한쪽 벽을 차지한 벽난로엔 불이 알맞게 지펴져 있었다. 따스하고 안락한 공간에 은은한 램프 불빛이 곱게 뿌려졌다.

"내가 가장 좋아하는 곳이다."

"아아… 네."

"나와는 어울리지 않는다고 생각하느냐?"

"아니요, 갑자기… 환경이 변했다고나 할까, 아무튼 그래서 조금 놀란 것뿐이에요."

벽난로와 가까운 의자에 자리 잡은 하카미아가 손짓으로 앉으라는 뜻을 전했다. 셰이가 맞은편에 앉자 누르스름한 빛깔을 띤 단지 같은 것이 천장에서 쑤욱 미끄러져 내려왔다.

"그 안에 다친 손을 넣어라."

셰이는 별생각없이 단지 속으로 손을 밀어 넣었다. 미끌미끌하고 뭉클대는 것이 만져졌다. 그리고는 질퍽한 무엇인가가 스멀스멀 피부 위를 기어 다니는 느낌이 뒤를 이었다. 진저리가 쳐지며 머리끝이 쭈뼛 곤두섰다.

"여기 들어 있는 게 뭔가요?"

목소리까지 파르르 떨려 나왔다.

"모르는 게 좋을 거다. 어찌 됐든 참을성 하나는 쓸 만하구나. 호들갑을 떨며 손을 빼내지 않는 걸 보면."

셰이는 울상에 가까운 미소를 억지로 만들었다. 하카미아의 눈치를 봐야 하는 처지만 아니었다면, 징그러운 감각이 손끝을 스친 순간 비명을 지르며 천장까지 뛰어올랐을 터였다.

"그건 이리 내놔라."

하카미아는 턱으로 소 혀가 들어 있는 꾸러미를 가리켰다. 꾸러미를 받아 든 그녀가 편안히 등을 기댔다.

"뭘 알고 싶은 거냐?"

"뒤틀린 운명을 바로잡으려면 어떻게 해야 합니까?"

셰이는 단도직입적으로 물었다.

"말해줄 수 없다."

"방법을 알고 있긴 한 거로군요!"

자연스레 소리가 높아졌다.

"다른 질문이나 꺼내라. 없으면 지금 당장 쫓아내겠다."

하카미아의 단호한 태도에서 빈말이 아님을 짐작할 수 있었다. 셰이는 흥분을 가라앉히기 위해 노력했다.

"이번 일을 계획하고 조종한 자가 누구입니까?"

"말해줄 수 없다."

"누가 내게 저주를 내린 겁니까?"

"바로 니디."

순간 셰이는 멍해졌다. 끝이 없는 기저(基底)를 향해 엄청난 속도로 곤두박질치는 느낌이었다.

"누⋯ 군가의⋯ 사주를 받고 한⋯ 일인가요?"

"그렇다."

셰이는 거친 숨결을 토해냈다. 거듭 심호흡을 한 뒤에야 제대로 목소리를 낼 수 있었다.

"저주를 건 당사자가 이제 와서 왜 도와주는 겁니까?"

"그건⋯ 나도 모르겠구나. 그저 네 간절한 눈빛이 마음에 들었다고만 해두겠다.”

“이 모든 일의 배후에 있는 사람… 내가 아는 자입니까?”

“말해줄 수 없다.”

“내가 아는 자로군요.”

하카미아는 침묵을 지켰다.

“본 존이 이번 일과 연관되었음을 알고 있습니다. 그는 어떤 역할을 맡고 있는 겁니까?”

하카미아가 손을 내밀자 손바닥 위로 불그스름한 구슬이 나타났다. 점차 맑아지는 구슬 속에서 보석이 박힌 거대한 나무의 형상이 떠올랐다.

“세이한테 나쁜 일이 생긴 건 아니겠지? 아무 일 없겠지?”

“너도 참 끈질기다. 그 말을 한 게 벌써 몇 번째인지 알기나 해?”

듀이와 본 존의 목소리가 차례로 들려왔다. 그리고는 듀이의 얼굴이 잠깐 나타나더니 막이 내려지듯 구슬이 붉은빛으로 물들었다.

“본 존의 눈과 귀를 통해 보이고 들리는 것들이 그 구슬에 고스란히 담겨지는 거로군요. 물론 날 감시하는 게 목적일 테고요. 본 존은 이번 일의 가담자입니까, 아니면 피해자입니까?”

세이의 어조는 딱딱하게 굳어 있었고 매우 냉정했다.

“엄밀히 말하면 피해자라 할 수 있겠구나. 자신이 이용당하는 줄은 꿈에도 생각지 못하고 있을 테니 말이다.”

재미있다는 듯 하카미아의 파리한 입술에 가느다란 미소가 잡혔다.

“왜 그를 이용하는 겁니까?”

"그는 나의 소유물이다. 내 보석을 훔치려 한 순간부터 말이다. 날 그런 눈으로 보지 마라. 이번 임무를 선택한 건 그 자신이다. 내가 억지로 떠맡긴 것이 아니다. 하긴 나라도 나무에 박히는 장식품보다는 그런대로 움직일 수 있는 꼭두각시 쪽을 택했을 거다. 그래야 좀 더 흥미진진한 일들을 경험할 수 있을 테니까."

셰이의 눈가가 파르르 떨렸다. 분노가 치밀었다. 하카미아의 따귀라도 갈기고 싶은 마음에 싸늘하게 식은 손가락이 단단히 말려 올라갔다.

진정해. 지금은 침착해야 할 때야. 흥분하는 것만큼 바보짓은 없어. 우선은 얻어낼 수 있는 정보부터 최대한 많이 알아내야 돼.

"본 존과 내가 처음 만났을 때의 기억이 서로 다르더군요. 어떻게 된 것입니까? 어느 쪽이 사실입니까?"

"진실과 거짓을 잘 가려내어 둘의 기억을 조합해 봐라. 심심풀이 삼아 해보면 그것도 꽤 재미있을 것 같구나."

더 이상은 말해줄 생각이 없어 보였다. 셰이는 다른 질문으로 넘어갔다.

"본 존을 자유롭게 해줄 마음이 있습니까?"

"없다."

"어떻게 하면 그를 풀어주겠습니까?"

"얌전히 너의 숙명을 받아들여라. 여기저기 들쑤시며 돌아다니지 말고. 그럼 약속하는데, 그를 속박의 굴레에서 완전히 벗어나게 해주겠다."

셰이는 꼿꼿이 등을 펴고 앉아 하카미아를 똑바로 주시했다.

“내 안에 봉인된 힘을 찾으려면 어떻게 해야 합니까?”

“이대로 네 친구를 방치해 둘 생각이냐? 머지않아 그 역시 내 집을 꾸미는 한낱 장식품으로 전락할 것이다. 그래도 그를 외면하겠느냐?”

“내 안에 봉인된 힘을 찾으려면 어떻게 해야 합니까?”

셰이는 이를 악물고 같은 질문을 반복했다.

“열여덟 번째 생일날, 각각 삼 일 동안 받아낸 천상수를 섞어 둥근 원을 그려라. 그리고 그 원 안에 앉아 삼십 일 이상 햇볕에 말린 백단향을 붉은 향로 위에 얹어 불을 피우거라. 마지막으로 아무도 사용하지 않은 은잔에 왕족의 피를 받아 마셔라. 단, 순수 혈통의 왕족에게서 갓 받아낸 피여야 한다.”

“왕족의 피라고요?”

“그래, 네가 아닌 다른 왕족의 피 말이다.”

“내 힘을 봉인한 사람도 당신입니까?”

“이미 너에게 넘치도록 자비를 베풀었다. 더 이상은 답변하지 않겠다.”

“안 됩니다! 궁금한 것이 아직 산더미처럼 남아 있다고요! 저주가 풀리면 운명도 바로잡을 수 있는 건가요? 힘을 되찾으면 저주도 풀리는 것입니까? 아니, 운명과 저주와 힘은 별개의 것인가요? 왜 말을 안 합니까? 대답을 해달란 말입니다! 나한테 저주를 건 대가로 당신은 무엇을 받았습니까? 그걸 사주한 사람은 누구고요? 저주를 풀어줄 순 없습니까? 당신이 나한테 건 더러운 저주 말입니다!”

“그만 내 집에서 나가거라. 나무를 등지고 걷다 보면 출구가 나타날 것이다.”

한꺼번에 몰려든 탁한 안개가 시야를 막아버렸다.

“저주를 풀어줄 순 없냐고요? 하카미아!”

강한 압력이 그녀를 밖으로 밖으로 밀쳐 냈다.

“저주를 풀어달란 말이야! 아니면 방법이라도 좀 알려달라고!
이 마녀야!”

막막한 절망에 휩싸인 셰이는 목이 터져라 악을 써댔다.

“셰이!”

“왜 그래?”

팔과 어깨에 따뜻한 온기가 느껴졌다. 셰이는 고개를 돌려 듀
이와 본 존을 바라봤다. 막을 새도 없이 눈물이 흘러내렸다.

“무슨 일이야?”

“하카미아가 무슨 못된 짓이라도 했어?”

두 사람의 눈 속엔 그녀에 대한 근심이 가득했다.

“아니야, 아무것도. 긴장이 풀려서 그런가 봐.”

셰이는 눈가를 쓱쓱 문지른 뒤 애써 미소 지었다. 듀이와 본 존
을 걱정시키고 싶지 않았다. 그녀의 아픔을 눈치 채기라도 한 듯
듀이가 손을 힘주어 잡았다. 이상하게도 통증이 느껴지지 않았
다. 셰이는 그제야 손에 입은 화상이 흔적도 없이 사라졌다는 사
실을 알아차렸다.

그 괴상한 단지 때문인가?

“그나저나 하카미아는 만났어?”

듀이가 물었다.

“응, 만났어. 정보도 얻어냈고, 생각보다 많이.”

"그래? 어떤 거? 왜 너와 내 기억이 서로 다른지도 알아냈어?"

"아니, 그걸 깜박 잊고 있었어. 물어봤어야 하는데, 내 문제에 정신이 팔리는 바람에… 미안해, 본 존."

"할 수 없지, 뭐. 괜찮으니까 그렇게 울 것 같은 표정 짓지 마. 얼굴이 더 밤톨 같아 보이잖아."

짓궂게 그녀를 놀린 본 존이 화제를 바꿨다.

"그런데 말이야. 대체 여기서 어떻게 나가야 할지, 그걸 모르겠어. 절벽을 다시 기어올라 간다고 해도 빠져나가진 못할 것 같고… 하긴 그것도 절벽이 존재해야 한번 매달려 보기라도 하겠지. 절벽은커녕 돌멩이 하나 눈에 띄질 않으니… 에고, 뭐, 이런 데가 다 있담? 좌우지간 너희 눈에도 요상한 곳으로 보이지?"

본 존은 몸을 빙 돌려가며 주위를 살펴봤다. 온통 거무스레한 모래만이 끝을 모르고 펼쳐져 있었다. 그림자도 없고, 구름 뒤에 숨은 태양도 없었다. 오직 나무 한 그루만이 자신의 빛깔을 드러내고 있을 뿐, 이 낮게 깔린 무채색의 사해에서는 모든 것이 모호해 보였다. 무겁고 음산한 비밀을 굳게 봉하고 있는 듯한 느낌이었다.

"이쪽이야."

셰이가 걸음을 떼자 듀이와 본 존도 나란히 보조를 맞췄다.

"이쪽인지는 어떻게 안 거야?"

본 존이 어깨 너머로 나무를 돌아보며 물었다.

"하카미아가 그랬어, 나무를 등지고 걷다 보면 출구가 나타날 거라고."

"어떻게 하면 셰이의 운명을 바로잡을 수 있는지도 말해줬어?"

모래가 들어갔는지 우스꽝스럽게 코를 벌름거렸지만, 대답을 기다리는 듀이의 표정은 진지하기만 했다.

"그건 듣지 못했어. 대신에… 대신이라고 하긴 뭣하지만… 아무튼 봉인된 힘을 되찾는 방법은 알아냈어."

"봉인된 힘?"

듀이와 본 존이 동시에 소리를 높였다.

"설마 마드라의 열쇠를 말하는 건 아니지?"

마드라의 열쇠를 찾는 고달픈 여정을 겪으며 질릴 대로 질린 듀이는 더럭 겁이 난 눈치였다.

"쯧쯧, 불쌍한 녀석 같으니… 봉인이란 말만 들어도 똥줄이 타들어가는가 보네! 하긴 나만 해도 경기가 일어날 것 같으니 넌 오죽하겠냐?"

본 존은 시작처럼 끝도 혀 차는 소리로 마무리 지었다.

"안심해, 마드라의 열쇠와는 아무 상관 없는 일이니까. 내 안에 봉인된 힘이 있대. 그 힘을 되찾으려고 하는 거야."

세이는 뒤를 이어 하카미아가 알려준 방법을 얘기해 주었다. 말이 끝나자 본 존은 어깨를 들썩이며 과장된 너털웃음을 쏟아냈다.

"푸하하하하! 각각 삼 일 동안 받아낸 천상수! 백단향과 붉은 향로! 한 번도 사용 안 한 은잔! 그것도 모자라 왕족의 피까지! 더 구하기 힘든 건 없어? 예를 들면 포악한 악룡의 사랑니라든지, 창조신 아스트라한의 오른쪽 새끼발가락 발톱이라든지 하는 거."

"그냥 백단향이 아니라 삼십 일 이상 햇볕에 말린 백단향이야."

설명 하나가 빠진 것이 마음에 걸렸던 듀이는 얼른 말을 끼워 넣었다.

"알았어, 알았어. 삼십 일 이상 햇볕에 말린 백단향! 하여튼 위아래 동서남북 꽉 막힌 티를 낸다니까!"

본 존은 듀이에게 눈을 흘겼다.

"정확한 건 좋은 거야. 그렇지, 셰이?"

"그럼, 당연하지."

셰이는 지체없이 듀이의 손을 들어주었다.

"그래, 니들 둘은 정확해서 참 행복하시겠다!"

"맞아, 우리 둘은 행복하셔. 그지, 셰이?"

"두말하면 잔소리지!"

셰이와 듀이는 잘난 체하며 코끝을 치켜들다 동시에 웃음을 터뜨렸다. 생기발랄한 웃음소리에 기가 막히다는 표정을 짓고 있던 본 존까지 유쾌해졌다.

"너희 둘 말이야. 처음엔 참 많이 다르다고 느꼈는데, 대할수록 하나둘 비슷한 점들이 늘어나는 것 같아. 이러다가 내후년쯤엔 쌍둥이처럼 닮아 있을 것 같아 왠지 서글퍼진다. 내 꿈속의 여인에서 점점 멀어지면 어쩌나, 하는 걱정 때문인가? 아, 그렇지! 내가 왜 그 생각을 못했지? 현실의 화끈한 연인으로 발전하면 되는 거잖아. 어때, 셰이? 근사할 것 같지 않아?"

본 존은 능글맞은 표정을 지으며 셰이의 어깨에 팔을 둘렀다. 웃음이 어색하게 굳어지자 셰이는 손으로 입을 가리고 하품을 하는 척했다. 본 존은 자신이 그녀를 보고 첫눈에 반했다고 믿지만, 사실은 조작된 거짓 기억에 지나지 않았다. 그에게 말을 해줘야 할지, 말아야 할지도 정하지 못한 현 시점에서 평소처럼 밝은 얼굴로 너스레를 떠는 모습을 보니 셰이는 착잡한 심정이 되었다.

"그런데 필요한 물품은 어떻게 구하지?"

듀이는 꼬리표처럼 한숨을 붙였다.

"백단향과 붉은 향로, 또 한 번도 사용하지 않은 은잔 정도는 큰 어려움 없이 구할 수 있을 거야. 발품만 열심히 판다면 말이야. 그런데 문제는… 대체 천상수가 뭐야? 뭔지 알아야 구하든지 말든지 할 것 아니냐고."

"빗물이야."

"빗물이라고? 천상수가?"

본 존은 반신반의하며 되물었다.

"응, 빗물."

"그럼 그냥 빗물이라고 할 것이지! 먹고사는 일도 고달픈데, 말까지 꼭 그렇게 피곤하게 써야 하는 거야?"

본 존은 못마땅한 눈으로 셰이를 흘겨봤다.

"하카미아기 그렇게 말해줬어. 난 그걸 그대로 옮긴 죄밖엔 없다고."

"셰이는 죄없어. 못 알아들은 쪽이 잘못이지."

듀이는 냉큼 셰이를 편들고 나섰다.

"그래, 무식한 내가 죄인이다. 그런데 듀이, 넌 천상수가 뭔지 알고 있었어?"

"천상수는 빗물이야. 빗물은 천상수고. 그런데 각각 삼 일 동안 받아낸 빗물을 어떻게 구하지?"

얼렁뚱땅 넘긴 듀이는 잽싸게 말머리를 돌렸다. 셰이는 얼른 장단을 맞춰주었다.

"내 생각에도 그게 문제긴 문제야."

본 존은 '빨리 나도 황금열쇠를 찾아야지, 서러워서 못살겠네' 하며 툴툴댔지만 곧 피식 웃고 말았다.

"삼 일 동안 빗물 받는 것쯤이야 별일 아니야. 물론 날씨와 기간에 따라 변수가 생길 수도 있겠지만. 생일이 정확히 얼마나 남은 거야?"

"사흘……."

셰이는 기어들어 가는 어조로 말했다.

"으응, 사흘이라고……? 뭐? 사흘?"

경악에 찬 본 존이 버럭 고함쳤다.

"어어어! 사흘!"

듀이도 엉겁결에 본 존을 따라 소리를 질렀다.

"닷새도 아니고 나흘도 아닌, 사흘이란 말이지? 그러니까 사흘 안에 그 괴상한 조건들을 전부 갖춰야 한다는 말이지? 어이구야, 환장하시겠네! 벌써부터 머리통이 푹푹 쑤셔대는구만!"

본 존은 먼 하늘을 향해 푸념을 늘어놓았다.

"오늘부터 시작해서 내 생일 전날까지 내내 비가 와야 한다는 말인데… 아무래도 불가능하겠지? 요즘은 비가 많은 시기도 아니니까. 어차피 안 될 거, 두 사람 다 신경 쓰지 마. 힘을 찾는다면 운명을 되돌리는 일에도 도움이 되지 않을까, 해서 알아본 것뿐이거든. 시간 여유가 좀 더 있으면 좋았을 텐데, 할 수 없지, 뭐."

셰이는 일부러 미소까지 지어보았으나 실망한 기색이 가시지 않은 상태였다.

"해보기도 전에 포기하는 건 내 방식이 아니야. 한순간이라도 그런 식으로 살아왔다면 '끝내주는 보물 사냥꾼 본 존'이란 명칭도 얻지 못했을걸? 어디 한번 해보자고! 목숨 걸고 달려들면 안 될 게 뭐가 있었어? 또 만에 하나 안 되면 좀 어때? 코가 비뚤어지게 술이나 퍼마시고 소리나 좀 질러대면서 훌훌 털어버리면 그만이지."

본 존에게 꽂힌 두 사람의 시선엔 감탄이 서려 있었다.

"어때? 나 꽤 멋진 녀석이지?"

"응, 정말 멋져, 본 존."

듀이가 말했다. 셰이는 끄덕끄덕 열심히 고갯짓을 하고 있었다.

"으이구, 귀여운 것들!"

셰이와 듀이의 볼에 쪽쪽 소리 내어 입을 맞춘 본 존이 양팔로 둘의 어깨를 바짝 당겨 안았다. 그는 몸을 빼내려 하는 두 사람을 장난스레 놓아주지 않았다. 엎치락뒤치락하던 그들은 소리 내어 웃으며 나란히 발을 맞췄다.

"하카미아가 드디어 사고를 쳤습니다."

보고자에게서 나온 음성은 매우 건조했지만, 눈동자 속엔 오히려 잘됐다는 만족감이 옅게 깔려 있었다. 보고자는 예전부터 하카미아를 마땅찮게 여기고 있었다.

"지금 즉시 하카미아를 소환해라. 아니다, 내가 직접 가겠다."

“제가 모시겠습니다.”

“넌 여기서 대기하고 있어라.”

보고자는 일순 피어난 불만을 재빨리 감췄다. 하카미아가 어떤 처벌을 받을지 궁금해 못 견딜 정도였지만, 주인 앞에서 불손한 감정을 내보일 수는 없었다. 혼자 남겨진 후에야 보고자는 입속말로 속내를 드러냈다.

“바라건대, 그 보기 흉한 말라깽이를 아예 이 세상에서 없애주시길……."

“오실 줄 알았습니다.”

하카미아는 공손히 머리를 숙였다.

“네가 무슨 잘못을 저질렀는지 하나도 빠짐없이 고해봐라.”

“그 아이 앞에서 제대로 입단속을 하지 않았습니다.”

“무엇을 말해주었느냐?”

“제가 저주를 걸었다는 사실과 봉인을 풀 수 있는 방법을 알려주었습니다.”

“봉인을 풀 수 있는 방법……."

낮게 깔리는 어조에서 기가 막히다는 탄식이 묻어 나왔다.

“생일은 사흘밖에 남지 않았습니다. 봉인을 푸는 건 불가능합니다.”

“봉인을 풀지 못하더라도, 네 죄가 가벼워지는 건 아니다.”

“알고 있습니다.”

“마지막으로 하나만 묻자. 왜 그런 짓을 한 것이냐?”

“그 아이이기 때문입니다.”

짤막한 침묵이 지나갔다.

"앞으로 백 일간 너에게서 빛을 빼앗겠다. 그동안 네 경솔한 언행을 뉘우치고 있거라."

하카미아는 복종의 뜻으로 더욱 깊이 머리를 조아렸다. 몸을 펴기도 전에 공허하고 싸늘한 어둠이 공간을 빈틈없이 채워 나갔다.

"붉은 향로라면 물론 있소."

질문을 꺼내자마자 주인이 모양과 크기가 각기 다른 붉은 향로 세 개를 쭉 늘어놓았다.

"이왕이면 이쁜 게 좋겠지?"

본 존이 독특한 문양이 새겨진 고급스러워 보이는 향로로 손을 뻗자 셰이는 얼른 가장 작고 단순한 모양의 향로를 집어 들었다.

"이걸로 하겠어. 앞으로 돈이 얼마나 들지 모르잖아. 최대한 아껴 써야지."

좋다가 만 주인은 쓰게 입맛을 다시며 노끈으로 향로를 묶어주었다.

"노란 향로도 있고, 파란 향로도 있고 금빛, 은빛이 나는 향로도 있는데, 한번 보겠소?"

"아니, 그런 건 필요없고… 그보다……."

본 존은 비밀 얘기라도 하듯 고개를 기울이며 목소리를 낮췄다.

"삼십 일 이상 햇볕에 잘 말린 백단향을 구하려면 어디로 가야 하는지 알고 있소?"

"백단향이라면 우리 집에도 있소!"

주인이 눈을 반짝이며 헤벌쭉 웃었다.

"삼십 일 이상 말린 것이라야 하는데……."

듀이가 주인의 눈치를 살피며 중얼거렸다.

"삼십 일이 다 뭐요? 말만 하슈, 육십 일이 훌떡 넘은 놈으로 내줄 테니."

"그렇게 오래 말린 것도 있어요?"

"두말하면 잔소리지. 아, 요새 날이 어찌나 찌뿌드드하고 흐끄무리한지 다른 해 같으면 보름 안에 땡일걸, 글쎄 육칠십 일까지 널었다 걷었다, 생난리를 쳤지 뭐요? 나나 되니까 그 고생을 했지, 성질 급한 사람 같으면 옛날 옛적에 못해 먹겠다고 벌러덩 나자빠졌을 거요."

성질 느긋한 주인 덕분에 두 가지 물품을 순조롭게 손에 넣은 세 사람은 기분 좋게 인사를 건넨 뒤, 밖으로 나왔다. 돈만 있으면 손쉽게 구할 수 있는 은잔은 이곳에 오기 전 주물소에 들러 이미 구입해 놓은 상태였다.

"그럼 이제 남은 건 천상수하고……."

천상수란 말이 나오기가 무섭게 본 존이 열을 내며 '빗물! 빗물!' 하고 강조해 댔다. 셰이는 못 말리겠다는 표정을 지으면서도 말을 고쳤다.

"알았어. 이제 남은 건 빗물하고, 피뿐인가?"

"보통 피가 아니잖아. 귀족도 힘들 텐데, 하물며 왕족의 피가 필요하니…….”

앞에서 걸어오던 젊은 여자가 화들짝 놀라 몸을 움찔했다. 까딱 잘못했다간 흉악범들이라고 소리라도 칠 분위기였다.

“왕족의 피가 고귀하긴 하지. 나도 왕족의 피가 필요해. 그럼요 모양 요 꼴로 살진 않을 테니까.”

곤경에 처할 수도 있었던 위기 상황을 본 존이 눈치 빠르게 넘겨 버렸다.

“그런데 이 거리엔 웬만한 왕족은 발꿈치도 못 따라오는 기품 있고 아름다운 숙녀 분들이 유독 많은 것 같군.”

본 존은 여인을 향해 노골적인 유혹의 시선을 던졌다. 발그스레하게 뺨을 물들인 여인이 수줍은 미소를 건넸다. 본 존은 정중하면서도 우아한 자세로 그녀에게 길을 비켜주었다. 여인과의 거리가 어느 정도 떨어지자 그는 당장 인상을 썼다.

“너 말조심 안 할래? 일에 착수도 못해본 채 어두컴컴한 지하 감옥에 갇히고 싶어?”

“미안해, 앞으론 밥 먹을 때도, 잠잘 때도 항상 조심할게. 좀 전엔 나도 가슴이 철렁했어.”

“그런데 빗물 말이야… 어떡하지?”

이래저래 고민이 많은 세이가 화제를 되돌렸다. 세 사람은 누가 먼저랄 것 없이 하늘을 향해 고개를 치켜들었다. 구름 한 점 없이 말간 하늘이 무심하게 펼쳐져 있었다.

“그 위에 뭐라도 있어?”

백발이 성성한 노인 두 명이 그들을 좇아 하늘을 올려다봤다.

“돈벼락이 떨어지길 기다리는 중입니다.”

본 존은 진지하게 대답했다. 어리벙벙한 기색이던 노인들이 곧 너털웃음을 터뜨렸다.

"예끼, 이 사람! 젊은 사람이 실없기는!"

"돈벼락이 떨어지려고 하면 우리도 좀 불러줘, 젊은이."

"꼭 불러 드릴 테니, 돈 담아갈 자루나 넉넉한 놈으로 준비해 두세요."

"허허허! 그러지."

"거 참, 재미있는 젊은이일세."

셰이는 막 걸음을 떼려 하는 노인들을 재빨리 불러 세웠다.

"할아버지들, 잠깐만요!"

노인들의 시선이 반사적으로 셰이가 아닌 하늘을 향했다. 자신들의 행동을 깨달은 노인들이 겸연쩍은 웃음을 지었다.

"빗물을 구할 만한 곳을 혹시 알고 계시나요?"

"빗물? 빗물을 어디다 쓰게?"

노인 한 명이 미심쩍은 눈으로 셰이를 훑어봤다. 그녀가 대답하기 전에 다른 노인이 입을 열었다.

"이제 보니 염직소에서 일하는 젊은이들인가 보군."

"염직소? 웬 염직소야?"

"아, 그걸 몰라? 염직소에선 비가 올 때마다 커다란 통을 몇 개나 꺼내놓고 빗물을 받아대잖아. 그날그날 내린 비의 양과 성질에 따라 색깔이 다르게 입혀진다나 뭐라나 하면서 말이야. 내가 스물댓 살 먹었을 때 일인데… 우리 둘째 형 친구가 염직 기술을 가지고 있었거든. 아, 근데 염직소에서 물을 끓이다가 그만 거기 빠지고 만 거야……."

　계속되는 노인의 얘기를 흘려들으며 셰이와 듀이, 그리고 본 존은 의미심장한 눈짓을 주고받았다. 그들은 대화에 열중해 있는 노인들에게서 떨어져 한적한 골목으로 들어섰다.

"염직소 위치를 알아내는 게 급선무야."

셰이가 먼저 말을 꺼냈다.

"그건 상인회만 찾아가면 어렵지 않게 알 수 있어. 그나저나 일이 술술 풀리는데? 행운의 여신이 나한테 반하기라도 했나?"

"정말 일이 생각지도 않은 곳에서 풀리고 있어."

"시간도 아직 이틀이나 더 남았잖아! 행운의 여신이 셰이를 돌봐주나 봐!"

세 사람은 잔뜩 사기가 고무돼 있었다.

"근데 말이야, 빗물 얻는 건 내일로 미루면 안 될까? 누굴 좀 만나려고 하는데, 빠르면 빠를수록 좋을 것 같아서 그래."

"누군데?"

본 존이 물었다. 일리아 대신관을 염두에 두고 있던 셰이는 시원스레 대답하지 못했다. 신전을 나간 순간 자신과는 평생 얼굴도 마주친 적이 없는 사이가 되어야 한다는 그녀의 경고가 입을 막았기 때문이다.

"하카미아를 만나게 해준 사람. 그 이상은 말할 수 없으니까 묻지 마."

"혼자 가려고? 위험해지면 어떡하려고?"

"걱정할 필요 없어, 듀이. 위험한 일은 생기지 않을 테니까. 하카미아의 집처럼 이상한 데가 아니라 사람들의 왕래가 많은 곳이거든."

"오래 걸리지 않으면 좋도록 해. 시간이 많지 않다는 것만 잊지 말고. 그동안 듀이하고 나는 상인회에 갔다 올게. 일 끝내고 나서 지금 이 자리로 와. 얼마 안 있으면 날도 저물 테니까 그때 만나서 저녁이나 먹자."

본 존은 연이어 셰이를 돌아보는 듀이를 질질 끌다시피 하며 골목을 나갔다. 셰이도 신전을 향해 걸음을 재촉했다. 지난번 방문 때와 마찬가지로 신전의 출입구는 활짝 열려 있었다. 다른 것이라면 경비병 둘을 대동한 신관 한 명이 방문객들의 신분과 용건을 일일이 확인한 뒤, 안으로 들이고 있다는 점이었다.

"이름이 무엇이요?"

"셰이엔입니다."

"성까지 밝혀야 하오."

"성은 없습니다."

형식적으로 묻던 신관이 셰이에게 한층 신중해진 눈길을 던졌다.

"방문 용건을 대시오."

"일리아 대신관님을 뵙고 싶습니다."

"일리아 대신관께선 안 계시오. 닷새 전에 다른 신전으로 발령받으셨소."

"다른 신전이요? 어느 신전입니까?"

"신관들의 이동은, 특히 대신관님들의 이동과 거처는 극비 중의 극비요. 나 같은 평신관은 알지도 못할뿐더러, 만에 하나 알고 있다 해도 밖으로 유출할 수 없소."

셰이는 의혹만 더욱 부푼 상태로 발길을 돌려야 했다. 일리아 대신관이 이미 신전을 떠난 마당에 괜한 고집을 부릴 이유가 없었다.

닷새 전에 다른 신전으로 갔다고?

생각하면 생각할수록 석연치 않은 느낌이 강해졌다.

혹시 하카미아처럼 일리아 대신관도 이번 일에 연루돼 있는 건 아닐까?

예리하면서도 현명하고 인자해 보이던 눈빛이 뇌리에 아른거렸다. 아니었으면 좋겠다는 바람과는 반대로 의심은 점점 깊어지기만 했다. 터덜터덜 골목으로 돌아온 셰이는 담벼락에 힘없이 몸을 기댔다.

＊

"셰이엔이라는 여자 아이가 방금 전 신전을 찾아왔습니다."

"그 아이가 틀림없는가?"

엉겹결에 반쯤 몸을 세웠던 일리아가 다시 의자에 앉았다.

"물론입니다. 대신관님께서 상세히 생김새를 말씀해 주신 덕분에 쉽게 알아 볼 수 있었습니다. 제 앞에 서기도 전에 말입니다."

"일러준 대로 처리했겠지?"

"예, 염려 마십시오. 일리아 대신관님을 뵙고 싶다 하기에 다른 신전으로 가셨다고 했더니, 적지 않게 놀라더군요. 소란이라도 피울까 봐 조금 긴장했는데, 염려와는 달리 조용히 돌아갔습니다. 나중에라도 혹여 다시 올까 싶어 클로델 신관에게도 단단히 주의를 시켰습니다.”

“그래, 잘했네.”

“그런데…….”

“뭔가?”

일리아의 어조가 미묘하게 곤두섰다.

“아닙니다, 아무것도. 전 이만 물러가겠습니다, 대신관님.”

일리아는 책상을 벗어나 창가로 다가갔다. 오가는 사람들 틈에서 무의식중에 셰이의 모습을 찾고 있음을 깨닫자 그녀는 실소를 지었다.

나도 참 어이가 없군. 거짓말까지 해가며 일부러 피할 때는 언제고.

엄마의 손을 잡고 가던 남자 아이가 목을 길게 빼고 신전을 올려다보다 일리아와 시선이 마주쳤다. 일리아는 서둘러 책상 앞으로 돌아왔다. 그녀의 집무실은 이층에 위치했다. 방금 전 남자 아이의 경우처럼 셰이의 눈에 띌 가능성도 무시할 수 없었다.

“이거야 원, 창살 없는 감옥에 갇힌 꼴이로군.”

일리아는 무거운 한숨을 내쉬며 자꾸만 창 쪽으로 향하려 드는 눈길을 어렵사리 거둬들였다.

✳

날이 완전히 저문 후에야 듀이와 본 존은 약속 장소에 도착했다. 두 사람은 셰이를 보자마자 앞 다투어 말을 쏟아냈다.

“문제가 생겼어.”

"큰일 났어, 셰이!"

"일이 꼬여도 단단히 꼬였어."

"염직소마다 죄다 안 된다니, 어쩌면 좋지?"

"지금이라도 시트린 밖으로 나가봐야 하나?"

"잠깐만, 진정 좀 해봐."

"진정할 일이 아니라니까!"

펄쩍 뛰어올랐던 듀이는 셰이가 손을 들어 그만 하라는 뜻을 전하자 하는 수 없이 입을 다물었다.

"그러니까 결론은 시트린 내에 있는 염직소에선 빗물을 구할 수 없다는 얘기지?"

"응. 세 군데 중 한 곳은 문을 닫았고, 다른 하나는 아예 빗물을 사용하지도 않는대."

"나머지 한 곳은 빗물이란 빗물은 몽땅 한꺼번에 모아둔다 하더라고. 이것저것 죄다 섞였을 테니 삼 일이 아니라 삼십 일 동안 내린 빗물은 얻을지도 모르지."

듀이가 시작한 설명을 본 존이 마무리했다.

"그걸 다 어떻게 알아냈어?"

"상인회에서 어떤 간부를 만났는데, 운이 따라서인지 아닌지는 모르지만, 그 사람 자형이 마침 염직소를 운영한다고 그러더라. 옳다구나, 싶은 마음에 찰싹 달라붙어 귀찮게 굴었지, 뭐. 하긴 그래 봤자 빗물은 고사하고 구정물도 못 구했지만."

본 존은 누군가 한입 베어 먹다 버린 설익은 오얏 열매를 골목 안쪽으로 힘껏 걷어찼다. 기대가 무너진 탓에 그는 마음이 적잖게 상해 있었다.

"어찌 됐든 운이 따르긴 따르나 본데? 일일이 발로 뛰어다니기 전에 알아낸 게 어디야? 덕분에 수고도 줄이고, 시간도 벌었잖아."

셰이는 허풍처럼 보일 정도로 활기차게 말했다. 기가 팍 죽은 듀이와 본 존의 기분을 풀어주기 위해서였다. 본 존의 찌푸린 표정은 변함이 없었지만, 듀이는 입가에 희미한 미소를 띠었다.

"맞아, 지금까지는 운이 좋았잖아. 앞으로도 보나마나 일이 술술 풀리게 될 거야."

"그럼 당연하지. 배도 고픈데, 우리 뭐 좀 먹으러 갈까? 맛있는 걸로."

"그러자, 셰이. 내가 오는 길에 어떤 식당을 봤는데, 그 집 찐빵이 내 머리만 한 거 있지? 그렇게 큰 건 처음 봤어."

"그건 찐빵이 아니라 갈리빵이라는 거야. 바르샤르 왕국에서도 주로 남서부 지역에서 많이 해먹는 빵인데, 무척 맛있어. 말 나온 김에 오늘 한번 먹어볼래?"

"지금 한가하게 빵이나 뜯고 있을 때가 아니야. 시트린은 물 건너갔으니 그 주변 지역이라도 부지런히 훑어봐야지. 당장 시작해도 시간 내에 못 구할 수 있단 말이야."

본 존은 철부지 어린애를 키우는 아버지의 심정이 이렇겠지, 하고 생각하며 듀이와 셰이에게 허탈한 시선을 옮겼다.

"사실은 아까 두 사람을 기다리는 동안에 다른 방법을 생각해냈어."

"다른 방법? 빗물을 손에 넣는 방법 말이지? 이야, 대단하다!

역시 셰이는…….”

본 존은 휙 손을 뻗어 듀이의 입을 가차없이 막았다.

“어서 말해봐.”

“예전에 고모님이 크게 배앓이를 하신 적이 있어. 그때 병문안을 간 나한테 고모님이 넋두리처럼 늘어놓으신 말이 있는데…….”

“내가 이런 고생을 하는 것도 다 네 고모부 때문이란다. 그 양반이 머리에 바르려고 떠온 물을 내가 그만 마셔 버렸지 뭐니? 그때 막 드레스 가봉을 끝낸 뒤라 목이 많이 말랐거든. 어쨌든 마신 지 얼마 지나지도 않았는데 배가 콕콕 쑤시기 시작하더니, 나중엔 어찌나 아픈지 체면이고 뭐고 그냥 바닥이라도 구르고 싶어지더구나. 네 고모부도 아마 홀아비 되는 줄 알았을 게다. 이번 기회에 그 괴상한 습관이나 싹 고치면, 아픈 건 둘째 치더라도 더 이상 바랄 게 없으련만……. 아무 소용 없다고 누누이 말을 해도 비가 올 때마다 빗물을 받아 날짜까지 적어서 보관을 하니… 남부끄러워 누구한테 하소연도 못하겠고……. 아, 글쎄, 오래된 빗물일수록 효과가 좋다며 겹겹이 쌓아둔 빗물 통이 창고에 한가득이란다. 그 정도는 참고 넘어갈 수도 있다고 치자, 왜 꼭 물 잔에다 그걸 떠오게 하는 거라니? 셰이야, 네 고모부 때문에 하도 신경을 써서 내가 다 대머리가 될 지경이란다. 대체 이 일을 어쩌면 좋니?”

고모의 한숨 소리가 들려오는 것 같았다.

왜 진작 고모부 생각을 하지 못했을까? 그 직후에 일어난 사건 때문에 까맣게 잊혀졌던 걸까? 하긴, 고모 댁을 나서자마자 납치범들에게 둘러싸이는 일이 자주 벌어지지는 않을 테니까…….

셰이는 쓴웃음을 애써 거두며 본 존과 듀이에게 고모로부터 들은 얘기를 해주었다.

"그러니까 네 고모부가 매일 아침저녁으로 빗물을 머리에 바른단 말이지? 대머리를 치료하기 위해서."

그 장면을 상상하는 것만으로도 우스운지 본 존은 입술을 실룩거렸다.

"빗물에다 무슨 기름을 한두 방울 섞어 바르신대."

"그럼 고모 집에 가기만 하면 삼 일 정도의 빗물은 금방 구할 수 있겠네! 우리 지금 당장 갔다 오자! 저녁 먹는 건 잠깐 미뤄도 되잖아."

듀이는 금광이라도 발견한 사람처럼 신이 나 있었다.

"당장은 곤란해. 몇 가지 준비할 게 있거든."

"준비할 게 뭐 있어? 그냥 가서 슬쩍 꺼내오면 되는 거지. 나한테 맡기고 괜찮은 식당 하나 골라 저녁이나 시켜놓고 있어. 음식이 식기 전에 갖고 올 테니까."

본 존의 태도는 거리낌이 없었다. 세상에 둘도 없다는 희귀한 보물도 적잖이 훔쳐 본 그였다. 빗물 통 하나 손에 넣는 것쯤이야 눈감고도 성공할 자신이 있었다.

"생각처럼 그렇게 쉬운 일이 아니야. 고모님 댁엔 날이 저물면 경비견들을 풀어 집을 지키게 해. 엄청나게 사나운 개들이라 자칫 잘못하면 목숨을 잃을 수도 있어. 신중하게 행동하면 그런 끔찍한 사태는 일어나지 않겠지만… 침입자가 먼저 공격하지 않으면, 개들도 덮어놓고 달려들진 않거든. 그렇다 해도 목적은 이루지도 못한 채 잡혀서야 안 들어간 것만 못하잖아."

"네 고모가 대체 누군데 집에다 그런 무시무시한 개들을 풀어놓는 거야?"

본 존은 셰이의 말이 거짓이거나 과장되었다고 생각했다.

"알바레즈 공작 부인이야."

무슨 말이 나오든 즉시 반박하려고 벼르던 본 존은 맥없이 입을 다물었다. 알바레즈 공작의 저택이라면 그도 어느 정도 알고 있었다. 알바레즈 가에 대대로 내려오는 가보를 훔치기 위해 침입을 시도한 적이 있기 때문이다.

이 년 정도 됐나? 대문을 넘자마자 제대로 다리 한 번 펴보지도 못한 채 헐레벌떡 도망쳐야 했지, 미친개들한테 쫓겨서… 제기랄!

성공한 사례만큼 실패한 경험도 꽤 많지만, 그토록 굴욕적인 도주는 보물 사냥꾼으로 활동한 이래 처음 겪어보았다. 잠깐 기억을 떠올린 것만으로도 치가 떨릴 정도로 기분이 나빠졌다.

"결론은 그래서 내가 직접 가야 한다는 거야."

"위험한 건 너도 마찬가지잖아."

본 존은 퉁명스럽게 말했고, 듀이는 열심히 고갯짓을 하며 힘을 보태주었다.

"난 괜찮을 거야."

"왜, 그 집이 네 고모 댁이라서? 피에 굶주린 이리 떼 같은 놈들이 그런 걸 알아줄 것 같아?"

"사납긴 하지만 그 정도는 아니야."

"그걸 네가 어떻게 알아? 놈들한테 쫓겨본 적도 없으면서."

"그 개들을 훈련시킨 게 바로 나거든."

본 존과 듀이의 눈이 왕방울만 해지자 셰이는 악당처럼 입술 끝을 비스듬히 치켜올렸다. 그레인과 함께 전문 조련사의 세세한 충고를 따라 훈련시킨 것이지만, 둘의 반응이 재미있어 입 밖으로 꺼내지는 않았다.

"난 그래도 마음이 안 놓여. 개들이 셰이를 못 알아보면 어떡해? 사람들의 기억에서 완전히 사라졌는데, 개들이라고 안 그런다는 보장이 없잖아."

"나도 그 생각을 했어, 듀이. 그래서 준비가 필요하다는 말을 한 거야. 들켰을 때를 대비해서."

"뭘 어떻게 하려고?"

본 존이 다가들자 듀이도 덩달아 몸이 닿을 만큼 셰이에게 바짝 붙어 섰다.

"그레인이라는 내 사촌이자 고모의 아들이 있는데, 친구들을 데려와 밤을 새며 노는 일이 종종 있어. 고모는 질색하시지만, 그레인이 외박하는 것보다야 낫지 않느냐는 말을 한 이후부턴 그냥 모르는 척 눈감아주고 계셔. 그걸 이용할 생각이야."

"그레인의 친구 행세를 하겠단 말이로군."

"사나운 개가 있다는 사실을 깜박 잊고 바람 쐬러 나왔다고 하면, 그 밤중에 도련님을 불러 친구가 맞는지 확인하려 드는 경비병은 아마 한 명도 없을걸?"

"그거야 네가……."

"완벽한 귀족 자제로 보이면 말이지."

셰이는 본 존의 말을 가로채 대신 끝을 맺었다.

"돈 좀 깨지겠군. 귀족 도련님처럼 꾸미려면."

"그 어두운 밤중에 제대로 보이기나 하겠어? 몇 가지 물건만 잘 고르면 큰 돈 안 들이고 꾸밀 수 있을 거야. 그건 걱정하지 마."

그녀는 거만한 동작으로 옷깃을 세우는 시늉을 했다.

"난 안목이 꽤 높으니까."

"아니다 싶으면 앞뒤 잴 것 없이 곧바로 도망쳐 나와, 알았지?"

본 존은 이미 세 번이나 언급했던 얘기를 또다시 꺼냈다. 그것만 보더라도 굉장히 초조해하고 있다는 사실을 눈치 챌 수 있었다. 듀이의 반응은 그보다 한층 노골적이었다. 새파랗게 질린 얼굴로 아까부터 셰이의 손을 꼭 쥔 채 놓으려 하지 않았다.

"갔다 올게."

셰이는 자신감 넘치는 목소리를 내기 위해 애썼다. 잔뜩 긴장해 있긴 마찬가지였지만, 굳이 내색해 듀이와 본 존을 더욱 불안하게 만들고 싶지 않았다. 그녀는 상당한 금액을 치르고 구입한 향수를 손목 안쪽에 살짝 묻혔다. 그레인이 가끔 사용하는 향수로 개들의 경계심을 누그러뜨리기 위한 하나의 방편이었다.

"준비됐어."

본 존이 가까이 오라는 손짓을 했다. 셰이는 그가 내민 손바닥을 발판 삼아 디디며 탄력있게 훌쩍 솟구쳐 담 위로 올라갔다. 본 존이 곧바로 밧줄을 던져 주었다. 무작정 뛰어내리기엔 지나치게 높은 담이었다.

"조심해."

바닥에 착지하는 순간 듀이의 숨죽인 속삭임이 들려왔다. 셰이는 재빨리 발을 놀렸다. 상대적으로 경비가 허술한 저택의 후면을 통해 창고로 갈 계획이었다.

저택의 내부 구조는 왕궁 못지않게 잘 알고 있었다. 어렸을 때부터 수시로 왕래하며 지낸 덕분이었다. 그레인과 그녀뿐만 아니라, 어머니와 고모까지도 친구처럼 가까운 사이였다. 그 위에 고모부의 호탕한 성격까지 더해져 고모 댁은 사전 연락 없이 불쑥 방문해도 무례로 여기지 않는 유일한 집이기도 했다. 그레인과 한창 티격태격할 당시엔 그를 골탕 먹일 준비를 미리 해두기 위해 그녀 혼자 찾아간 적도 한두 번이 아니었다.

고모가 애지중지하는 온실을 지나자 하인들의 숙소가 눈에 들어왔다.

저기만 통과하면 창고가 보일 거야.

갑작스레 주방과 이어진 뒷문이 벌컥 열렸다. 셰이는 후닥닥 쪼그려 앉았다. 몸을 가려줄 만한 방패막이가 전혀 없는 곳이었다. 움직이려 했다간 그 즉시 들키고 말 터였다. 주방 하녀 한 명이 낑낑대며 나무통을 들고 나왔다. 시선만 약간 돌려도 셰이의 모습을 볼 수 있는 거리였다.

하녀와 하인들은 다 잠들었을 줄 알았는데…….

자정을 넘긴 시각이었다. 평소 같으면 이미 모든 정리를 끝마친 뒤라야 한다. 특별한 행사가 있지 않는 한 말이다.

"잔느! 지금 뭐 하는 거야?"

"이거 갖다 버리라면서요?"

"내가 언제 그거 버리라고 했어? 약간 상한 것 같으니까 개 먹이로나 주게 한쪽 구석으로 치워놓으라고 했지. 하여튼 제대로 하는 일이 하나도 없다니까!"

"냄새 난다고 후딱 갖다 버리라고 했으면서. 이제 와서 딴소리야."

하녀가 투덜대며 다시 주방으로 들어갔다. 셰이는 지체없이 몸을 움직였다. 저만치 마구간 앞쪽으로 창고 건물이 어슴푸레하게 드러났다. 그녀는 뛰다시피 잰걸음을 옮겼다. 창고 모서리를 돌아 대여섯 걸음 나아갔을 때였다. 어둠 속에서 으르렁거림이 들려왔다. 번득이는 두 개의 눈동자가 그녀를 노려보고 있었다. 곧이어 두 쌍의 눈이 더 나타났다.

세 마리야.

신경이 칼날같이 곤두서며 입 안이 바짝 말라왔다.

뛰면 안 돼. 급박한 움직임을 보이면 공격하려는 건 줄 알고 일제히 달려들 거야.

한순간도 긴장을 늦추지 않되, 침착하고 자신있는 태도를 보여야 한다. 당황하거나 겁먹은 기색을 드러내면, 어찌해 볼 겨를도 없이 날카로운 송곳니에 뜯겨 만신창이가 되고 말 것이다. 위협적으로 몸을 도사린 개들이 으르렁대며 거리를 좁혀왔다. 가장 가까이 접근한 경비견의 석탄처럼 까만 귀가 시야에 잡혔다. 그녀가 그레인을 놀릴 속셈으로 짓궂게 '그레인 경'이라고 이름 붙인 녀석이었다.

"그레인 경… 나야… 나 기억하지?"

자신의 이름을 알아들은 것처럼 뾰족이 솟은 귓바퀴가 쫑긋거렸다. 셰이는 슬금슬금 옆 걸음질 치며, 창고 문까지의 거리를 곁눈질로 살폈다. 대략 여섯이나 일곱 보쯤 될 듯했다.

"그래, 먹보하고 딸기코… 너희도 있었네."

눈에 익은 개들의 모습을 대하자 상황에 걸맞지 않게 반가운 마음이 들었다.

"먹보, 지금도 그렇게 많이 먹니? 배가 공처럼 부풀었는데도 계속 먹어대는 바람에 하마터면 죽을 뻔한 적도 있잖아. 딸기코도 여전히 코가 빨갛구나?"

발끈했을 때의 내 얼굴색과 똑같다고 그레인이 놀려댔었지…….

빙그레 미소 짓던 셰이의 눈이 일순 커다랗게 열렸다. 그레인 경과 먹보가 꼬리를 살랑살랑 흔들고 있었다. 딸기코는 혼란스러운 듯 자그맣게 낑낑거렸다.

기억하는 거야! 날 잊지 않고 있었던 거야!

셰이는 자신도 모르게 손을 내밀었다. 그러자 개들은 오히려 경계심을 내보이며 몸을 웅크렸다.

바보, 한시도 마음을 놓아서는 안 돼. 지금은 빗물을 가지고 안전하게 밖으로 나가는 일만 생각해야 돼.

셰이는 손을 등 뒤로 돌려 문고리를 확인했다.

이런!

문고리에 단단히 걸린 자물쇠가 만져졌다. 낭패가 아닐 수 없었다.

어떡하지?

문고리를 힘껏 잡아당겨 보았으나 문은 꿈쩍도 하지 않았다. 별안간 개들의 으르렁거림이 거칠어졌다.

"손만 댄다고 열리면 자물쇠를 달아놓은 보람이 안 생기잖아."

창고 모퉁이 쪽에서 본 존이 걸어나왔다. 개들이 사납게 짖어대기 시작했다.

"조심해!"

개 세 마리가 일제히 공격 자세를 취했다. 셰이는 급한 마음에 무작정 앞으로 나섰다.

"괜찮아, 그레인 경. 먹보하고 딸기코도 진정해. 그래, 착하지?"

당장 달려들어 본 존의 목을 물어뜯을 것 같던 기세는 약간 누그러졌지만, 컹컹 짖는 소리는 그치지 않았다.

"시간없어, 본 존. 곧 경비병들이 달려올 거야."

"나도 알아."

본 존은 지체없이 자물쇠에 달라붙었다.

"젠장, 이거 왜 이렇게 빡빡한 거야? 말 좀 들어라… 얌전히 말 좀 들어… 옳지… 됐다! 빨리 와, 문 열렸어!"

셰이는 안주머니에 넣어두었던 작은 통을 꺼내 본 존에게 던졌다.

"대신 좀 해줘. 우리 둘 다 들어가면 상황이 더 나빠질 거야."

그녀는 그레인의 친구 행세로 경비병의 눈을 속이면 되지만,

본 존은 발각되는 즉시 심각한 위험에 직면하게 될 터였다.

어떻게 해서든 본 존의 존재를 숨겨야 돼!

"조용히 해, 먹보! 조용히 해, 딸기코! 그레인 경, 너도 입 다물어!"

셰이는 개 한 마리 한 마리를 손가락으로 가리키며 단호하게 명령했다. 딸기코를 시작으로 꼬리를 내린 개들이 그녀의 눈치를 살피며 끙끙거렸다.

"거기 누구냐?"

창을 치켜든 경비병 세 명이 빠르게 다가왔다. 그들의 뒤쪽으로도 다른 경비병 둘이 더 달려오고 있었다.

"누구냐고 물었다!"

경비병 한 명이 위협적으로 창을 들이댔다.

"무례하구나!"

셰이는 거만한 태도로 창대를 휙 밀쳐 냈다.

"내가 누군지 알고 이러느냐? 난 브레드만 칼린 드 리히터다!"

리히터 백작은 자녀 수가 열여덟이나 되었고 그중 딸은 단 두 명에 불과했다. 귀족들도 헷갈려 하는 그 집 형제들을 경비병들이 제대로 알 턱이 없었다.

"아아, 예… 도련님의 친구 분이시군요. 주위가 어두워 미처 알아뵙지 못했습니다. 죄송합니다."

"답답해서 바람이나 좀 쐬려고 나왔더니만… 이게 웬 봉변인지……."

"다시 한 번 사과드립니다, 도련님."

"됐으니, 저 시끄러운 녀석들이나 데리고 가봐라."

거듭 고개를 숙여 보인 경비병들이 그녀의 말을 따르려고 할 때였다.

"무슨 일이야?"

저만치 어둠 속에서 그레인의 목소리가 튀어나왔다.

하필이면 지금!

신음 소리가 새어 나오려 하자 셰이는 입술을 앙다물었다.

"아… 예, 도련님, 저희가 그만 친구 분을 못 알아뵙고 무례를 범했습니다."

"친구? 내 친구를 말하는 거야?"

"그래, 나 말이야, 그레인."

셰이와 그레인의 시선이 마주쳤다. 순간 그레인이 그 자리에 우뚝 섰다.

"표정이 왜 그래? 그새 날 잊기라도 한 거야?"

목을 타고 올라오는 신물을 가까스로 밀어 넣으며 그녀는 천연 덕스러운 태도를 취했다.

"도련님?"

그레인의 반응이 아무래도 이상한지 경비병 한 명이 셰이에게 시선을 돌렸다. 찌푸린 얼굴엔 어느새 미심쩍은 기미가 나타나 있었다.

"잠이 안 오기에 나왔는데… 너도 그런 거야?"

침묵이 흘렀다.

제발, 그레인… 날 기억해 주길 바라지 않을게. 이번 한 번만 날 도와줘, 이번 한 번만… 제발… 그레인… 제발…….

"당연하지, 약혼식 전날에 푹 자는 사람이 어디 흔하겠어?"

　그레인이 말했다. 심하다 싶을 만큼 딱딱한 어조였으나 그건 큰 문제가 아니었다. 경비병들 역시 두 사람이 말다툼이라도 한 것 같다는 눈짓을 주고받았다.

“너희들은 가봐, 개들은 놔두고.”

“네, 도련님.”

　경비병들의 발소리가 멀어질 때까지 셰이와 그레인은 서로를 쳐다보며 말없이 서 있었다.

“나 기억나?”

　셰이가 물었다.

“그래, 아다무스 검술관 앞에서 만났었지.”

　입을 다무는가 싶던 그레인이 질문을 던졌다.

“너, 도둑이야?”

“아니야!”

　셰이는 단호하게 부정했다. 하얗게 피어난 입김이 흩어지기도 전에 창고 문이 열리더니 본 존이 슬그머니 고개를 내밀었다. 개들이 부리나케 달려들며 짖어대자 그는 잽싸게 문을 닫았다. 셰이가 나서려 했을 때, 그레인이 한발 앞서 개들을 조용히 시켰다.

“저치와 한패지?”

　셰이는 달싹이던 입술을 힘없이 다물었다. 변명이라도 하고 싶었으나 적당한 말이 생각나지 않았다.

“그야말로 멍청한 도둑들이 따로 없군. 많고 많은 곳 중에서 하필이면 창고를 뒤지다니……. 저택을 터는 게 겁나면 하인들 숙소에라도 가보는 편이 좋을 거야. 창고보다는 나을 테니까. 저긴 값나갈 만한 건 하나도 없어. 있는 거라곤…….”

"빗물. 나도 알아, 빗물만 있다는 거."

셰이는 그레인의 말을 가로챘다.

"지금 빗물이 주 목적이었다는 소릴 하는 거야?"

"맞아. 믿기지 않겠지만."

"잘 아는군. 그래, 난 네 말을 믿지 않아, 단 한마디도."

"그럼 경비병들의 손에 날 넘기지 않은 이유가 뭐야?"

무슨 말인가를 꺼내려던 그레인이 조용히 한숨을 내쉬며 그녀에게서 시선을 떼어냈다.

"당장 내 집에서 나가."

"개인지 괴물인지 헷갈리는 놈들 때문에 나가고 싶어도 나갈 수가 없어."

창고 안에서 본 존이 퉁명스레 말을 받았다. 그레인은 경비견들을 불러 모았다. 그에게 다가가던 개들이 셰이 앞에 멈춰 서서 꼬리를 흔들어댔다. 먹보는 배가 고프기라도 한 듯 그녀의 손에 코를 들이밀고 킁킁 냄새를 맡았다. 그레인의 눈이 휘둥그레졌다.

"어떻게 한 거야? 저럴 녀석들이 아닌데!"

"빈손이라서 미안해, 먹보. 다음번엔 네가 좋아하는 육포라도 좀 가져올게. 딸기코, 넌 잠잘 때마다 아직도 그렇게 코를 고니? 그레인 경, 어렸을 땐 유난히 작고 약하더니 어느새 덩치가 제일 커졌네."

너무 놀란 나머지 그레인은 숨까지 헐떡였다.

말도 안 돼! 어떻게 저런 정보들을 손에 넣은 거지?

먹보가 육포라면 사족을 못 쓴다는 것과 딸기코가 코를 골며 잔다는 건 경비병들은 물론 하녀와 하인들 중에서도 아는 사람들이 꽤 되었다. 그러나 그레인 경의 몸집이 작았다는 사실은 현재 저택 안에서 오직 그만이 알고 있었다. 그레인 경이라는 이름도 혼자 있을 때 그만 가끔 사용하는 별칭이었다. 다른 사람들은 모두 블래키라고 불렀다.

"모두 잘 지내."

셰이는 개들의 머리를 일일이 쓰다듬어 주었다. 그런 다음 빨리 오라고 손짓하고 있는 본 존에게 서둘러 다가갔다.

"너, 정체가 뭐야?"

뒤에서 그레인이 물었다. 셰이는 빙글 몸을 돌렸다.

"약혼 축하해. 약혼녀가 누군지 물어봐도 될까?"

"야스미나 구스 반 쉰버른."

유서 깊은 쉰버른 백작가의 장녀였다.

"야스미나는 너무 새침하고 가식적이어서 싫다며? 넌 아리엘을 좋아하잖아. 힘껏 싸워보지도 않고 좋아하는 사람을 쉽게 포기하지 마, 그레인."

셰이는 그레인이 할 말을 찾기도 전에 창고 뒤편으로 사라져 버렸다.

"거, 거기 서! 넌 대체 누구야?"

그레인은 허겁지겁 셰이를 쫓아갔다. 창고 귀퉁이를 황급히 돌아섰으나 그녀의 모습은 보이지 않았다. 서너 걸음 더 옮기던 그레인은 그 자리에 멈춰 섰다. 무엇인가에 홀린 듯한 기분이었다. 찬바람에 소름이 돋자 그는 저택을 향해 발길을 돌렸다. 어머니의 강요에 밀려 억지로 하게 된 약혼식이지만, 수많은 귀족들 앞에서 볼썽사납게 코를 훌쩍일 수는 없었다.

어떻게 알았을까? 내가 아리엘을 좋아한다는걸.

아리엘은 어렸을 때, 그에게 역사학과 지리학을 가르쳐 준 가정교사의 둘째 딸이었다. 그녀 역시 예전부터 그레인에게 사랑의 감정을 품고 있었다. 그러나 장차 공작의 작위를 이을 고위 귀족과 평민과의 결합은 기적이 일어나지 않는 이상 불가능한 일이었다.

"힘껏 싸워보지도 않고 좋아하는 사람을 쉽게 포기하지 마."

이름도 모르는 여자 애의 목소리가 자신을 꾸짖는 것 같았다.

"약혼식… 파기해 버릴까?"

자신이 입에 담기도 무서운 말을 중얼거렸음을 깨닫자, 그레인은 아연실색해 필요 이상으로 세차게 현관문을 닫았다.

✳

"붉은 향로와 삼십 일 이상 말린 백단향, 그리고 한 번도 쓰지 않은 은잔, 그 위에 삼 일 동안 받은 빗물까지! 벌써 이렇게나 많이 모았어!"

네 가지 물품을 탁자 위에 가지런히 올려놓은 듀이는 연방 싱글거렸다. 귀한 보물이라도 한 아름 안고 있는 사람 같았다.

"뭐가 그렇게 좋냐? 제일 골치 아픈 게 딱 버티고 있는데. 하여튼 단순하면 만사가 즐거운 법인가 봐, 어떨 땐 부럽기도 하다니까.”

면박은 줬지만 무사히 빗물을 손에 넣었다는 사실에 본 존도 꽤나 기분이 고무되어 있었다.

“듀이, 공간 이동 말이야, 가능할까?”

셰이는 창밖에 무심히 걸치고 있던 시선을 듀이에게 옮겼다.

“글쎄… 나도 잘 모르겠는데?”

무책임한 대답이라는 겸연쩍음에 듀이는 목덜미를 긁적였다. 카시아스에게서 힘을 받기는 했으나 아직 제대로 써본 적은 없었다. 특히나 공간 이동은 시도하려고 할 때마다 왠지 모르게 꺼림칙한 마음이 생겼다. 공간 이동이라는 말만 떠올려도 강물에 빠져 목숨을 잃을 뻔했던 셰이의 모습이 머릿속에 찰싹 달라붙어 떨어지려 하지 않았다.

“공간 이동이 필요한 일이라도 있어?”

“아니, 그런 건 아니고. 갑자기 궁금한 생각이 들어서.”

셰이는 아무렇지 않은 투로 응수했다. 듀이에게 부담을 주고 싶지 않았다.

“내일이 바로 생일이잖아. 어떡할 거야?”

본 존이 물었다.

“마지막 조건을 갖춰야지. 여기까지 왔는데 그냥 포기할 수는 없잖아.”

“그거야, 말이 쉽지. 왕족의 피를 대체 어디서 구해? 답이 안 보인다, 답이. 이렇게 머리를 쥐어뜯어도.”

본 존은 자신의 머리카락을 실감나게 휘어잡았다.

“내일 약혼식이 있을 거야, 십중팔구 중앙 대신전에서.”

“누구 약혼식?”

듀이가 끼어들었다.

“알바레즈 공작 가의 약혼식… 분명히 참석할 거야. 그래, 틀림없어.”

“누가 참석하는데? 나 참, 지금 수수께끼 놀이라도 하는 거야?”

“루세리안 하이저 리베 폰 라시에. 내 동생 루셀 말이야.”

셰이는 듀이와 본 존을 차례로 바라본 뒤, 담담한 어조로 말을 이었다.

“루셀을 납치해야겠어.”

본 존의 입술에선 바람 빠지는 소리가 새어 나왔고, 듀이는 딸꾹질을 시작했다.

“바… 르샤르 왕국에서 달랑 한 명뿐인 왕자를… 납치하겠다고?”

“그래, 그 방법밖엔 없어.”

“정말 홱까닥 돌아버리겠네!”

본 존은 혼자라도 정신을 차려야 한다는 말을 마음속으로 연거푸 되뇌었다.

“차라리 몰래 접근해서 상처를 조금 낸 다음, 피를 받아오는 게 어때? 쉽진 않겠지만 납치보다야 훨씬 수월하지 않겠어?

“순수 혈통의 왕족에게서 갓 받아낸 피여야 한다고 했어.”

“이런 젠장! 아무리 그래도 납치라니? 더군다나 어중이떠중이 왕족도 아니고 왕세자를 납치하겠다고? 그러다 잡히면 어떻게 되는지 알기나 해?”

“알아. 그래서 하는 말인데… 이번 일은 처음부터 끝까지 완벽하게 정체를 숨긴 상태에서 진행해야 돼. 그리고 납치에 성공하면 그 즉시 두 사람은 이곳을 떠나, 최대한 빨리.”

“셰이…….”

뜻밖의 말에 놀란 듀이는 엉거주춤 다리를 세웠다.

“넌 어쩔 생각인데?”

본 존은 싸움이라도 걸 듯 공격적인 어투로 물었다.

“난 의식을 끝마쳐야지. 힘만 되찾으면 나도 지체없이 몸을 피할 거야. 그러니까 걱정할 필요 없어.”

“퍽도 없겠다!”

“난 셰이만 남겨두고 떠나진 않을 거야! 그렇겐 못해, 절대로!”

듀이는 주먹을 불끈 쥐었다.

“듀이… 본 존… 나 좀 도와줘, 부탁이야……. 나 혼자선 성공할 수 없어. 아니, 시도조차 할 수 없어. 두 사람의 도움이 반드시 필요해.”

“도와줄게, 셰이! 힘이 닿는 한 뭐든지 도와줄게! 그러니까 일이 마무리된 다음에 같이 여길 떠나자, 응?”

듀이는 셰이의 두 손을 힘껏 잡으며 간곡히 말했다.

“그럴 수 없어. 내 말대로 하겠다고 약속해 줘.”

“그따위 약속은 못하겠다면?”

더 이상 가만히 앉아 있기가 불가능해진 본 존도 몸을 일으켰다.

“지금 즉시 여길 나가겠어. 그리고 결과가 어떻게 되든 나 혼자 루셀을 납치하겠어.”

“다시 말해, 혼자 덤벼들다가 차라리 황천길로 직행하시겠다?”

본 존은 난폭하게 탁자를 걷어찼다.

“이까짓 게 다 뭐야? 모조리 내다 버리고 없던 일로 쳐버려! 그럼 되는 거잖아! 있는지 없는지도 정확하지 않은 힘을 찾기 위해 목숨을 버리겠다고? 그런 개소리가 어디 있어?”

연이은 발길질에 향로와 은잔, 그리고 빗물이 들어 있는 둥근 통이 바닥으로 떨어졌다. 머뭇거리던 듀이가 그것들을 주섬주섬 집어 들었다.

“개소리 집어 치우고, 그냥 포기해 버리라고!”

“포기할 수 없어!”

셰이의 목소리도 거칠어졌다. 처음엔 그저 막연한 느낌이었다. 그러나 지금은 먼저 힘을 되찾아야 운명을 바로잡을 수 있다는 확신이 들었다.

“네 스스로 못하겠다면 내가 직접 포기하도록 만들어주겠어!”

본 존은 백단향 꾸러미를 집어 창밖으로 던져 버렸다.

“무슨 짓이야?”

셰이가 소리친 순간, 본 존은 듀이가 들고 있던 빗물 통까지 낚아챘다.

“안 돼!”

셰이는 허겁지겁 내달렸다. 그러나 본 존을 막기엔 거리가 너무 떨어져 있었다. 본 존은 거침없이 뚜껑을 열어 젖혔다.

“본 존!”

다급한 외침이 비명처럼 터져 올랐다.

“듀이, 네 짓이지? 빨리 이거 풀어!”

빗물을 쏟아버리려던 본 존은 눈동자만 움직여 듀이를 노려봤다. 그는 옴짝달싹 못하는 처지가 되어 바닥에 달라붙어 있었다.

"난 셰이가 원하는 대로 해줄 거야."

듀이는 본 존의 손에서 빗물 통을 빼앗아 들었다.

"너 이 자식! 가만 안 둘 줄 알아! 아예 대갈통을 빠개 버리고 말겠어!"

본 존이 험악하게 분통을 터뜨렸지만, 듀이는 눈썹 하나 움찔하지 않았다. 오히려 걱정하지 말라는 듯 빙긋이 웃으며 셰이의 손에 빗물 통을 쥐어주었다. 그리고는 본 존을 향해 돌아섰다.

"너도 어서 약속해. 그럼 풀어주겠어."

"웃기지 마! 차라리 이 꼬라지로 살다가 죽고 말지, 너같이 덜 떨어진 녀석한테 굴복하는 일은 없을 거다!"

"난 셰이를 도와주고 싶어서 여기까지 따라왔어. 넌 무슨 이유로 이번 여행에 동참한 거야?"

"이유가 뭐든 네 녀석이 알 바 아니야."

"난 셰이가 웃는 게 좋아. 그 모습을 보면 나도 모르게 기분이 좋아져. 울고 싶을 만큼 우울하다가도 덩달아 웃고 싶어져. 장담하는데, 너도 나와 크게 다르지 않을 거야. 바로 그래서야… 그래서 빗물 통을 버리면 안 되는 거야. 셰이가 원하는 대로 해줘야 하는 이유가 그래서란 말이야."

셰이는 점점 옅어져 가고 있어. 너도 알지? 내색만 하지 않을 뿐, 셰이도 알고 있을 거야. 우리보다 훨씬 더 잘 알고 있을 거야……. 난 셰이가 힘을 찾으면, 그래서 운명을 되돌리면 그걸 막을 수 있을 것 같은 생각이 들어.

듀이는 본 존에게 전해질 것이란 믿음을 가지고 마음속으로 가만가만 속삭였다.

난 무서워, 본 존… 셰이가 내 눈앞에서 사라져 버릴 것 같아서… 아무것도 못한 채 셰이를 영영 잃어버리게 될까 봐… 정말 무서워…….

"어서 약속해, 셰이 말대로 하겠다고."

침묵이 깊어져 갔다. 얼마간의 시간이 지난 뒤, 본 존이 입속말을 우물거렸다.

"뭐라고?"

"약속한다고! 제길! 됐지? 빨리 이거나 풀어!"

그제야 몸을 움직일 수 있게 된 본 존은 죽일 듯 듀이를 노려봤다. 그리고는 찬바람을 일으키며 쌩하니 밖으로 나가 버렸다.

"이 밤중에 어딜 간 걸까?"

초조하게 문을 응시하는 셰이와 달리 듀이는 느긋한 태도로 의자에 등을 기댔다.

"걱정하지 마, 오래 걸리지 않을 테니까."

"어디 갔는지 알아?"

"바로 요 앞으로 나갔을 텐데, 뭐. 아마 열을 세기도 전에 돌아올걸? 백단향 꾸러미를 움켜쥔 채로."

오래지 않아 문이 열리며 본 존이 들어섰다. 그의 손으로 시선을 미끄러뜨린 셰이와 듀이는 부루퉁한 본 존을 피해 은밀히 미소를 주고받았다.

알바레즈 가와 쉰버른 가의 약혼식은 정오에 열리기로 예정되어 있었다. 두 집안 다 쟁쟁한 권력가인 터라 이른 아침부터 중앙 대신전으로 이어지는 길들은 넓든 좁든 상관없이 꽉 막혀 있었다.

막바지 약혼식 준비에 사용될 물품을 실은 수레와 짐마차들, 식에
동원된 일꾼들이며 먼 거리를 감안해 일찌감치 출발한 귀족들의
고급 마차와 구경꾼들이 한꺼번에 몰리는 바람에, 조금 과장해서
발 디딜 틈이 없을 정도였다. 시간이 흘러 하객들이 본격적으로
몰리는 시점이 되자 상황은 걷잡을 수 없이 더욱 악화되었다. 가
뜩이나 대책이 안 서는 마당에 무슨 이유에서인지 남루한 차림의
거지들까지 꾸역꾸역 대신전 앞으로 모여들고 있었던 것이다. 그
야말로 벌집을 첩첩이 겹쳐 놓은 듯 북새통이 따로 없었다.

"왜 이렇게 지체되는 거냐?"

마차가 통 움직일 기미를 보이지 않자 지루해진 루셀은 마차
창문으로 고개를 내밀었다.

"송구스럽습니다. 어떻게든 길을 내어볼 테니 잠시만 기다려
주십시오."

"그 말은 이미 세 차례나 들었다."

"죄송합니다."

호위기사는 쩔쩔매며 루셀의 눈치를 살폈다. 왕세자의 안전을
위해 호위기사 여섯 명이 마차 주위를 정신없이 뛰어다니며 안간
힘을 쓰고 있었으나, 사람들의 접근을 막는 것만도 쉽지 않은 상
황이었다. 그 와중에 통로를 뚫는다는 건 불가능에 가까웠다.

"그건 됐으니, 왜 길거리에 이토록 거지들이 많은 것인지나 알
아봐라."

루셀의 명을 받은 호위기사는 사람들을 살피다 바투 지나가는
지저분한 사내 아이 한 명을 불러 세웠다.

"왜 비렁뱅이들이 이렇게 떼거리로 몰려다니는 거냐?"

"오늘 조기 앞에 있는 신전에서 높으신 분들이 약혼인가, 혼인인가, 하여튼 뭔가를 하시는데요, 그 기념으로 우리 같은 거지들에게 맛있는 음식하고 금화 한 닢씩을 내리신다고 하지 뭐예요? 우린 그야말로 누워서 땡잡은 거지요!"

누런 이를 드러내며 히히 웃어 보인 아이가 금화를 못 받을까 봐 겁이 나는지 종종걸음으로 마차를 지나쳐 갔다.

"제가 알아본 바에 의하면 걸인들이 밖으로 나온 이유는…….""

"나도 들어서 알고 있다!"

루셀은 톡 쏘아붙이듯 말했다.

"송구스럽습니다."

"그나저나 그런 얘기는 못 들었는데……. 좀 전의 그 거지 아이가 한 말, 들어본 적 있느냐?"

"저 역시 금시초문입니다."

쉰버른 백작은 거지들한테 금화를 나눠 줄 만한 사람이 아니야. 아랫사람들에게도 인색하기로 유명하니까… 그럼 고모부가 갑자기 계획하신 일인가? 고모부라면 그럴 것 같기도 하지만… 거지가 한두 명도 아닐 테고… 아무래도 좀 이상한데?

루셀은 고개를 갸웃거리며 자세를 바로잡았다. 맞은편에 앉아 있던 시종장이 목을 가다듬더니 말문을 열었다.

"전하, 밖으로 얼굴을 내미시는 건 매우 위험한 거동이십니다."

점잖은 어투이긴 했으나 누가 들어도 분명한 훈계조가 깔려 있었다.

"만에 하나 악의 무리들이 전하를 알아보고, 악한 짓을 획책하려 들면 어쩌려고 그러십니까? 악한 마음을 품은 자가 지금 저 밖에 있을지도 모릅니다.”

시종장은 평소 ‘악하다’ 는 표현을 즐겨 사용했다.

“그 악의 무리들도 우리처럼 이도저도 못한 채 길 한복판에 갇혀 있을 텐데, 뭐가 걱정인가?”

“폐하께서 친히 내리신 당부를 잊으셨습니까, 전하? 폐하께서 말씀하시길…….”

“알고 있네. 한 말씀도 잊지 않고 잘 새겨두고 있네.”

길고 긴 잔소리가 시작되려는 낌새를 포착하자마자 루셀은 재빨리 말허리를 잘랐다.

루셀은 고루하고 융통성없는 시종장이 못마땅했다. 하지만 그의 말이 옳다는 건 잘 알고 있었다. 사실 예르체리나 여왕은 루셀의 약혼식 참석 자체를 탐탁지 않게 생각했다. 정식 혼인식이 열리면 그때 같이 참석하자는 말을 하며 그의 청을 받아주려 하지 않았다.

루셀은 그래도 하나밖에 없는 고종사촌의 약혼식인데, 잠깐 얼굴이라도 보여야 하지 않겠냐며 끈질기게 어머니를 설득했다. 평범한 귀족 자제처럼 꾸미면 대다수의 사람들은 그를 알아보지도 못할 것이라는 말도 빼먹지 않고 덧붙였다. 그리고 마침내 이틀 전 저녁 만찬 자리에서 간신히 허락을 받아내고야 말았다.

솔직한 심정으로 루셀도 사람들이 북적거리는 약혼식에 참석하는 일이 썩 내키지는 않았다. 단지 잠깐이라도 왕궁을 벗어나고 싶은 마음에 고집을 부렸을 따름이다. 그가 왕궁 내에서만 머문 지도 벌써 넉 달이 다 되어가고 있었다. 예르체리나 여왕이 그의 안전을 이유로 과하다 싶을 만큼 바깥 활동을 금지시켰기 때문이다.

전엔 이 정도로 심하지 않으셨는데… 그때부터인 것 같아. 그세이라는 여자 아이가 왕궁에 침입한 사건… 그 이후부터 나에 대한 걱정이 열 배는 더 느신 것 같아.

루셀의 입에서 나이에 어울리지 않는 무거운 한숨이 흘러나왔다.

"전하… 전하처럼 지체 높으시고, 고귀하시고, 위엄있으신 분께선 언제 어디서나 몸가짐에 신중을 기하셔야 합니다. 예를 들어, 하품이나 기침, 딸꾹질, 또는 한숨이 나오려 할 때에는…….”

또 시작이잖아!

"이보게!"

"예, 전하, 말씀하십시오."

"왕궁 밖에서 전하라고 부르면 안 된다고 몇 번이나 주의를 주지 않았는가? 아까 보니 일개 호위기사도 명심하고 말을 삼가던데, 왜 자네만 유독 전하, 전하하고 부르며 내 명을 거역하는 건가?"

루셀은 몹시 불쾌하다는 얼굴로 시종장을 꾸짖었다. 그의 잔소리를 막기 위한 일종의 선수 치기였다.

"죄송합니다, 전하… 아니, 소, 송구스럽습니다. 앞으로는 절대 잊지 않겠습니다."

툭 튀어나온 관자놀이 주위가 벌게진 시종장이 루셀의 시선을 피했다. 그때였다. 그리 멀지 않은 곳에서 날카로운 비명 소리가 터졌다. 루셀은 시종장의 당부도 잊어버린 채 창밖으로 불쑥 고개를 내밀었다.

"무슨 일이냐?"

"요 앞 마차에 누가 치인 것 같긴 한데… 사람들이 원체 많아 잘 보이지가 않습니다. 제가 지금 가서 알아보고 오겠습니다."

"그래라."

호위기사는 기웃기웃 모여드는 사람들을 헤치며 부지런히 앞으로 나아갔다. 다른 호위기사 두 명도 심상치 않은 일이 벌어졌음을 알자마자 상황을 파악하기 위해 황급히 자리를 뜬 후였다. 고통에 찬 외마디 소리가 잇따라 들려왔다. 남은 세 명의 기사는 뭐라도 보일까 싶은 마음에 고개를 길게 빼 들고 연이어 앞쪽을 살폈다.

그러던 중 조잡하게 만든 닭장을 어깨에 걸머지고 가던 남자가 마차를 피하려고 하다 길턱에 발이 걸려 넘어지고 말았다. 닭장 문이 열리며 일곱 마리의 닭이 밖으로 쏟아져 나왔다.

"아이고, 내 닭! 내 닭 좀 잡아주세요! 저놈들이 내 전 재산인데! 아이고 이를 어쩌나? 쫄딱 망하게 생겼네!"

남자의 고함 소리에 더욱 기겁한 닭들이 퍼드덕퍼드덕 날개를 치며 정신없이 주위를 날아다녔다. 기사들과 몇몇 사람들이 자기 일처럼 도왔으나 닭장으로 돌아온 닭들은 네 마리에 불과했다. '내 닭들, 내 닭들' 하고 흐느끼며 터덜터덜 걸어가는 남자의 모습이 인파 속으로 묻혀갔다.

"그러게 조심 좀 하지. 쯧쯧, 참 딱하게 됐구만."

"그건 그렇고, 저 앞에선 무슨 일이 벌어졌던 거야?"

루셀의 명을 받고 자리를 떠났던 기사가 옷을 탁탁 털어대며 입을 열었다.

"어어… 닭 잡느라고 깜박 잊고 있었네. 하여튼 난리도 그런 난리가 없다니까. 다른 게 아니라, 어떤 거지 한 명이 마차에 치었

나 봐. 내가 보기엔 바퀴에 살짝 스친 정도인 것 같은데, 엄살이 어찌나 심한지… 아직까지도 아파 죽겠다고 저렇게 꽥꽥 소리를 질러대잖아.”

“보나마나 돈 좀 뜯어내려는 수작이지, 뭐.”

“누가 아니래? 식충이 같은 놈들!”

“식충이도 네 말을 들으면 기분 나빠할걸? 때가 덕지덕지 낀 넝마를 머리부터 뒤집어썼는데, 어찌나 냄새가 고약한지, 옆에 서 있지도 못할 지경이었다니까.”

“그나저나 빨리 보고드려야지.”

“나도 그러려고 했어.”

옷매무새를 가다듬은 기사가 신중한 태도로 마차 창문을 세 번 두드렸다.

“보고드리겠습니다.”

대답은 나오지 않았다.

“우리가 하는 말, 다 듣고 계셨던 거 아닐까?”

“그럼 그렇다고 말씀을 하셨겠지. 원래 그러시잖아. 우리가 어디 하루 이틀 모셨어?”

기사는 마차 창문에 바싹 귀를 가져다 댔다. 코 고는 소리가 희미하게 들려왔다.

“주무시는 것 같은데?”

“아니야, 뭔가 이상해.”

기사는 주저하다 가느다랗게 벌린 마차 문틈으로 안을 들여다보았다. 가장 먼저 눈에 띈 건 코를 골며 자고 있는 시종장이었다. 그러나 루셀의 모습은 어디에서도 보이지 않았다. 혹, 급히 숨을 들이쉰 기사가 벌컥 문을 열어 젖혔다.

"저, 전하께서! 왕세자 전하께서 사라지셨어!"

기사들의 얼굴에서 핏기가 모조리 쓸려 나갔다.

"어휴! 이 냄새!"

듀이는 오만상을 찡그리며 팔소매에 코를 대고 킁킁 냄새를 맡았다.

"몸속에까지 밴 것 같아. 아까 그 망토를 뒤집어쓰고 있을 땐 하마터면 질식해서 죽는 줄 알았다니까. 그런 넝마를 삼백 페어나 주고 구했으니… 그 거지 할아버지는 아마 오늘이 내 생일인가보다, 했을 거야."

"그래도 넌 바닥에 편히 앉아 크게 소리만 지르면 땡이었지. 난 그야말로 중노동이 따로 없었다고. 그놈의 닭들이 어찌나 생난리를 치던지, 마차 옆에 가기도 전에 몇 번이나 떨어뜨릴 뻔했다니까! 무겁기는 또 얼마나 무거웠는지 알아? 어깨뼈가 그냥 폭삭 내려앉는 줄 알았어. 아마 모이로 주먹만 한 돌덩이를 꿀떡꿀떡 삼키는 놈들이었을 거야."

본 존은 어깨와 팔을 주무르며 엄살을 피웠다.

"두 사람 다 고생 많았어."

셰이는 본 존의 머리카락에 붙어 있는 닭털을 떼어주었다. 무거운 마음을 드러내지 않으려고 애썼지만, 그녀의 낯빛은 병자로 보일 만큼 창백했다. 침상 위로 쭈뼛쭈뼛 시선을 가져간 셰이는 정작 루셀의 모습은 쳐다보지도 못한 채 무엇에 쫓기기라도 하듯 황급히 고개를 바로잡았다. 루셀은 잠이 들었을 뿐, 조금도 다치지 않았다는 사실은 알고 있었다. 그런데도 동생에게 몹쓸 짓을 한 것 같은 죄책감이 가슴을 짓눌러댔다.

듀이와 본 존이 기사들의 주의를 끄는 동안, 셰이는 몰래 마차로 접근해 시종장과 루셀에게 수면 가루를 뿌렸다. 카시아스가 여행 내내 가지고 다녔던 수면 가루가 듀이의 손을 거쳐 그녀에게 이른 셈이었다. 그 뒤 잠이 든 루셀의 몸에 커다란 자루를 덮어씌워 빼내오는 일은 그리 어렵지 않았다.

"이젠 내가 알아서 할게."

약속대로 자신의 곁을 떠나라는 의미였다.

"셰이, 그냥 같이 있으면 안 될까? 날 제대로 본 사람은 한 명도 없어. 내내 망토를 뒤집어쓰고 있었잖아, 얼굴엔 시커먼 칠까지 바르고……. 굳이 떠날 필요까지는 없지 않을까?"

"안 돼, 듀이. 약속했잖아."

듀이는 팔다리를 축 늘어뜨린 채 무겁게 발을 끌며 문을 나섰다. 입을 굳게 다문 본 존도 뒤를 따랐다.

"조심해, 셰이… 조심해야 돼."

차마 걸음이 떨어지지 않는 듯 듀이는 층계참에 우두커니 서 있었다. 셰이는 아무 말 없이 문을 닫아걸었다. 텅 빈 것 같은 허전한 마음을 추스르며 그녀는 곧장 의식 준비로 들어갔다. 하카미아의 말대로 빗물을 이용해 원을 그린 다음, 붉은 향로 위에 백단향을 얹고 미리 준비한 초로 불을 붙였다.

"자는 척할 필요 없어. 내내 날 보고 있었다는 거 알고 있어."

셰이는 말을 끝내며 루셀을 향해 돌아섰다. 그의 속눈썹이 파르르 떨리더니 가느스름하게 눈꺼풀이 열렸다.

"소리 지르지 않겠다고 약속하면 재갈을 풀어줄게."

루셀은 고개를 끄덕거렸다. 셰이는 그의 입을 막고 있는 천은 빼주었으나, 묶여 있는 손과 발은 그대로 두었다.

"나… 기억나?"

"그래, 넌 셰이엔이야. 제정신이 아닌 여자 애."

상황에 안 맞게 웃음이 나오려 했다. 적잖게 겁이 날 것이 분명한데도 꿋꿋한 태도를 유지하는 동생이 대견스러웠다.

이런 건 납치범이 가질 만한 감정이 아닌가?

미소가 어느새 자조 섞인 쓴웃음으로 바뀌었다. 그녀는 탁자 위에 미리 꺼내두었던 은잔과 단도를 손에 쥐었다. 루셀의 동공이 커다랗게 열리며 공포가 들어찼다. 그 변화가 어찌나 뚜렷하고 급작스러운지 셰이는 정신이 번쩍 나는 느낌이었다. 지금 동생의 눈에 비친 그녀의 모습은 악몽 속에서 튀어나온 괴물처럼 무시무시하고 괴기스러워 보일 것이 분명했다.

"겁내지 마. 해치려는 게 아니야. 그럴 마음은 조금도 없어. 내 말이 곧이곧대로 믿어지진 않겠지만 정말 해치려는 게 아니야. 난 그냥… 네 피가 조금 필요한 것뿐이야."

그녀의 말은 오히려 역효과를 가져왔다. 안심을 시키기는커녕 루셀에게 더 큰 두려움만을 안겨주었다. 루셀의 얼굴에서 얼마 남아 있지 않던 혈색마저 완전히 사라져 버렸다. 극도로 당황한 셰이는 허겁지겁 단도를 등 뒤에 숨겼다.

"해칠 마음은 조금도 없어, 정말이야! 손가락에 작은 상처 하나만 낼게! 그리고 나서 곧장 왕궁으로 돌려보내 줄게!"

"거짓말… 거짓말이야… 넌 사악한 마녀야… 내가 다 봤어. 바닥에 이상한 걸 그리고… 이상한 향을 피우고… 날 죽여서 내 피를 마시려고 하는 거잖아…….”

“널 죽이려는 게 아니야, 절대! 널 죽이느니, 차라리 자결을 하고 말겠어! 정말이야, 루셀!”

동생이 자신을 믿어주기만을 바라며 셰이는 한 발 접근했다. 루셀은 묶인 팔다리를 버둥거리며 뒤로 물러나기 위해 안간힘을 썼다.

“루셀, 아주 작은 상처 하나면 돼. 치료해 줄 약도 준비해 놨어.”

셰이는 단도를 쥐고 있는 손을 머뭇머뭇 앞으로 꺼냈다.

“가까이 오지 마! 이 마녀!”

버럭 소리를 지른 루셀이 울음을 터뜨렸다.

“어마마마… 어마마마… 저 좀 구해주세요……. 저 좀 빨리 구해주세요… 어마마마…….”

셰이는 미동없이 서서 자신의 동생을 바라봤다. 공포에 질린 울음소리가 그녀의 가슴을 아프게 후벼팠다.

안 돼… 할 수 없어… 루셀한테 이런 짓을 할 수는 없어…….

단도가 툭, 바닥으로 떨어졌다.

“내 이럴 줄 알았지.”

셰이는 눈물이 그렁그렁한 눈으로 본 존을 돌아봤다. 본 존은 문을 걸어 잠근 후 의자로 단단히 받쳐 놓았다.

“물러나. 내가 하겠어.”

성큼성큼 다가온 본 존이 바닥에서 단도를 집어 들었다. 셰이가 그의 팔을 잡은 순간, 루셀이 새된 비명을 질렀다. 그녀의 손을 뿌리친 본 존이 다급히 루셀의 입을 막았다. 루셀이 컥컥 숨

막히는 소리를 토해냈다.

"놔줘! 숨을 못 쉬잖아!"

"입만 막았어! 숨은 코로 쉬면 되는 거고! 그나저나 이럴 시간 없어! 지금 밖에 병력이 새까맣게 깔렸단 말이야!"

셰이는 와락 밀치다시피 하며 루셸에게서 본 존을 떼어냈다. 두려움에 휩싸였을 뿐 아니라 콧물이 코를 막고 있던 까닭에 셰이의 염려대로 루셸은 호흡을 아예 못하는 상태였다. 어느새 안색이 푸르스름해진 그가 거친 숨을 몰아쉬었다.

"이런 제길! 시간없다니까!"

본 존은 단도를 치켜세웠다. 목이라도 자를 듯 험악한 기세였다. 루셸이 다시금 공포에 질린 비명을 쏟아냈다. 본 존이 한 발 움직이자 셰이는 후닥닥 그 앞을 가로막았다.

"하지 마! 루셸이 무서워하잖아! 다른 피를 구할 거야! 루셸은 안 돼! 루셸은 안 된다고!"

"그럼 빨리 필요한 거나 챙겨! 비명 소리를 듣고 벌 떼처럼 몰려들 거야!"

셰이는 의식에 필요한 물건들을 허겁지겁 가방 안에 쓸어 담았다. 계단이 무너져 내리는 것 같은 급박한 발소리들이 쩌렁쩌렁 고막을 울려댔다.

"젠장! 문은 안 돼!"

본 존은 창문을 열어젖혔다. 창문 밖으로 나가 좁은 턱을 딛고 선 그에게 셰이는 가방을 내밀었다. 그때였다. 문에 무엇인가가 쿵! 하고 부딪쳤다.

늦었어! 나까지 나가려 했다간 둘 다 잡히고 말 거야!

셰이는 창문을 닫았다.

"무슨 짓이야?"

본 존이 거칠게 속삭였다. 셰이가 커튼을 내린 순간 문이 부서지며 서른 명이 넘는 기사와 병사들이 뛰어들어 왔다.

"전하!"

기사 두 명이 루셀의 결박을 푸는 사이, 셰이는 병사들에게 빈틈없이 둘러싸였다. 그들의 얼굴엔 하나같이 믿기지 않는다는 기색이 뚜렷했다. 내란을 꾸미는 권력자의 음모라느니, 흉악한 범죄 집단의 소행이라느니 갖가지 추측이 난무했지만, 여자 아이가 범인이리란 예상을 한 사람은 단 한 명도 없었다.

"전하, 이 아이가 범인입니까?"

"그래! 그리고 창문 밖에 한 놈이 더 있을 것이다!"

기사 한 명이 난폭하게 커튼을 뜯어낸 뒤, 여닫이 창문을 벌컥 밀어젖혔다.

"쥐새끼 한 마리 보이지 않습니다! 하지만 염려 마십시오, 전하! 바르샤르 전체를 샅샅이 뒤져서라도 반드시 놈을 잡고야 말겠습니다."

"전하께서 무사하시다는 게 사실이냐?"

숨찬 음성과 함께 드레이크가 안으로 들어섰다. 기사단장의 갑작스런 출현에 놀란 기사와 병사들이 후닥닥 부동자세를 취했다.

"괜찮으십니까, 전하?"

"난 괜찮네."

말과는 달리 루셀은 다 죽어가는 중환자처럼 보였다. 낯빛도 창백했을 뿐 아니라 긴장이 풀린 탓인지 사지를 축 늘어뜨린 채 힘없이 앉아 있었다.

드레이크는 셰이를 향해 성큼성큼 걸어갔다. 그리고 앞에 다다르자마자 그녀의 뺨을 후려쳤다. 쓰러질 뻔한 셰이는 비틀거리다가까스로 몸을 가누었다. 찢겨진 입술에서 선혈이 방울져 흘러내렸다.

"너무 거칠게 다루지 말게."

루셀이 속삭이듯 작게 말했다.

"전하, 지금 뭐라고 하셨습니까?"

드레이크는 자신이 잘못 들었다고 생각했다. 망설이던 루셀이입을 열었다.

"어서 왕궁으로 돌아가자고 했네."

"알겠습니다. 제가 모시겠습니다, 전하. 밖에 마차가 대기하고있습니다."

드레이크는 조심스런 몸짓으로 루셀의 어깨와 무릎을 받쳐 안아 들었다.

"저 사악한 것을 끌고 와라! 또 어떤 악랄한 짓을 꾸밀지 모르니 한시도 눈을 떼서는 안 될 것이다! 놓치기라도 하는 날엔 너희들 목이 먼저 잘리게 될 것이니 정신 똑바로 차려라!"

휙 몸을 돌린 드레이크가 문을 나섰다. 병사 한 명이 셰이의 팔을 무자비하게 꺾어 올렸다. 어떻게든 무릎만은 꿇지 않으려고이를 악물었지만, 곧 병사들의 완력에 밀려 바닥에 주저앉고 말았다. 셰이는 철저히 제압당한 채 밖으로 끌려 나갔다.

어느새 여관 주위로 구경꾼들이 바글바글 몰려 있었다. 셰이는아래만 바라보며 걸음을 옮겼다. 구경꾼들 사이에서 본 존이나 듀이를 발견하게 되었을 때, 동요하지 않을 자신이 없었다. 일거수일투족을 감시당하는 지금, 자칫 잘못하면 그들 두 사람까지 위험에 빠뜨릴 수 있었다.

셰이가 다가가자 구경꾼들의 웅성거림이 더욱 커졌다. 대부분의 사람들은 처음 그녀를 마주했을 때의 기사와 병사들처럼 믿어지지 않는다는 반응을 보였다. 놀라움, 동정, 기도와 저주의 말들이 한데 뒤섞여 불분명하게 웅웅거렸다. 이곳저곳에서 튀어나오는 거친 욕설만이 선명하게 전해졌다.

욕먹을 짓을 했다는 신의 꾸지람인가? 아니면 억울하다는 심부의 악다구니일까?

핏방울이 맺힌 입술에 쓴웃음이 감돌았다.

"어쭈, 웃기까지 하고, 아주 간덩이가 배 밖으로 쑤욱 빠져나왔나 보지? 나 너 같은 계집애들 많이 봤어. 그 짓 하다가 머리까지 확 돌아버린 더러운 매춘부들 말이야. 보아하니 너도 놈팡이들한테 인기깨나 끌었을 것 같은데?"

셰이를 마차 안으로 밀어 넣던 근위대 기사가 희롱조로 소곤거렸다. 색욕이 담긴 끈적끈적한 시선이 그녀의 몸을 따라 이리저리 기어다녔다.

"경고하는데, 앞으로 내 눈에 띄지 않는 게 좋을 거야. 눈에 보이는 순간 공범으로 엮어버릴 테니까."

"웃기지마, 네까짓 게 누굴 감히 협박하는 거야?"

허세는 부렸으나 의기양양하던 태도는 벌써 한풀 꺾여 있었다. 기사는 슬그머니 셰이의 시선을 피하며 마차 문을 잠갔다. 철통같은 감시와 통제 속에서 마차가 왕궁을 향해 나아가기 시작했다.

지난번 쫓겨나다시피 왕궁을 등졌을 때, 셰이는 당당한 모습으로 다시 돌아오리라 자신에게 맹세했다. 맹세는 깨어졌다. 초라하고 비참한 귀로만이 그녀를 기다리고 있었다.

"우리까지 밖으로 드러났어."

"어떻게? 우릴 제대로 본 사람은 한 명도 없잖아."

본 존은 골목 어귀를 주의 깊게 살핀 다음, 목소리를 더욱 낮췄다.

"납치범을 찾기 위해 눈이 벌게진 녀석들이 우르르 몰려다니며 시트린에 존재하는 여관이란 여관은 죄다 샅샅이 훑어댔겠지."

납치를 실행하기 전 신중하게 숙소를 옮기고, 가급적 얼굴을 드러내지 않기 위해 모든 노력을 기울였으나, 전에 묵었던 여관을 찾아내는 건 그리 어려운 일이 아니었을 것이다.

"셰이는 어떻게 되는 걸까?"

듀이에게 자신의 안전 문제는 셰이에 대한 걱정에 밀려 멀찌감치 뒤처져 있었다.

"지금 이 순간부터 그 이름은 절대 입에 올리지 마, 귀가 어디 붙어 있을지 모르니까. 가능하다면 머릿속에서도 깨끗이 지워 버리는 게 좋을 거야."

본 존의 어투는 무척이나 매정했다.

"본 존은 그럴 수 있어?"

"난 벌써 잊었어."

"거짓말."

듀이의 응수에 맞춰 마음속에서 비웃음이 들려왔다.

택도 없는 헛소리하고 앉아 있네!

실제로 본 존은 셰이를 잡히게 내버려 두고 혼자 도망친 자신에게 격한 분노를 느끼고 있었다.

"넌 네 갈 길을 가. 되도록 빨리 시트린을 벗어나는 게 좋을 거야. 큰길 쪽으론 절대 나가지 마. 거짓말 조금 보태서 병사들이 발 디딜 틈도 없이 바글바글하니까, 썩어가는 송장에 꼬인 똥파리들처럼."

"넌?"

"내 몸 하나 건사하는 건 눈감고도 할 수 있어."

본 존은 어깨에 메고 있던 가방을 잘 안 보이도록 쓰레기 더미 구석에 쑤셔 넣었다.

"가방은 왜 버려?"

"내 거 아니야."

"설마…….""

듀이는 후닥닥 가방을 파내 가슴에 꼭 부둥켜안았다.

"너 미쳤어? 셰이 거야! 셰이 가방이라고!"

"쉿!"

본 존이 재빨리 주의를 주었지만, 이미 골목 어귀로 다섯 명의 병사가 모습을 보였다.

"너희 둘! 거기서 뭐 하는 거야?"

"내가 신호를 주면 그 즉시 담을 넘어가."

황급히 속삭인 본 존이 비척거리며 병사들을 향해 돌아섰다.

"감히 누가 반말로… 지랄이야? 니들 내가 누군지… 알아? 내가 누군지… 아느냐고… 이놈들아? 쥐똥도 안 되는 것들이… 까불고 있어……."

본 존은 끅끅 딸꾹질을 해가며 술 취한 사람의 흉내를 그럴싸하게 냈다.

"저 자식이 누구한테 시비야?"

"야야, 하지 마. 술주정뱅이는 그저 무시하는 게 상책이야. 우린 어서 수색이나 계속하자고, 불호령 떨어지기 전에."

"들들 볶아대는 통에 가뜩이나 기분도 그지 같은데, 별게 다 성질을 건드리네!"

"그런데 말이야, 저기 저 뒤쪽에 있는 남자 애… 좀 이상하지 않아?"

병사들의 시선이 듀이에게 몰려갔다. 어슴푸레한 골목 구석에 장작개비처럼 꼿꼿이 서 있는 모습이 수상쩍게 비쳐졌다.

"야! 너, 이쪽으로 나와봐!"

듀이는 마른침을 꿀꺽 삼키며 손가락으로 자신을 가리켰다.

"저, 저요?"

"그래, 너 말이야! 뭐 하고 있는 거야? 빨리 나오지 않고!"

"젠장… 몸이 으슬으슬하네……. 술이 모자라… 술이 모자란다고……."

본 존은 벽에 몸을 기대는 척하며 반쯤 썩은 나무 궤짝 속에서 재를 한 움큼 집어 들었다. 그리고는 버럭 소리쳤다.

"지금이야!"

몸이 마비되다시피 한 듀이는 격렬히 흠칫했을 뿐, 움직이지 못했다.

"어어! 그, 그놈들! 그놈들인가 봐!"

병사들이 앞 다투어 골목으로 뛰어들어 왔다.

"빨리 가! 멍청아!"

본 존은 코앞까지 다가든 병사들의 얼굴에 재를 확 뿌렸다.

"어억! 내 눈! 내 눈!"

병사 한 명이 비명을 질렀다. 다른 병사 하나는 얼굴을 감싸며 뒤로 주춤거렸다. 그의 가슴을 힘껏 걷어찬 본 존이 다른 두 명에게 연거푸 주먹을 휘둘렀다. 배로 달려드는 창을 피하며 그는 슬쩍 어깨 너머를 쳐다봤다. 담을 넘어가는 다리가 얼핏 시야에 잡혔다. 찰나적으로 방심한 순간, 날카로운 통증이 등을 후벼 팠다. 재빨리 몸을 돌리려 했으나 마음처럼 움직여지지 않았다. 그의 등에 박힌 창을 뽑아 든 병사가 팔을 높이 치켜들었다.

제기랄! 어제 꿈자리가 뒤숭숭하더니만…….

피로 얼룩진 창날이 시리도록 창백한 섬광을 번득이며 내리꽂혔다.

셰이는 왕궁에 발을 딛자마자 주위를 돌아볼 겨를도 없이 감금되고 말았다. 지난번과 비교해 다른 것이라면, 쇠창살 대신 육중한 철문이 앞을 막고 있다는 점이었다.

지하 감옥으로도 부족해 심문실까지 구경하게 되었군. 아니, 고문실이라고 해야 맞는 건가?

이리로 끌려오기 전까진 왕궁에 이런 곳이 있으리라 상상해 본 적도 없었다.

"지난 십칠 년 동안이나……."

셰이는 혼잣말을 하다 오늘이 바로 자신의 열여덟 번째 생일날이라는 사실을 기억해 냈다.

"생일 축하해, 셰이엔."

셰이는 짐짓 밝게 말한 다음, 답례의 인사를 건네듯 우아한 몸짓으로 허리를 굽혀 보였다. 손목에 감긴 쇠사슬이 철그렁거리며 움직임을 방해했다. 기운이 일시에 빠져나갔다. 체념 섞인 한숨과 함께 팔을 내리려던 그녀는 멈칫했다. 희미한 등불에 비친 손의 윤곽이 불분명하더니 점차 투명해졌다. 눈을 감았다가 떠보았지만 나아지지 않았다.

난 점점 사라지고 있어… 머지않아 얼굴도 보이지 않게 될 거야. 말도 할 수 없게 될 테고…… 그전엔 혹독한 고문을 받게 될 거야……. 어느 쪽이 더 무서운지는… 나도 모르겠어…….

"듀이와 본 존은 무사하겠지? 루셀도 많이 진정되었겠지? 아마 지금쯤은 어의관들이 총동원돼 난리법석을 피우고 있을 거야."

셰이는 계속해서 중얼거렸다. 잠시라도 좋으니 자신의 문제에서 벗어나고 싶었다. 그러나 생각은 맴을 돌 듯 그 자리에서 헤어나지 못했다.

왕궁으로 돌아왔어… 아무것도 없는 빈손으로.

"그러고 보니 빈손은 아니었군. 이렇게 멋진 장식품을 달았다는 걸 잊으면 안 되겠지."

손목을 옥죄고 있는 쇠사슬을 손끝으로 쓸어보며 셰이는 씁쓸하게 웃음 지었다. 한없는 무력감과 서글픔이 밀려들었다. 그녀는 비참한 심정으로 무릎에 얼굴을 파묻었다.

차라리 미쳐 버렸으면 좋겠어……. 아니, 깨끗이 사라져 버리는 게 나을 수도 있어… 나만 없어지면 모든 사람들이 다 만족스럽게 살아갈 테니까……. 그럼 나 때문에 고생하는 일도 없을 테니까… 본 존도… 듀이도…….

"셰이……."

듀이의 목소리가 들리는 듯했다.

미안해, 듀이…….

"셰, 셰이……."

이상하다는 생각이 머리를 스친 순간 그녀는 번쩍 고개를 치켜 들었다. 심문실 구석에 듀이가 서 있었다. 밀랍처럼 새하얀 얼굴 색 때문인지 흡사 유령을 보는 느낌이었다. 얼떨떨한 상태가 가 시기도 전에 듀이가 크게 휘청하며 바닥에 무릎을 꿇었다.

"듀이!"

셰이는 허둥지둥 그에게 다가갔다. 듀이가 그녀의 가방을 내밀 었다.

"어서, 셰이… 시간이 없어……."

셰이는 가방을 열어보았다. 향로와 빗물 통, 그리고 백단향이 든 꾸러미가 보였다.

"이걸 지금 하라는 거야?"

"빨리… 서둘러야 해……."

"하지만 피가 없잖아."

듀이는 옷 속에 깊숙이 품고 있던 손을 꺼냈다. 그의 손엔 붉은 피가 담긴 은잔이 쥐어져 있었다.

"아직 식지 않았어."

셰이는 시간을 낭비하지 않았다. 빗물 통을 열어 돌바닥에 재 빨리 원을 그렸다.

"누구 피야?"

"카시아스……."

짐작대로였다. 바르샤르에서 헤이론까지 갔다가 쉴 틈도 없이 곧장 돌아오느라 듀이가 그처럼 기진맥진해 있었던 것이다.

"셰이… 본 존이 다쳤어……."

듀이가 중얼거렸다. 그는 고개를 꺾으며 그대로 바닥에 드러누웠다. 소리 내어 울 힘도 없는 듯 눈물만 주르륵주르륵 파리한 얼굴을 적시며 흘러내렸다.

"죽었을지도 몰라……."

백단향에 막 불을 붙이려던 셰이는 으스러져라 향로를 틀어쥐었다. 그때 밖에서 인기척이 느껴졌다. 철컹철컹, 자물쇠를 여는 소리가 뒤를 따라붙었다. 셰이는 다급해졌다. 파르르 떨리는 손으로 향로에 바짝 심지를 들이댔지만 도무지 불이 붙지 않았다. 백단향은 눅눅해져 있었고, 등불의 심지는 끝까지 타 들어가 거의 남아 있지 않은 상태였다.

"제발! 제발 좀 붙어! 제발!"

백단향에서 가느다란 연기가 피어났다. 끼이이익, 소름 끼치는 쇳소리를 토해내며 철문이 열렸다. 드레이크와 심문관 둘이 안으로 들어섰다.

"뭐야?"

드레이크가 버럭 고함쳤다. 셰이는 향로를 품에 안고 빗물로 그린 원 안으로 몸을 날렸다. 향로에 담긴 백단향이 바닥으로 흩어졌다.

"이 요사스러운 것!"

셰이는 허겁지겁 은잔을 들어 올렸다. 잔을 입에 대기도 전에 드레이크가 그녀의 목을 움켜잡았다.

"네 마음대로는 안 될 거다!"

"방해하지 마! 방해하지 말라고!"

셰이는 궁지에 몰린 작은 짐승처럼 드레이크의 팔뚝을 물어뜯었다.

"으윽!"

고통을 못 이긴 드레이크가 그녀를 난폭하게 밀쳤다. 셰이는 은잔을 손에 쥔 채로 바닥을 나뒹굴었다. 피가 엎질러지며 붉은 자국이 번졌다. 셰이는 황급히 은잔을 입에 대고 기울였다. 피는 한 방울도 흘러나오지 않았다.

안 돼! 안 돼!

미친 듯이 잔을 혀로 핥았다. 비릿한 피 맛이 혀끝을 적셨다. 그녀는 침을 꿀꺽 삼켰다. 숨을 죽였지만 달라진 건 조금도 없었다. 아무 일도 일어나지 않았다.

"아니야… 아니야… 이럴 순 없어…….

셰이는 망연자실해졌다. 그녀의 목덜미를 틀어쥔 드레이크가 돌바닥에 대고 무자비하게 짓눌렀다. 고통과 절망에 찬 신음성이 비어져 나왔다.

"단장님, 그러다 죽겠습니다."

소란을 듣고 달려온 간수가 드레이크의 눈치를 살피며 말했다.

"영악한 거짓 시늉에 지나지 않아."

"하지만 밝혀낸 것도 전혀 없는데… 그러다 잘못되기라도 하면…….

드레이크는 마지못해하며 손아귀의 힘을 풀었다. 하지만 셰이는 일어나지 못했다.

아찔하고 오싹한 통증이 들이닥쳤다. 쇠꼬챙이가 몸속을 휘저으며 뼈 마디마디가 뚝뚝 끊어지는 것 같았다. 그녀는 바닥을 뒹굴며 고통에 몸부림쳤다.

"다, 단장님……!"

간수가 부들부들 떨리는 손으로 셰이를 가리켰다. 그녀의 몸이 점점 공중으로 떠오르고 있었다.

"이 사악한 마녀!"

드레이크는 검을 빼 들었다. 셰이는 외마디 소리를 지르며 등을 활처럼 뒤로 젖혔다. 별안간 살갗이 검붉은빛으로 물들더니 곧 제 색깔을 찾아갔다. 경악에 찬 시선들이 지켜보는 가운데 셰이가 바닥으로 떨어졌다. 그녀의 안색은 살아 있는 사람이라고는 보이지 않을 정도로 새하얗고 온몸엔 식은땀이 배어 있었다.

"잊지 말고 기억해 둬."

셰이는 흘러내린 머리카락 사이로 드레이크를 응시했다.

"셰이엔 가이스카 리베 폰 라시에… 머지않아 네가 주인으로 섬겨야 될 이름이야."

믿기지 않을 만큼 침착한 목소리였다. 드레이크가 응수할 말을 찾기도 전에 눈앞에서 셰이가 감쪽같이 자취를 감췄다. 아연실색한 사람들은 정신없이 고개를 휘둘러댔다. 그러나 바닥에 쓰러져 있던 소년까지 사라졌다는 사실만을 깨달았을 뿐, 그녀의 그림자도 찾을 수 없었다.

막 선잠에 빠져들려던 카시아스는 무엇인가가 침대 위로 풀썩 떨어지는 순간 민첩하게 몸을 일으켰다.

"어떤 놈이냐?"

그는 시커멓게 드러난 사람의 형체를 향해 검을 겨누었다. 침입자는 미동도 하지 않았다. 엎어져 있는 모습이 왠지 모르게 눈에 익은 듯 보이자 카시아스는 검끝으로 헝클어진 머리카락을 슬쩍 걷어 올렸다.

"폐하! 무슨 일이 있사옵니까?"

문밖을 지키고 있는 시종의 목소리였다.

"아니다, 아무것도!"

카시아스는 단호하게 말했다. 시야가 어슴푸레하긴 했지만 침대 위에 널브러져 있는 사람은 틀림없는 듀이였다.

"나 참, 아깐 피가 필요하다며 다짜고짜 칼을 들이대더니만… 달갑지 않은 골칫덩어리가 또 굴러왔군."

투덜거리긴 했으나 듀이를 살피는 눈빛은 신중했고 근심이 깃들어 있었다.

"괜찮은 것 같기도 하고, 안 좋은 것 같기도 하고……."

카시아스는 결국 어의관을 부르는 수밖에 없다는 결론을 내렸다. 문으로 걸어가며 그는 괴로운 신음성을 토해냈다.

즉위한 지 얼마 되지도 않은 젊은 왕의 침대에 누워 있는 소년이라… 그것도 한밤중에…….

사람들이 무슨 생각을 할지 눈에 빤히 보였다.

"젠장, 처음 본 순간 죽여 버렸어야 했어."

뒤늦은 후회를 곱씹으며 카시아스는 어쩔 수 없이 문고리를 잡았다.

셰이는 듀이를 카시아스에게 보냈다. 믿고 맡길 수 있는 안전한 장소를 생각했을 때, 가장 먼저 떠오른 곳이었다. 직접 카시아스를 만나 사정을 설명하고 싶었으나 본 존에 대한 걱정이 발목을 붙잡았다. 듀이는 기운이 빠진 것뿐이라 푹 쉬면 곧 건강을 되찾을 수 있을 터였다. 문제는 본 존이었다.

"본 존이 다쳤어……. 죽었을지도 몰라……."

듀이의 말이 한시도 머릿속을 떠나지 않았다.

본 존이 어디 있는지부터 알아내야 돼.

셰이는 눈을 감고 정신을 집중했다. 몸 안의 봉인이 깨졌다는 사실은 분명했으나, 완전한 힘을 되찾은 것인지, 대체 어느 정도까지 능력을 발휘할 수 있는지는 알지 못했다.

본 존… 어디 있는 거야……?

지독한 악취가 코를 찔렀다. 셰이는 어둡고 협소한 골목 구석에 서 있었다. 주위를 살펴보기도 전에 그녀는 자신이 본 존을 찾았음을 알아차렸다. 그는 쓰레기와 오물이 굴러다니는 차디찬 바닥에 널브러져 있었다. 반드시 범인을 생포하라는 지시를 어기게 되자 후환이 두려워진 병사들이 그를 그대로 방치한 채 돌아간 것이었다.

셰이는 바닥에 한쪽 무릎을 꿇고 앉아 본 존의 목을 만져 보았다. 경련을 일으킨 듯 온몸이 바들바들 떨려왔다. 제대로 맥을 살피기 힘들었다. 셰이는 그의 입술 가까이로 귀를 가져다 대보았

다. 숨소리가 들리지 않았다. 이미 숨이 끊어졌거나 막 죽음의 문
턱을 넘으려 하는 빈사 상태에 빠진 것이 분명했다. 인간의 능력
으로는 그를 살릴 수 없었다.

내가 살릴 거야! 어떤 방법을 써서라도… 인간의 힘으로 불가
능하다면, 신의 권능을 빌려서라도 살리고 말 거야! 반드시!

셰이는 본 존을 다리로 받쳐 올려 가슴에 안았다. 생각나는 목
적지는 딱 한 군데였다. 눈꺼풀 위로 흐릿한 그림자들이 너울거
렸다. 어디선가 불어온 한줄기 바람이 머리카락을 가볍게 쓰다듬
고 지나갔다. 셰이는 감고 있던 눈을 떴다. 전에 한번 본 적이 있
는 은빛 연못이 깊은 잠에 취한 듯 나른하게 누워 있었다.

"나를 부른 이유가 무엇이냐?"

냉랭한 음성과 함께 긴 금발을 늘어뜨린 여인이 나타났다. 치
유의 신, 에레미아였다.

"난 인간이 마음대로 부를 수 있는 존재가 아니다."

"제 친구를 살려주십시오. 친구가 많이 아픕니다."

"네 청을 들어주면 넌 무엇으로 그 값을 치르겠느냐?"

"원하시는 걸 말씀해 주십시오."

"이샤무딘에게서 떨어져라. 더 이상 그를 찾지 마라. 앞으로 영원
히 그를 만나지 않겠다고 맹세해라. 그럼 네 친구를 살려주겠다."

셰이는 입술을 깨물었다. 에레미아를 찾으며 그녀는 이런 일이
있을지 모른다고 막연히 생각했다. 본 존을 살리는 값으로 무엇을
치르겠느냐는 물음을 들었을 땐, 그 예상이 확신으로 변해 있었
다. 셰이는 대답을 망설이지 않겠다고 마음먹었다. 본 존만 살릴
수 있다면 기꺼이 요구를 받아들이리라 결심했다. 그런데 막상 입

을 열려 하자, 목이 꽉 조여들었다. 아무 말도 나오지 않았다.

"맹세하겠느냐?"

셰이는 이번에도 침묵을 깨지 못했다. 아픔이 느껴질 만큼 힘껏 두 손을 맞잡았지만 소용없었다.

"친구를 살리고 싶지 않은가 보구나. 좋다, 난 이만 가보겠다. 넌 친구의 주검이나 부둥켜안고 사죄의 말이라도 지껄이려무나."

"하겠습니다! 맹세하겠습니다!"

셰이는 크게 소리쳤다. 자리를 막 떠나려 하던 에레미아는 즉시 몸을 되돌렸다. 그럴 줄 알았다는 듯 그녀의 입술이 의미심장한 곡선을 그리고 있었다.

"맹세에 조건 하나를 더 걸겠습니다."

에레미아는 천천히 미소를 거둬들였다.

"말해봐라."

"제 친구에게 주술인지 저주인지 모르는 이상한 올가미가 걸려 있습니다. 올가미를 건 사람의 이름은 하카미아로, 그녀는 그 올가미를 이용해 그를 자신의 인형처럼 조종하고 있습니다. 어서 손을 쓰지 않으면 제 친구는 하카미아의 영원한 소유물로 전락하고 말 것입니다. 올가미를 풀어 친구를 자유롭게 해주십시오. 그것이 두 번째이자 마지막 조건입니다."

"영악하구나. 불쾌하긴 하다만 받아들이겠다."

"그렇다면 저도 이샤에게서 떨어질 것을 맹세하겠습니다."

"좋다, 계약은 성립됐다. 명심해라, 맹세를 어긴다면 그에 합당한 대가를 치르게 될 것이다."

에레미아는 더 이상 시간을 끌지 않았다. 본 존의 위독한 상태를 간파하고 있던 터라 지체없이 치유력을 발현시켰다. 그녀의 미간에서 뻗어 나온 투명한 빛이 본 존의 전신을 감쌌다. 죽음의 빛깔로 변색되었던 얼굴에 조금씩 핏기가 되살아났다. 작지만 분명한 호흡 소리가 전해졌다. 빛이 완전히 사라졌을 때, 셰이는 핏자국이 말라붙어 뻣뻣해진 옷자락을 들춰보았다. 치명적이던 창상이 감쪽같이 아물어 있었다. 불그스름한 자국만 빼면 상처가 있었는지도 모를 정도였다. 그제야 셰이는 목까지 차올랐던 숨을 내쉴 수 있었다.

"고맙습니다."

"너와 마찬가지로 나도 원하던 것을 손에 넣었으니 인사치레를 받을 이유가 없다."

셰이는 본 존을 물끄러미 내려다봤다.

본 존이 살아 있어. 그러니까 후회하지 않아. 지금도… 앞으로도 절대 후회하지 않아…….

돌연 눈앞에서 본 존의 모습이 사라졌다. 셰이는 놀라 번쩍 고개를 쳐들었다.

"네 친구는 '고요의 숲'으로 보냈다."

에레미아는 말을 끝내려고 하다 간단한 설명을 덧붙였다.

"두 번째 조건대로 올가미를 벗겨주려는 것이다. 걱정할 필요 없다."

"알겠습니다. 나중에 본 존을 만나러 가도 되겠습니까?"

"오기가 쉽지 않을 거다. 하긴, 치유의 연못을 찾고 나까지 불러낸 너이니, 불가능하진 않겠구나. 능력이 닿는다면 네 친구를 만나러 와도 좋다."

셰이는 망설이다 어렵사리 질문을 꺼냈다.

“그런데… 이샤무딘은… 건강을 회복했습니까?”

“아직 아니다. 상처는 아물었으나 사독(邪毒)의 기운이 워낙 몸 깊숙이 스며든 탓에 해독이 쉽지 않구나.”

에레미아가 지친 듯 나른한 몸짓으로 바람에 너풀거리는 옷자락을 여몄다. 그제야 셰이는 그녀의 연푸른 눈동자에 깃든 고단함을 눈치 챌 수 있었다.

“난 ‘고요의 숲’ 으로 돌아가 네 친구를 살펴본 후 잠시 휴식을 취해야겠다. 넌 네가 알아서 하거라. 혼자 힘으로 왔으니 돌아가는 것 역시 가능할 테지.”

에레미아가 홀연히 자취를 감추었다. 셰이는 가만히 서서 은빛 연못을 바라봤다.

이샤를 보고 가면 안 될까? 마지막으로 얼굴만 잠깐 보고 가는 것도 안 되는 걸까?

그를 보면 헤어짐이 더욱 힘들어지리라는 생각을 하면서도 그녀는 쉽사리 발을 돌리지 못했다.

“안녕, 이샤무딘…….”

셰이는 조용히 속삭였다. 그때였다. 천둥이 낮게 하늘을 굴러가는 것 같은 쿠르릉! 소리가 들리더니 거대한 물결을 일으키며 연못이 두 쪽으로 갈라졌다.

이샤야! 그가 깨어난 거야!

셰이는 그 자리에 못 박혔다. 처음엔 아무것도 보이지 않았다. 그녀가 어느새 바짝 말라 버린 입술을 축였을 때, 이샤무딘이 나타났다. 그는 높이 솟구쳐 오른 물기둥 사이에서 맹수처럼 우아하게 움직였다. 목숨이 위태로울 정도로 아팠던 사람이라고는 믿기지 않는 걸음걸이였다. 마침내 이샤무딘이 그녀 앞에 멈춰 섰다.

"왜 여기 있어?"

"그쪽이 상관할 바가 아니야."

최대한 침착하게 말하고 싶었으나, 그녀의 귀에도 심술 난 어린애의 투정처럼 들렸다. 이샤가 흘긋 시선을 던져 왔다. 대수롭지 않게 여기는 눈치였다.

"계속 있을 거야?"

"그것 역시 그쪽이 상관할 일이 아니야."

이샤무딘의 눈썹이 꿈틀거렸다. 기분이 상했을 때마다 나오는 버릇이었다.

그동안 같이 지낸 시간이 얼마나 된다고… 별걸 다 알고 있네…….

셰이의 입가에 씁쓰레한 미소가 감돌았다.

"왜 여기 있는 거냐고 물었지? 좋아, 이유를 말해주겠어. 몇 대 때려주고 싶어서야. 그동안 악질 흑마법사에게 당한 모욕과 수모를 하나하나 따져 보니, 도저히 참고 넘어갈 수가 없더라고. 그래서 결심했어. 시원하게 갚아주고 오자. 그리고 나서 속 편하게 잊어버리자. 영원히 만나지 말자. 머릿속에서도 말끔히 지워 버리자."

말이 끝난 순간 정적이 찾아왔다. 눈썹을 비스듬히 휘어 올린 채 그녀를 응시하던 이샤무딘이 입을 열었다.

"셋 셀 동안만 기회를 주겠어. 방금 전에 한 말을 취소할 기회."

"그렇게 할 일이 없으면 어디 삼백까지 세어봐. 삼백이 끝나자마자 큰 소리로 비웃어줄 테니까."

셰이는 얼굴에 조소를 그려넣었다. 하지만 마음은 착잡하기만
했다.

꼭 이렇게까지 해야 하는 건가? 이번이 마지막 만남이잖아. 웃
진 못하더라도 인상을 찌푸리며 헤어지고 싶진 않은데…….

셰이는 이샤무딘에게서 시선을 떼어냈다.

이런 마음에도 없는 말 따위 하지 말고 그냥 조용히 돌아가자.

그녀가 막 공간 이동에 들어가려는 찰나였다. 이샤무딘이 와락
손목을 낚아챘다. 돌연 정신이 아득해졌다. 끝이 없는 나락으로
추락하는 것 같은 느낌이었다. 윙 하는 이명이 귀를 멍하게 만들
었다. 귀울림과 함께 현기증이 사라졌다. 셰이는 눈을 뜨기도 전
에 자신이 엉뚱한 장소로 옮겨졌음을 알아차렸다. 그곳이 바인게
르트 성이라는 것도 어렵지 않게 짐작할 수 있었다.

"난 여기가 싫어."

눈을 뜬 순간 금빛 눈동자가 뇌리 속까지 똑바로 날아왔다.

"전엔 바인게르트에 있고 싶어했잖아. 매달려 애원까지 하면서."

"애원한 적 없어. 매달린 적은 더더욱 없고. 만에 하나 그런 일
이 벌어진다면, 그날이 바로 내 장삿날이 될 거야."

"그럼 내가 오늘을 네 장삿날로 만들어주지."

이샤무딘의 입술에 냉소가 피어났다.

"난 돌아가겠어. 여기서 이런 쓸데없는 소리나 듣고 있을 이유
가 없어. 시간도 없고."

"허락하지 않겠어."

셰이는 코웃음 쳤다.

"웃기지 마. 허락을 구할 생각도 없어. 그쪽이 나한테 그 정도

로 중요한 존재인 줄 알아?”

조금도 흔들리지 않던 금빛 눈동자에 처음으로 동요가 나타났다. 흥분을 가라앉히려는 듯 이샤무딘이 깊이 숨을 들이마셨다가 천천히 토해냈다.

“이러는 이유가 뭐야?”

말문이 막힌 그녀는 허둥지둥 대답을 궁리했다.

“난 힘을 되찾았어. 이제 곧 뒤틀린 운명도 바로잡을 수 있을 거야. 그래서…….”

“그래서?”

셰이가 뜸을 들이자 이샤무딘이 독촉했다.

“그래서 이제 악질 흑마법사란 존재가 불필요해졌어. 그동안은 원래의 날 잊지 않은 유일한 사람이었기 때문에 어떻게든 떨어지지 않으려고 기를 써댄 것뿐이야. 이젠 그럴 이유가 없어진 거고. 머지않아 운명을 되돌리면 무수히 많은 사람들이 날 알아봐 줄 테니까.”

일순 시선을 아래로 떨어뜨린 이샤무딘이 고개를 들며 그녀를 노려봤다. 냉혹함이 깃든 눈빛에 셰이는 움츠러들었다. 재빨리 시선을 외면했지만, 위태로운 심장 소리가 귓가를 빠르게 오르내렸다. 그녀가 마른침을 삼켰을 때, 믿어지지 않는 일이 발생했다.

“우습군… 정말 우스워.”

이샤무딘의 입술에 웃음기가 번지더니 금빛 눈동자에 신비로운 이채가 감돌았다. 그 모습이 너무 멋있어 보이자 셰이는 도리어 경계심이 깊어졌다.

여자들의 이성을 마비시켜 노예로 삼았다가 끝내는 혼까지 빼앗아 버리는 극히 위험한 죽음의 사신… 맞아, 그런 사신이 있다면 바로 저 모습일 거야.

죽음의 사신에게 혼을 빼앗기면 안 된다는 위기감에 그녀는 어금니를 지그시 물었다.

정신 차려! 저 모습에 넘어가면 그 끝은 비참한 구렁텅이밖에 없어! 치유의 신 에레미아에게 한 맹세를 떠올려 봐. 맹세를 어기면 그 대가를 치르게 될 것이라고 경고까지 받았잖아.

셰이는 열심히 자신을 채찍질했다. 그러나 마음 한구석에선 에레미아한테 주기엔 이샤가 너무 아깝다는 미련이 자꾸만 고개를 쳐들었다.

"왜 웃는 거야?"

그녀는 마음의 동요를 감추기 위해 퉁명스럽게 물었다.

"우스워서."

"뭐가 우스운데?"

"본심과는 달리 기를 쓰며 정반대의 말을 하고 있는 네 꼴이."

셰이는 훅 급히 숨을 들이쉬었다. 얼음물을 뒤집어쓴 듯 온몸이 오싹해졌다.

역시 내 생각이 맞았어! 계속 의심이 가면서도 설마 설마 했는데… 안 그런 척 시치미를 떼면서 지금까지 내 마음을 고스란히 읽고 있었던 거야!

"어떻게 그럴 수 있어? 가증스런 거짓말쟁이! 뭐, 내 마음은 읽을 수 없어? 어디 또 말해봐! 내 마음은 읽을 수 없다는 소리, 다시 한 번 해보라고! 이 나쁜 놈아!"

셰이는 이샤무딘에게 마구잡이로 주먹을 휘둘렀다. 이샤무딘이 그녀의 주먹을 하나씩 움켜잡았다.

"잘 들어. 이런 말 하는 건 처음이자 마지막이니까."

"됐어! 듣고 싶지 않아! 네 말 따위를 듣느니 영원히 귀를 막아 버리고 말겠어!"

이샤무딘은 셰이의 두 손목을 한꺼번에 그러쥐었다. 그리고는 그녀의 턱을 받쳐 올려 자신과 시선을 맞추게 했다.

"내가 마음을 읽을 수 없는 존재는 셋뿐이야. 돌아가신 어머니 와 아스트라한, 그리고 너."

"내가 거짓말하지 말라고……."

"난 잔혹한 도살자이긴 해도 거짓말쟁이는 아니야."

무뚝뚝한 음성이 귀를 파고든 순간, 셰이는 그의 말이 진실임 을 깨달을 수 있었다.

"그, 그럼… 그, 그러니까……."

셰이는 말을 더듬었다.

이샤가 교묘하게 쳐놓은 거미줄에 걸려 버린 거야! 바보같이 속아 넘어가 내 입으로 술술 털어놓고 만 거라고!

"그, 그럼… 그, 그러니까… 거짓말쟁이는 내가 아니라 너라는 얘기지."

이샤무딘이 심술궂게 그녀의 말투를 흉내 냈다.

"난 거짓말한 적 없어."

감당하기 힘들 만큼 얼굴이 화끈거렸으나, 셰이는 끝까지 밀어 붙이기로 마음먹었다.

"거짓말."

이샤무딘의 입술이 그녀의 입술을 가볍게 스치고 지나갔다. 셰이가 정신을 차리기도 전에 그가 냉정한 어조로 다시 말문을 열었다.

"넌 오늘 치유의 연못에서 누군가를 만났어. 아마 에레미아일 거야. 그렇지?"

"그렇지 않아!"

"또 거짓말."

이샤가 셰이의 입술에 자신의 입술을 포개더니 곧 떼어냈다.

"둘이 모종의 거래를 한 것 같은데… 에레미아가 무엇을 요구했는지는 구태여 듣지 않아도 알겠어. 내가 궁금한 건, 그 요구를 받아들이며 네가 얻은 대가가 무엇인지야. 추측컨대, 그건 아마…….."

이샤무딘의 금빛 눈동자가 머릿속을 샅샅이 꿰뚫어 보는 듯하자 셰이는 본능적으로 시선을 내리깔았다.

"누군가의 목숨이었을 거야. 그 누군가란 네 주위를 맴도는 세 명의 사내 녀석들 중 하나일 테고… 그렇지?"

"아니야!"

"또 거짓말이군."

이샤무딘이 입술을 아래로 내리자 셰이는 얼른 고개를 틀었다.

"지금 뭐 하는 거야?"

"벌, 거짓말에 대한 벌을 주는 거야."

셰이의 목덜미를 받친 이샤무딘이 바짝 끌어당기며 입을 맞췄다. 촉촉하고 부드러운 혀끝이 맛을 음미하듯 느릿느릿 입술을 따라 미끄러져 제자리로 돌아왔다. 두 사람의 입술이 감미롭게 얽혔다가 서서히 떨어졌다. 잠시 침묵이 흘렀다.

"으음… 어디까지 했지?"

셰이는 입을 열기 전 깊숙이 잠겨 있는 목을 가다듬어야 했다.

"어… 그러니까… 거짓말에 대한 벌을 주는 거라고 했잖아."

"아니, 그거 말고… 그전에……."

"그전?"

셰이는 고개를 갸우뚱하며 기억을 다듬었다. 갑자기 우습다는 생각이 들었다. 웃음이 새어 나오려 하자 그녀는 입술을 꼭 다물며 넌지시 이샤무딘을 곁눈질했다. 진지한 얼굴이 보였다. 방금 전에 무슨 말을 했는지 곰곰이 되짚어보고 있는 것 같았다. 그 모습이 어딘지 모르게 귀엽게 느껴졌다. 갑작스레 푸웃, 웃음이 터져 나왔다.

"고민할 것도 되게 없다!"

이샤무딘이 얼굴을 찌푸렸다. 웃음소리가 한층 커졌다.

"그동안 머리는 안 쓰고, 죽어라 인상만 써대서 머리가 고장 난 거 아니야?"

몸을 떨며 정신없이 웃어젖히던 셰이는 자신을 노려보고 있는 금빛 눈동자와 시선이 마주치자 머쓱해졌다.

"너무 웃어서 그런지 목이 아프네……."

그녀는 헛기침을 하며 끈질기게 파고드는 뾰족한 눈초리를 피했다.

마지막 작별 인사를 남겨두고 웃음을 터뜨리게 될 줄은 몰랐는데…….

어이없다는 생각도 약간 들었으나 예상외로 썩 괜찮은 기분이었다.

울고불고하며 청승 떠는 것보다야 훨씬 낫지, 뭐.

"건강해져서 다행이야. 난……."

셰이는 머뭇거리다 말을 이었다.

"그만 가볼게. 아까도 말했지만 힘이 생겼어……. 아니, 힘을 되찾았다고 하는 편이 맞을 거야. 그래서 이샤의 손을 빌릴 필요가 없게 되었어, 다행스럽게도……. 아무튼… 잘 있어."

셰이가 애써 미소를 지어 보였을 때, 이샤무딘의 눈동자 위로 뜻을 알 수 없는 어두운 빛이 타올랐다. 한걸음에 간격을 좁힌 그가 느닷없이 그녀의 어깨며 팔, 허리와 다리 등 거의 전신을 이리저리 더듬어댔다.

"무슨 짓이야?"

셰이는 이샤무딘의 손을 야무지게 후려쳤다.

"언제부터 이래?"

"뭐가?"

"네 몸."

셰이는 입술을 벌렸다가 이내 다물었다.

"언제부터 이러냐고 묻잖아."

"무슨 말 하는지 모르겠어."

셰이는 이샤무딘에게 사실을 알리고 싶지 않았다. 그가 자신의 상태에 대해 모르고 있길 원했다.

몸이 사라져 버리는 처량한 모습 같은 건 보여주고 싶지 않단 말이야. 그러니까 제발 모르는 척 좀 해줘.

"발가벗겨서 샅샅이 훑어보기 전에 어서 말해."

이샤무딘은 그녀의 심정을 헤아려 입을 다물고 있어줄 만큼 마음 깊고 자상한 성격이 결코 아니었다.

"내 일이야. 신경 꺼."

이샤무딘이 다짜고짜 셰이의 단추를 풀어 내렸다. 그녀가 밀치려 하자 팔을 틀어쥐더니 다시 손을 뻗어왔다.

"몸이 사라지고 있어! 얼마 전부터!"

버럭 소리친 셰이는 휙 몸을 돌려 부랴부랴 단추를 잠갔다.

"악질 변태 같으니!"

얼굴과 목은 물론 살짝 드러난 가슴까지 온통 발그스레한 물이 들어 있었다.

"당분간 여기 있어."

셰이는 순간적으로 동작을 멈췄다.

"그렇게 여유 부릴 시간이 없어."

맨 위 단추까지 단단히 채운 후 그녀는 이샤무딘을 돌아봤다.

"아직 운명을 되돌리지 못했거든."

"고집 부리지 마. 운명 따위 되돌리는 게 뭐가 그렇게 중요해?"

"그건 그쪽 생각이고, 나한테는 중요해."

바인게르트를 떠나려던 셰이는 주춤할 수밖에 없었다. 어떤 강력한 힘이 공간 전체를 빈틈없이 막고 있었다.

"대체 왜 이래? 어서 길을 열어."

소리없이 한숨짓는 셰이의 얼굴엔 피곤함이 배어 있었다.

목이라도 조를 것 같은 험악한 표정으로 이샤무딘이 그녀의 어깨를 틀어잡았다.

"작은 충격파라도 지금의 너에겐 치명적일 수 있어. 알기나 해, 멍청아?"

"그래서? 도대체 언제까지 여기 숨어 있으란 거야?"

"숨어 있으라는 말이 아니야. 위험한 일은 사전에 차단해야 한다는 뜻이지."

"그럼 뭐가 달라지는데? 은적의 안개는 모든 걸 사라지게 한다며? 육체뿐 아니라 영혼까지도 소멸시켜 버린다며? 여기 있으면 그걸 막을 수 있어? 그럴 수 없잖아……."

호박빛 눈동자에 물기가 차올랐다.

이래서 하기 싫었는데… 이렇게 처량한 넋두리나 늘어놓게 될까 봐… 아예 꺼내지 않으려고 한 건데…….

셰이는 두려웠다. 몸 한가운데 휑하니 구멍이 뚫려 그 속으로 산산이 흩어져 버리는 것 같은 느낌이 진저리쳐지도록 무서웠다. 눈물이 굴러 떨어지려 하자 그녀는 얼른 팔소매로 눈을 문질렀다.

"뭐가 들어갔나 봐."

셰이는 깊이 심호흡을 한 다음 팔을 내렸다.

"난 무슨 일이 있어도 내 운명을 바로잡을 거야. 내가 왜 그렇게 그 일에 매달리는지 알아?"

이샤무딘은 대답하지 않았다.

"단 하루를 살더라도 진정한 나 자신으로서 살고 싶어서야. 그리고……."

셰이는 그의 눈을 들여다보며 조용히 속삭였다.

"난 앞으로 이샤를 찾지 않을 거야. 만나지도 않을 거야. 그렇게 맹세했어. 그러니까 죽기 전까지는 그 맹세를 지킬 거야."

손끝은 싸늘히 식어갔지만, 표정만은 단호했다.

"솔직하게 말하니까 훨씬 마음이 개운하다."

셰이는 이샤무딘의 뺨에 살짝 입을 맞췄다.

"작별 인사는 이걸로 대신할게."

엷은 미소만을 남긴 채 그녀는 이샤의 곁을 떠났다.

"좀 어떤가?"

"맥이 조금 약한 것 빼고는 상태가 매우 양호합니다. 지금처럼 안정만 취한다면 사나흘 내에 완전히 기력을 회복하게 될 것입니다, 폐하."

카시아스는 밤을 새우다시피하며 듀이를 돌본 어의관의 노고를 간단히 치하했다. 그런 다음 그를 비롯해 침실 안에 있는 시종이며 근위 기사들을 모조리 밖으로 내보냈다.

"자는 척할 필요 없어."

카시아스의 말에 듀이는 가느다랗게 샛눈을 떠보았다. 카시아스만 남아 있다는 사실을 확인하자마자 그는 숨을 몰아쉬며 일어나 앉았다.

"어휴! 숨 막혀 죽는 줄 알았네!"

"어쩐지 얼굴빛이 불그죽죽해지더라니… 숨은 왜 참고 있었어?"

"들킬까 봐. 숨소리가 나면 자는 척하고 있는 줄 사람들이 몽땅 눈치 챌 것 같더라고."

"숨을 쉬어야 들키지도 않지. 숨 안 쉬고 자는 인간도 있냐?"

어이가 없어진 카시아스는 고개를 절레절레 흔들었다.

"그런데 자는 체는 왜 한 거야? 눈을 뜨고 있었으면 괜한 고생 안 해도 되잖아."

"고생을 안 하긴? 치료사 아저씨와 눈이 마주칠까 봐 얼마나 조마조마했는지 알아? 한 사람만으로도 심장이 떨리는데, 그 여러 사람이 이상한 눈으로 날 뜯어본다고 생각해 봐."

듀이는 부르르 진저리를 치다 카시아스 앞에 다짜고짜 팔을 내밀었다.

"봐, 상상만 해도 소름이 돋잖아. 만약 실제로 그 일을 겪으면 명줄이 반으로 짧아지게 될 거야."

"사람들이 널 이상한 눈으로 뜯어본다고?"

"응, 아까 아침나절에 음식 냄새를 맡고 눈을 떴거든. 얼마나 배가 고픈지 뱃가죽이 등에 달라붙었는지 알았다니까! 아무튼 멀건 죽 같은 국물을 마시며 생각해 봤는데, 제대로 된 음식을 먹은 게 언제인지도 가물가물하더라. 사실 지금도 배가 고파. 아침이라고 받은 게 너무 부실했거든."

카시아스는 문을 열고 시종에게 음식을 가져오라 명했다. 그리고는 서둘러 침대 옆으로 돌아왔다.

"계속해 봐."

"뭘 계속해? 아침이 부실했다는 거? 아니면 배가 고프다는 거?"

"이상한 눈으로 널 뜯어봤다는 것 말이야."

듀이 덕분에 카시아스는 자신도 모르는 사이 인내심이 놀랄 만큼 늘어나 있었다.

"아침을 가져다준 아줌마가 날 그렇게 쳐다보더라고. 눈을 요렇게 해 가지고."

듀이는 가재처럼 눈동자를 좌우로 굴려댔다.

"그 뒤에 있던 시종 아저씨들 눈도 비슷했고. 아무튼 불편해서 죽는 줄 알았어."

“너야 조금 불편한 것뿐이지… 나는…….”

카시아스는 울고 싶다는 생각을 하며 힘없이 바닥을 내려다봤다.

“왜? 사람들이 너한테 뭐라고 그래? 나 같은 평민한테 이런 으리으리한 방을 내줬다고?”

“그런 게 아니라…….”

말끝을 흐리던 카시아스는 실상을 모르는 편이 듀이에게 더 나으리라는 판단을 내렸다.

“이유가 뭐든 너하고는 상관없는 일이야. 그러니까 사람들의 시선 따위 신경 쓰지 마.”

“난 이렇게 좋은 방 필요없어, 카시아스. 그냥 침상 하나만 있는 작은 방으로 옮겨도 돼. 솔직히 말하면 그런 방이 마음도 더 편해.”

카시아스는 피식 웃었다.

“그건 내 마음이 불편해서 안 되겠다.”

“사실… 잠도 잘 안 와. 할 수만 있다면 지금이라도 바르샤르 왕국으로 돌아가고 싶어. 셰이가 무사한지, 또… 본 존은 어떤지… 걱정이 돼, 많이.”

“바르샤르에서 무슨 일이 있었는지 말해봐.”

듀이는 침울한 얼굴로 카시아스와 헤어진 후부터의 일들을 대충 얘기해 주었다. 길지 않은 시간 동안 참 많은 사건들이 일어났다는 생각이 새삼스레 들었다.

“그래서 내 피가 필요했던 거군.”

“응, 그런데 그 뒤에 어떤 일이 벌어졌는지는 모르겠어. 바보같이 정신을 잃었거든.”

“널 이곳으로 보내준 걸로 봐선 힘을 되찾은 것 같긴 한데… 어쩌면 그게 셰이의 힘이 아닐 수도 있겠지.”

음식을 가져왔다는 시종의 보고가 잠시 동안 이어지던 심란한 침묵을 깼다. 들어오라는 명령이 떨어지자 그야말로 입이 딱 벌어질 만큼 다양한 음식들이 넘쳐 나도록 탁자를 가득 채웠다. 듀이는 카시아스의 도움을 받아 침대에서 내려섰다.

“그냥 침대에 앉아서 먹는 게 낫지 않겠어?”

“아니, 좀 움직이고 싶어서 그래.”

듀이는 눈앞에 놓인 온갖 산해진미를 보고 탄성을 발했다.

“우와! 이렇게 많은 음식은 처음 봐.”

“과식하면 안 좋을 테니까. 골고루 한입씩만 맛봐. 그리고 마침 나도 배가 고프던 참이거든.”

“나도 배가 고프던 참이야.”

갑자기 셰이의 목소리가 끼어들었다.

“셰이!”

형태가 완전히 갖춰지기도 전에 듀이는 비틀대면서도 그녀 앞으로 달려갔다.

“괜찮아? 다친 덴 없는 거지?”

셰이는 웃으며 고개를 끄덕거렸다.

“응, 괜찮아. 얼마나 괜찮은지는 내 모습만 봐도 알겠지? 듀이, 너도 좋아 보인다. 역시 카시아스한테 보내길 잘한 것 같아. 그리고 기대해, 듀이. 기쁜 소식이 하나 더 있어.”

“뭘 좀 먹으면서 들으면 어때? 기쁜 소식이라면 음식도 더 맛있게 느껴질 것 같은데 말이야.”

카시아스는 인사말 대신 셰이에게 반가움이 담긴 미소를 건넸다.

"대찬성이야."

"나도 동감이야."

세 사람은 그 즉시 탁자 주위에 자리 잡았다. 처음 얼마간은 음식 맛을 음미하고 즐기느라 바빠 대화를 나눌 짬도 없었다. 배고픔이 어느 정도 가셨을 때, 듀이가 음식물을 꿀꺽 삼킨 다음 말문을 열었다.

"저기 말이야, 셰이……."

듀이는 앞에 놓인 물 잔을 만지작거리며 우물우물할 뿐 제대로 얘길 꺼내지 못했다.

"본 존이 걱정돼서 그러지?"

"으응… 본 존… 괜찮아……?"

"내가 좀 전에 기쁜 소식이 하나 더 있다고 했잖아. 바로 본 존 얘기였어. 본 존은 괜찮아. 부상을 입긴 했지만 깨끗이 치료받았어. 지금은 조용한 곳에서 휴식을 취하고 있고."

"창조신 아스트라한이시여! 감사합니다!

듀이는 환하게 웃으며 기도하듯 맞잡은 두 손을 높이 치켜올렸다.

"본 존이 창에 찔리는 걸 봤을 때는 정말… 정말……."

악몽 같던 기억이 떠오르려 하자 그는 고개를 휘휘 내둘렀다.

"그 뺀질뺀질한 녀석이 그토록 쉽게 죽을 리가 없지. 이번에 액땜을 화끈하게 했으니 향후 백 년 동안은 감기 한 번 걸리지 않을 걸?"

카시아스는 싱글싱글 웃으며 반쯤 차 있는 술잔을 집어 들었다.

“무사히 살아 돌아온 명 질긴 녀석을 위해!”

단숨에 잔을 비운 카시아스가 다시 술을 따랐다. 말로 꺼내진 않았지만, 그 역시 듀이를 통해 자초지종을 알게 된 후부터 내내 본 존을 걱정하고 있었다.

“나도 한잔 줘.”

셰이는 빈 그릇에 물을 따라 버린 후 잔을 내밀었다.

“술 좋아하지 않잖아. 지난번 사냥꾼 막사에서 맛만 조금 봤을 때도 머리 아프다며 다시는 안 마시겠다고 하지 않았어?”

“괜히 그럴 때 있잖아… 별 이유 없이 마시고 싶을 때.”

“마음 상한 일이라도 있어?”

카시아스는 셰이의 잔을 반 정도 채워주며 지나가는 투로 물었다.

“없어, 그런 거.”

셰이는 듀이에게 시선을 옮기며 명랑하게 말했다.

“듀이, 우리도 본 존을 위해 건배하자.”

“좋았어!”

듀이는 흔쾌히 물잔을 집어 들었다.

“어어, 나만 빼놓으면 안 되지.”

카시아스도 얼른 합세했다.

“본 존이 하루 빨리 건강을 되찾길 기원하며… 우리의 듬직하고 사랑스러운 친구, 본 존을 위해!”

듀이의 표정은 진지하기 그지없었다. 셰이도 엄숙한 태도로 듀이의 말을 똑같이 따라 했다. 카시아스는 기가 막히다는 듯 커다랗게 눈동자를 굴렸다.

“사랑스럽다고? 우리가 지금 같은 사람을 염두에 두고 얘기하는 거 맞아?”

“본 존은 지금 음식은커녕 물 한 모금도 못 마시는 상태일지 몰라! 그런데 그 정도의 말도 못해줘?”

듀이는 탁자까지 쾅쾅! 내려치며 괜스레 열을 냈다. 모서리에 놓여 있던 빵 접시가 미끄러지며 카펫 바닥에 부딪쳤다. 카시아스의 시선이 반사적으로 아래를 향한 사이, 셰이는 그의 술잔에 잽싸게 고기 소스를 떨어뜨렸다. 후닥닥 몸가짐을 정돈한 뒤, 셰이는 듀이와 은밀한 눈빛을 나눴다.

“빵 접시가 아니라 탁자를 통째로 집어 던진다고 해도, 아니, 천지를 뒤집어엎는다고 해도 그 말은 절대 못해. 그런 소름 끼치는 말을 입에 담느니 차라리 독약을 한 사발 마시고 말겠어!”

단호하게 거부 입장을 밝힌 카시아스는 보란 듯이 술잔을 단번에 비워 버렸다. 다음 순간 얼굴이 구겨지더니 펄쩍 뛰어올라 왕의 체통이고 뭐고 바닥에 퉤퉤 침을 뱉어댔다. 간신히 참고 있던 박장대소가 터졌다.

“너희들!”

얼굴이 벌게진 카시아스가 눈을 부라리며 두 공범을 노려봤다. 셰이도 큰 소리로 웃어댔지만, 듀이는 그야말로 자지러질 지경이었다. 배를 움켜쥐고 눈물을 줄줄 흘리면서도 웃음을 멈추지 못했다.

“아, 아이고 배야… 배가 아파 죽을 것 같아… 푸하하하하! 아이고…….”

“나 참, 그게 그렇게 재미있냐?”

나중엔 카시아스까지도 피식거리게 되었다.

"이렇게 우리 셋이 둘러앉아 있으려니까 사냥꾼 막사에서 함께 밤을 보냈던 때가 떠올라."

셰이가 말했다. 같은 생각을 하고 있던 카시아스는 고개를 주억거렸다.

"나도 그래. 그날이 바로 셰이를 처음 만난 날이잖아."

듀이도 감회가 새롭다는 표정이었다.

"그땐 지금처럼 이렇게 음식이 많지 않았었지."

"맞아. 감자 몇 개, 무화과 말린 거 몇 개, 또 사과 몇 개가 전부였잖아."

"가장 중요한 걸 빠뜨리면 안 되지. 술 단지가 들으면 얼마나 서운해하겠어?"

셰이를 시작으로 듀이와 카시아스가 차례로 말을 받았다. 서로를 마주 보는 그들의 시선에 따뜻한 친밀감이 감돌았다.

"나, 잊어버리면 안 돼."

셰이는 충동적으로 말했다.

"그게 무슨 소리야?"

"우리가 왜 셰이를 잊어버리겠어?"

카시아스는 어리둥절해했고, 듀이는 조심스러워졌다.

"갑자기 그런 생각이 들었어. 듀이하고 카시아스는, 본 존도 그렇지만… 내 운명이 뒤틀린 후에 만났잖아. 그러니까 운명을 되돌리면… 반대의 상황이 벌어질지 모른다는 생각이 들더라고……."

"그러니까 원래의 널 알고 있던 이들이 기억을 되찾게 되면 그 후에 만난 사람들은 너에 대한 기억을 잃어버리게 될 것이다?"

"괜한 기우일지 모르지만… 그럴 가능성이 전무하다고는 장담

할 수 없다고 생각해.”

그저 바보 같은 망상에 불과했으면 좋겠어. 듀이도 카시아스도 본 존도… 잃고 싶지 않아. 이샤를 다시 못 보게 된 것도 이렇게 힘이 드는데… 세 사람마저 잃어버리면 어떻게 해야 할지… 벌써부터 겁이 나…….

“난 셰이를 잊지 않을 거야. 절대 잊지 않을 거야.”

듀이는 비장한 얼굴로 셰이의 손을 힘주어 잡았다. 그녀는 ‘그럼 당연하지’ 하고 응수하며 미소 지었다.

“이런 방법은 어떨까? 너희 둘이 손을 잡는 걸 보고 생각이 났는데 말이야. 뭐냐 하면…….”

카시아스는 말을 하다 말고 의자에서 일어났다. 그리고는 작은 단검을 손에 쥔 채로 돌아왔다.

“웬 칼이야?”

왠지 꺼림칙해진 듀이는 미간을 찌푸렸다.

“먼저 내 말부터 들어봐. 일명 ‘전사의 혈맹우(血盟友)’라고 하는 게 있어. 간단히 요약하자면 고대의 전사들이 친구를 맞이하고 확인하는 방법으로 서로의 피를 섞었다는 것이 주 내용이야.”

“피를 섞어? 꼭 그렇게 이상한 방법을 써야 친구를 맞이하고 확인할 수 있는 거야? 그냥 간단히 눈으로 하면 안 돼?”

듀이는 고개를 갸웃거렸다.

“으음… 그런가?”

카시아스도 그것까지는 생각해 본 적이 없었다.

“머리가 나빠 자꾸 친구 얼굴을 잊어버렸나 보지. 하여튼 사족 달지 말고 내 얘기나 마저 들어봐. 고대의 전사들은 심장이 뛰는 한 자신의 피가 영원히 친구를 기억하리라고 믿었어. 다시 말해, 친구의 심장에 자신의 영혼을 새겨 넣는다는 의미로 피를 섞은 것이라 할 수 있을 거야. 그래서 말인데… 우리도 그 방법을 써보는 게 어떨까?”

“피를 섞자고? 어떻게?”

듀이는 좀처럼 상상이 되지 않았다. 셰이는 카시아스 앞에 놓인 단검을 집어 들어 자신의 양 손바닥을 살짝 베었다.

“나 셰이엔 가이스카 리베 폰 라시에는 내 피와 내 심장에 듀이와 카시아스를 영원한 친구로서 받아들입니다.”

카시아스와 듀이도 손바닥에 상처를 낸 뒤 같은 맹세를 중얼거렸다. 그리고 그들은 팔을 벌려 서로의 손을 맞잡았다. 다른 사람의 눈으로 보면 터무니없고 유치한 행위에 불과하겠지만, 셰이와 카시아스, 그리고 듀이의 눈빛은 그 어느 때보다 엄숙했다.

“뭐라고 그럴까? 가슴속이 막 뜨거워지는 게, 셰이와 카시아스가 내 심장에 진짜 새겨진 것 같아.”

듀이와 비슷한 느낌을 접한 두 사람 역시 마찬가지로 놀라워하고 있었다.

“본 존도 여기 같이 있으면 좋을 텐데.”

셰이는 아쉬움을 감추지 못했다.

“우리 그런 의미로 다시 건배할까? 고기 소스로 맛있게 양념한 최고급 술로!”

어느새 장난기가 발동한 듀이가 헤헤거렸다.

“그러니까 아까 그 끔찍한 맛이 바로 고기 소스였단 말이지? 누구야? 솔직히 털어놓으면 가벼운 응징으로 끝내주겠어. 누가 범인이야?"

듀이와 셰이는 기다렸다는 듯 얼른 서로를 가리켰다. 카시아스는 과장되게 거친 신음성을 토해냈다.

"둘이 한통속인 줄 진작 알았다니까! 듀이, 셰이, 벌써 이름에서부터 수상한 냄새가 풀풀 풍기잖아."

세 사람은 소리 맞춰 웃음을 터뜨렸다.

밖에선 시종과 기사들이 어안이 벙벙한 채로 대기하고 있었다. 젊은 왕의 호탕한 웃음소리와 섞여 들리는 건 여자의 음성이 틀림없었다. 그들은 안에서 대체 무슨 일이 벌어지고 있는지 궁금해서 죽을 지경이었다. 문틈으로 엿보고 싶은 충동을 억누르느라 자제력을 밑바닥까지 싹싹 긁어모아야 했다.

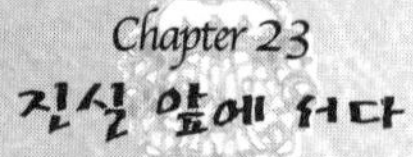

"자네가 여기까지 웬일인가? 에이지아까지 보내 몸이 괜찮아지면 그 즉시 날 만나러 오라는 뜻을 전했건만, 그림자도 비치지 않던 자네가 말일세."

아스트라한은 은근 슬쩍 비꼬았다.

"치유의 연못에서 오늘 나왔습니다. 그리고 보내셨다는 전령사는 만나지 못했습니다."

이샤무딘이 전에 없이 고분고분한 태도를 보이자 아스트라한의 얼굴에 미심쩍은 빛이 스쳐 갔다.

무슨 일이지? 에이지아를 보낸 적이 없다는 사실을 모르진 않을 텐데……. 다른 속셈이 있는 게 분명해. 그 꿍꿍이가 뭔지 스스로 드러낼 때까진 적당히 장단이나 맞춰줘야겠군.

"그래, 몸은 좀 어떤가? 눈으로 보기엔 괜찮은 것 같네만, 다친 건 겉이 아니라 그 속이니 말로 확인하는 수밖엔 도리가 없군.”

“완전히 회복했습니다.”

입을 다물 듯하던 이샤무딘이 아무 상관 없는 말을 불쑥 덧붙였다.

“셰이가 사라지고 있습니다.”

전혀 짐작하지 못한 얘기에 삼라만상을 꿰뚫어 본다는 아스트라한도 순간적으로 놀라고 말았다.

“셰이라면 자네와 얽혀 있는 그 여자 아이의 이름 아닌가? 그 아이가 사라지고 있다고 했는가? 그게 무슨 소리인가?”

“은적의 안개에 노출된 적이 있습니다.”

“은적의 안개? 은적의 안개라고 했나? 대체 그 아이가 어떻게……. 아아… 바로 그때 생긴 일이로군. 자네가 자르키안을 죽인 사건… 난 자르키안이 그 아이를 단순히 인질로 삼은 줄 알았는데… 은적의 안개까지 사용하다니… 괘씸한 놈 같으니!”

자르키안을 고스란히 환생시켜 다시 한 번 죗값을 치르게 해주고 싶은 유혹이 일었다. 잠시 고민하던 아스트라한은 자신이 너무 가혹하고 옹졸하게 비쳐질지 모른다는 생각에 마음을 접었다.

“그나저나 좀 이상하군. 그때 은적의 안개에 노출됐다면… 못할 말이긴 하네만, 그 아이는 벌써 소멸되었어야 맞지 않은가?”

“후유증이 늦게 나타났습니다.”

어투는 담담했으나 이샤무딘의 눈동자 깊은 곳엔 억눌린 분노가 배어 있었다. 그 자신을 향한 분노였다. 아스트라한의 말처럼 은적의 안개가 일단 몸속으로 들어오면 병세는 시시각각 악화되어 간다. 노출된 시간과 양에 따라 차이가 있으나, 대부분은 채

닷새도 넘기지 못하고 소멸의 길을 걷는다. 그러나 셰이의 경우는 달랐다. 며칠이 지나도록 이상 반응이 보이지 않기에 이샤무딘은 조금 전 자신의 눈으로 확인하기 전까지 그녀가 은적의 안개를 이겨낸 줄 알고 있었다. 이렇게 늦게 증후가 나타나리라곤 예상하지 못했다.

"힘이 봉인되어 있었습니다. 오랜 시간 몸을 지배하고 있던 봉인이 은적의 안개를 막아, 퍼지는 속도를 늦추었던 것 같습니다."

"으음… 듣고 보니 그럴 수도 있다는 생각이 드는군."

"그런데… 봉인이 풀렸습니다."

아스트라한은 신음성이 뒤섞인 한숨을 길게 토해냈다.

"그렇다면 증세가 급속도로 악화되리란 건 불을 보듯 뻔한데… 신들의 다툼에 끼어들어 겪지 않아도 될 고통을 치르게 되다니… 가엾은 것 같으니…….."

아스트라한은 쯧쯧 혀를 찼다.

"치료법을 가르쳐 주십시오."

이샤무딘은 방문 목적을 직접적으로 꺼내 보였다.

"그걸 왜 나한테 묻는가? 치료법이 없다는 건 자네도 알고 있지 않은가?"

"그럼 말을 바꾸겠습니다. 셰이를 고쳐 주십시오."

침묵이 흘렀다. 서로 기 싸움을 하듯 아슬아슬한 긴장감이 넘실거리는 침묵이었다.

"셰이를… 고쳐 달라…….?"

아스트라한은 의미심장하게 말끝을 올렸다.

"그 값으로 무엇을 내겠는가?"

“요구 조건부터 꺼내보십시오.”

부탁하러 온 처지임에도 변함없이 뻣뻣하군. 자네의 그 얼음장 같은 자제력이 무너지는 모습을 내 눈으로 꼭 한 번 보고 싶은데 말이야… 그날이 바로 오늘이 될 수 있을지 눈 크게 뜨고 지켜봐야겠어.

일순 피어난 흥취를 교묘히 감춘 아스트라한은 근엄한 태도를 고수했다.

“내가 정해주는 짝과 혼인하게.”

“싫습니다. 다른 조건은 무엇입니까?”

이샤무딘은 단칼에 거부했다.

“다른 조건은 없네. 그 아이를 가혹한 운명에서 지켜주고 싶은가? 그럼 무조건 내가 정해주는 상대와 혼인하게.”

“이미 싫다고 말씀드린 걸로 압니다.”

“분명히 말하네만, 그것이 유일한 길일세. 은적의 안개를 치료할 수 있는 존재는 모든 세상을 통틀어 오직 나밖에 없네. 자네도 그걸 간파했으니 이렇게 내 앞에 나선 거겠지. 내 다시 묻겠네, 마지막 질문이니 심사숙고한 뒤 대답하는 편이 좋을 걸세.”

아스트라한은 생각할 시간을 주듯 잠시 뜸을 들였다.

“내가 정해주는 상대와 혼인하겠는가?”

이샤무딘의 입술에 뜻을 짐작할 수 없는 서늘한 미소가 그려졌다.

“싫습니다.”

그는 말귀를 못 알아듣는 먹통을 상대하는 것처럼 한마디 한마디 명확하게 발음했다.

"지금 그런 말을 할 처지가 아닐 텐데? 시간이 얼마 남지 않았네, 이샤무딘. 그 아인 지금 이 순간에도 사멸의 늪 속으로 빨려 들어가고 있을 걸세. 그 가엾은 아이를 살리고 싶지 않은가?"

"아스트라한께선 요구 조건으로 혼인을 거셨고, 전 그걸 거절했습니다. 조건을 바꿀 마음이 있으십니까?"

"없네."

"그러시다면 전 이만 돌아가겠습니다."

이샤무딘은 처음 말을 꺼냈을 때부터 지금까지 완벽하게 냉정을 유지했다. 미세한 흔들림도 보이지 않았다. 아스트라한은 몹시 불쾌해졌다. 마치 이샤무딘의 손에 놀아난 것 같은 기분까지 들었다.

"네 이놈! 건방지기가 하늘을 뒤덮을 정도구나! 좋다, 어디 네 마음대로 해봐라! 내 발에 매달려 울며 간청해도 결코 네 청을 들어주지 않을 것이다!"

"그러니까 다른 조건을 말씀해 달란 말입니다!"

이샤무딘의 목소리도 거칠어졌다.

"듣기 싫다! 당장 내 눈앞에서 꺼져라!"

"좋습니다. 기꺼이 꺼져 드리겠습니다."

그 즉시 이샤무딘의 모습이 사라졌다.

"저, 저… 되바라진 놈 같으니!"

노여움에 찬 외침이 천지를 진동시켰다. 창조신의 격노에 대기마저 몸을 웅크린 채 숨을 죽여야 했다.

*

"그 아이가 힘을 되찾았습니다."

보고자는 신중하게 주인을 살폈다. 크든 작든 동요가 있으리라 예상했지만 무표정한 얼굴만이 눈에 띌 따름이었다.

"말썽거리가 더욱 커지기 전에, 한시라도 빨리 싹을 잘라 버려야 합니다."

"가만히 지켜보고 있으라는 명령은 아직 유효하다."

"이렇게 손 놓고 계실 때가 아닙니다, 주인님! 그 아이가 저주를 풀면 어쩌려고 그러십니까? 만에 하나 운명을 되돌리기라도 하면 어떡하실 겁니까? 그때는 너무 늦을지도 모릅니다! 왜 이토록 전에 없이 답답한 모습을 보이십니까?"

"네 태도가 점점 방자해지는구나!"

노여움이 깃든 질책이 날아오자 보고자는 마지못해 머리를 조아렸다. 그러나 마음속에 움튼 불만의 싹은 조금도 수그러들지 않았다.

"네 염려를 모르는 건 아니나, 지금은 인내심을 가지고 기다려야 할 때이다. 섣불리 움직였다간 오히려 그 아이를 돕는 결과가 초래될 수도 있다. 저주는 견고하고, 또 완벽하다. 설령 힘을 되찾았다 하더라도 그 아이의 능력으론 결코 깨뜨리지 못할 것이다."

그거야 주인님의 일방적인 견해일 뿐, 제 생각은 다릅니다. 달라도 아주 많이 다르지요.

"알아들었으면 물러가 내 명이나 성실히 수행하거라."

"예, 주인님… 성심을 다해 명을 받들겠습니다."

그 아이는 제가 알아서 처리하겠습니다. 오래 기다리지 않아도 되실 겁니다. 그리고 장담하는데, 주인님께서도 그 결과에 만족하실 겁니다.

은밀히 간직한 본심을 주의 깊게 밀어 넣으며 보고자는 어둠 속으로 스며들었다.

✲

셰이는 하룻밤 쉬었다 가라는 듀이와 카시아스의 만류를 뿌리치고 헤이론 국을 떠났다. 듀이도 함께 가고 싶어했으나, 그녀는 우선 몸부터 완전히 회복시키는 일이 급선무라는 말로 그를 설득했다. 사실 셰이는 듀이가 건강한 상태였다고 하더라도 어떻게 해서든 그를 떼어놓고 올 생각이었다. 기진맥진한 듀이가 눈앞에서 쓰러지고, 더러운 골목에 널브러져 있는 본 존을 발견했을 때, 셰이는 두 사람을 이번 일에 끌어들인 자신에게 미치도록 화가 치밀었다. 듀이와 본 존이 잘못되기라도 했다면, 그녀는 영원히 스스로를 용서할 수 없었으리라.

차디차게 굳어가던 본 존의 모습이 다시금 떠오르자 발걸음이 무거워졌다. 그녀는 '고요의 숲' 가장자리에 이르러 있었다. 바르샤르 왕국으로 돌아가기 전에 본 존을 만나 무사함을 확인하고 싶었다.

"왜 들어오지 않는 거냐?"

에레미아의 목소리가 머리 위 허공을 울렸다. 반사적으로 고개를 쳐들었지만 그녀의 모습은 눈에 띄지 않았다.

† 344 †

"본 존은 괜찮습니까?"

"네 눈으로 직접 보거라. 그러려고 온 것이 아니냐?"

이번에는 소리가 바로 앞에서 전해졌다. 한 발 내딛자 문을 열고 들어서기라도 한 듯 낯선 광경이 나타났다. 실처럼 가느다란 나뭇가지를 촘촘히 엮어서 만든 것 같은 큼지막한 요람이 보였다. 그리고 그 안엔 본 존이 누워 있었다. 상쾌하면서도 마음을 평온하게 해주는 은은한 향기가 코로 스며들었다. 세이는 본 존에게 다가갔다. 얼굴에 땀이 흥건한 본 존이 신음 소리를 내며 몸을 뒤척였다.

"아파서가 아니라 꿈을 꾸고 있는 것뿐이다. 주술의 여파에서 벗어나는 과정이라 할 수 있다. 그리고 난 목소리만 들릴 뿐 다른 곳에 있으니, 마음 편히 네 친구를 만나보거라."

에레미아가 기대하지 않았던 호의를 베풀자 세이는 은근히 마음이 찔렸다. 그녀는 이샤무딘과 함께 있는 에레미아를 처음 본 순간, 세상에 둘도 없는 악녀로 낙인찍어 버렸던 것이다.

"아, 안 돼! 안 돼!"

본 존이 헉헉 거친 숨결을 내뿜었다.

"이 마녀… 그녀를 놔줘… 마르티… 마르티를 놔줘……."

불분명한 중얼거림이었으나 마르티에 대한 꿈을 꾸고 있다는 것만은 알 수 있었다.

"안 돼! 죽여 버릴 거야! 이 더러운 마녀! 너도 똑같이 죽여 버릴 거야!"

본 존이 팔다리를 마구 버둥거렸다. 세이가 흠칫 놀랄 만큼 격렬한 몸부림이었다.

"본 존, 일어나! 꿈이야, 지금 꿈을 꾸고 있는 거야!"

셰이는 본 존의 어깨를 흔들었다. 번쩍 눈을 뜬 본 존이 한 손으로 그녀의 목을 와락 휘어 감았다. 힘이 잔뜩 들어간 손가락을 간신히 떼어낸 셰이는 기침을 터뜨렸다. 멍하던 본 존의 눈동자가 빠르게 초점을 찾았다.

"이런, 셰이! 괜찮아?"

"인사치곤, 너무 과격한 거 아니야?"

셰이는 가볍게 받아넘겼으나, 본 존의 얼굴은 조금도 밝아지지 않았다.

"미안해, 나도 모르게 그만… 미안해, 셰이… 정말 미안해……."

"됐어, 그만 해. 모르는 사람이 들으면 내 심장에 칼이라도 꽂은 줄 알겠네."

"지난번에도 그렇고 이번에도 그렇고… 요새 내가 왜 이러나 몰라. 너무 심심해서 그런 것 같은데, 몸이 좀 나아지면 엉금엉금 기어서라도 보물 사냥을 떠나야겠어."

평소처럼은 아니지만 특유의 능청스러운 어투가 살아난 것 같아 셰이는 한결 마음이 놓였다.

"이왕 온 거 애석하지 않게 힘 좀 보태줘."

셰이는 본 존의 손을 잡고 일어나 앉을 수 있게 도와주었다.

"에레미아는?"

본 존이 주위를 둘러보며 물었다.

"벌써 이름을 부르는 사이가 된 거야?"

"부르라고 있는 이름 부른 게 뭐가 어때서?"

놀라는 셰이가 더 이상하다는 반응이었다.

하여튼 누가 바람둥이 아니랄까 봐.

셰이의 입술에서 피식피식 웃음이 새어 나왔다.

그러고 보니 아까 에레미아도 내가 아니라 본 존한테 호의를 베푼 거로군.

"실없이 웃지 말고 여기 앉기나 해."

본 존이 요람의 가장자리를 가볍게 쓰다듬었다. 그러자 옷감이 짜여지듯 가느다란 가지들이 서로 얽히더니 삽시간에 의자가 만들어졌다. 셰이는 감탄사를 터뜨리며 의자에 앉았다. 보기와는 달리 상당히 편하고 안락했다.

"에레미아가 하는 걸 보고 따라 해본 건데, 정말 되네."

빙글 웃어 보이던 본 존이 두통이 나는 듯 관자놀이를 꾹꾹 눌렀다.

"머리 아파?"

"약간, 꿈자리가 좀 사나웠거든."

"마르티에 관한 꿈을 꾸는 것 같던데."

"네가 어떻게 알아?"

본 존이 정색을 하며 물었다.

"잠꼬대를 들었거든."

"아니, 내 얘긴 네가 마르티를 어떻게 아느냐는 뜻이야."

"그거야 말할 필요도 없지. 하룻밤이긴 했지만 잠도 같이 잤고, 식당에선 볼썽사나운 구경거리가 되기까지 했는데."

"뭐어? 그럼 마르티가 죽지 않았단 말이야?"

조급하게 몸을 일으키려던 본 존이 털썩 주저앉으며 거친 숨을 몰아쉬었다.

"진정해. 몸도 안 좋으면서 왜 그렇게 흥분하는 거야? 아직 꿈에서 깨어나지 못한 상태인 것 같은데, 마르티는 당연히 살아 있어. 그것도 아주 건강하게. 적어도 내가 마지막으로 만났을 때는 그렇게 보였어. 그 이후엔 어떻게 됐는지……."

"잠깐, 잠깐만!"

본 존은 팔을 휘저으며 그녀의 말을 잘랐다.

"지금 제대로 정리가 안 되고 있어. 그러니까 네가 마르티를 만난 적이 있다는 거지?"

셰이는 눈살을 찌푸리며 고개를 끄덕였다.

"언제?"

"최근에 만난 건……."

"아니, 처음 만난 날부터 말해봐. 언제 어디서 어떻게 마르티를 만났는지."

"그거야, 하카미아의 집에서……."

셰이는 말끝을 흐렸다. 그제야 본 존과 자신의 기억이 서로 다르다는 사실이 생각났다.

"하카미아라면 그때 네가 말했던……."

본 존도 어떻게 된 일인지 알아차린 모양이었다.

"우리 두 사람의 기억 중 어느 쪽이 맞는지 구분하지 못하는 한, 마르티의 생사도 모르는 거로군."

"본 존이 기억하는 마르티의 죽음에 대해 알고 싶어."

"마르티는 그 마녀가… 아니… 그 일은 떠올리고 싶지 않아. 그것 말고 다른 얘기를 하는 게 낫겠어."

본 존은 생각에 잠긴 얼굴로 잠시 말을 멈췄다.

"내가 열 살 때야, 마르티를 처음 본 게. 그때 마르티는 여섯 살이었지만 채 다섯 살도 되어 보이지 않았어, 덩치가 정말 작았거든. 그걸 만회라도 하고 싶었는지 고집은 정말 셌어. 한 번 고집을 부리면 그 엄한 보모 선생님들도 당해내질 못할 정도였으니까. 밥을 굶겨도 반성실에 가둬놔도, 또 종아리를 때려도 끝끝내 고집을 꺾지 않았으니… 그들도 골치가 아프긴 아팠을 거야. 오죽하면 이름 대신 독종이라고 불렸겠어?"

픽 웃던 본 존이 다시 진지해졌다.

"언젠가 한번은… 무엇 때문인지 기억은 안 나지만 마르티가 아침부터 밤까지 쫄쫄 배를 곯은 적이 있어. 난 잠자리에서 몰래 일어나 먹지 않고 챙겨두었던 찐 감자 하나를 가져다주었어. 감자를 내밀었을 때, 날 보던 마르티의 눈빛이 지금도 잊혀지지가 않아. 그 왕방울만 한 갈색 눈동자에 눈물이 그렁그렁 맺혀 있는데… 그 모습이 그렇게 눈에 익을 수가 없는 거야. 나중에서야 알았어. 내가 마르티에게서 본 건, 그 누구도 아닌 나 자신이라는 것을……."

깊게 패인 상처가 너무 아파 어쩔 줄 몰라 하는… 또다시 상처 입을까 봐 잔뜩 겁에 질려 있는 나의 모습이었어…….

"젠장, 이게 웬 청승인지."

본 존은 멋쩍은 웃음을 지어 보였다.

"그나저나 듀이는 지금 어디 있는 거야? 그 녀석은 물가에 내놓은 두 살짜리 어린애 같아서 눈에 안 보이면 마음이 영 불안하단 말이야."

“걱정하지 마. 지금 헤이론 국에 있어.”

“아하! 사이비 왕자와 간만에 회포 좀 풀었겠군.”

“지금은 헤이론의 국왕이야. 정식 즉위식은 아직 치르지 않았지만.”

“그 사이비 왕한테 내 말을 꼭 전해줘. 바다를 헤엄쳐 가서라도 즉위식엔 필히 참석할 테니 곱게 꽃단장하고 있으라고.”

“그 말을 전했다간 나까지 당장 헤이론 국 밖으로 쫓겨나고 말 걸?”

셰이는 카시아스의 반응을 상상하며 키득거렸다.

“그건 그렇고, 넌 어떻게 됐어? 헤이론과 바르샤르를 왕복하고 날 만나러 여기까지 온 걸 보면 힘을 찾은 건 분명하겠고……. 운명을 되돌린다는 야심 찬 계획도 착착 진행되고 있는 거야?”

“그랬으면 좋겠는데… 막히고 말았어. 실마리가 끊기니까 어디서부터 손을 대야 할지 또다시 막막해지더라고.”

“그 실마리 내가 이어줄게. 너에게 하카미아란 여자의 존재를 알리고, 찾는 방법을 가르쳐 준 사람… 그 사람을 만나봐.”

“나도 만나려는 시도는 해봤어. 그런데 어디 있는지조차 알아낼 수가 없었어.”

“그 시도는 힘을 찾기 전에 해본 거지? 지금은 그때와 상황이 달라졌잖아.”

거기까진 미처 생각지 못했고 있었다.

“그래, 맞아. 난 달라졌어. 지금 나한테는 힘이 있어.”

셰이는 의자를 밀치며 벌떡 일어섰다. 어둠 속에서 길을 잃고 헤매다가 한줄기 빛을 본 느낌이었다.

“네 말대로 그 사람을 만나러 가야겠어. 분명 어떤 단서를 얻을 수 있을 거야.”

전처럼 맥없이 돌아서진 않으리라 셰이는 굳게 마음먹었다. 바르샤르 왕국 내에 있는 신전이란 신전은 모조리 뒤져서라도 반드시 일리아 대신관을 찾아낼 결심이었다.

“저 말이야… 부탁이 하나 있는데…….”

본 존이 그답지 않게 자신없는 태도를 보였다.

“뭔데 그래?”

“네 일이 끝나면 마르티가 살아 있는지 죽었는지… 알아봐 줄래?”

“난 또 뭐라고. 말 안 해도 알아볼 작정이었어. 그러니까 골치 아픈 생각 같은 건 나한테 맡기고, 본 존은 푹 쉬기나 해.”

“쉬고 자시고 할 것도 없어. 부상이라고 해봤자 살갗 조금 긁힌 것뿐인데, 뭐. 간지럽기만 하지.”

능청스레 허풍은 떨었으나 창백한 안색만 놓고 보더라도 그가 많이 약해진 상태임을 알 수 있었다.

“혹시 집주인 때문에 계속 눌러 붙어 있으려고 엄살 부리는 거 아니야?”

셰이는 일부러 농담으로 응수했다.

“크옥, 이래서 잘난 놈은 어딜 가나 괴롭다니까. 멋진 사나이 본 존을 독차지하고 싶은 욕망에 질투심을 이글이글 불태우며 서로를 노려보는 두 여인이라… 아름다운 시구처럼 들리지 않아?”

“하! 하! 하!”

그녀는 기가 막히다는 투로 짤막한 헛웃음을 날렸다.

"괜히 찔리니까 그러는 거 다 알아."

"예, 멋진 사나이 본 존님의 말씀이니 어련하시겠어요?"

짐짓 인상을 써 보인 셰이는 곧 싱겁게 웃고 말았다.

"셰이엔……."

본 존이 조용히 그녀를 불렀다. 셰이는 왜 그러냐는 얼굴로 그를 쳐다봤다.

"아니야, 아무것도……."

널 보는 게 이번이 마지막일 것 같다는 생각이 자꾸만 들어. 죽었다가 살아난 탓에 겪는 괴상망측한 후유증인가?

"내일 또 올게."

그의 마음을 읽은 것처럼 셰이가 말했다.

"역시 인기있는 남자는 어딜 가나 티를 낼 수밖에 없단 말씀이야! 도대체가 주위에서 가만 놔두질 않으니, 피곤해서 어디 살 수가 있나?"

"하여튼 못 말리겠다니까……."

밉지 않게 눈을 흘기던 셰이가 모습을 감췄다. 본 존의 얼굴에 남아 있던 웃음기가 어색하게 굳어지더니 빠르게 사라졌다. 밖으로 내보이지 않으려고 기를 썼을 뿐, 그의 기분은 우울했고, 그 자신은 무력감에 빠져 있었다.

그가 셰이와 함께 바르샤르 왕국에 온 이유는 그녀에게 힘이 되어주고 싶어서였다.

그런데 천하의 얼간이처럼 나가자빠져서 골골대는 꼴이라니…….

이렇듯 짐이 될 줄 알았다면 바르샤르에 발을 디디지도 않았으
리라. 헤이론 국에서 깨끗이 헤어진 뒤, 마음이 끌리는 곳을 찾아
홀쩍 떠나 버렸을 것이다.

"어차피 이렇게 된 거 잠이나 실컷 자지, 뭐. 끙끙거려 봤자 느
는 건 흰머리밖에 없을 테니. 나이 스물둘에 호호백발이라… 악
몽도 그런 악몽이 없겠네."

악몽이라는 말에서 피 토하며 죽어가던 마르티의 모습이 생생
히 떠올랐다.

셰이의 기억이 맞을 거야… 그게 틀림없어. 마르티는 죽지 않
았어… 절대 죽지 않았어…….

본 존은 억지로 잠을 청했다. 얼마 후 달갑지 않은 악몽이 기다
렸다는 듯 그를 찾아왔다.

'고요의 숲'을 떠난 셰이는 신전이 아닌 뷰렌 시장으로 향했
다. 일리아 대신관을 대면하기 전에 마르티를 먼저 만나볼 생각
이었다. 본 존의 마음을 편하게 해주려는 이유가 가장 컸으나, 서
로 다른 기억의 진위를 가려내고 싶은 욕망도 그에 못지않았다.

셰이가 알기로, 뷰렌 시장엔 작은 채소 가게를 운영하는 마르
티의 이모가 살고 있었다. 그곳에 가면 마르티에 대한 소식을 들
을 수 있을 터였다.

금세 끝나리라 예상했던 일은 해가 저물 무렵이 되어서도 이렇
다 할 성과없이 제자리걸음만 반복했다. 뷰렌 시장 자체가 굉장
히 넓었을 뿐 아니라, 가장 흔하게 볼 수 있는 곳이 바로 채소 가
게였다. 설상가상 스무 군데에 달하는 채소 가게 중 삼분지 일 정

도는 문을 닫아놓은 상태였다.

오늘은 그만 하고 내일 일찍 나와볼까?

다리는 쑤셨고, 허리는 뻐근했으며 배에선 아까부터 꼬르륵 소리가 새어 나왔다. 헤이론을 떠난 이후로 음식 구경은 해보지도 못한 처지였다. 셰이는 식당을 찾아 미련없이 발길을 돌렸다.

"저, 저기……."

식당 입구와 연결된 계단에 한 발을 디뎠을 때, 누군가가 어깨를 건드렸다. 반사적으로 고개를 돌린 셰이는 놀라지 않을 수 없었다. 앞에 서 있는 사람은 틀림없는 마르티였다. 셰이가 자신에게서 눈을 떼지 못하자 마르티는 죄라도 지은 듯 찔끔한 기색을 내보였다.

"저기… 얘기 좀 할 수 있을까?"

"마침 저녁 먹으려던 참인데, 같이 갈래?"

셰이의 말이 꽤나 의외였는지 마르티는 쉽게 대답하지 못했다.

"난 들어갈 테니까, 넌 네 마음대로 해."

셰이는 계단을 오르며 슬쩍 어깨 너머를 살폈다. 머뭇거리던 마르티가 그녀를 쫓아 식당 안으로 들어섰다. 두 사람은 구석진 자리를 골라 마주 보고 앉았다.

"사실은 아까 시장에서 널 봤어, 세 번이나. 그런데 말을 걸까 말까 망설이는 바람에 이렇게 늦어지게 된 거야. 다른 게 아니라… 본 존이 어디 있는지 알고 싶어서 그래. 너라면 알 거라고 생각했거든."

셰이는 입을 다문 채 마르티를 물끄러미 바라봤다. 마르티가 불편한 듯 어색하게 시선을 피했다.

"이모가 채소 가게를 정리하셨어. 여길 떠나 이모부 고향인 린 버그로 내려가신대. 나도 거기 같이 가게 될 거야. 날짜는 열흘쯤 후가 될 것 같은데… 떠나기 전에 본 존을 꼭 만났으면 해서. 본 존 지금 어디 있어?"

"본 존은 몇 살 때 어디서 만났어?"

느닷없는 물음에 마르티는 어리둥절한 표정이 되었다.

"어… 아마 여섯 살이었을 거야. 그때 고아원에서 만났어. 엄마가 돌아가시자마자 보내졌거든. 이모는 자식이 여섯이나 있어서 날 맡을 수 없었어. 또 그땐 형편도 많이 안 좋았고. 아무튼 여섯 살이 틀림없어."

"본 존은?"

"글쎄? 본 존은 열한 살이나 열두 살쯤 되었을 것 같은데… 정확한 건 몰라. 한번도 자신의 나이를 말해준 적이 없거든."

"날 어떻게 만났는지는 기억해?"

마르티의 눈빛에 미심쩍은 기미가 실렸다.

"지금 나 골탕 먹이려고 이러는 거지? 지난번에 내가 널 병사들한테 넘겼다고 앙갚음하려는 거지?"

"그런 거 아니야."

"앙갚음하고 싶으면 해. 하지만 본 존을 이용하진 말아줘."

마르티에게 셰이의 대답이 곧이곧대로 받아들여질 리 없었다.

"그때 그 일은 나도 미안하게 생각하고 있어. 본 존 앞에서 망신당한 게 너무 분하고 창피해서 홧김에 그랬던 거야. 어떻게든 본때를 보여주고 싶었어. 솔직히 말하면… 네가 병사들에게 끌려가는 모습을 보며 많이 고소해하기도 했어. 하지만 그때뿐이야.

나중엔 얼마나 후회했는지 몰라. 본 존도 엄청 화를 냈어. 나한테 그처럼 무섭게 화낸 적은 그때가 처음이야. 본 존하고 연락이 끊긴 것도 그 사건 이후고……. 아마 나한테 정나미가 뚝 떨어졌을 거야…….”

“내 질문이 이상하게 들린 건 알겠는데, 그 일 때문은 절대 아니야. 그저 뭘 확인해 보고 싶어서 그래. 그러니까 날 어떻게 만났는지 네가 기억하는 대로 말해줘.”

뾰족하게 곤두서 있던 마르티의 눈매가 어느 정도 누그러졌다.

“널 처음 본 건 신전에서야. 그리고 넌 아마 나를 숲 속에 있던 무시무시한 여자의 집에서 봤을 거야. 이름은 모르겠고, 그 엄청나게 말라서 뼈만 앙상하던 여자 말이야. 아무튼 내 생전에 그렇게 무서운 경험은 처음이었어. 나뭇가지가 몸을 친친 감아대고… 기분 나쁜 연기가 막 달려들고……. 너도 알고 있는지 모르겠는데, 그 집에 가게 된 건 전부 본 존의 고집 때문이었어. 내가 계속 말렸는데도 널 놓치면 안 된다며 막무가내로 쫓아가더라고. 꿈속의 여인인가 뭔가라면서…….”

생각만 해도 마음이 언짢은지 마르티가 입술을 삐죽거렸다.

역시 내 기억이 맞았어. 본 존의 기억이 잘못되었던 거야. 하카미아가 자신의 인형으로 만들기 위해 그에게 거짓 기억을 심어놓은 게 틀림없어.

“잘 들었어. 음식이 많이 식은 것 같은데, 먹으면서 얘기하자.”

셰이가 빵을 집어 들자 마르티도 얼결에 따라 했다.

“그런데… 괜찮아?”

마르티가 주저하며 물었다.

“뭐가?”

“이 식당 말이야… 우리가 싸웠던 바로 거기잖아.”

셰이는 식당 안을 휙 둘러봤다. 그제야 낯설지 않은 구조가 눈에 띄었다. 왠지 모르게 재미있다는 생각이 들었다.

“주인이 우릴 알아봤을까?”

“그런 것 같아. 아까 음식을 내려놓을 때, 우리한테서 한시도 시선을 떼지 못하더라고. 하마터면 내 무릎에 수프를 쏟을 뻔까지 했어.”

“어어, 그럼 안 되지. 쏟거나 붓는 건 바로 내 특기인데 말이야.”

셰이는 심히 불쾌하다는 표정을 만들었다.

“끼얹는 건 내 특기고.”

눈이 마주치자 두 사람은 풋, 웃음을 터뜨렸다. 웃음이 잦아들며 자연스레 침묵으로 이어졌다. 그러나 불편하게 느껴지지는 않았다. 식사를 거의 마쳐 갈 즈음 마르티가 입을 열었다.

“본 존 어디 있는지 알면 좀 가르쳐 줄래?”

“아니, 그건 싫은데?”

“뭐어?”

마르티의 눈이 놀란 토끼처럼 동그래졌다. 셰이는 장난스레 웃어 보였다.

“직접 데려다 줄게. 말로 설명하기 힘든 곳에 있거든.”

“지금 데려다 줄 수 있어?”

셰이는 고개를 끄덕였다. 희색이 만면해진 마르티는 부랴부랴 몸을 일으켰다. 셰이가 걸음을 떼기도 전에 그녀는 벌써 식당 출입문에 다다라 있었다. 셰이는 사람들의 시선을 피할 수 있는 후미진 골목으로 마르티를 데려갔다.

"순식간에 장소를 이동하는 방법을 써서 본 존이 있는 곳으로 갈 거야. 위험하지 않으니까 겁낼 필요 없어."

"우와! 너 마법사구나!"

마르티가 감탄사를 터뜨렸다. 의외의 사실에 놀란 것뿐 셰이를 무서워하거나 꺼림칙해하는 것 같진 않았다.

"딱히 마법사는 아니야… 그래, 그냥 편하게 마법사라고 하지, 뭐."

셰이는 마르티의 손을 잡고 힘을 집중시켰다. 별안간 시야가 온통 새까매지더니 속이 심하게 울렁거렸다.

왜 이러지?

무엇인가가 잘못되었다는 직감이 뇌리를 스쳤을 때, 머리에 찌르르 예리한 통증이 일었다. 셰이는 신음성을 토하며 머리를 감쌌다.

"셰이! 괜찮아? 어디 아파? 다치기라도 한 거야?"

마르티의 목소리엔 두려움이 묻어 있었다.

"괜찮아. 좀 어지러웠는데 지금은 나아졌어."

여전히 몸 상태가 좋지 않았지만, 셰이는 서둘러 마르티를 안심시켰다. 주위를 둘러보지 않아도 '고요의 숲'이 아닌 엉뚱한 곳으로 와버렸다는 사실을 알아챌 수 있었다. 시커멓게 말라죽은 앙상한 나무들이 곳곳에서 눈에 띄었다. 밑엔 질척한 진흙이 깔려 있었고, 불길하게 느껴지는 검붉은 구름 장막이 악조(惡鳥)의 날개처럼 하늘을 뒤덮고 있었다.

첫인상만으로 이름을 붙인다면 '죽음의 숲' 정도가 되겠군.

"여기가 어디야?"

마르티는 슬금슬금 셰이 곁에 몸을 붙였다. 확연한 떨림이 전해지자 셰이까지 바짝 긴장이 되었다. 신중해야 한다. 그녀는 지금 혼자가 아니었다. 까딱 잘못하면 자신뿐 아니라 마르티까지 위험에 처하고 말 것이다.

본 존은 마르티가 죽은 줄로만 알고 있어. 무사한 모습을 반드시 보여줘야 해.

"방향이 조금 어긋난 것 같아. 이번엔 실수하지 않을게."

"셰, 셰이!"

마르티가 와락 팔을 부여잡았다. 그녀의 시선을 따라가던 셰이는 눈을 의심할 수밖에 없었다. 열댓 걸음 떨어진 뒤쪽으로 색색의 보석이 박힌 거대한 나무가 세워져 있었다.

하카미아의 집이야! 하카미아의 집이 왜 여기 있는 거지?

"그 숲 속에 있던 집이지? 이상한 여자가 사는, 바로 그 집이지?"

"그런 것 같아."

셰이는 나무를 향해 다가갔다.

"셰이, 어디 가는 거야?"

마르티가 허겁지겁 뒤를 따라왔다. 거리가 가까워지자 그 나무가 틀림없다는 확신이 강해졌다. 유일하게 다른 것이라면, 나무 아랫부분에 그리 크지 않은 문이 가느다란 틈을 벌리고 있다는 점이었다. 셰이는 문을 향해 손을 뻗었다.

"들어가지 마! 여긴 정말 기분 나쁜 곳이야! 이 나무 집도 기분 나쁘고! 들어가면 안 돼, 절대로!"

마르티는 셰이의 팔에 더욱 힘을 주어 매달렸다.

"전에도 두 번이나 들어가 본 적이 있어. 두 번 다 상처 하나 입지 않았고. 무서워할 필요 없어, 마르티. 들어갔다가 금방 나올게. 그러니까 어디 가지 말고, 여기서 기다리고 있어."

"셰이, 그냥 돌아가자. 본 존한테 데려다 준다고 했잖아. 응? 그냥 본 존한테 가자."

마르티의 얼굴은 백지장처럼 하얗게 질려 있었다. 미안하고 찜찜한 마음이 셰이를 망설이게 했다.

마르티 말대로 그냥 갈까? 하지만 '고요의 숲'이 아닌 이곳으로 이동한 데에는 분명 어떤 이유가 있을 거야. 뒤틀린 운명과 연관된 일일 게 틀림없어. 혹시 하카미아가 날 이곳으로 이끈 건 아닐까?

셰이는 그냥 돌아가선 안 된다고 마음을 굳혔다.

어찌 된 일인지 확인만 해본 뒤, 곧바로 나오면 되는 거야.

"오래 걸리지 않을 거야, 마르티. 잠시만 기다려 줘."

"셰이… 그러지 마… 분명히 나쁜 일이 생길 거야……."

마르티의 초록빛 눈동자엔 물기까지 아른거리고 있었다. 셰이는 안심하라는 뜻으로 그녀의 손을 힘껏 잡아준 다음, 나무문을 열었다.

마르티를 울렸다고 본 존에게 구박당할지도 모르겠군.

"감자를 내밀었을 때, 날 보던 마르티의 눈빛이 지금도 잊혀지지가 않아. 그 왕방울만 한 갈색 눈동자에 눈물이 그렁그렁 맺혀 있는데…

그 모습이 그렇게 눈에 익을 수가 없는 거야."

본 존의 음성이 뇌리를 울렸다. 불현듯 이상하다는 생각이 떠올랐다.

"그 왕방울만 한 갈색 눈동자에 눈물이 그렁그렁 맺혀 있는데……."

갈색 눈동자… 본 존은 분명히 갈색 눈동자라고 말했어. 그런데…….
셰이는 천천히 뒤를 돌아봤다. 초록빛 동공이 정면에서 그녀를 응시하고 있었다.
내 앞에 있는 눈동자는 초록색이야…….
"넌… 마르티가 아니야."
"이미 늦었어."
와락 떠밀린 셰이는 중심을 잃고 뒤로 넘어졌다. 그녀는 딱딱한 나무에 부딪치리라는 생각에 본능적으로 몸을 웅크렸다. 그러나 나무는 어느새 끈적끈적한 진흙으로 변해 있었다. 눈 깜짝할 사이 성채만 한 진흙 더미가 무시무시한 진동을 발하며 머리 위로 무너져 내렸다.
"내가 그랬지? 분명히 나쁜 일이 생길 거라고!"
흥분과 악의에 찬 웃음소리가 귀를 파고들었다. 순간 거대한 암흑 덩어리가 전신을 덮쳐 왔다.

*

크으… 이걸 또 마셔야 된단 말이지?

듀이는 울상을 지으며 약 그릇을 내려다봤다. 그가 하루에 두 번 마시는 탕약은 그야말로 몸서리가 쳐질 만큼 쓰디썼다.

"어서 쑤욱 들이켜십시오. 식으면 더 힘들어질 겁니다."

침대맡에 서 있던 어의관이 재촉했다. 리비라는 이름을 가진 그녀는 타의 추종을 불허하는 치료술로 인해 수석 어의관을 맡고 있었다. 리비는 이름에서 풍기는 느낌과는 완전히 상반된 외모의 소유자였다. 떡 벌어진 어깨와 탄탄한 근육질의 넓적다리며 장딴지, 우락부락한 생김새 때문에 남자로 오인하는 이들도 적지 않았다.

"어허! 지금 졸고 있습니까?"

"아, 아니요. 마음의 준비를 하고 있었어요."

"셋 셀 동안 마시지 않으면 내일부턴 양을 두 배로 늘릴 것입니다."

무시무시한 협박에 커억 숨이 막혀왔다.

"하나!"

기겁한 듀이는 부랴부랴 탕약을 들이켰다.

"으으으으……."

듀이는 오만상을 쓰며 발작적으로 몸을 부들거렸다. 그에게 꽂힌 리비의 시선엔 고소하다는 빛이 은근히 깔려 있었다. 어느 날 갑자기 하늘에서 뚝 떨어진 것처럼 나타나 매력적인 젊은 왕의 애정(?)을 독차지해 버린 듀이에게 그녀는 질투심을 느끼고 있었다. 사실 그녀와 비슷한 감정을 가진 여자들은 왕궁에만도 일일이 헤아릴 수 없을 만큼 많았다. 다만 리비와는 달리 골탕 먹일 기회를 갖지 못했을 뿐이었다. 카시아스의 명을 받고 듀이의 건강을 책임지게 된 리비는 일부러 쓴 약재들만을 골라서 탕약을 만들었다. 몸엔 좋지만 그 맛은 그녀조차 혀를 대기가 두려울 정도였다.

"너무 써서 그런데, 설탕 과자라도 하나 먹으면 안 될까요?"

"어허! 전에도 말했다시피 단맛은 약제의 효능을 현저히 떨어뜨립니다. 냄새를 맡는 것도 위험합니다. 물로 입을 가시는 것 또한 삼가야 합니다."

당연히 말도 안 되는 얘기였다. 이 방에서 그 말을 곧이곧대로 믿는 사람은 오직 듀이밖에 없었다. 입술을 실룩실룩하며 애써 웃음을 참고 있던 시종은 리비가 매서운 눈총을 날리자 찔끔해 얼른 시선을 내리깔았다.

근엄한 얼굴의 리비가 밖으로 나간 뒤, 듀이는 바람이나 쐬야겠다고 생각하며 침대에서 내려섰다. 문을 향해 걸어가던 그가 별안간 우뚝 멈춰 섰다. 그의 얼굴에서 일시에 핏기가 빠져나가자 놀란 시종들이 황급히 뛰어왔다.

"왜 그러십니까?"

"카시… 아니, 폐하를 뵈어야 해요! 국왕 폐하요! 지금 당장 폐하를 뵈어야 한다고요!"

듀이는 앞을 가로막는 사람은 누구든지 가만 안 두겠다는 태세로 걸음을 옮겼다. 당황해 어쩔 줄 몰라 하던 시종들이 허둥지둥 뒤를 쫓아왔다.

“그쪽이 아닙니다! 이쪽입니다! 제가 모시겠습니다!”

젊은 시종 한 명이 듀이를 돌아보며 종종걸음을 쳤다. 문밖이 소란스러워지기 전까지 카시아스는 대신들과 함께 조세 문제를 논의하고 있었다. 폐하를 뵙고 싶다는 듀이의 다급한 음성이 들리자 그는 지체없이 대신들을 물러가게 했다.

“셰이가 위험해!”

문이 닫힌 순간 듀이가 소리쳤다.

“무슨 일이 벌어진 건데?”

“나도 몰라! 그냥 위험하다는 것만 알아! 빨리 셰이를 구해야 돼!”

“네 몸으로 바르샤르까지 공간 이동하는 건 불가능해.”

“셰이는 바르샤르에 없어.”

“뭐? 그럼 어디 있는 거야?”

“모르겠어! 모르겠다고!”

“먼저 어디 있는지부터 알아야지! 그래야 도와줄 수도 있을 것 아니야!”

카시아스도 평상심을 유지하기가 점점 힘들어졌다.

“마드라의 열쇠! 마드라의 열쇠를 깨워야 돼, 카시아스!”

“안 돼, 마드라의 열쇠는 한 세대에 한 번만 사용할 수 있어. 아룬델과 모고르 때문에 이미 두 번이나 발현됐어. 다시 한 번 깨우려 했다간 감당할 수 없는 일이 벌어지고 말 거야.”

“그래도 그 방법밖엔 없어! 셰이가 위험하단 말이야! 셰이가 위험하다고!”

“듀이 델코, 입 닥치고 여기 앉기나 해.”

카시아스는 완력을 사용해 듀이를 강제로 의자에 앉혔다.

"너한텐 힘이 있어, 마드라의 열쇠가 준 힘. 그러니까 그 힘으로 셰이가 어디에 있는지부터 알아내."

듀이는 눈을 감고 한곳으로 정신을 모았다. 초조한 시간이 계속해서 흘러갔으나 셰이의 행방은 잡히지 않았다.

"안 돼! 어디 있는지 모르겠어! 힘이 있으면 뭐 해? 아무것도 할 수 없는데! 이까짓 힘이 다 무슨 소용이냐고!"

"다시 해봐!"

"소용없어!"

"몽환인지 직감인지는 모르지만 넌 셰이가 위험에 빠졌다는 사실을 알아차렸어. 만약 이 세상에서 셰이를 찾을 수 있는 사람이 존재한다면, 그건 바로 너야. 이유는 말 안 해도 잘 알 거야. 그러니까 다시 해봐."

듀이는 천천히 심호흡을 했다. 눈이 스르르 감겼다. 그는 셰이의 흔적을 더듬어 나갔다. 신경이 뾰족하게 곤두서며 감각은 그 어느 때보다 예민해졌다. 미약한 심장 박동이 정적 속으로 흘러들었다. 처음에 듀이는 자신의 심장이 불규칙하게 뛴다고 생각했다. 조금 후에야 사실을 깨달을 수 있었다. 귓전을 맴도는 건 그가 아닌 다른 이의 심장 소리였다.

셰이?

듀이는 조심스레 그녀를 불렀다. 제대로 알아들을 수 없는 희미한 소리가 내면으로 스며들어 왔다.

"셰이?"

듀이의 음성이 전해진 건 아득하도록 깊은 심연 속으로 더욱 깊이 잠기려 할 때였다.

‘듀이······.’

셰이는 본능적으로 응답했다. 그녀는 가사 상태에 빠져 있었다. 그렇지 않았다면 이미 숨이 끊어진 후였을 것이다.

"셰이? 맞지? 너 셰이지? 지금 어디 있어, 셰이?"

정신이 서서히 의식의 표면으로 떠오르기 시작하자 견디기 힘든 고통까지 깨어나려 하고 있었다.

‘숨을 쉴 수가 없어··· 듀이······.’

거대하고 캄캄한 무덤 속에 갇힌 것만 같았다.

"왜? 무엇 때문에?"

‘진흙 속에 묻혀 버렸어······.’

"빨리 거기서 빠져나와야 돼! 셰이! 내 말 들려? 셰이!"

‘눈을 못 뜨겠어, 듀이··· 그래서 어디가 어디인지도 모르겠어.’

가슴에 뻐근한 통증이 일었다. 의식과 함께 신경이 살아나며 다급히 공기를 요구하고 있었다.

‘듀이! 무서워! 영원히 이 속에 갇히게 될 것 같아!’

"셰이, 내 말 잘 들어! 먼저 오른손을 움직여 봐!"

‘손가락 하나 까딱할 수 없어! 커다란 바위덩어리가 온몸을 짓누르고 있는 것 같아!’

"넌 할 수 있어, 셰이! 오른손이야! 오른손을 조금만 움직여 봐."

셰이는 오른손에 신경을 집중시켰다. 뻣뻣하게 굳어 있던 손가락이 미세하게 움직였다.

"잘했어!"

마치 눈으로 보기라도 한 듯 듀이가 말했다.

"이번엔 오른손에 힘을 모아봐, 최대한 많이."

아픔이 점점 심해졌다. 폐가 조여들며 공기를 빨아들이기 위해 사투를 벌였다. 가슴을 통째로 뜯어내는 것 같은 극심한 통증이 밀려왔다.

'듀이, 너무 아파! 듀이! 너무 아파, 듀이!'

셰이는 비명처럼 듀이를 불러댔다.

"셰이! 오른손이야! 오른손에 힘을 모아봐! 셰이! 힘을 모아야 돼! 넌 할 수 있어! 셰이, 포기하지 마! 제발, 포기하지 마!"

미칠 듯한 심정에 빠진 듀이는 악을 쓰듯 소리쳤다. 셰이는 오른손에 힘을 끌어 모으기 위해 안간힘을 썼다. 의식이 가물가물해졌다. 정신을 놓아버리고 싶은 유혹이 심부를 장악해 들어왔다. 셰이는 점점 더 깊이 빠져들고 있는 절명의 소용돌이로부터 자신을 끌어당겨 줄 생명줄인 양 사력을 다해 듀이의 목소리에 매달렸다. 살고 싶었다. 단 하루밖에 남지 않은 삶이라도 이대로 포기할 수는 없었다. 가짜 마르티의 덫에 걸려 죽음을 맞는 수치스러운 종말이라니… 그녀의 자존심과 의지가 용납하지 않았다.

오른손에 힘을 모아! 어서! 셰이엔 가이스카 리베 폰 라시에, 넌 할 수 있어!

손가락 끝이 따끔거리더니 화염에 휩싸인 듯 오른손 전체가 뜨거워졌다. 그 순간 셰이는 악착같이 잡고 있던 힘을 한꺼번에 폭발시켰다.

듀이가 전신을 축 늘어뜨렸다. 카시아스는 놀라 그의 어깨를 움켜쥐었다.

“왜 그래?”

“됐어… 이제 됐어…….”

듀이는 환하게 미소 지었다. 몸은 기진맥진한 상태였지만, 마음속엔 희열이 넘쳤다. 돌덩이처럼 느껴지는 팔만 올라간다면, 하늘이라도 훨훨 날 수 있을 것 같은 기분이었다.

“잘했어, 듀이 델코.”

빙그레 웃어 보인 카시아스는 그때서야 의자에 편히 몸을 묻었다. 그는 방금 전까지 한시도 자리에 앉지 못하고 내내 듀이의 주변을 서성거리고 있었다.

“기분이 좋아서 하는 말인데… 갖고 싶은 거 있으면 얘기해봐.”

충동적인 결정인 것처럼 불시에 꺼냈으나, 정신을 잃고 있는 듀이를 본 순간부터 카시아스는 기운을 북돋을 만한 걸 해주고 싶었다.

“원하는 게 하나 있긴 있어.”

카시아스는 느긋하게 등을 기대며 어서 말하라는 눈짓을 했다.

“약 좀 안 먹게 해줘, 카시아스!”

“뭐어?”

엉뚱한 말이 나오자 카시아스는 황당해졌다.

“얼마나 쓴지 몰라!”

“약이 쓴 거야 당연한 거지.”

“그 정도가 아니야! 정말 끔찍할 정도야! 약 가져오는 발소리만 들어도 죽고 싶은 심정이라고!”

"하지만 다른 것도 아니고… 약이잖아."

"그건 약이 아니라 지옥에서 떠온 시궁창 물 같단 말이야!"

"어찌 됐든 약을 안 먹게 해줄 수는 없으니까 다른 걸 말해."

듀이는 원망이 가득한 눈으로 카시아스를 쳐다볼 뿐 입을 열지 않았다.

"다른 걸로 두 가지… 아니, 인심 쓰는 김에 좀 더 써서 세 가지 들어줄게."

카시아스는 마음씨 좋아 보이는 미소까지 띠고 대답을 기다렸으나 정적만이 깊어질 뿐이었다.

"됐어! 원하는 거고 뭐고 이제 물 건너갔으니, 계속 그렇게 유치한 어린애처럼 입이나 내밀고 있어."

기분이 상한 카시아스는 휭하니 밖으로 나가 버렸다.

"일찌감치 죽여 버렸어야 했어. 그럼 이렇게 짜증나는 일도 겪을 필요가 없을 텐데……. 그래, 이번 기회에 단단히 버릇을 고쳐놓는 거야. 필요하다면 서너 군데 뼈를 부러뜨리는 한이 있더라도."

단단히 마음을 굳힌 카시아스는 그 즉시 발길을 되돌렸다. 다시 듀이를 마주한 그는 가벼이 대할 수 없는 위엄을 발하며 입을 열었다.

"약을 최대한 쓰지 않게 만들라는 명을 내리겠어. 분명히 말해두지만, 그 이상은 안 돼."

금세 기분이 풀린 듀이는 배시시 웃었다.

"난 인상이 엄청 험악해 보이기에 몇 대 맞는 줄 알았어."

"설마 내가 그런 무식한 짓을 하겠어? 하하하!"

카시아스는 비어져 나오려는 한숨을 꿀꺽 삼킨 후, 호탕한 척 큰 소리로 웃어젖혔다.

셰이는 귀청을 찢을 듯한 폭발음과 함께 공중으로 치솟았다. 그리고 정신을 차릴 겨를도 없이 수직으로 곤두박질쳤다. 다행히 바닥에 첩첩이 쌓여 있는 진흙 덕분에 부상을 면할 수 있었다. 하지만 운이 좋다는 생각은 손톱만큼도 들지 않았다.

셰이는 헛구역질을 하며 입 안에 가득한 진흙을 뱉어냈다. 속이 뒤집힐 듯 울렁거렸다. 바닥에 그대로 드러누워 얼굴에 덮여 있는 진흙을 대충 쓸어냈다. 가파른 호흡이 쉬지 않고 쏟아졌다. 가슴을 짓이기는 것 같던 통증은 어느 정도 잦아들었으나, 아직은 숨을 쉴 때마다 뻐근한 둔통이 느껴졌다.

맥없이 늘어지는 팔다리에 웬만큼 힘이 돌아올 때까지 셰이는 인내심을 가지고 기다렸다. 그런 다음 온천으로 유명한 지역인 티르크로 이동했다. 먼저 그녀는 처덕처덕 불쾌하게 말라붙은 전신의 진흙 찌꺼기를 말끔히 씻어 내렸다. 온천수에 몸을 담그자 돌을 매단 듯 무겁고 뻑뻑하던 몸이 비로소 풀리는 것 같았다.

진짜 마르티는 예전에 죽었을 거야, 나와 본 존이 만나기도 전에…….

본 존의 꿈에 나타난 마르티의 죽음은 현실에서 실제로 벌어진 사건이었으리라.

대체 뭘 노리고 그런 짓까지 한 것일까? 의심받지 않고 나한테 접근할 속셈이었을까?

온천수에서 나온 셰이는 대충 빨아 바위 위에 널어놓았던 옷가지를 챙겨 입었다. 옷은 축축했고, 다리는 후들거렸으나 더 이상은 참고 기다릴 수 없었다. 어서 빨리 가짜 마르티를 쫓고 싶은 욕구가 시시각각 커지며 마음까지 초조해졌다.

셰이는 진흙에 덮여 죽을 뻔했던 장소로 되돌아갔다. 가짜 마르티는 셰이를 끌어들이기 전에 미리 치밀하게 덫을 만들어놓았다. 그녀는 이미 그곳을 떠난 뒤이지만, 분명히 어떤 흔적이 남아 있을 터였다.

내가 죽었으리라 믿고 있을 테니, 제대로 뒤처리를 하지 않았을 거야.

오래지 않아 셰이는 자신의 예상이 틀리지 않음을 확인할 수 있었다. 그녀는 정신을 집중해 대기 중에 섞여 있는 가짜 마르티의 자취를 단단히 틀어쥐었다. 그리고 침착하게 뒤를 밟아나갔다. 본격적인 추격이 비로소 시작되었다.

"그래, 몸은 좀 어떠냐?"

"좋습니다. 사실 다친 곳도 없으면서 지나치게 걱정을 끼쳐 드린 것 같아 송구스럽기만 합니다."

루셀은 손목에 생긴 불그스름한 자국을 내려다봤다. 매끄러운 비단 천으로 묶여 있던 까닭에 살갗이 조금 따끔거리는 것 외에는 그리 아프지 않았다. 만약 흔히 쓰는 밧줄을 사용했더라면 피부가 벗겨져 나가 상당히 고통스러웠을 터였다.

"그 당시엔 경황이 없어 미처 생각지 못했는데… 절 해치려는 마음으로 저지른 일은 아닌 것 같습니다."

"널 해칠 마음이 없었다?"

예르체리나는 기가 막히다는 반응을 보였다.

"널 납치한 자들이다, 루세리안. 해칠 마음이 없었다면 애초에 납치도 하지 않았을 것이다."

"예, 그렇겠지요…….."

루셀은 예르체리나의 시선을 피해 고개를 비스듬히 틀었다. 어두운 안색이 말해주듯 그는 심경이 편치 않았다. 그가 이렇게 어머니와 얼굴을 마주 보고 얘기를 나누게 된 건 납치 사건 이후 처음 있는 일이었다. 그동안 어의관과 시종들의 극성스러운 보살핌을 받으며 휴식을 취했지만, 이상스레 마음은 무겁기만 했다.

예르체리나는 무사히 돌아온 아들을 보자마자 눈물을 흘리며 가슴에 꼭 보듬어 안았다. 그러나 납치 사건에 관해서는 단 한마디도 묻지 않았다. 그 당시 루셀은 안정이 시급했고, 충격에서 벗어나지 못한 상태였다. 예르체리나는 아들이 모든 걸 다 잊고 편히 쉬기만을 바랐다. 루셀이 직접 청하지 않았다면, 지금 이렇게 대화를 나누는 일도 없었을 것이다.

"지난번에도 그러더니, 왜 그 아이에게 유독 관대한 것이냐?"

"관대한 것이 아닙니다. 정말 해칠 마음은 없어 보였습니다. 일례로 절 위협하지도 않았습니다. 오히려 어떻게든 이해를 구하려고 애썼습니다. 그게 다가 아닙니다. 들고 있던 칼을 스스로 바닥에 버렸을 뿐 아니라, 공범이 절 해치려 했을 때는 그 앞을 가로막고, 그자를 밀쳐 내기까지 했습니다."

"오, 이런! 칼을 들었다고? 루세리안, 정말 큰일 날 뻔했구나! 창조신 아스트라한께서 보호해 주셨으니 망정이지!"

예르체리나는 창백한 얼굴로 새삼스레 가슴을 쓸어내렸다.

"그런데도 그 아이를 감싸려고 하는 거냐? 네 앞에서 칼을 꺼내 들었는데도?"

"칼을 들긴 했지만 절 죽이려는 목적은 아니었습니다. 그저… 제 피를 조금 원할 뿐이었습니다."

"난 그 말이 더 무섭고 소름 끼치는구나."

루셀은 지그시 입술을 깨물었다. 자신이 점점 더 상황을 나쁘게 몰아가고 있다는 생각에 마음이 답답해졌다. 그가 어머니 앞에 나선 이유는 셰이를 죽이지 말라는 청을 올리고 싶어서였다. 그는 셰이가 심문실에서 감쪽같이 사라져 버렸다는 사실을 모르고 있었다. 어린 아들이 알게 되면 동요하고 불안해하리라 판단한 예르체리나가 입단속을 시켰기 때문이다.

"루세리안, 자꾸 떠올리며 되새기지 마라. 어차피 지나간 일이고, 두 번 다시 겪지 않을 불운이다. 앞으로 그 아이를 보는 일도 결코 없을 테고 말이다."

"어마마마, 전 셰이가 죽는 걸 바라지 않습니다."

"그 아이는 이미 죽었다."

루셀은 놀라 고개를 꼿꼿이 치켜세웠다.

"벌써 처형시키신 겁니까?"

"스스로 목숨을 끊었다."

"스스로요? 셰이가 자살을 했단 말씀입니까?"

"그렇다. 심문관이 잠깐 자리를 비운 사이에 목을 맸다고 하더구나.”

충격에 싸여 말을 꺼내지 못하던 루셀이 버럭 언성을 높였다.

“경비병 하나 세워놓지 않고 혼자 남겨두다니! 대체 그 심문관이 누구입니까? 내 그 한심한 놈을 절대 가만두지 않을 것입니다!”

“루세리안, 여기가 어떤 자리인지 잊은 게로구나! 지금 당장 네 거처로 돌아가라! 언행을 삼가지 못한 잘못에 대해 깊이 숙고할 것을 명한다!”

예르체리나는 엄한 태도로 루셀을 꾸짖었다.

“하지만……!”

반발하려던 루셀의 얼굴에 체념의 빛이 나타났다.

“죄송합니다, 어마마마.”

루셀이 밖으로 나간 뒤, 예르체리나는 주위를 모두 물러가게 했다. 머리는 지끈거렸고, 심경은 복잡했다. 갈피를 못 잡을 만큼 혼란스러웠다. 그녀는 의자 등받이에 머리를 기대고 이마를 문질렀다. 반쯤 내리덮인 눈꺼풀 사이로 언뜻 무엇인가가 보였다. 예르체리나는 천천히 팔을 내렸다. 호박빛 눈동자를 가진 소녀가 그녀 앞에 서 있었다.

어머니……!

셰이는 눈을 깜박였다. 처음엔 자신이 환상을 보는 것이라고 생각했다. 그러나 앞에 있는 사람은 어머니가 틀림없었다.

난 분명히 마르티의 흔적을 따라왔는데… 왜 여기 발을 디디게 된 거지? 바보같이, 나도 모르게 실수를 하고 말았나 봐… 어머니가 보고 싶은 마음에…….

셰이는 어머니에게 시선을 맞췄다. 짙은 갈색 눈동자와 우아하게 틀어 올린 금발 머리, 기품이 느껴지는 자태, 그녀가 고스란히 물려받은 새하얀 피부와 단정하고 고운 입매… 기억 속의 모습 그대로 어머니는 변함없이 아름다웠다.

피곤하신가 봐… 눈가에 그늘이 지셨어…….

코끝이 싸하며 시야가 흐려졌다.

울지 마, 바보야. 어머니는 네가 누군지도 모르셔. 아마 지금도 많이 황당하실 거야.

셰이는 그제야 어머니의 눈에 경악이 서려 있음을 깨달았다.

"놀라게 해드릴 마음은 없었습니다. 사죄드립니다. 전 셰이엔이라고 합니다."

"알고 있다. 네 이름도, 내 아들의 납치범이라는 사실도."

어조에서 분노는 조금도 느껴지지 않았으나 셰이는 움츠러들었다. 용서받을 수 없는 잘못을 저지른 죄인이 된 것 같았다.

"난 널 보고 싶지 않다. 지금부터 눈을 감고 열을 세겠다. 눈을 떴을 때에도 네가 보인다면 즉각 잡아들여 참형에 처할 것이다."

"네… 알겠습니다……."

셰이는 슬프게 미소 지으며 입속말로 자그맣게 속삭였다.

"어머니……."

언제 다시 어머니를 볼 수 있을지 비통한 서글픔이 몰려들었다.

꼭 운명을 바로잡겠어요, 어머니. 그리고 제일 먼저 이곳으로 달려오겠어요. 그땐 어머니도 절 따뜻하게 안아주시겠죠.

셰이가 막 공간 이동에 들어가려던 찰나였다. 세 걸음도 채 떨어지지 않은 곳에 마르티가 나타났다.

"안 돼! 당장 여기서 나가!"

번쩍 눈을 뜬 어머니가 다급히 소리쳤다. 그 순간 끔찍한 진실이 셰이를 덮쳐 왔다. 피는 싸늘하게 얼어붙고 머리는 마비되어 갔다.

"아, 아니야… 아니야… 그럴 리 없어……."

셰이는 간신히 더듬거렸다. 자신의 목소리가 기나긴 동굴 저편에서 들려오는 듯했다.

정신 차려! 정신 차려! 그럴 리 없어! 터무니없는 망상일 뿐이야!

공포감을 몰아내기 위해 안간힘을 쓰며 그녀는 힘겹게 호흡을 가다듬었다.

"어머니… 아니죠? 그런 거 아니죠? 제가 지금… 말도 안 되는… 무서운 상상을 하고 있는 거죠?"

"너야 당연히 그렇게 믿고 싶겠지."

마르티가 셰이의 파리한 얼굴을 훑어보며 재미있다는 듯 히죽거렸다.

"꼴이 아주 볼만한데?"

"그 입 다물어라!"

예르체리나는 샨티아를 매섭게 노려봤다. 셰이가 얼마 전까지 마르티로 알고 있던 존재의 이름은 샨티아였고, 요정과 인간 사이에서 태어난 반요정족이었다. 샨티아가 마르티를 죽이고, 그녀의 행세를 해온 이유는 셰이에 대한 호기심에서였다. 의심받지 않고 그녀에게 접근하기 위해서는 본 존이라는 그럴듯한 방패막이가 필요했다. 주인의 명이라고 속여 하카미아로 하여금 본 존의 기억을 조작하게 꾸민 것도 다름 아닌 샨티아였다.

그 진흙 더미에서 어떻게 빠져나온 거지?

힘을 쓰지 못하도록 진흙 자체에 미리 방어술을 걸어놓기까지 한 그녀로선 셰이를 바라보는 마음이 꺼림칙하기만 했다. 만약 그 일이 예르체리나에게 알려진다면 혹독한 처벌을 면하기 어려울 터였다.

섣불리 나섰다간 오히려 일을 그르칠 위험이 있어. 지금은 주의 깊게 상황을 지켜봐야 할 때야.

샨티아는 슬그머니 구석진 곳으로 물러났다.

"사실이었어… 상상 따위가 아니라… 모든 게 사실이었어……. 어머니가… 내 어머니가……."

가슴에 통증이 일었다. 헉헉 숨을 몰아쉬었지만, 고통은 오히려 더 심해졌다. 몸 안쪽에서부터 산산조각으로 깨어진 것 같았다.

"셰이엔……."

예르체리나는 기력이 모조리 소진된 노인처럼 느릿느릿 몸을 일으켰다.

"이유가 뭐예요? 왜 저한테 그런 짓을 하신 거예요?"

"말할 수 없다."

"왜요? 왜 말씀을 못하세요? 제 친어머니가 아니신 거예요? 친딸도 아닌 천덕꾸러기가 바르샤르를 물려받는 게 싫으셨어요? 루셀의 것을 빼앗을 것 같아 두려우셨나요? 그래서 그러신 거예요?

그래서 그런 끔찍한 저주를 내리신 거예요?"

처참한 상처가 커다랗게 입을 벌렸다.

"아니다, 셰이엔! 넌 내 딸이다! 내가 낳은 내 딸이야!"

"그럼 왜요?! 왜 그런 짓을 하신 거예요?!"

셰이는 비명처럼 소리쳤다. 울음이 걷잡을 수 없이 터져 나올 것 같았다. 이를 악물었지만 눈물은 이미 일그러진 얼굴을 적시고 있었다.

"어쩔 수 없었어……. 어쩔 수 없었다, 셰이엔……. 넌… 재앙의 명운을 가지고 태어났다……."

예르체리나는 눈을 질끈 감았다. 셰이엔이 영원히 모르길 바랐으나 진실은 기어이 베일을 벗어던졌다. 더 이상은 숨기고 있을 도리가 없었다.

"재앙의 명운이라고요?"

"그래… 네가 태어났을 때, 그 사실을 알게 되었다. 믿을 수 없었지만… 믿고 싶지 않았지만… 진실은 외면한다고 변할 수 있는 게 아니더구나. 난 어떻게 해서든 네 명운을 바꾸고 싶었다. 네 힘을 봉인한 것도 그래서였고……. 그렇게 하루하루 조심하면 될 줄 알았는데… 네가 열다섯 살이 되던 해부터 별자리와 역운(歷運)에서 서서히 징조가 나타나더구나. 멸망의 징조가 말이다."

"제가 가진 운명이 바르샤르를 멸망시킨다는 말씀인가요?"

셰이는 어머니가 펼쳐 보이는 진실을 도저히 믿을 수 없었다.

"네 운명으로부터 널 지켜주고 싶었다, 셰이엔. 하지만 난 너만 생각하고 있을 수가 없었어. 나에겐 바르샤르를 지킬 책임이 있었으니까. 그래서… 난 무언가를 해야만 했다. 네가 열여덟 번째 생일을 맞이하기 전에… 네 운명이 굳어지기 전에 말이다."

"그래서 사람들을 시켜 절 납치하고, 기억에서 사라지게 만들고, 그토록 차갑게 내치셨나요? 바르샤르를 지키기 위해 절 죽이려 하신 건가요?"

"아니야! 널 죽이려 한 적 없다! 그런 마음은 단 한순간도 품은 적이 없다. 믿어다오, 셰이엔……."

예르체리나는 손을 내밀었다. 셰이는 거부하듯 한 발 물러섰다.

"그자들… 널 납치한 자들에게도 절대 다치게 하지 말라고 신신당부했다. 사람들의 기억에서 사라지게 한 건 사실이다. 하지만 내가 원한 건… 네가 새로운 곳에서 편안한 삶을 누리며 사는 거였어, 아무 걱정 없이."

"제가 정말 그럴 수 있었으리라 생각하세요? 사람들의 기억에서 사라졌구나, 차라리 잘됐다, 다 잊고 나 혼자 편하게 살 궁리나 하자, 그렇게요? 그런 터무니없는 억지가 어디 있어요?"

목소리가 거칠게 갈라졌다. 그때의 절망과 충격이 고스란히 되살아난 느낌이었다.

"그럴 수 있었어, 네 기억만 사라졌다면……."

셰이는 말을 꺼내지 못했다. 조각 하나가 다시 제자리를 찾아갔다. 예르체리나는 세상의 모든 사람들과 마찬가지로 셰이 역시 자신에 대한 기억을 잃어버리리라 생각했다. 하카미아에게도 그걸 중점으로 저주를 내리게 했다. 실제로 셰이가 납치범들에게 받아 갈아입은 옷의 안주머니 속에는 쪽지가 하나 들어 있었다. 그 쪽지엔 새 이름과 그녀가 앞으로 살게 될 집 주소가 적혀 있었다. 예르체리나는 기억을 잃어버린 딸이 가장 먼저 주머니를 뒤져 볼 것이라 판단했던 것이다.

"절… 사랑하긴… 하셨나요……?"

한마디 한마디가 불에 달군 집게로 잡아 뜯는 것처럼 고통스럽게 새어 나왔다.

"물론이다, 셰이엔. 넌 내 딸이다. 내가 어떻게 널 사랑하지 않을 수 있겠니?"

"하지만 바르샤르 왕국을 더 사랑하시겠죠……."

황폐한 침묵이 내리덮였다.

"이제 어떻게 하실 거예요?"

진실은 이미 드러났고, 시간은 되돌릴 수 없었다.

"모르겠다… 나도 모르겠다……."

"전… 어떻게 해야 하는 건가요?"

서로를 마주한 두 사람의 눈길엔 슬픔과 절망이 담겨 있었다.

"절 믿고 저주를 풀어주실 순 없어요?"

"셰이엔……."

"저도 바르샤르를 사랑해요!"

셰이는 다급히 소리쳤다. 어떤 말이 나올지 알고 있었다. 마음을 강하게 먹어야 한다고 되뇌면서도 듣는 것이 두려웠다. 어떻게든 대답을 바꾸고 싶었다.

"어머니보단 못하겠지만 진심으로 바르샤르를 사랑해요. 바르샤르는 제가 태어난 제 조국이에요. 피붙이와 다름없는 곳이에요. 제가 바르샤르를 멸망시킬 리가 없어요. 절 믿어주세요, 어머니. 절 믿고 저주를 풀어주세요……."

"셰이엔……."

예르체리나는 비통한 얼굴로 딸의 이름만을 부를 뿐, 더 이상 말을 잇지 못했다.

"주인님, 왜 말씀을 못하세요?"

샨티아의 신경질적인 목소리가 끼어들었다. 그녀는 더 이상은 가만히 물러나 있을 수 없었다. 눈에 띄게 동요하며 괴로워하는 예르체리나를 보고 있는 것이 고통스러웠다. 그녀에게 있어 예르체리나는 어머니와 같은 존재였다. 샨티아가 평소 하카미아를 못 잡아먹어 안달한 이유도 예르체리나의 관심과 애정을 독차지하고 싶은 욕망에서였다.

"주인님께서 못하시겠다면 저라도 하겠어요."

샨티아는 셰이에게 몸을 돌렸다.

"네가 바르샤르의 멸망을 원치 않는다 해도 달라지는 건 없어. 저주가 풀리고 네 운명이 되돌려지면 바르샤르엔 그야말로 끔찍한 재앙이 내리게 될 거야. 바르샤르가 멸망한다는 말이 어떤 걸 의미하는지 모르나 본데… 말 그대로 모든 게 부서지고 무너지고 없어지는 거야. 바르샤르 왕국에 사는 모든 생명체가 사라질지도 모른단 뜻이야, 너 하나로 인해서. 그런데도 저주를 풀어달라는 말을 할 수 있겠어?"

셰이는 샨티아가 아닌 예르체리나를 향해 대답했다.

"저주를 풀어달라는 말은 더 이상 하지 않겠어요. 하지만 이대로 포기하고 물러설 마음은 없어요. 전 무슨 일이 있어도 제 운명을 원래대로 돌려놓을 거예요. 제 힘으로 반드시 운명을 되찾을 거예요. 그리고 재앙의 명운을 타고나지 않았음을 증명하겠어요. 제 손으로 바르샤르 왕국을 지켜내겠어요."

“바르샤르 왕국을 지키겠다고? 웃기지 마!”

“넌 빠져.”

샨티아는 독기 서린 눈으로 셰이를 노려봤다.

“주인님, 명령을 내려주세요. 이 자리에서 제 손으로 재앙의 씨를 제거해 버리겠어요.”

“난 재앙의 씨가 아니야. 너에게 그런 모욕을 받을 이유가 없어. 넌 아무 죄도 없는 마르티를 죽였어. 그것만 놓고 봐도 나보단 네가 더 재앙의 씨일 가능성이 높다고 생각해.”

샨티아의 눈초리가 표독스럽게 치켜 올라갔다.

“주인님은 이미 널 버리셨어! 넌 아무 짝에도 쓸모없는 존재야!”

“샨티아!”

예르체리나가 노기를 드러냈다.

“제가 틀린 말을 한 건 아니잖아요! 주인님도 그렇게 생각하시잖아요! 저 아인 언제든지 버릴 수 있는 쓰레기 같은 존재일 뿐이잖아요!”

“여기서 썩 물러가라! 지금 당장!”

예르체리나의 얼굴엔 근심과 두려움이 역력했다.

“셰이엔, 샨티아의 말을 믿는 건 아니지? 넌 절대 그런 존재가 아니다. 난 한 번도 널 그런 식으로 생각해 본 적이 없어. 너도 알지? 넌 나에게 그 무엇보다 소중한 존재야.”

“주, 주인님… 저는요? 그럼 저는 주인님께 무엇인가요?”

예르체리나의 눈에 샨티아는 보이지도 않았다. 그녀의 모든 신경은 셰이에게 집중돼 있었다.

"아까 그 말은 샨티아가 아무것도 모르고 꾸며낸 얘기에 지나지 않는다. 이제 샨티아도 없으니 우리 둘이서만 얘기하자. 앞으로 어떻게 할지 우리 둘이서 의논해 보자꾸나, 셰이엔."

날 쳐다보지도 않으셔! 어떻게 저러실 수가! 내가 여기 있는 줄도 모르시다니!

샨티아는 입술을 물어뜯었다. 불덩어리 같은 질투심이 혈관 속을 마구 휘돌아다니는 것 같았다.

저 아이 때문이야! 모든 게 다 저 아이 때문이야!

오직 살기만이 번들거리는 시선이 셰이에게 못 박혔다. 그녀의 얼굴을 제외한 모든 것이 희뿌연 장막으로 가려졌다.

죽여 버리고 싶어! 갈기갈기 찢어버리고 싶어!

셰이는 흠칫했다. 별안간 목덜미에 섬뜩한 느낌이 와 닿았다. 머리카락이 쭈뼛 곤두서는 오싹함에 뒤를 돌아봤다. 그 순간 핏빛 섬화가 눈앞에서 터져 올랐다.

"안 돼!"

어머니의 절규가 아득하게 멀어져 갔다. 셰이는 바닥으로 무너져 내렸다.

"셰이엔!"

예르체리나는 허겁지겁 무릎을 꿇고 앉았다. 셰이의 가슴에서 피가 걷잡을 수 없이 쏟아져 나왔다. 바닥에 고이는 시뻘건 선혈이 예르체리나의 다리를 적셨다.

"셰이엔! 조금만 참아라! 내가 낫게 해줄게! 내가 낫게 해줄게!"

"어… 어머… 니……."

미약한 숨결이 공허하게 흩어졌다. 생명력이 급속도로 빠져나가며 손끝에서부터 싸늘한 냉기가 올라왔다. 어떻게 손써볼 틈도 없었다. 초점을 잃은 호박빛 눈동자에 죽음의 그림자가 내리덮였다.

"안 돼… 셰이엔, 눈을 떠라! 셰이엔, 셰이엔! 내 아가, 눈 좀 떠봐! 내가 잘못했다! 셰이엔! 내가 잘못했어! 제발! 눈 좀 떠봐! 제발!"

예르체리나는 차디차게 굳어가는 피투성이 딸을 가슴에 부둥켜안았다.

"셰이엔은 안 됩니다! 내 딸은 안 돼요! 제발 제 목숨을 대신 거두시고, 제 딸을 살려주세요! 제발, 셰이엔을 살려주세요! 제 딸을 살려주세요!"

예르체리나는 울부짖었다.

"셰이엔… 사랑하는 내 딸… 사랑한다, 셰이엔… 너에 비한다면… 바르샤르 따윈… 아무것도 아니야… 아무것도… 아니야……."

예르체리나는 딸의 뺨에 입을 맞췄다. 그리고 자신의 볼을 가져다 댔다.

"그동안 힘들었지? 많이… 외로웠지? 셰이엔… 내 소중한 딸, 셰이엔……. 너만 살릴 수 있다면… 난 뭐든지 할 수 있단다……. 뭐든지 할 수 있어……."

예르체리나의 손 주위로 붉은 섬광이 일었다. 그녀는 자신의 심장을 셰이에게 줄 생각이었다. 딸을 위해서라면 아무것도 아깝지 않았다. 죽음도 두렵지 않았다.

창조신 아스트라한이시여! 제 마지막 소원을 들어주십시오!

예르체리나가 자신의 심장을 파내려는 찰나였다. 셰이가 돌연 눈앞에서 없어져 버렸다. 놀라 흠칫한 예르체리나 앞에 한 남자가 나타났다. 황금빛 눈동자를 가진 남자의 팔엔 셰이가 안겨 있었다.

"다, 당신은……."

"이 아이는 내 것이니, 내가 데려가겠소."

말이 끝나는 순간 남자와 함께 셰이의 모습도 사라졌다.

"무슨 일인가?"

아스트라한의 어조는 냉정했다. 지난번 이샤무딘과의 짧은 부딪침으로 인해 생긴 노기가 여전히 남아 있는 상태였다. 피투성이가 되어 힘없이 늘어져 있는 셰이를 보면서도 얼음장 같은 눈빛은 수그러들지 않았다.

이샤무딘은 셰이를 내려놓았다. 그리고 아스트라한 앞에 무릎을 꿇었다. 그의 입술은 굳게 닫혀 있었다. 아스트라한 역시 단 한마디도 꺼내지 않았다. 정적이 이어졌다. 시간조차 그 속으로 잠적해 버린 것 같았다.

꽤 오랜 시간이 지난 후, 얼어붙은 공기를 진동시키며 셰이가 위로 떠올랐다. 그리고는 허공을 미끄러져 아스트라한 앞에 이르렀다. 셰이에겐 이미 한 줌의 온기도 남아 있지 않았고, 경직이 시작된 팔다리는 나뭇가지처럼 뻣뻣했다. 그리고 그런 몸마저도 빠르게 소멸되고 있었다. 생명력이 빠져나간 뒤 은적의 안개가 더욱 활개 치며 육체와 영혼을 닥치는 대로 집어삼키고 있었다.

아스트라한은 손을 내밀어 셰이의 이마 위 허공에 얹었다. 양미간 사이로 은빛을 띤 아지랑이 같은 것이 너울거리며 피어올랐다. 바로 은적의 안개였다. 아스트라한은 은적의 안개가 깨끗이 없어질 때까지 인내심을 가지고 기다렸다. 그런 다음 육체에 생명력을 불어넣었다. 공허하던 몸에 원기가 차오르자 힘을 잃었던 영혼도 조금씩 되살아나기 시작했다. 아스트라한은 그때서야 입을 열었다.

"왜 그렇게까지 하며 이 아이를 살리려는 건가?"

차라리 죽음을 택하지, 무릎을 꿇을 이샤무딘이 아니라는 건 누구보다 아스트라한이 잘 알고 있었다.

"아시지 않습니까?"

"그러니까… 이 모든 게 다 영혼의 검 때문이란 말인가?"

말해봤자 입만 아프다는 듯 이샤무딘은 침묵으로 응대했다.

"영혼의 검 때문이란 말이지?"

아스트라한은 답변을 기어코 들을 작정이었다.

"그렇습니다!"

이샤무딘의 말투는 다분히 공격적이었다. 아스트라한은 이상하게도 기분이 유쾌해졌다.

영혼의 검 때문에 무릎을 꿇었다… 영혼의 검 때문에 어쩔 수 없이 그 아이를 살려낼 수밖에 없었다…….

아스트라한의 입가에 야릇한 미소가 감돌았다.

핑계 거리치곤 좀 구차하지 않은가, 이샤무딘?

이샤무딘과 셰이는 더 이상 영혼의 검으로 묶여 있지 않았다. 계기가 된 건 이샤무딘이 운명의 신들과 벌인 목숨을 건 한판 승

부였다. 그 당시 라우시안이 기습적으로 던진 홍염은 이샤무딘의
심장을 파고들어 갈기갈기 찢어놓다시피 했다. 그 여파로 인해
영혼의 검까지 상당 부분 훼손되고 말았다. 그런 까닭에 부상을
치료하는 과정에서 영혼의 검을 하나도 남김없이 제거해야만 했
다.

"자네가 그렇다면 그런 거겠지."

아스트라한은 알겠다는 듯 여러 번 고개를 끄덕거렸다.

"그건 그렇고, 이 아인 이제 안정만 조금 취하면 거뜬히 자리를
털고 일어날 걸세. 그러니 걱정하지 말고 데려가도록 하게."

"걱정 같은 거 안 합니다."

"당연히 그렇겠지. 그런데 어디로 데려갈 생각인가?"

아스트라한은 의뭉스러운 태도로 목소리를 낮췄다.

"바인게르트로 데려갈 테지?"

이샤무딘은 보일 듯 말 듯 미세하게 움찔했다. 그러나 아스트
라한은 그걸 눈치 못 채고 지나갈 만큼 둔하지 않았다.

"아닙니다."

쯧쯧, 그냥 그렇다고 시인하고 데려가면 될 걸, 답답한 친구 같
으니…….

"나야 아무래도 상관없네. 자네가 약속만 잊지 않는다면."

이샤무딘의 눈썹이 꿈틀했다. 무슨 약속인지 모르겠다고 시치
미를 뗄 것인지, 자존심을 지키며 당당히 받아들일 것인지, 고민
하는 기색이 아스트라한의 눈엔 빤히 보였다.

"기억나지 않으면 다시 한 번 말해주겠네."

"으음… 잊지 않았습니다."

목을 쥐어짜 내는 것 같은 음성이었다. 아스트라한은 터져 나오려는 웃음을 간신히 참았다.

"그렇다면 다행이군. 내 조만간 나무랄 데 없는 신붓감을 정해 알려줄 터이니 몸가짐을 항상 조신하게 하고 있게."

이샤무딘의 금빛 눈동자가 예사롭지 않게 번득였다.

"전 이만 가보겠습니다."

그는 성급한 몸짓으로 셰이를 안아 들었다.

"아, 여보게! 내가 자네의 2세를 위해 이름을 몇 가지 지어봤는데, 한번 들어보겠는가?"

아스트라한의 말이 끝났을 때, 이샤무딘의 모습은 그 어디에서도 보이지 않았다. 아스트라한은 참고 참았던 웃음을 폭발시켰다.

천지가 들썩일 정도의 요란한 웃음소리에 놀라 펄쩍 뛰어올랐다가 그대로 얼어붙는 바람에 '평온의 호수'가 '평온의 빙산'이 되어버렸다는 후일담이 있었다.

Chapter 24

가장 소중한 선물

"거 봐, 이번엔 내가 이겼지?"

"그래, 장하다!"

셰이는 루셀의 머리를 장난스레 토닥였다. 루셀이 헤헤거리며
침대 가운데에 펼쳐 놓았던 놀이판을 접어 협탁 위로 옮겼다.

"누나!"

"응?"

"그냥 불러보고 싶었어."

"싱겁기는……."

"누나!"

"응."

"누나, 누나!"

"응, 응!"

셰이와 루셸은 죽이 맞는 개구쟁이들처럼 얼굴을 마주 보고 낄낄 웃었다. 그때 시종의 보고도 없이 예르체리나가 안으로 들어왔다.

"자겠구나 싶어 얼굴만 보고 가려고 했는데… 이제 보니 시끄러운 종달새 한 마리가 먼저 와 있었구나."

"어마마마, 시끄러운 종달새는 누나를 가리켜 말씀하신 거죠?"

"시끄러운 종달새가 자꾸 지저귀네."

예르체리나가 능청스럽게 귀를 막는 시늉을 하자 셰이는 웃음을 참지 못했다. 예르체리나의 얼굴에도 환한 미소가 피어났다. 루셸은 짐짓 불만에 찬 표정을 지어 보였으나, 눈 속엔 웃음기가 가득했다.

"그나저나 루셸, 언제까지 누나의 휴식을 방해할 셈이니?"

예르체리나는 셰이가 살아 돌아온 날부터 루세리안과 셰이엔이 아닌 루셸과 셰이로 조금씩 바꿔 부르기 시작했다.

"누나가 심심하다고 먼저 절 꼬여냈단 말이에요."

"루세리안!"

"누님이 먼저 제게 놀이를 청했다고요."

루셸은 어머니가 엄한 태도를 취하자 얼른 말을 바꿨다.

"예, 제가 사람을 보내 루셸을 이리로 오게 했어요."

셰이는 눈치 빠르게 루셸을 거들었다. 그러나 예르체리나는 루셸이 놀이판을 들고 셰이를 방문했다는 사실을 시종에게 들어 벌써 알고 있었다.

"그래, 무료한 누나를 생각해 시간도 내어줄 줄 알고 기특하구나, 루셸. 하지만 점심 식사 때도 다 되었고 하니, 그만 나가보거

라. 셰이는 어서 자리에 눕고."

루셀은 미련이 남은 듯 문을 나설 때까지 세 차례나 뒤를 돌아
보았다.

"나도 방해하지 않을 테니 편안히 쉬어라."

"어머니, 잠깐 얘기 좀 나눌 수 없을까요?"

예르체리나는 잠자코 침대에 걸터앉았다. 의자가 아닌 침대에
직접 앉는 것 역시 전에는 하지 않던 행동이었다.

"그… 저주 말이에요. 어떻게 풀린 것인지 알고 싶어요. 마음
편히 꺼낼 수 있는 얘긴 아니지만, 한 번은 짚고 넘어가야 한다는
생각이 들었어요."

"그래, 무슨 말인지 알고도 남는다."

예르체리나는 불편해할 필요 없다는 뜻으로 셰이의 손을 다독
이며 말을 이었다.

"사실 나도 저주를 풀 수 있는 방법은 모르고 있었단다. 하카미
아를 시켜 저주를 내리게만 했지, 그걸 풀 날이 오리라는 생각은
아예 해보지도 않았거든. 그저 내 추측을 말한다면… 저주가 풀
린 건 네가 다쳐서 바닥에 쓰러져 있을 때인 것 같구나."

실제는 셰이의 숨이 끊어졌을 때이지만, 예르체리나는 그 말을
입에 담는 것조차 싫었다. 다시 셰이를 잃을지 모른다는 두려움
때문이었다.

"그 당시 난 다친 널 끌어안고 울부짖었다. 널 잃지 않을 수만
있다면, 모든 것을 다 버리겠다며 비통한 참회의 눈물을 흘렸지.
그 눈물이 네 얼굴을 적시고, 또 가슴을 적셨단다. 터무니없는 말
인지 모르겠으나, 난 그 참회의 눈물이 저주를 풀어주었다고 생

각한다.”

예르체리나의 눈가엔 어느덧 눈물이 맺혀 있었다. 세이는 두 팔을 벌려 어머니를 꼭 끌어안았다. 가슴에 배어드는 따뜻한 체온이 너무 좋아 언제까지라도 그렇게 있고 싶었다. 찌꺼기처럼 남아 있던 긴장과 고단함이 스르르 씻겨 나가며 행복감이 차올랐다. 갑자기 어떤 의문이 고개를 내밀지 않았다면, 그런 상태로 잠이 들었을지도 모른다.

“어머니, 궁금한 게 있어요. 그 힘 말이에요.”

예르체리나는 알겠다는 듯 부드러운 미소를 보였다.

“나한테도 있고, 너한테도 있는 힘 말이니? 그런 힘을 어떻게 해서 갖게 된 것인지 알고 싶은 거로구나?”

“맞아요, 바로 그게 궁금했어요.”

“내가 너와 루셀에게 몇 번 말해준 적이 있을 거다. 너희 중조 외할머니께서 빨간 머리를 갖고 계셨다고 말이다.”

“예, 저도 기억나요. 제가 머리 색깔이 마음에 안 든다고 투덜거릴 때마다 그 말씀을 해주셨어요.”

“세이엔, 놀라지 말고 들어라. 네 중조 외할머니께선 인간이 아니셨다. 사실은…….”

“예에? 인간이 아니셨다고요? 그럼 마녀나, 아니면 요괴 같은 괴상한 존재이셨다는 말씀이세요?”

“놀라는 건 십분 이해가 가지만, 내 말은 끊지 않았으면 좋겠구나.”

예르체리나가 완곡하게 나무라자 세이는 쑥스러운 표정을 지었다.

"죄송해요, 제가 전보다 좀 버릇이 없어졌죠?"

"내가 보기엔 '좀' 이 아니라 '많이' 에 가까운 것 같은데?"

예르체리나의 어투엔 장난기가 섞여 있었다.

"솔직히 고백하자면, 나도 너 못지않게 버릇이 없었단다. 열 살 때까지도 '버르장머리없는 녀석' 이 내 이름인 줄 알았지 뭐니?"

두 사람은 어린 소녀들마냥 얼굴을 맞대고 키득거렸다.

"그런데 증조 외할머니께선 대체 정체가 뭐셨어요?"

"용이셨단다. 좀 더 정확히 말하면 적룡이셨지."

"그, 그러니까 제 몸 속에 용의 피가 흐르고 있단 말씀이세요?"

"그런 셈이지. 인간의 피가 섞이긴 했다만 용의 혈맥은 인간의 그것과는 비교가 안 될 정도로 강하거든."

도무지 믿어지지 않았다. 셰이는 잠시 동안 꼼짝 않고 앉아 예르체리나가 해준 얘기를 되짚어봤다.

"나도 혈통에 관해 네 외할머니께 처음 전해 들었을 때, 얼마나 놀랐는지 모른단다. 거의 기절할 정도였지."

"이해가 안 되는 게 있어요. 제가 용의 후손이라면 루셀도 마찬가지일 텐데, 루셀은 힘이 없잖아요. 아직 어려서 그런 건가요?"

"그건 아니고, 무슨 이유에서인지 모계 쪽으로만 힘이 전해지더구나. 앞으론 어떻게 될지 모르겠다만, 너와 루셀까지는 그런 식으로 내려왔단다. 그건 그렇고, 담소는 이쯤에서 접는 게 좋겠다. 루셀이 아니라 오히려 내가 휴식을 방해하고 말았구나."

셰이는 어서 누우라는 어머니의 재촉에 얌전히 따랐다. 몸이 약간 노곤해진 이유도 있지만, 곰곰이 생각해 볼 시간이 필요해서였다.

"편히 쉬어라."

예르체리나는 딸의 머리를 부드럽게 쓸어준 다음, 밖으로 나갔다.

용… 내 몸 속에 적룡의 피가 흐른다니…….

셰이는 혹여 핏줄이 비칠까 싶은 마음에 유심히 손등을 들여다보았다.

"거기 뭐 재미있는 거라도 있어?"

이샤무딘의 목소리가 들리자 셰이의 낯빛이 단번에 환해졌다. 그녀는 부랴부랴 상체를 일으켰다.

"굉장한 사실을 알게 되었어. 뭐냐 하면……."

셰이는 말끝을 흐렸다.

이샤무딘은 인간이야. 흑마법사이긴 하지만 내가 자신과 다르다는 걸 알게 되면 날 꺼림칙하게 여길지도 몰라.

"왜 말을 하다 말아?"

"무슨 얘길 꺼내려 했는지 잊어버리고 말았어. 그건 그렇고, 여기 앉아."

셰이는 침대를 톡톡, 두드렸다. 그녀의 손을 흘긋 내려다본 이샤무딘이 창가로 걸어갔다.

하여튼 누가 심술통 아니랄까 봐.

"거기 있으면 너무 멀어 대화를 나누기가 힘들잖아."

"나눌 대화 없어."

이샤무딘은 오만한 분위기를 진하게 풍기며 창틀에 비스듬히 몸을 기댔다.

"그럼 여긴 왜 왔어?"

“할 일이 없어서.”

“내가 남아도는 시간이나 때워주는 심심풀이인 줄 알아? 난 이 샤와 달리 할 일이 너무 많아서 놀아줄 시간이 없으니까, 그냥 가.”

성의라곤 눈곱만큼도 없는 대답이 연이어 들려오자 셰이도 말을 곱게 하지 않았다. 이샤무딘이 입을 꾹 다물더니, 잠시 후 무슨 말인가를 중얼거렸다.

“뭐어? 안 들려. 그러게 내가 뭐랬어? 너무 멀어 애기 나누기가 힘들다고 했잖아.”

셰이는 퉁명스럽게 말하며 눈을 흘겼다. 한 대 쥐어박으려는 사람처럼 성큼성큼 걸어온 이샤무딘이 침대 옆에 멈춰 서서 어색하게 헛기침을 했다.

“몸은 괜찮으냐고.”

“어? 어어… 괜찮아…….”

예상 밖의 질문에 셰이는 조금 놀랐다.

날 걱정하긴 한 건가?

“어머니께 들었어. 다 죽어가는 날 데려간 사람이 이샤라는 거. 이샤가 날 살린 거야?”

“아니.”

“그럼 누구?”

“성가신 노인네.”

셰이의 시선이 반사적으로 천장을 향했다. 물론 그곳에 아스트라한이 있을 리 만무했다.

시간 내서 감사의 기도라도 올려야겠군.

지난번 이샤무딘과 혼인하겠다는 약속을 얼떨결에 한 이후, 아스트라한의 얼굴을 직접 대면하는 일은 아무래도 꺼려졌다.

혼인하겠다는 말만 했지, 정확한 날짜를 밝힌 건 아니잖아. 모르는 척 입 다물고 있으면 아스트라한께서도 약속을 잊어버리실지 몰라.

약속을 잊는다는 말에 치유의 신 에레미아와 맺은 계약이 문득 생각났다.

맞아, 이샤를 만나지 않기로 했잖아!

"돌아가, 빨리! 지금 당장 내 눈앞에서 사라져!"

기분이 나빠졌는지 아니나 다를까, 이샤무딘의 한쪽 눈썹이 꿈틀했다. 겉옷을 휙 벗어 던진 그가 다짜고짜 침대 위로 올라왔다.

"뭐, 뭐야? 지금 뭐 하는 거야?"

"피곤해. 한숨 자야겠어."

"누구 마음대로? 내 침대는 안 돼!"

셰이는 끙끙대며 침대 밖으로 밀어내려 했으나, 이샤무딘이 잔뜩 힘을 주고 버티는 바람에 뜻을 이룰 수 없었다.

"고집 부리지 마. 이샤는 여기 있으면 안 된단 말이야. 난 더 이상 이샤를 만나면 안 된다고."

"왜?"

몸을 일으키려 하는 낌새가 보이자 셰이는 이샤무딘을 매몰차게 퍽! 걷어찼다. 방심하고 있던 그가 중심을 잃고 침대 밑으로 떨어졌다.

"왜긴 왜야? 보기 싫어서이지."

이샤무딘은 천천히 몸을 일으켰다. 살벌하게 번득이는 금빛 눈동자만 보더라도 얼마나 화가 난 상태인지 짐작이 갔다.

"하나만 묻겠어. 지금 이러는 거, 에레미아와 맺은 약속 때문이야, 아니면 네 말대로 내가 보기 싫어서야?"

"이유가 뭐든 달라지는 건 없어."

"아니, 네 대답에 따라 모든 것이 달라져."

이샤무딘과 눈길이 맞닿았다. 괜스레 부끄러워진 셰이는 쉽게 입을 열지 못했다.

"대답해."

무뚝뚝한 명령조였다. 이상하게도 그 순간 셰이는 대답에 따라 모든 것이 달라질 것이라는 그의 말이 괜히 꺼내본 허언이 아님을 깨닫게 되었다.

보기 싫다는 대답이 나오면 이샤는 그 길로 여길 떠날 거야. 그리고 영영 돌아오지 않을 거야.

"에레미아와 맺은 약속 때문은 아니야. 나 자신에게 한 맹세 때문이지. 본 존을 살려주면 이샤를 찾지도, 만나지도 않겠다고 맹세했어. 그 이후 두 번이나 맹세를 어겼지만, 더 이상은 안 돼."

"그 맹세는 깨어졌어. 에레미아와의 약속도 파기됐고. 넌 숨이 완전히 끊어진 뒤, 심지어 영혼까지도 거의 소멸되었다가 다시 살아났어. 즉, 환생한 거와 다를 바 없어. 그러므로 전생에서 맺은 모든 약속과 맹세에서 풀려나게 된 거야."

짐작도 못했던 사실에 셰이는 어안이 벙벙해졌다.

모든 약속과 맹세에서 풀려났다고? 그럼 이샤와 혼인하겠다는 맹세 역시 저절로 파기됐다는 소리잖아. 이제 강제로 혼인할 필요가 없는 거야! 난 이제 자유야! 꿈에 그리던 자유를 마침내 찾왔어!

안에서 불이라도 켠 듯 셰이의 얼굴이 화사하게 피어났다. 그녀에게 꽂혀 있던 이샤무딘의 모난 눈초리도 한결 누그러졌다.

"줄 게 있어."

이샤무딘이 불쑥 말했다. 그의 눈길이 어깨 너머 빈 공간에 꽂혔다. 허공에서 은은한 빛이 반짝이더니 빠르게 뭉쳐지며 어떤 형체를 이루어갔다. 셰이가 이샤무딘 옆에 자리 잡았을 때, 대여섯 살 정도 된 듯한 사내아이가 모습을 보였다.

"나한테 준다고? 저 애를?"

"그래."

셰이는 이샤가 미친 것이 틀림없다고 생각했다.

"쟤가 대체 누군데? 그리고 왜 날 주는 건데?"

"선물이야."

마치 잠에서 깨어나듯 아이가 숙이고 있던 고개를 부스스 쳐들었다. 아이의 얼굴에서 커다란 자줏빛 눈동자를 발견한 셰이는 숨을 죽였다.

"설마……."

셰이는 무엇인가에 홀린 사람처럼 한발 한발 아이에게 다가갔다.

"벨……?"

"베에… 엘……."

아이가 어눌한 어조로 그녀의 말을 따라 했다.

"육체와 영혼만 되살려냈어. 기억은 백지 상태와 마찬가지야."

"마, 맙소사!"

“마… 마아…….”

발음이 어려운지 아이가 미간을 좁혔다.

“벨… 네 이름은 벨이야…….”

맑디맑은 자주색 눈망울이 셰이를 향했다. 그녀가 누구인지 궁금한 눈치였다.

“난 셰이야… 셰이…….”

“세… 에이…….”

“그래, 잘했어.”

벨의 뺨이 발그레해지며 수줍은 미소가 그려졌다. 셰이는 손을 내밀었다. 조금 머뭇거리던 벨이 그녀의 손을 잡았다. 셰이는 눈물을 글썽이며 이샤무딘을 바라봤다.

“지금까지 내가 받은 것 중, 가장 멋진 생일 선물이야.”

“생일 선물 아니야.”

“아까 선물이라고 하지 않았어?”

셰이는 이샤무딘이 얼마 전에 지난 그녀의 생일을 뒤늦게 알고 선물을 준비한 것이라 넘겨짚고 있었다.

“선물은 선물이야. 하지만 생일 때문은 아니야.”

“그럼 무슨 선물인데?”

“어…….”

말을 꺼내려던 이샤무딘이 입술을 도로 다물더니, 흘러내리지도 않은 머리를 공연스레 쓸어 넘겼다. 이렇게 자신없어 하는 모습은 처음이었다. 셰이는 재미있기도 하고 어리둥절하기도 했다.

“뭔데 그래?”

“으음… 그게 말이야…….”

별안간 꼬르륵 소리가 들려왔다. 소리가 난 것이 신기한 듯 자신의 배를 조심스레 만져 보던 벨이 이유를 말해주길 기대하는 눈으로 셰이를 올려다봤다.

"배가 고플 땐 배에서 그렇게 꼬르륵 소리가 나. 빨리 밥 달라고 배가 말을 거는 거야. 우리 뭐 맛있는 거 먹으러 가자."

걸음을 옮기며 셰이는 이샤무딘을 돌아봤다.

"무슨 선물인지는 나중에 말해줘."

안도하는 기색이 역력한 얼굴로 이샤무딘이 고개를 끄덕였다. 그러더니 누구한테 쫓기기라도 한 듯 곧바로 모습을 감췄다.

뭔데 저러는 걸까?

아무래도 미심쩍다는 의심이 생겼지만, 셰이의 마음은 날아갈 듯 가볍고 즐거웠다. 절로 콧노래가 흥얼거려졌다.

"셰…이……."

벨이 조그맣게 속삭였다.

"응?"

"셰이."

이름만 불러도 기분이 좋은지 벨의 입가에 배시시 웃음이 번졌다. 셰이는 마주 웃어주며 힘차게 문을 밀었다.

"이제 이것이 마지막 탕약입니다."

듀이는 감격 어린 얼굴로 리비가 내미는 약 그릇을 받아 들었다. 카시아스의 명이 내려진 후 탕약은 전과 비교할 수 없을 만큼 삼키기가 편해졌지만, 그래도 약은 약인지라 맛있는 것과는 거리가 멀었다.

듀이는 단번에 탕약을 쭉 들이켰다. 대기하고 있던 시종이 얼른 사탕 과자를 입에 넣어주었다.

"고맙습니다."

듀이는 늘 그랬듯 잊지 않고 감사를 표했다. 그동안 그와 시종들의 사이는 상당히 가까워져 있었다. 듀이를 보는 리비의 시선에도 적대감은 더 이상 남아 있지 않았다. 듀이의 성격과 됨됨이를 알게 되면서 서서히 생긴 변화였다. 질투심이 완전히 없어진 것 아니지만, 리비는 듀이에게 어느덧 호감을 갖게 되었다.

"원기가 완전히 회복된 건 아니니, 무리가 갈 만한 일은 삼가시기 바랍니다."

문을 나서는 리비의 뒤를 시종들도 일제히 따랐다. 듀이가 편히 쉴 수 있게 배려한 행동이었다.

셰이는 모습을 감춘 상태로 침실 구석에 서 있었다. 듀이만 혼자 남겨졌으나 선뜻 앞으로 나서지 못했다. 땀이 밴 손바닥을 옷자락에 문지르며 그녀는 긴장할 필요 없다고 스스로를 다독였다. 하지만 소용없었다. 듀이가 자신을 잊었을지 모른다는 불안이 좀처럼 사라지지 않았다.

듀이는 날 기억할 거야. 잊지 않았을 거야.

셰이는 깊이 숨을 들이쉰 다음, 모습을 드러냈다.

"셰이!"

듀이는 환한 미소로 그녀를 반겨주었다. 안도감이 한꺼번에 밀려들자 셰이는 어지러움까지 느껴야 했다.

"얼굴이 창백해, 셰이. 어디 아파?"

"아니야. 갑자기 현기증이 조금 났어. 빛이 너무 밝아서 그랬나 봐.”

부리나케 창가로 걸어간 듀이가 커튼을 내렸다.

“그럴 필요까진 없는데.”

“나도 아까부터 눈이 부셨거든.”

듀이가 막 셰이 곁으로 돌아왔을 때, 문이 열리며 카시아스가 들어섰다.

“왜 이렇게 어두워?”

셰이를 발견한 카시아스가 주춤했다.

“손님이 있는 줄은 몰랐습니다.”

셰이는 일순 호흡을 멈췄고, 듀이의 얼굴엔 경악이 서렸다.

“무슨 소리…….”

“처음 뵙겠습니다.”

셰이는 듀이의 말을 서둘러 잘랐다. 그녀의 얼굴을 주의 깊게 살펴보던 카시아스는 시선이 마주치자 무안해하며 눈길을 돌렸다.

“모습이 낯설지 않은 듯하여 실례를 범했습니다.”

카시아스는 이마에 주름까지 잡으며 찬찬히 기억을 더듬었다.

“혹시… 바르샤르 왕국의 왕녀가 아니십니까?”

“예, 셰이엔 가이스카 리베 폰 라시에라 합니다.”

“역시 그러셨군요. 육 년 전쯤인가, 헤이론 국에서 열린 성축전에 참석해 주셨던 기억이 떠올랐습니다.”

셰이는 말없이 미소 지었다. 어딘지 모르게 슬퍼 보이는 미소에 카시아스는 이유를 묻듯 듀이에게 시선을 옮겼다. 어쩔 줄 몰라 하던 듀이는 고개를 폭 떨어뜨렸다.

"그런데 왕녀께서 제 친구와 친분이 있으신지는 몰랐습니다."

"아아, 예……."

"실례가 안 된다면, 어떻게 알게 된 사이인지 물어봐도 되겠습니까?"

"셰이는 내 황금열쇠야."

듀이는 더 이상 가만히 보고만 있을 수 없었다.

"황금열쇠?"

카시아스는 미간을 찌푸렸다.

"응, 내 황금열쇠. 지난번 내가 아룬델의 몸속에 들어가 있을 때 만났어."

"난 이만 가볼게, 듀이."

셰이의 목소리는 조금 잠겨 있었다.

"저 때문에 불편하신가 보군요. 자리를 비켜 드릴 테니 듀이와 편하게 얘기 나누십시오."

"아니요, 그만 가봐야겠어요."

셰이는 자신도 모르게 뒷걸음질쳤다. 카시아스는 반사적으로 그녀의 손을 잡았다.

"그러실 필요 없습니다."

맞닿은 두 손바닥 사이에서 돌연 붉은빛이 화르르 타올랐다. 카시아스는 벼락이라도 맞은 것처럼 격렬히 몸을 흠칫했다.

"아!"

신음성 같기도 하고 감탄사 같기도 한 짤막한 음절이 튀어나왔다.

"셰이엔 가이스카 리베 폰 라시에……."

카시아스는 읊조리듯 중얼거리며 천천히 고개를 들어 올렸다.

"정말이었구나, 셰이… 정말 바르샤르의 왕녀였어…….."

"기억이… 난 거야? 내가 누구인지… 기억난 거야?"

"응, 기억이 났어. 그런데 좀 혼란스러워. 왕녀로서의 너와 셰이로서의 너… 이렇게 두 가지 기억이 마구 뒤섞인 채 떠오르고 있거든. 시간이 지나면 차츰 정리가 되겠지. 걱정하지 마, 머리는 꽤 좋은 편이라고 자부하니까."

카시아스는 진지하면서도 은근히 장난기가 묻어 나오는 미소를 보였다. 셰이는 고른 잇새를 드러내며 살풋 웃었다. 곧 환한 웃음이 얼굴 전체로 퍼졌다.

"어휴! 이제야 좀 살 것 같네! 좀 전엔 내 가슴이 다 바짝바짝 타 들어가더라!"

듀이는 십년감수했다는 표정으로 가슴을 문질렀다.

"그런데 정말 그게 힘을 발휘한 걸까? 지난번에 그거 생각나지? 손바닥에 상처를 내고 서로 맹세했잖아."

듀이는 자신의 손바닥을 유심히 살펴보다 카시아스와 셰이의 손에까지 눈을 들이댔다.

"그래, 전사의 혈맹우를 맺었지. 전사의 혈맹우가 내 기억을 되살려냈는지 아닌지는 잘 모르겠어. 하지만 이것 하나는 확실해."

카시아스는 셰이의 눈을 깊숙이 들여다봤다.

"친구를 잊어버리는 일은 두 번 다시 없으리란 것."

진지하기 그지없는 분위기를 깬 것 듀이의 뻐기는 듯한 목소리였다.

"그건 네가 바보라서 그런 거야. 난 셰이를 잊은 적이 한 번도 없어. 그렇지, 셰이?"

카시아스는 깨끗이 승복한다는 뜻으로 두 손을 치켜들었고, 셰이는 듀이와 카시아스를 바라보며 감사의 기도를 올렸다. 그리고 듀이는 세상 그 누구보다 소중한 이들의 손을 힘주어 잡았다.

무심코 과일 좌판을 지나쳤던 셰이는 유난히 탐스러워 보이는 붉은 빛깔에 이끌려 발길을 되돌렸다.

"사과 좀 주세요."

"몇 개나 드릴까요, 귀여운 아가씨?"

머리가 하얗게 센 노인이 붉은 잇몸을 내보이며 벌쭉 웃었다.

"세 개만 주세요."

"세 개엔 사백 페어고, 네 개엔 오백 페어인데… 네 개 드릴까요?"

노인이 능숙하게 흥정을 벌였다.

"그렇게 하죠, 그럼."

셰이는 웃으며 오백 페어를 내밀었다. 사과 봉지를 고쳐 들며 그녀는 하늘을 올려다봤다. 눈부시도록 맑고 청담한 쪽빛 하늘이 발걸음을 더욱 경쾌하게 만들었다.

시장은 물건을 사거나 구경하러 나온 사람들로 북적북적했다. 바르샤르 왕국의 최대 축제인 성 율리안느 축일이 이틀 앞으로 다가왔기 때문이다. 셰이가 바쁜 시간을 쪼개 밖으로 나온 이유도 축일이 얼마 남지 않아서였다. 성 율리안느 축일이 시작되면 그 후 칠 일 동안은 숨 돌릴 틈도 없이 갖가지 행사에 참석해야 한다. 미리 바람이라도 쏘여놔야 그 답답하고 지루한 일정을 견뎌

낼 수 있을 터였다.

답답하고 지루하다고? 은근히 즐기고 있는 거 다 알아.

셰이의 입가에 미소가 번졌다. 역시 본심은 속일 수 없었다. 운명을 되돌린 지 오늘로써 보름째가 된다. 그 보름 동안 셰이는 자신에게 내려진 책임과 의무를 매 순간순간 소중히 받아들였다. 힘들고 피곤한 일도 적지 않았으나 '나이기 때문에 주어진 온전한 내 몫'이라 생각하니 꿋꿋이 이겨낼 수 있는 힘과 자신감이 생겼다.

그런데 이샤는 대체 무슨 말을 하려는 걸까?

요 며칠간 셰이의 머릿속에선 이 물음이 지워지지 않았다. 누구를 만나든 무슨 일을 하든 문득문득 똑같은 의문이 떠올랐다.

"얘기할 게 있어."

이샤무딘이 몹시 진지한 얼굴로 그 말을 꺼낸 건 사흘 전이었다.

"뭔데?"

다른 생각을 하고 있던 셰이는 건성으로 물었다.

"나 에레미아하고 파혼했어."

그 순간 셰이의 마음은 한 마리 새처럼 높이 날아올랐다.

"그런데? 그걸 왜 나한테 말해?"

그녀는 재빨리 표정을 정돈하며 시치미를 뚝 뗐다.

"너한테 할 말이 있어. 그걸 꺼내기 전에 파혼 얘기부터 해야 할 것 같아서."

"알았어, 어서 말해봐."

　　이샤무딘은 셰이를 뚫어져라 응시할 뿐 입을 열지 않았다. 마치 신경을 곤두세우고 무엇인가를 기다리는 것처럼 비쳐졌다. 확실히 단정하기는 어려우나 그녀는 금빛 눈동자 속에서 어떤 비밀스러운 열망을 설핏 엿본 것 같았다. 그러나 확인할 겨를도 없이 사라져 버렸다.

　　"뭔데 그래?"

　　셰이는 답답한 마음에 어깨를 들썩이며 푹 한숨지었다. 이샤무딘이 그녀의 볼을 두 손으로 감싸더니 쪽 소리 내어 입을 맞췄다.

　　"어때?"

　　"뭐가?"

　　셰이는 얼떨떨한 상태로 되물었다. 이샤무딘이 그녀의 머리카락을 귀 뒤로 넘겼다. 그의 손끝이 섬세한 귓불을 간지러울 만큼 보드랍게 스치고 지나갔다. 이샤무딘은 한 손으로 셰이의 등을 감쌌다. 그리고는 그녀의 몸이 부서질까 봐 두렵기라도 한 듯 조심스레 입술을 탐닉해 들어왔다. 그녀의 심장 소리에 맞춰 고동치고 있는 그의 심장이 느껴졌다. 이샤무딘의 심장 박동은 그녀만큼이나 빨랐고 불규칙했다. 머리가 몽롱해지고 다리에서 힘이 빠져나가자 셰이는 고개를 뒤로 젖혔다. 집요하게 따라붙은 뜨거운 입술이 팔딱팔딱 뛰고 있는 목줄기의 맥을 더듬었다. 셰이는 허겁지겁 그의 어깨를 밀어냈다.

　　"왜… 왜 이러는 거야?"

　　"너한테 할 말이 있어."

　　"벌써 그 말만 몇 번째인지 알아? 제발 부탁인데 뭔지 얘길 좀 해줘. 자꾸 옆으로 새지 말고."

"그러니까 무슨 말이냐 하면……."

셰이는 가만히 귀를 기울였다. 호박빛 눈동자엔 긴장감마저 감돌고 있었다.

"제기랄……."

이샤무딘이 입속말로 욕설을 중얼대며 천장을 올려다봤다.

"할 말이란 게 그거야? 제기랄?"

"아니야, 제기랄은 그냥…… 이런 제길!"

어이가 없어진 셰이도 천장을 향해 시선을 가져갔다.

"내일 하겠어."

이샤무딘이 딱 잘라 말했다. 곧이어 도망치듯 자리를 떠나며 그는 더욱 단호한 어투로 선언했다.

"아니, 모레! 아니, 글피에 하겠어!"

대체 무슨 말인데, 그렇게 뜸을 들이는 걸까?

사람들이 유난히 많이 모여 있는 중심가를 피해 골목으로 들어서며 셰이는 고개를 갸웃거렸다. 갑자기 등 뒤에서 바스락거리는 소리가 났다. 무심코 뒤를 돌아본 셰이는 별다른 것이 눈에 띄지 않자 고개를 바로잡았다. 바로 그때 눈부신 섬광이 코앞에서 작렬했다. 시야가 빛에 가려지며 한순간 아무것도 보이지 않았다.

"죽어!"

앙칼진 고함소리가 정면에서 달려들었다.

"죽어야 될 건 너야!"

남자의 외침과 함께 귀청을 찢을 듯 날카로운 비명이 터졌다. 빛이 점차 엷어졌다. 셰이가 사라지기 직전의 빛 속에서 본 건,

피를 흘리며 괴로워하는 샨티아의 모습이었다. 그녀의 심장엔 단도가 깊숙이 박혀 있었다.

샨티아… 틀림없는 샨티아였어.

멀리 쫓아버렸으니 다시는 괴롭히는 일이 없을 것이라는 어머니의 말이 생각났다.

"다쳤어?"

머리 위에서 남자의 목소리가 들려왔다. 그제야 셰이는 자신이 바닥에 주저앉아 있다는 사실을 깨달았다. 그녀는 손으로 햇빛을 가리고 우뚝 서 있는 남자를 올려다봤다. 남자가 쪼그려 앉더니 주위에 굴러다니는 사과를 주섬주섬 봉지에 담아 내밀었다. 하늘색 눈동자가 그녀를 쭉 훑어 내렸다.

"다친 곳은 없는 것 같네."

남자가 날렵하게 몸을 일으켰다.

"나 때문에 겁에 질릴 필요 없어. 특별히 착하지도 않지만, 그렇다고 아주 나쁜 녀석도 아니니까. 좀 전의 그 마녀한테 내 친구가 죽었어. 그래서 갚아준 것뿐이야. 그리고 난……."

말끝을 흐리던 남자가 손에 묻은 핏자국을 흘끔 보더니 잠자코 몸을 돌려 큰길 쪽으로 걸어갔다. 셰이는 바닥에 앉은 채로 모습이 더 이상 잡히지 않을 때까지 그를 응시했다.

사과라도 하나 줄걸. 아니… 내 이름이라도 말해줄걸…….

셰이는 사과 봉지를 가슴에 꼭 끌어안으며 걸음을 옮겼다. 골목을 나가기 전, 그녀는 다시 한 번 남자가 사라진 쪽을 바라봤다.

됐어… 이걸로 된 거야……. 어쩔 수 없잖아… 내 힘으론 안 되는 일이잖아…….

"기운내자, 축 늘어져서… 이게 무슨 꼴이야?"

셰이는 짐짓 씩씩하게 발을 내디뎠다. 그러나 호박빛 눈동자엔 여전히 슬픔 어린 그늘이 드리워져 있었다. 시장을 막 벗어난 그녀가 비교적 한산한 변두리로 접어들었을 때였다.

"자, 잠깐만!"

힘찬 손길이 갑작스레 팔을 붙잡았다.

"여기 있는 줄 모르고 반대쪽만 내리 찾아다녔어."

남자가 호흡을 고르며 이마에 맺힌 땀을 손으로 대충 닦았다.

"난 보나샤르 조니코바야. 간단히 줄여 다들 본 존이라고 불러."

셰이는 깊이 숨을 들이쉰 다음, 입을 열었다.

"난 셰이엔이야."

"아아, 셰이엔, 셰이엔이었구나. 반가워 셰이엔."

본 존은 악당처럼 입술 끝을 비딱하게 틀어 올렸다.

"처음 보는 놈팡이가 왜 내 팔을 잡고 있나, 지금 궁금해 죽을 지경이지?"

"어… 조금."

"내 꿈속의 여인을 놓치면 평생 후회하게 될 것 같아서 말이야. 그래서 미친놈처럼 헐레벌떡 달려온 거야. 내 꿈속의 여인이 누굴 말하는지 알아?"

셰이는 본 존의 눈동자에 시선을 고정한 채 고개를 가로저었다.

"셰이엔, 바로 너야."

본 존이 능청스럽게 눈을 찡긋거렸다. 너무나 친숙한 모습이었다. 셰이는 파르르 떨리는 입술에 애써 미소를 담았다. 조금씩 차오르는 눈물 너머로 그의 얼굴이 뿌옇게 잠겨들었다.

"어? 지금 우는 거야?"

"아니."

셰이는 얼른 눈을 깜박여 물기를 털어냈다.

"자, 받아."

본 존이 작은 봉지를 불쑥 내밀었다. 봉지 안엔 갓 구운 밤이 수북이 담겨 있었다.

"너 찾다가 밤이 보이기에 그냥 샀어. 네가 꼭 밤을 좋아할 것 같다는 생각이 들어서 말이야. 그러고 보니, 너 꼭 밤톨같이 생겼다? 동글동글 귀여운 밤톨."

본 존은 충동적으로 그녀의 머리를 쓰윽 쓰다듬었다. 그리고는 멋쩍은 마음에 손을 주머니에 찔러 넣었다.

"통성명도 했겠다, 줄 것도 줬겠다… 난 그만 갈게."

"본 존!"

셰이는 몸을 돌리려 하는 본 존을 다급히 불렀다.

"같이 가지 않을래?"

망설이듯 입술을 잘근잘근 씹던 본 존이 이윽고 고개를 끄덕였다. 그는 어디냐고 묻지 않았다. 셰이에게 군밤을 까주고, 공중으로 던져 올린 밤을 능숙하게 받아먹으며, 특유의 활달한 걸음새로 그녀와 보조를 맞췄다.

저만치 나무에 기대서 있는 듀이가 보였다. 싱글싱글 웃으며 카시아스와 대화를 나누고 있었다. 셰이와 그들 두 사람은 함께 점심을 먹기로 약속이 되어 있었다. 그동안 듀이는 카시아스와 더불어 헤이론과 바르샤르를 오갈 정도로 힘이 강해졌고, 목적지에 정확히 도착할 수 있을 만큼 공간 이동에도 숙달된 상태였다.

“어, 셰이!”

셰이를 본 듀이가 손을 흔들었다. 그의 눈이 휘둥그레지더니 곧이어 탄성이 터져 나왔다. 카시아스가 휙 고개를 돌렸다. 셰이와 본 존을 발견한 그는 시원스레 웃으며 고개를 절레절레 흔들었다. 듀이가 그녀를 향해 뛰어왔다.

셰이는 형용할 수 없을 정도로 맑고 눈부신 하늘을 향해 고개를 들었다. 햇살이 곧장 영혼 속으로 스며들어 왔다. 따스한 온기가 그녀의 내면에서 빛과 향기를 발하고, 노래하고 만개하는 것 같았다. 그녀는 그 느낌이 행복이란 걸 깨달았다.

어머니의 우려대로 난 재앙의 명운을 타고났는지도 몰라. 나로 인해 바르샤르 왕국이 멸망하게 될는지도 몰라.

셰이는 카시아스를 보고, 듀이를 보고, 본 존을 바라봤다.

하지만 겁나지 않아. 어떻게 해서든 내 손으로 막아내고 말 테니까. 어떤 일이 있어도 내 소중한 사람들이 곁에 있어주리란 걸 알고 있으니까. 내 소중한 벗들이…….

『황금열쇠』 끝

한동안 파스텔 빛깔로 물든 꿈을 꾼 것만 같다. 내 안에서만 머물던 공상이 어느덧 하나하나 문자화되어 세상 밖으로 나왔다니……. 새삼스레 감회에 젖는다. 한편으론 하나의 이야기를 마친 후 늘 느끼게 되는 부족함을 이번에도 어김없이 실감하고 있다.

우리의 일상은 대체로 큰 사건 없이 반복적인 양상을 띠면서 흘러가곤 한다. 다람쥐 쳇바퀴 돌듯 되풀이되는 일상 속에서 한 편의 이야기가 주는 재미와 활력이 사라지면 어떻게 될까, 생각을 해본다. 사막처럼 메말라 버린 각박하고 무미건조한 세상이 떠오른다. 우리가 알고 있는 세계 저 너머에 멋진 신세계가 존재할지도 모른다고 생각하는 몽상가요, 환상주의자인 나에겐 그야말로 무시무시한 악몽이 따로 없다.

황금열쇠를 쓰면서 나는 하나하나의 작 중 인물에 깊은 애정을 갖게 되었다. 그들의 여정을 따라가며 웃고 울었으며, 서로의 힘이 되고자 하는 용기와 노력에 불끈 주먹을 쥐어보기도 했다. 물론 곳곳에서 묻어나는 나의 서투름에 컴퓨터 화면을 꺼버리고 싶은 적도 많았다. 중간중간 미숙한 부분이 눈에 띄어도 독자 여러분께서 넓은 마음으로 너그럽게 이해해 주길 바라는 건 너무 큰 욕심일까. 아무튼 이 책을 읽고 한순간이나마 진심으로 미소 지을 수 있다면 더 이상 바랄 나위 없으리란 작은 희망을 품어본다.

인생에서 뭔가 근사한 일이 일어나기를 꿈꾸는 이들, 나른한 오후 자신만의 공상에 빠져 환상의 바다를 항해하는 이들에게 이 책을 바치고 싶다.

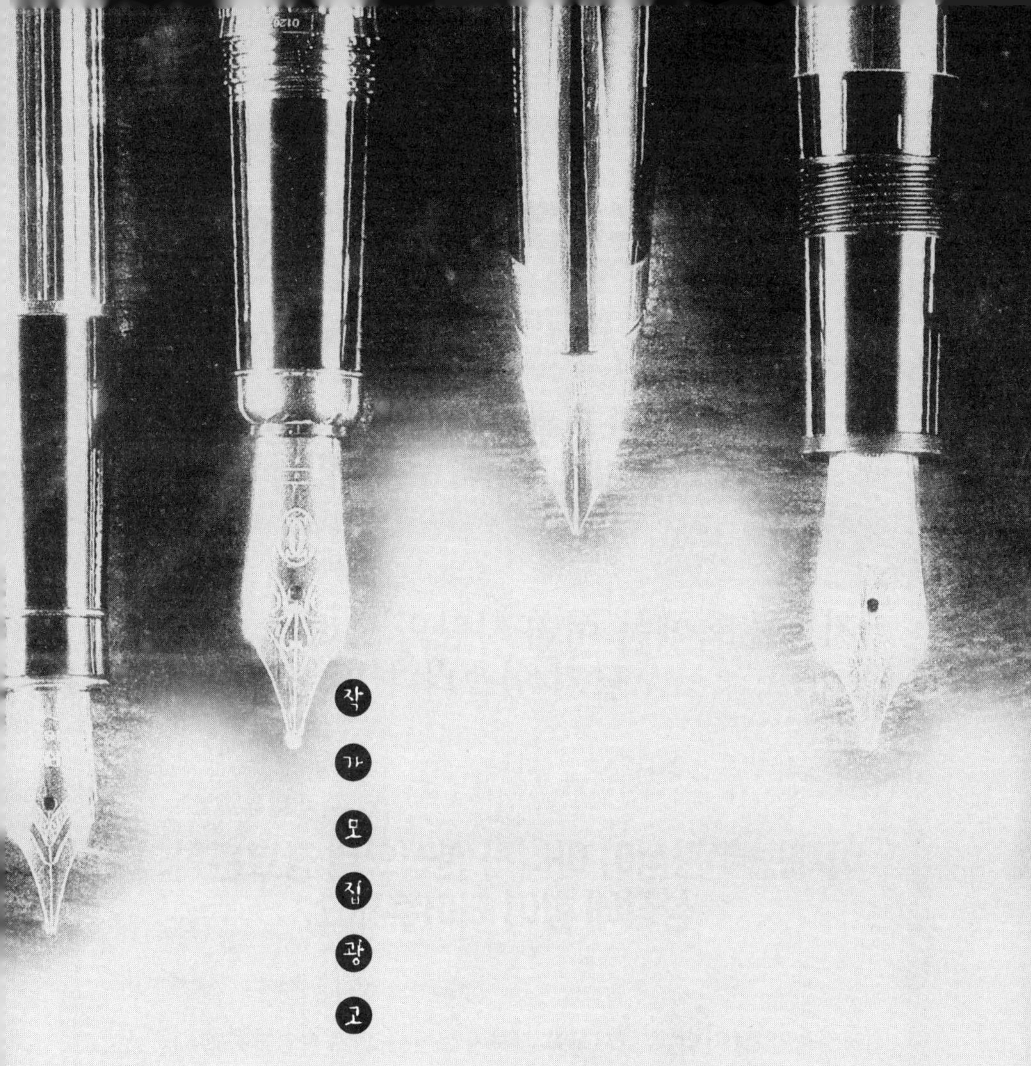
작
가
모
집
광
고

도서출판 청어람의 문은 항상 열려 있습니다.
실력있는 작가 분들의 많은 관심 부탁드립니다.

TEL:032-656-4452 • FAX:032-656-4453
http://www.chungeoram.com
http://chungeoram.egloos.com
e-mail:romance-eoram@hanmail.net

저작권 보호!!
장르문학의 성장에 힘이 되어주십시오.

저작물의 무단 전재와 복제, 불법 다운로드! 이것은 관심이 아니라 무관심입니다!

작가님들은 창의적 열정과 시간을 투자해 자신의 꿈과 생계를 유지합니다.
한 권의 책을 만들어 많은 사람들은 자신의 인생과 미래를 설계합니다.

저작물 속에는 여러 사람의 노력과 희망이 담겨 있습니다!

저작물의 무단 전재와 복제, 불법 다운로드는 여러 사람들의 꿈과 생계를
위협함으로써 장르문학을 심각한 상황에 빠뜨리고 있습니다.

이제는 무관심이 아니라 관심으로 장르문학의 성장에 힘이 되어주세요.

[도서출판 **청어람**은 항시적인 저작권 보호를 통해 장르문학과
여러분의 희망을 지키겠습니다.]